스티븐 킹 장편소설

공보경 옮김

로드워크

STEPHEN KING

WRITING AS RICHARD BACHMAN 리처드 바크만

ROADWORK

황금가지

샬롯 리틀필드를 기리며

잠언 31장 10-28절

프롤로그

나는 이유를 모른다. 당신도 이유를 알지 못한다.
대체로 신조차 이유를 모른다.
정부가 하는 일이 원래 그렇다고 한다. 그게 전부다.

— 1967년 베트남 전쟁에 관한 일반인 인터뷰에서 인용

베트남 전쟁은 끝났고 미국은 다시 앞으로 나아갔다.

1972년 8월 어느 후끈한 오후, WHLM 방송국의 뉴스 취재 차량은 784번 고속도로 끄트머리의 웨스트게이트 부근에 서 있었다. 깃발로 장식된 연단 근처에 사람들이 모여 있었다. 서둘러 조달해 온 흔적이 역력한 그 연단은 맨 널빤지로 된 뼈대 위에 얇은 판을 덮은 것이었다. 그 뒤의 풀로 덮인 제방 위에는 고속도로 요금소들이 자리하고 있었고, 앞에는 탁 트인 습지가 도시 외곽의 교외 지역을 향해 뻗어나갔다.

젊은 기자 데이브 앨버트는 잠시 후 이곳에서 열릴 획기적인 행사에 참석할 예정인 시장과 주지사를 동료들과 함께 기다리면서 그동안 길거리 인터뷰 몇 개를 따고 있었다.

데이브는 착색 안경을 낀 노인에게 마이크를 내밀었다.

노인은 떨리는 눈빛으로 카메라를 바라보며 말했다.

"에헴, 도시를 위해 잘된 일이기는 하지요. 오랜 시간 우린 이걸 필요로 해왔으니까요. 이건…… 도시를 위해 잘된 일이에요." 노인은 자신의 모습을 찍고 있는 외눈박이 카메라의 눈에 최면이라도 걸렸는지 마른침을 삼키며 말을 더듬었다. 아무래도 머릿속에서 같은 표현만 되풀이되는 모양이었다. 결국 노인은 힘없이 덧붙였다. "잘된 일이고말고요."

"인터뷰에 응해주셔서 감사합니다, 선생님. 정말 고맙습니다."

"이 인터뷰를 사용할 겁니까? 오늘 저녁 뉴스에 나와요?"

앨버트는 전문가답게 의미 없는 미소를 지어 보였다.

"확실하진 않습니다, 선생님. 가능성이야 물론 있죠."

음향 담당자가 톨게이트 부근의 유턴 지점을 가리켰다. 주지사의 크라이슬러 임페리얼 차량이 여름 햇살 아래 크롬 도금된 여덟 개의 눈알을 번뜩이며 그곳에 멈춰 서고 있었다. 앨버트는 손가락 하나를 세워 들며 고개를 끄덕였다. 앨버트와 카메라맨은 소매를 걷어 올린 채 서 있는 흰 셔츠 차림의 남자에게 다가갔다. 그 남자는 울적한 표정으로 연단을 바라보고 있었다.

"이 행사에 관해 의견을 듣고 싶은데요. 성함이……?"

"도스라고 합니다. 말씀드리죠."

남자의 목소리는 낮고 듣기 좋았다.

카메라맨이 나지막하게 말했다.

"서두릅시다."

흰 셔츠를 입은 남자는 여전히 듣기 좋은 목소리로 말했다.

"나는 이게 개 같은 짓거리라고 생각합니다."

카메라맨은 인상을 썼고, 앨버트는 남자를 나무라듯 바라보며 고개를 끄덕거린 뒤, 오른손 엄지와 검지로 그만 자르라는 손짓을 해보였다.

조금 전 인터뷰를 한 노인은 아연실색한 표정으로 그 광경을 바라보았다. 요금소 위쪽에서 주지사가 크라이슬러 임페리얼에서 하차하고 있었다. 햇살을 받은 주지사의 초록색 넥타이가 눈부시게 선명했다.

흰 셔츠 남자는 점잖게 물었다.

"6시 뉴스나 11시 뉴스에 나오는 겁니까?"

"어휴, 재미있는 분이시네."

앨버트는 뚱하게 말하고는 주지사 쪽으로 서둘러 걸음을 옮겼다. 카메라맨이 바로 뒤따라갔다. 흰 셔츠 남자는 풀로 덮인 경사지를 조심스럽게 내려오는 주지사를 바라보았다.

17개월 후 앨버트는 그 흰 셔츠 남자를 다시 만났지만, 이날 만났었단 사실을 둘 다 기억하지 못했기에 첫 만남이나 다름없었다.

제1부

11월

어젯밤 늦게 빗방울이 내 방 창문을 두드렸지.

램프 불빛 아래 어두한 방을 가로질러

거리를 내려다보는데

세기의 영혼이 우리에게

우리 모두 국경선에 서 있다고 말하는 듯했어.

— 알 스튜어트

(알 스튜어트의 노래 「국경선에서(*On the Border*)」에서 인용—옮긴이)

1973년 11월 20일

그는 아무 생각도 하지 않고 일하려 했다. 그게 더 안전했다. 마치 머릿속에 회로 차단기가 들어 있어서, '그런데 내가 왜 이걸 하고 있지?'라는 의문이 치솟을 때마다 쿵 하고 차단기가 내려가는 듯했다. 그럼 그의 머릿속 일부는 캄캄해져 버렸다. 아, 조지, 누가 불을 껐어요? 어이쿠, 내가 껐네. 전선에 문제가 생겼나. 잠깐만. 스위치 다시 맞춰 봐. 이윽고 불이 다시 들어오지만 생각의 단편은 온데간데없이 사라졌다. 겉보기엔 아무런 문제도 없는 듯했다. 다시 시작하자, 프레디. 어디까지 했더라?

버스 정류장 쪽으로 걸어가던 그의 눈에 간판 하나가 들어왔다.

하비 총포점

레밍턴, 윈체스터, 콜트, 스미스 앤 웨슨

사냥꾼 환영

회색 하늘이 조금씩 눈을 흩뿌리고 있었다. 그해 첫눈이었다. 눈이 떨어진 보도에는 베이킹소다 같은 허연 얼룩이 남았다가 이내 녹아 사라졌다. 눈송이를 향해 입을 벌리고 혀를 내민 빨간 비니 소년이 보였다. 눈은 금방 녹아버릴 거야, 프레디. 그는 소년을 바라보며 생각했다. 소년은 하늘을 향해 고개를 약간 젖힌 채 가던 길을 계속 갔다.

그는 하비 총포점 앞에서 걸음을 멈추고 망설였다. 문 앞 받침대에 진열된 석간신문의 표제를 읽었다.

불안정한 휴전 상태 지속

받침대 아래쪽에는 너저분한 흰색 경고판이 붙어 있었다.

돈 내고 신문을 삽시다!
명예를 지킵시다. 전부 유료 신문입니다.

총포점 안은 따뜻했다. 내부는 길쭉하기만 하고 폭은 넓지 않았다. 복도도 하나뿐이었다. 문 바로 안쪽의 왼편에 있는 유리 진열장에 탄약 상자들이 가득했다. 그는 어렸을 때 코네티컷주에서 22구경 싱글샷 라이플을 다뤄본 적이 있어서 22구경 탄약통을 바로 알아보았다. 3년 동안 탐냈던 라이플이었는데 막상 수중에 들어오자 그걸로 뭘 할지 딱히 생각이 나지 않았다. 한동안은 깡통을 쏴대다가 급기야 큰어치를 쏘았지만 깔끔하게 쏴 죽이질 못했다. 총에 맞은 큰어치는 분홍색 피가 뿌려진 눈 더미에 내려앉아 부리를 천천히 열었다 닫았다 했다. 그 일이 있은 후 그는 라이플을 고리에 걸어두고 3년 동안 건드리지도 않았다. 그러다 같은 거리에 사는 아이에게 9달러와 만화책 한 상자를 받고 팔아버렸다.

또 다른 탄약은 처음 보는 것이었다. 30-30, 30-06 라이플용 그리고 축적 모형 곡사포탄처럼 생긴 탄약이었다. 저런 탄약으로 무슨 동물을 죽이는 걸까? 호랑이? 공룡? 문구점의 싸구려 캔디처럼 유리 진열장 안에 담긴 탄약들이 그를 온통 사로잡았다.

점원인지 주인인지 모를 남자가 초록색 바지에 초록색 작업복 셔츠를 입은 뚱뚱한 남자와 얘기 중이었다. 뚱보의 셔츠에는 플랩 포켓이 달려 있었다. 그들은 진열장 위에 분해해서 늘어놓은 권총에 대한 얘기를 하고 있었다. 뚱보는 권총의 슬라이드를 엄지로 당긴 후 점원인지 주인인지 모를 남자와 기름 친 약실을 함께 들여다보았다. 뚱보가 무어라 말을 하자 점원인지 주인인지 모를 남자가 껄껄 웃어댔다.

"자동 권총인데 늘 막힌다고? 네 아버지한테 받은 총이지, 맥? 인정해."

"해리, 넌 머릿속에 온통 똥만 들었냐."

너야말로 머릿속에 똥만 들었지, 프레디, 라고 그는 생각했다. 머릿속에 잔뜩. 알고 있니, 프레디?

프레디는 알고 있다고 대답했다.

오른쪽에도 가게를 따라 길게 유리 진열장이 설치돼 있었다. 그 안에 라이플총이 못에 잔뜩 걸려 있었다. 2연발 산탄총이라면 그도 잘 알았지만 나머지 총들에 대해서는 문외한이었다. 저 끝의 카운터에서 얘기 중인 두 남자를 비롯해 어떤 이들은 이쪽 세계에 통달해 있었다. 그가 대학에서 공부한 일반 회계에 통달했듯이.

그는 가게 안쪽으로 들어가 권총들이 담긴 진열장을 들여다보았다. 공기총, 22구경, 나무 손잡이가 달린 38구경, 45구경, 그리고 영화 「더티 해리(Dirty Harry)」에서 더티 해리가 들고 다니던 44구경 매그넘 권총도 있었다. 예전에 그는 세탁회사에서 론 스톤과 비니 메이슨이 영화 「더티 해리」에 대해 떠드는 소리를 들었다. 그들은 도시에서 경찰은 그런 총을 갖고 다니게 허용하지 않는다고 했었다. 그런 총 한 자루만 있으면 1.6킬로미터쯤 떨어진 곳에 있는 사람의 몸에 구멍을 낼 수도 있으니까.

뚱보 맥, 그리고 점원인지 주인인지 모를 해리(더티 해리와 같은 이름)는 내려다보던 권총을 도로 조립했다.

"맨슐러 입고되면 연락 줘."

"알았어…… 그건 그렇고 자동 권총에 대한 네 편견은 터무니없어."(그는 이쯤에서 해리가 점원이 아니라 주인일 거라고 단정했다. 점원이라면 손님에게 터무니없다는 표현을 쓰지 않을 테니까.) "그리고 다음 주에 코브라가 들어올 수도 있어."

"그것도 가져갈게."

"장담은 못 해."

"언제는 장담했나…… 그래도 넌 이 도시 최고의 총기 제작자잖

아. 본인도 알다시피."

"알다마다."

맥은 진열장에 올려둔 권총을 한 번 쓰다듬고 돌아서다가 그와 부딪쳤다. '조심해, 맥. 그리고 웃는 얼굴로 다녀라.' 맥은 가게 문 쪽으로 향했다. 그는 맥이 팔 밑에 끼우고 있는 신문에 박힌 글자를 보았다.

불안정한 휴전

해리는 미소 띤 얼굴로 고개를 가로저으며 그를 돌아보았다.

"어떻게 오셨습니까?"

"뭐 좀 물어보려고 합니다만, 미리 말씀드리는데 저는 총에 관해 아무것도 모릅니다."

해리는 어깨를 으쓱했다.

"허가증은 있습니까? 다른 사람한테 사주시는 건가요? 크리스마스 선물로?"

"예, 뭐 그렇습니다. 사촌이 있는데, 이름은 닉입니다. 닉 애덤스라고. 미시간주에 사는데 총을 몇 자루 갖고 있죠. 사냥을 즐기는 편이라. 이번에 사려는 건 사냥보다는 좀 더, 음, 그러니까……"

"취미용으로 찾으시나요?"

해리가 미소 지으며 물었다.

"예, 맞습니다."

하마터면 '페티시용'이라는 말이 입 밖으로 나올 뻔했다. 그는 금

전 등록기에 붙은 오래된 범퍼 스티커를 내려다보았다. 범퍼 스티커에 이런 문구가 적혀 있었다.

총이 불법화되면 범법자들만이 총을 갖게 된다.

그는 해리에게 미소를 지으며 말했다.

"이건 정말 맞는 말입니다."

"그렇죠. 사촌분은……"

"음, 닉은 남들보다 한발 앞서는 면을 갖고 있어요. 제가 보트 타기를 좋아한다는 걸 알고는, 작년 크리스마스 때 에빈루드 60마력 모터를 선물로 보내줬죠. REA 익스프레스 택배요. 저는 닉에게 고작 사냥용 재킷을 선물로 줬는데 말이죠. 제가 너무 모자란 놈으로 느껴지더군요."

해리는 공감한다는 듯 고개를 끄덕였다.

"그런데 6주 전엔가 닉한테 편지가 왔어요. 서커스 무료입장권이라도 받은 아이처럼 들떠 있더라고요. 닉이 친구 여섯 명과 함께 돈을 모아서 총을 마음껏 쏠 수 있는 멕시코의 어느 지역으로 여행을 떠나기로 했다는데……"

"무제한 사냥 구역이요?"

"예, 거기요." 그는 싱긋 웃었다. "마음껏 총을 쏠 수 있고, 사냥감을 저장할 수도 있는 곳이라던데. 사슴, 영양, 곰, 들소를 비롯해 뭐든지요."

"보카 리오인가요?"

"그것까진 기억이 안 납니다. 좀 더 긴 이름이었던 것 같기도 하고."

해리의 눈이 꿈을 꾸는 듯 아련해졌다.

"방금 가게에서 나간 손님이랑 저, 그리고 다른 친구 두 명이 1965년에 보카 리오에 놀러 갔더랬죠. 거기서 저는 얼룩말을 쐈습니다. 얼룩말을요! 박제해서 우리 집 오락실 벽에 걸어뒀어요. 그때가 제 인생 최고의 순간이었습니다. 사촌분이 부럽네요."

"그러게요. 아내와 얘길 했는데 아내가 제 뜻대로 하라더군요. 세탁회사가 올해 사업이 꽤 잘 됐어요. 저는 서부 지역에 있는 블루리본 세탁회사에서 일하고 있습니다."

"아, 어딘지 압니다."

그는 이대로 해리와 종일, 올해 말까지 수다를 떨면서, 진실과 거짓을 섞어 아름답게 빛나는 대화의 태피스트리를 짤 수도 있을 것 같았다. 세상만사 다 잊고. 기름 부족이나 높은 쇠고기 가격, 불안정한 휴전 상태 따윈 생각도 안 하고. 존재하지도 않는 사촌 얘기를 떠벌리면서. 그렇지, 프레디? 잘하고 있어요, 조지.

"저희는 올해 센트럴 병원과 정신병원 몇 군데, 그리고 새로 생긴 모텔 세 곳과 계약을 맺었죠."

"프랭클린 대로에 있는 퀄리티 모텔도 손님네 회사 고객인가요?"

"예, 맞습니다."

"저도 거기 두어 번 갔었는데 시트가 늘 아주 청결하더라고요. 재미있네요. 보통 모텔에 묵을 때 누가 이 시트를 세탁할까 같은 건 생각을 안 하잖습니까."

"그렇죠. 아무튼 저희가 장사가 꽤 잘된 편이라서 이번 참에 닉에게 라이플과 권총을 사줘야겠다 싶었습니다. 닉은 늘 44구경 매그넘을 갖고 싶어 했어요. 얼마 전에도 그 총에 대해 또 언급을 하더라고요……"

해리는 44구경 매그넘을 꺼내 유리 진열장 위에 조심스럽게 내려놓았다. 그는 그 권총을 손에 들어보았다. 묵직해서 좋았다. 중요한 업무를 처리하는 기분도 들었다.

그는 유리 진열장 위에 권총을 도로 내려놓았다.

"장전에 대해 말씀드리자면……"

해리가 설명하려 했지만 그는 웃으며 손을 들어 막았다.

"아뇨, 사라고 설득 안 하셔도 됩니다. 살 생각이에요. 사실 이 분야에 대해 잘 몰라서 설명해주셔도 못 알아듣습니다. 탄약은 어느 정도 사면 될까요?"

해리는 어깨를 으쓱했다.

"10통 정도면 되지 않을까요? 어디서든 구하기 어렵지 않을 겁니다. 권총은 세금까지 해서 289달러인데, 탄약까지 넣어서 280달러에 드리죠. 어떻습니까?"

"좋네요." 진심이었다. 그래도 한마디 더 해야 할 것 같아 그는 덧붙였다. "아주 괜찮은 가격이에요."

"보카 리오에 간다면 사촌분이 잘 쓸 수 있을 겁니다."

"라이플은……"

"사촌분이 어떤 종류를 보유하고 계시죠?"

그는 어깨를 으쓱하며 손바닥을 펼쳤다.

"죄송합니다만 잘 모릅니다. 산탄총 두세 자루에 자동 장전식이라는 총을 갖고 있는 것 같긴 했는데……"

"레밍턴인가요?"

해리가 너무 빨리 치고 들어와서 그는 약간 위축됐다. 갑작스레 허리까지 차오른 물속을 걸어가는 기분이었다.

"그런 것 같기도 하고. 잘 모르겠네요."

"레밍턴이 최고죠." 해리는 고개를 끄덕이면서 그의 마음을 다시 편안하게 해주었다. "가격대는 어디까지 생각하고 계십니까?"

"음, 솔직하게 말씀드리죠. 닉에게 선물 받은 모터 가격이 아마 400달러 정도 할 겁니다. 그래서 최소한 500달러, 최대 600달러 정도로 맞췄으면 합니다."

"사촌과 사이가 정말 좋으신가 보네요?"

"어린 시절에 함께 자랐거든요. 닉이 원한다면 제 오른팔까지 내줄 수 있을 정도죠."

"그렇다면 특별한 걸 보여드려야겠네요."

해리는 열쇠고리에서 열쇠 하나를 골라 들고 유리 보관장 앞으로 걸어갔다. 그는 보관장을 열더니 스툴을 밟고 올라서서 위쪽에 놓인 길고 묵직하며 무늬가 새겨진 라이플을 꺼냈다.

"생각하시는 가격대보다 약간 더 높기는 합니다만 워낙 아름다운 총이라서요."

해리는 총을 그에게 내주었다.

"어떤 총이죠?"

"460 웨더비라고, 제가 지금 매장에 갖고 있는 것보다 무거운 탄약을 사용합니다. 필요하다고 하시면 시카고에서 원하시는 만큼 탄약을 주문해드릴 수 있습니다. 일주일 안에 가능합니다. 이건 정말 완벽하게 무게 중심이 맞는 총이에요. 총구 에너지가 8000파운드가 넘죠…… 공항버스 같은 걸 맞춰서 타격을 줄 수 있을 정도예요. 이걸로 수사슴의 머리를 맞추면 몸통까지 다 날아가서 기념품으로 꼬리밖에 못 챙깁니다."

그는 이 라이플을 사기로 마음먹었지만 갈등하는 척했다.

"글쎄요. 닉이 기념품을 챙기려고 할지 모르겠네요. 그 부분이 좀……"

"당연히 챙겨야죠." 해리는 웨더비를 손에 들고 약실에 탄약을 쟀다. 총구멍이 어찌나 큰지 메시지 전달용 비둘기 한 마리를 통째로 집어넣을 수 있을 듯했다. "고기나 얻으려고 보카 리오에 사냥을 하러 가는 사람은 없으니까요. 사촌이 총 쏘는 걸 즐긴다면서요. 이 총을 가져가면 20킬로미터나 되는 구릉지대에서 무거운 사냥감을 끌고 갈 걱정은 안 해도 됩니다. 그렇게 끌고 가다간 어차피 고기가 다 상해요. 저녁 식사 시간도 못 맞추고 말이죠. 이 총으로 쏘면 사냥감의 내장이 6미터 넘게 펼쳐질 겁니다."

"가격은 얼마나 합니까?"

"음, 지금부터 말씀드리죠. 이건 마을 안에서 끌고 다닐 총이 아닙니다. 누가 단순히 재미를 위해 대전차용 총을 사려고 할까요? 테이블 위에 올려놓으면 배기가스 냄새가 풍기는 총이잖습니까. 소매가가 950달러고 도매가는 630달러인데 700달러에 맞춰드리겠습니다."

"그래도…… 권총과 합하면 1000달러네요."

"300달러 이상 구매하시면 10퍼센트 할인해드려요. 다 해서 900달
러입니다." 해리는 어깨를 으쓱했다. "이 총을 사촌에게 선물해보
세요. 사촌은 분명 이런 총을 안 갖고 있을 겁니다. 혹시 이미 갖고
있다면 750달러에 제가 되사는 걸로 하죠. 문서로도 써드리겠습니
다. 그 정도로 확신합니다."

"농담 아니고요?"

"절대 아닙니다. 절대요. 물론 가격이 너무 세기는 하죠. 아주 세
요. 다른 총을 보여드릴 수도 있어요. 하지만 사촌이 사냥에 미쳐
있다면 이런 총을 두 자루라도 보유하고 싶을 겁니다."

"그렇군요." 그는 짐짓 생각에 잠긴 표정을 지었다. "전화 좀 쓸
수 있을까요?"

"그러세요. 저 뒤쪽에 있습니다. 아내와 상의를 하셔야죠?"

"그러는 게 좋을 것 같아서요."

"그러셔야죠. 따라오세요."

해리는 그를 어수선하게 물건들이 쌓인 뒷방으로 데려갔다. 그
곳에는 긴 의자와 홈집 난 나무 탁자가 있었고 탁자 위에는 총 부
품, 용수철, 액체 세정제, 광고지, 납탄이라는 라벨이 붙은 병들이
흩어져 있었다.

"전화기 여기 있습니다."

그는 긴 의자에 앉아 수화기를 집어 들고 다이얼을 돌렸다. 해리
는 매장으로 도로 나가 매그넘을 집어서 상자에 담았다.

"WDST 일기예보 서비스를 찾아주셔서 감사드립니다." 수화기에서 녹음된 경쾌한 목소리가 들렸다. "오늘 오후, 소낙눈이 내리다가 늦은 저녁부터 눈이 가볍게 흩날리겠습니다."

"어, 매리. 나야. 지금 하비 총포점에 와 있어. 응, 닉에게 줄 선물 때문에. 우리가 얘기했던 권총을 사기로 했어. 마침 적당한 권총이 진열장에 있더라고. 그리고 여기 사장님이 라이플을 보여주셨는데……"

"……내일 오후에 개이겠습니다. 오늘 밤 기온은 영하 1도이며 내일 정오에 4도로 오르겠습니다. 오늘밤 강수확률은……"

"……당신 생각엔 어떻게 하는 게 좋겠어?"

그림자를 보아하니 해리는 그의 뒤 문간에 서 있었다.

"그래. 나도 알아."

"WDST 일기예보 서비스를 이용해주셔서 감사합니다. 최신 일기예보를 확인하려면 평일 저녁 6시, 밥 레이놀즈가 진행하는 뉴스플러스 식스티를 시청해주시기 바랍니다. 감사합니다."

"농담 아닌 거 알아. 많이 비싸긴 하지."

"WDST 일기예보 서비스를 찾아주셔서 감사드립니다. 오늘 오후, 소낙눈이 내리다가……"

"정말이야, 여보?"

"오늘밤 강수확률은 80퍼센트이며 내일……"

"그래, 알았어." 그는 벤치에 앉은 채 몸을 돌려 해리를 보며 웃었다. 그리고 엄지와 검지로 동그라미 표시를 해보였다. "사장님이 참 좋은 분이셔. 닉이 이런 라이플은 안 갖고 있을 거라고 장담을 하시네."

"내일 오후에 개이겠습니다. 오늘밤 기온은……"

"나도 사랑해, 매리. 끊을게."

그는 전화를 끊었다. 맙소사, 프레디, 정말 잘했어. 그러게요, 조지. 잘했네요.

그는 의자에서 일어섰다.

"아내가 저만 좋으면 사라고 하네요. 사겠습니다."

해리는 미소를 지었다.

"사촌이 선더버드 자동차를 선물하면 어쩌실 겁니까?"

그도 미소를 지으며 대답했다.

"문을 열지도 말고 돌려보내야죠."

매장으로 나가면서 해리가 물었다.

"수표로 하시겠습니까, 아니면 카드로?"

"아메리칸 익스프레스 카드로 해도 될까요?"

"당연히 됩니다."

그는 카드를 내밀었다. 카드 뒷면 서명란에는 이렇게 적혀 있었다.

바튼 조지 도스

"프레디한테 한꺼번에 실어 보내려고 하는데 탄약이 제때 도착할까요?"

신용 카드를 내려다보던 해리가 고개를 들었다.

"프레디요?"

그는 좀 더 환하게 미소 지었다.

"닉이 프레디예요. 프레디가 닉이고. 이름이 니콜라스 프레드릭 애덤스거든요. 어렸을 때부터 이름이 너무 거창하다며 놀리곤 했죠."

"아, 예." 썰렁한 농담을 들은 사람들의 반응이 으레 그렇듯, 해리는 점잖게 미소 지었다. "여기 서명해주시겠습니까?"

그는 서명을 했다.

해리는 카운터 아래서 또 다른 장부를 꺼냈다. 책등 가까운 왼쪽 모서리에 구멍을 뚫고 강철 사슬로 꿰어놓은 묵직한 장부였다.

"연방 정부에 보고를 해야 하니 여기 이름과 주소를 적어주세요."

펜을 쥔 그의 손가락에 힘이 들어갔다.

"알겠습니다. 총을 사는 게 처음이라 엄청 긴장되네요."

그는 이름과 주소를 장부에 적었다.

바틀 조지 도스. 서부 지역 크레스탈린가 1241번지

"연방 정부가 온갖 일에 개입을 하는군요."

"그들도 하고 싶어서 하는 건 아닐 겁니다."

"그렇겠죠. 어제 뉴스 들으셨습니까? 오토바이 운전자는 반드시 구강보호구를 착용해야 한다는 법을 만들어달라고 한다더군요. 구강보호구라니, 맙소사. 이러다간 부분 의치를 떼어내도 되는 지까지 연방 정부에 물어봐야 할 판이에요."

"제 장부에 대해 그렇게까지 따지고 들진 않을 겁니다."

해리는 이렇게 말하며 장부를 카운터 밑에 내려놓았다.

"정부가 서부 지역에서 진행하는 고속도로 확장 사업도 그렇잖아요. 건방진 측량사 놈이 '여기로 도로가 지나가야 됩니다'라고 하면 정부는 그 땅 주인에게 편지를 줄기차게 보내죠. '죄송하지만 이곳으로 784번 고속도로 확장선이 통과하게 되니 일 년 내에 이사 나갈 새집을 찾으세요'라면서요."

"정말 안타까운 일이에요."

"그렇죠. 한 집에서 20년 동안 살아온 사람에게 '토지 수용권(정부가 사유지를 필요에 따라 몰수할 수 있는 권한—옮긴이)'을 내세우면 어쩌자는 걸까요? 아내와 사랑을 나누고 자식을 키우고 여행을 갔다가도 언제든 돌아오던 집인데 말입니다. 법을 만들어 시민의 등을 치는 것밖에 안 되는 거죠."

조심해라, 조심해.

이번에는 회로 차단기 발동이 약간 늦어서 남들 눈에 이상한 면을 약간 보이고 말았다.

"괜찮으십니까?"

해리가 물었다.

"예. 점심으로 서브마린 샌드위치를 먹었는데, 괜히 먹었나 보네요. 속에 가스가 차서."

"이거라도 드세요."

해리는 가슴주머니에서 알약을 꺼냈다. 알약 표면에 이렇게 적혀 있었다.

'롤레이즈'

"고맙습니다."

알약에 보풀이 하나 붙어 있었지만 그는 개의치 않고 한 알을 받아 입에 넣었다. 나를 잘 봐, 나는 텔레비전 광고에 나온 약이란 말이야. 내 무게의 47배에 달하는 위장의 과도한 위산 분비를 억제해주는 약이라고.

"저한테는 그 약이 늘 효과가 있어요."

"탄약통은……"

"제때 도착할 겁니다. 일주일 정도 예상하는데, 혹시 더 걸리더라도 이틀을 넘기진 않을 겁니다. 70라운드를 주문해드리겠습니다."

"음, 총을 여기 두고 가도 될까요? 제 이름을 붙여서요. 바보 같다고 생각하실지 모르지만 집에 놔두고 싶지 않아서 그럽니다. 바보 같죠?"

"본인 생각대로 살면 되는 거죠."

해리는 차분하게 말했다.

"그럼, 제 사무실 전화번호를 적어드리겠습니다. 총알이 도착하면ㅡ"

"카트리지라고 부르시면 됩니다. 카트리지나 탄약통이요."

"카트리지." 그는 미소를 지었다. "카트리지가 들어오면 전화해주세요. 가게에 들러서 권총을 챙기고 운송에 필요한 서류가 있으면 작성하겠습니다. REA 택배사가 총기 운송도 하나요?"

"그럼요. 사촌 분이 수령하시고 서명을 해주시면 됩니다."

그는 해리의 명함에 자신의 이름과 사무실 전화번호를 적었다.

해럴드 스위너튼 849-6330

하비 총포점

탄약 골동품 총

"사장님 성함이 해럴드면, 하비는 누굽니까?"

"하비는 제 형입니다. 8년 전에 세상을 떠났죠."

"유감이네요."

"누구나 언젠가는 세상을 떠나게 돼 있으니까요. 어느 날 형은 가게를 열고 금전 등록기 정리를 한 후에 심장 마비로 세상을 떠났습니다. 형은 세상 누구보다 친절한 사람이었어요. 180미터 떨어진 곳에서 사슴을 총으로 쏘아 쓰러뜨릴 수 있을 만큼 사격 솜씨도 좋았고요."

그는 카운터 너머로 손을 내밀어 해리(해럴드의 약칭—옮긴이)와 악수를 나눴다.

"카트리지가 도착하면 전화 드리겠습니다."

"잘 부탁드립니다."

그는 총포점을 나와 눈 쌓인 길로 발을 내디뎠다. '불안정한 휴전 상태 지속'이라는 표제 기사가 실린 신문 앞을 지나가는데 눈발이 좀 더 세진 것 같았다. 장갑을 끼고 있어 다행이었다.

저 안에서 뭘 한 거예요, 조지?

쿵, 회로 차단기가 내려갔다.

버스 정류장에 도착했을 무렵, 방금 총포점에서 있었던 일은 어딘가에서 읽은 적 있는 사건을 자신의 일로 착각한 것일지 모른다는 생각이 문득 들었다. 하지만 착각이 아니었다.

곡선을 그리며 길게 뻗어나간 서부 지역 크레스탈린가는 주변에 고층 아파트 단지가 솟아오르기 전까지만 해도 아름다운 공원과 멋진 강 풍경을 자랑하던 곳이었다. 2년 전부터 고층 아파트 단지가 웨스트필드 대로까지 뻗어나가면서 아름다운 풍경을 거의 다 막아버렸다.

1241번지는 높이를 달리해서 지은 목장 주택으로 측면에 차 한 대가 들어가는 차고가 딸려 있었다. 길고 척박한 앞마당은 진짜 눈이 내려 자신을 덮어주길 기다리고 있었다. 진입로에는 지난봄에 새로 아스팔트를 깔았다.

집 안으로 들어가자 텔레비전 소리가 들렸다. 지난여름에 새로 장만한 제니스 TV장에 고이 넣어둔 텔레비전이었다. 지붕의 전동 안테나는 그가 직접 설치한 것이었다. 아내는 앞으로 어떻게 될지 모른다며 전동 안테나 설치에 반대했지만 그는 고집을 꺾지 않았다. 설치가 가능하다면 나중에 이사할 때 떼어내는 것도 가능하리라는 게 그의 생각이었다. 바튼, 멍청하게 굴지 마. 추가로 돈이 들어가고…… 넌 그만큼 일을 더 많이 해야 돼. 그가 끝까지 고집을 꺾지 않자 결국 아내는 이번만은 '장단'을 맞춰주겠다고 했다. 아내의 열띤 반대를 무릅쓰고도 그가 끝까지 무언가를 하겠노라 고집할 때가 드물게 있는데 그럴 때마다 아내가 하는 말이었다. 좋아, 바튼. 이번만은 내가 당신 '장단'에 맞춰줄게.

아내는 사회자 머브 그리핀이 유명 인사와 수다를 떠는 프로그램을 보고 있었다. 유명 인사는 영화배우 론 그린으로, 새로 시작한 경찰 드라마 '그리핀'에 대한 얘기를 하는 중이었다. 론은 자신이 「머브 그리핀 쇼」를 엄청 좋아한다고 말했다. 곧 아무도 이름을 들어봤을 것 같지 않은 흑인 가수가 등장해 「난 내 마음을 샌프란시스코에 두고 왔어요(*I Left My Heart in San Francisco*)」라는 노래를 불렀다. (그는 그 가수의 성별이 여자인 것 같다고 생각했다.)

"나 왔어, 매리."

"응, 바튼."

탁자 위에 우편물이 놓여 있어 곧장 열어보았다. 볼티모어에 사는 살짝 맛이 간 처제가 매리에게 보낸 편지. 걸프 신용 카드 청구서: 38달러. 당좌 계좌 명세서: 현금인출 49건, 신용 카드 사용 9건, 잔액 954달러 47센트. 총포점에서 아메리칸 익스프레스 신용카드로 결제하길 잘했다.

매리가 물었다.

"뜨거운 커피 있는데. 아니면 술 마실래?"

"술. 내가 가져올게."

나머지 우편물도 마저 확인했다. 첫 번째는 도서관에서 빌린 톰 위커의 『사자들을 대면하며(*Facing the Lions*)』가 연체됐음을 알리는 도서 연체 통지서였다. 한 달 전 톰 위커가 로터리 클럽에서 진행한 오찬 자리에서 연설을 했는데, 수년 만에 들어보는 최고의 연설이었다.

두 번째는 암로코 사에서 파견된 스테판 오드너 사장이 보낸 개인 편지였다. 암로코는 블루 리본 세탁회사를 소유한 모기업이었다. 오드너는 바튼에게 워터포드 부지 거래에 관한 논의도 할 겸 집에 들러달라고 했다. 금요일이면 좋겠는데, 추수감사절에 어디 가있을 계획이면 미리 전화를 해줬으면 좋겠고, 별 계획이 없으면 매리와 함께 오라고 했다. 오드너는 아내인 칼라가 늘 매리를 보고 싶어 한다는 둥 개소리를 늘어놓았다.

세 번째는 고속도로 관리청에서 또다시 보낸 편지였다.

바튼은 창문으로 흘러드는 오후의 흐릿한 햇빛을 받으며 한참동안 그 편지를 내려다보다가 다른 우편물들과 함께 사이드보드에 얹어놓았다. 그리고 스카치위스키에 얼음을 넣은 술잔을 손에 들고 거실로 향했다.

머브는 여전히 론과 수다를 떨고 있었다. 새로 산 제니스 TV장 색깔이 무척 마음에 들었다. 초자연적인 느낌마저 드는 색깔이었다. 이 나라가 ICBM(대륙간 탄도 미사일)을 컬러텔레비전만큼 잘 만들면 언젠가 어마어마한 빅뱅이 터질지도 모른다는 생각이 문득 머릿속에 떠올랐다. 론의 머리카락은 도저히 상상할 수도 없을 만큼 특이한 은색이었다.

'제길, 저 머리카락을 확 잡아 뜯어서 대머리로 만들고 싶네.'

바튼은 이런 생각을 하며 싱긋 웃었다. 어머니가 즐겨 쓰던 표현 중 하나였다. 대머리가 된 론 그린의 모습을 상상하는 게 왜 그렇게 재미있는지는 알 수가 없었다. 총포점에서 다소 심하게 흥분을 했었는데 그 여파인 듯도 했다.

매리가 미소를 지으며 그를 올려다보았다.

"뭐가 그렇게 웃겨?"

"아무것도 아니야. 그냥 뭐 좀 생각하느라."

그는 매리 옆에 앉아 아내의 뺨에 입을 맞췄다. 아내는 키가 큰 편이고 올해 서른여덟 살이었다. 청춘의 상큼한 아름다움이 저물고 중년으로 접어드는 나이였다. 피부는 여전히 좋은 편이었고, 가슴은 원래 작아서 크게 처지지 않았다. 음식을 많이 먹는 편이지만 신진대사가 컨베이어벨트처럼 활발해 여전히 날씬했다. 신들이 그녀의 앞날에 어떤 계획을 세워두고 있는지 모르지만, 향후 10년은 바닷가에서 수영복을 입을 생각만으로 주눅 들지 않을 정도는 될 듯했다. 문득 그는 밖으로 약간 돌출된 내닫이창을 돌아보았다. 야, 프레디, 경영진이라면 누구나 집에 내닫이창 정도는 갖고 있어. 그건 델타 88 자동차 같은 성공의 상징이거든. 맞아요, 조지. 늙은 심장과 담배를 조심하세요. 당신도 얼마 안 있으면 여든이에요.

매리가 물었다.

"오늘 어땠어?"

"좋았지."

"워터포드의 새 공장 부지에는 갔다 왔어?"

"오늘은 못 갔어."

그는 지난 10월부터 쭉 워터포드에 가보지 못하고 있었다. 오드너도 그 사실을 잘 알고 있었다. 누군가 오드너에게 귀띔을 해줬으니 그에게 따로 편지를 보냈을 것이다. 워터포드의 새 공장 부지는 원래 방직 공장이었던 곳인데 지금은 비어 있었다. 부동산 거래를 맡은 약삭빠른 아일랜드계 부동산 중개사가 바튼에게 끈덕지게 전화를 걸어왔다. 어서 이 거래를 마무리하시죠. 웨스트사이드 지역

에서 이 부지에 관심을 가진 회사들이 한둘이 아니에요, 라고 주절
대면서. 바튼은 최대한 빠른 시일 내에 들를 테니 참을성 있게 기다
려주시죠, 라고 부동산 중개사에게 말했다.

매리가 물었다.

"크레슨트 지역에 있는 집은 어때? 벽돌집 말이야."

"너무 비싸. 4만 8000달러를 부르더라고."

매리는 분개했다.

"그 정도 집에? 날강도네!"

"그렇다니까." 그는 술을 쭉 들이켰다. "볼티모어에 사는 비이는
뭐래?"

"늘 똑같은 소리지 뭐. 요즘은 의식 함양을 위한 집단 물 요법에
빠져 있어. 웃기지 않아? 바튼……"

"그러게, 웃기네."

"바튼, 우린 집 문제를 어서 해결해야 돼. 1월 20일이 얼마 안 남
았어. 그날까지 집을 못 구하면 우린 길에 나 앉아야 돼."

"최대한 서두를게. 인내심을 좀 갖자."

"유니언가에 있는 그 작은 식민지 시대풍 집은—"

"그 집은 이미 팔렸어."

그는 잔에 남은 술을 마저 마셨다.

매리는 짜증이 솟는 말투였다.

"내가 하려던 말이 바로 그거야. 우리 둘이 살기에 딱 좋은 집이
었는데. 이 집과 땅을 차지하는 대신 시에서 주겠다는 돈이면 그 정
도 집은 살 수 있었잖아."

"별로 마음에 안 들었어."

"요즘 당신 마음에 드는 게 뭐 있긴 한가." 매리는 평소답지 않게 신랄했다. "또 마음에 안 든다네." 매리는 텔레비전을 쳐다보며 중얼거렸다. 흑인 여가수가 '알피(Alfie)'라는 노래를 부르고 있었다.

"매리, 난 최선을 다하고 있어."

매리는 고개를 돌려 그를 진지하게 바라보며 말했다.

"바튼, 당신이 이 집에 얼마나 정이 들었는지 잘 아는데—"

"아니, 당신은 몰라. 전혀."

1973년 11월 21일

밤사이 내린 눈이 세상을 얇게 뒤덮었다. 버스 문이 덜컥 열리자 바튼은 보도로 내려섰다. 이미 그곳을 지나간 사람들의 발자국이 쭉 찍혀 있었다. 모퉁이를 돌아서 펄가(街)를 걸어가는데 뒤에서 버스가 호랑이처럼 그르릉대며 멀어져갔다. 잠시 후 그날 아침 두 번째로 짐을 실으러 가는 조니 워커가 그의 옆을 지나갔다. 파란색과 흰색으로 된 세탁 트럭의 운전석에 앉은 조니가 그에게 손을 흔들자 그도 마주 흔들었다. 오전 8시가 조금 넘은 시각이었다.

세탁회사의 하루는 오전 7시에 시작되었다. 론 스톤 주임과 데이브 래드너 세탁팀장이 회사에 도착해 보일러의 압력을 높이는 시각이 오전 7시였다. 셔츠 담당 여직원들은 7시 30분에 출근했고, 고속 다리미 기계를 돌리는 여직원들은 8시 출근이었다. 그는 힘쓰는 일도 많고 착취도 일어나는 아래층 세탁장을 그다지 좋아하지 않았다. 하지만 그곳에서 일하는 작업자들은 그를 별나게 좋아해서, 친근하게 이름으로 부르곤 했다. 그도 몇몇을 빼고는 대부분의 직원들에게 호감을 갖고 있었다.

그는 트럭 기사들이 짐을 부리는 곳을 지나, 어젯밤 다림질을 끝내지 못한 시트들이 담긴 바구니들 사이로 걸어갔다. 바구니마다 먼지가 들어가지 않도록 플라스틱 덮개가 덮여 있었다. 저 앞에서 론 스톤이 낡은 밀너 싱글 포켓 기기의 구동 벨트를 조이고 있었다. 데이브는 대학을 중퇴한 조수 스티브 폴락을 데리고 산업용 와식스 세탁기에 모텔 시트들을 집어넣고 있었다.

"바튼!"

론 스톤이 그를 반겼다. 론은 늘 목청 높여 말하는 버릇이 있었다. 건조기, 다림질기, 셔츠 전용 다림질기, 세탁기가 쉴 새 없이 돌아가는 곳에서 사람들과 소통하며 30년을 일하다 보니 그리된 것이었다.

"이 망할 밀너 기계가 계속 작동을 멈추는데요. 표백 단계에만 가면 멈춰서 데이브가 수동으로 돌리고 있습니다. 탈수도 잘 안 돼요."

그는 론을 달래려 차분하게 말했다.

"킬갤런 사에 주문 넣어 뒀어. 두 달만 있으면—"

"워터포드의 새 공장에 넣는 겁니까?"

"맞아."

그는 머리가 약간 핑 도는 기분이었다.

론은 표정이 어두웠다.

"두 달 동안 이 짓거릴 하다간 정신병원에 들어가겠어요. 시스템 변경도 문제라서…… 폴란드 군대의 행진보다 더 엉망입니다."

"주문한 기계가 들어오면 괜찮아질 거야."

"어느 세월에요! 석 달만 더 이러고 있으면 여름이라고요."

그는 그 얘기를 더 길게 하고 싶지 않아 고개만 끄덕였다.

"제일 먼저 돌릴 세탁물이 어디 거야?"

"홀리데이 인 모텔이요."

"세탁물을 돌릴 때마다 수건 45킬로그램도 같이 넣어. 여관에서 수건이 얼마나 많이 쓰이는지 자네도 알잖아."

"예, 여관에서는 뭐든 많이 쓰이죠."

"지금 물량이 얼마나 되지?"

"270킬로그램 찍었습니다. 대부분 슈라이너스에서 온 건데, 월요일까지 대기했어요. 그렇게 더러운 시트는 처음 봤습니다. 일부는 때에 절어서 뻣뻣해요."

그는 새로 들어온 조수 폴락을 턱 끝으로 가리키며 물었다.

"저 친구는 일 잘하고 있어?"

블루 리본 세탁회사의 세탁장 조수 자리는 사람이 빨리 바뀌는 편이었다. 데이브가 조수들을 닦달했고 론이 버럭버럭 소리를 질러대서 조수들은 신경이 곤두서다 못해 성질을 내며 그만두기 일쑤였다.

론이 대답했다.

"지금까지는 괜찮습니다. 지난번 조수 기억하시죠?"

그는 기억했다. 그 조수는 3시간을 버텼다.

"어, 기억나. 그 조수 이름이 뭐였더라?"

론 스톤은 이마에 주름을 잡으며 천둥 같은 목소리로 말했다.

"이름은 기억도 안 나네요. 베이커였나, 바커였나? 아마 그럴 겁니다. 지난 금요일에 스탑앤샵 슈퍼마켓 앞에서 그 녀석을 봤어요. 상추 불매운동 전단지를 나눠주고 있더라고요. 정말 웃기지 않습니까? 이깟 일도 못 버텨서 나간 주제에 미국이 러시아처럼 되어야 한다는 둥 헛소리를 적은 전단지나 뿌려대고 있으니 말이죠. 내 가슴이 다 찢어지더만요."

"다음은 하워드 존슨 호텔 세탁물을 돌릴 차례인가?"

론은 상처받은 표정으로 대답했다.

"저희는 그 호텔 세탁물을 늘 일 순위로 돌립니다."

"9시까지 가능해?"

"그럼요."

저쪽에서 데이브가 그에게 손을 흔들자 그도 마주 흔들었다. 그는 드라이클리닝 작업장, 회계 부서를 지나 위층에 있는 자신의 사무실로 올라갔다. 책상 뒤의 회전의자에 앉아 우편함에 담긴 우편물을 꺼내 읽기 시작했다. 책상 위에는 장식판이 하나 놓여 있었다.

생각하라!

새로운 경험을 하게 될 것이니.

그 장식판이 딱히 마음에 든 건 아니었지만 매리가 준 선물이라 책상에 올려놓고 있었다. 언제 받은 거였지? 5년 전인가? 한숨이

나왔다. 그의 사무실을 방문한 영업사원들은 그 장식판의 내용이 재미있다며 웃었다. 하지만 굶주린 아이 사진이나 히틀러가 성모 마리아와 붙어먹는 사진을 보여줘도 웃어댈 사람들이라 별 의미는 없었다.

스테판 오드너에게 워터포드 부지 거래의 현재 상황에 대해 쓸데없는 말을 지껄였을 것이 분명한 비니 메이슨 역시 책상 위에 '생잠하라'는 문구가 새겨진 장식판을 놓아두고 있었다.

'생각하라'도 아니고 '생잠하라'라니. 대체 무슨 뜻일까? 걸핏하면 웃어대는 영업사원도 그걸 보면 어이가 없어 웃지도 못할 것이다. 안 그래, 프레디? 맞아요, 조지. 정말 그래요. 바깥에서 묵직한 디젤 엔진 소리가 들려왔다. 그는 의자를 빙글 돌려 바깥을 내다보았다. 고속도로 작업자들이 새로운 하루를 시작하려 준비하고 있었다. 기다란 트레일러 한 대와 불도저 두 대가 세탁회사 앞 도로를 지나갔고 그 차들 때문에 속도를 내지 못해 안달이 난 일반 차량들이 그 뒤를 바짝 따라갔다.

드라이클리닝 작업장 위에 자리한 이 3층 사무실에서는 저 아래 고속도로 공사 진행 상황이 한눈에 내다보였다. 서부의 상업 지역과 주거 지역을 가로지르는 길이 만들어지는 중이었다. 마치 절개한 수술 부위처럼 길쭉하게 뻗은 갈색 도로는 온통 진흙으로 뒤덮여 있었다. 공사는 길더가를 가로질렀고 헤브너 대로의 공원도 흙더미로 뒤덮였다. 찰리가 어렸을 때…… 아기나 다름없었을 때 그는 찰리를 데리고 그 공원을 찾곤 했다. 그 공원의 이름이 뭐였더라? 알 수가 없었다. 그냥 헤브너 대로 공원일 거야, 프레디. 공원

안에는 어린이 야구 리그 야구장과 시소들, 중앙에 작은 집이 설치된 오리 연못도 있었다. 여름이면 그 작은 집의 지붕은 언제나 새똥으로 뒤덮였다. 생각해보니 그 공원에는 그네도 있었다. 찰리는 헤브너 대로 공원에서 처음 그네를 탔다. 지금 심정이 어때, 프레디? 처음에 찰리는 그네를 무서워하면서 울음을 터뜨렸지만 곧 즐기기 시작했어. 집으로 갈 시간이 돼서 그네에서 내려놨더니 안 가겠다고 울었지. 집으로 가는 동안 바지에 오줌을 싸서 카시트까지 다 젖었어. 그게 벌써 14년 전 일이네.

페이로더(앞에 가동식의 대형 블레이더나 동력 삽을 탑재한 굴착기—옮긴이)를 실은 트럭 한 대가 또 지나갔다.

헤브너 대로에서 서쪽으로 서너 블록 떨어진 곳에 위치한 가슨 블록은 넉 달 전에 이미 철거됐다. 대부 회사와 은행 한두 개, 치과 의원, 척추 지압소, 족병 치료소 등이 입점해 있던 사무용 건물 두 개가 흔적도 없이 사라졌다. 그건 그렇다 치더라도 오래된 그랜드 영화관까지 철거되자 바튼은 마음이 좋지 않았다. 1950년대 초에 그는 그랜드 영화관에서 좋아하는 영화들을 봤다. 레이 밀랜드가 출연한 「다이얼 M을 돌려라(*Dial M for Murder*)」와 마이클 레니가 출연한 「지구 최후의 날(*The Day the Earth Stood Still*)」이었다. 며칠 전 밤에 텔레비전에서 그 영화를 상영하자 그는 작심하고 보려다가 곧 잠이 들어 국가가 연주될 때쯤에야 눈을 떴다. 자느라 깔개에 술을 쏟은 바람에 매리에게 잔소리깨나 들었다.

그런 만큼 그랜드 영화관은 그에게 의미 있는 곳이었다. 요즘은 교외 지역에 새로운 영화관들이 들어섰다. 6킬로미터에 달하는 주

차장 한가운데에 작고 근사한 건물들을 지어놓고 제1 영화관, 제
2 영화관, 제3 영화관, 시사회실, 1947 영화관 같은 간판을 달았다.
그는 매리를 데리고 영화 「대부(The Godfather)」를 보러 워터포드의
영화관에 간 적이 있었다. 푯값은 2.5달러였다. 안으로 들어가 보니
발코니도 없었고, 마치 볼링장처럼 생긴 공간이었다. 그런 곳에 비
하면 그랜드 영화관은 대리석 바닥으로 된 로비와 발코니를 갖췄
고, 기름이 좀 엉겨 붙고 오래되긴 했지만 귀여운 팝콘 기계도 있었
으며, 큼직한 상자에 가득 담긴 팝콘은 겨우 10센트였다. (60센트 정
도인) 영화표를 찢어 입장을 확인하는 직원은 호텔 도어맨처럼 빨
간색 제복 차림이었는데 나이가 600살은 넘어 보였다. 직원은 목
쉰 소리로 늘 같은 말을 되풀이했다. '영화 재미있게 보세요.' 안으
로 들어가면 널찍하고 어둑한 공간에 먼지 낀 벨벳 냄새가 가득했
다. 좌석에 앉아도 앞자리의 등받이에 무릎이 닿을 일은 절대 없었
다. 천장에는 무늬가 새겨진 유리로 만든 거대한 샹들리에가 달려
있었다. 그게 머리 위로 떨어졌다간 사람들이 퍼티용 칼로 시신을
퍼내야 할 판이라 관객들은 샹들리에 바로 밑의 자리에는 절대 앉
지 않으려 했다. 그랜드 영화관은 그런 곳이었다……

그는 손목시계를 흘끗 내려다보며 죄책감을 느꼈다. 어느새 40분
이 훌쩍 지나갔다. 맙소사, 이러면 안 되는데. 멍하니 40분이나 날
려버리다니. 그 정도로 많은 생각을 한 것 같지도 않은데. 공원과
그랜드 영화관에 대해 잠깐 생각했을 뿐이었다.

무슨 문제가 생긴 거예요, 조지?

그럴지도 몰라, 프레디. 문제가 생긴 걸 수도 있어.

그는 눈 밑의 뺨을 손가락으로 문질렀다. 축축이 젖어 있는 걸 보니 눈물을 흘린 모양이었다.

배송 담당자인 피터와 얘기를 나누기 위해 아래층으로 내려갔다. 세탁장은 작업이 한창이었다. 하워든 존슨 호텔의 시트가 롤러로 들어가기 시작했고 다림질 기계가 쿵쿵 쉬익 소리를 내며 작동하고 있었다. 세탁기가 윙윙 돌아가면서 바닥에 진동을 일으켰다. 에설과 론다가 셔츠를 펼쳐 집어넣자 셔츠 전용 다림질기가 쉬이이익—샤아! 소리를 내며 셔츠를 다렸다.

피터는 4번 트럭에 짐을 다 실었다고 보고하면서, 매장으로 보내기 전에 검사해보실 거냐고 물었다. 그는 그럴 필요 없다고 한 후, 홀리데이 인 모텔의 세탁물은 아직 안 나왔냐고 물었다. 피터는 이미 실었는데, 홀리데이 인 모텔 담당자가 수건 얘기를 하면서 두 번이나 전화를 했다고 말했다.

바튼은 고개를 끄덕이며 위층으로 다시 올라가 비니 메이슨을 찾았다. 비서 필리스는 비니와 톰 그레인저가 테이블보 세탁 흥정을 하러 새로 생긴 독일 식당을 방문하러 갔다고 보고했다.

"비니가 오면 내 사무실에 들르라고 해주겠나?"

"알겠습니다, 도스 씨. 오드너 사장님이 전화하셔서 오시면 전화 달라고 하셨습니다."

"고마워, 필리스."

그는 사무실로 들어갔다. 우편함에 새 우편물들이 추가로 쌓여 있었다. 그는 우편물들을 뒤적이며 하나씩 확인해나갔다.

영업사원이 새로 나온 산업용 표백제를 소개하고 싶다며 방문 요청을 했다. 접수. 이 사람들은 대체 남의 회사 직원 연락처를 어떻게 다 알아서 이런 우편물을 보내는 걸까. 그는 론 스톤에게 보여주려고 그 편지를 옆에 따로 놓아두었다. 론은 데이브에게 신제품을 안기는 걸 좋아했는데, 230킬로그램 정도의 세탁물에 시험적으로 쓸 수 있는 샘플까지 영업사원한테서 얻어내면 더욱 기뻐하곤 했다.

'유나이티드 펀드'라는 합동모금 단체에서 보내온 감사 편지. 그는 아래층 출퇴근 확인용 시계 옆의 게시판에 붙여두기 위해 그 편지를 옆에 따로 놓아두었다.

이그제큐티브 파인 사의 사무용 가구 광고지. 쓰레기통으로.

부재중일 때 30초까지 음성 메시지 녹음을 해주는 '폰 메이트'라는 제품의 광고지. *자리에 없으면 안 받는 거지, 멍청이들. 꺼져라.* 쓰레기통으로.

남편의 셔츠 여섯 장을 세탁회사에 보냈는데 목깃 부분이 불에 탄 상태로 돌아왔다며 항의하는 아주머니의 편지. 그는 한숨을 쉬며 향후 조치를 위해 옆에 놓아두었다. 에설이 또 점심시간에 술을 마시고 작업을 한 모양이었다.

대학에서 보내온 수질 검사 확인서. 점심시간 후에 론과 톰 그레인저와 논의하기 위해 옆에 놓아두었다.

'보험을 들어놓고 죽으면 8만 달러의 보험금을 받을 수 있다'라고 설명하는 방송인 아트 링클레터의 사진이 실린 어느 보험 회사의 광고지. 쓰레기통으로.

약삭빠른 부동산 중개사가 보내온 편지. 어느 구두 회사가 워터 포드 공장 부지에 관심을 보이고 있다며 서둘러 계약을 할 것을 종용하는 내용이었다. 톰 맥캔이라는 신발 회사인데 꽤 규모가 있는 회사라고 했다. 중개사는 블루 리본이 그 부지에 대해 90일간의 우선 거래권을 갖고 있지만 11월 26일이면 그 기간이 끝나게 된다는 사실을 다시 한번 상기시켰다. '조심해라, 별 볼 일 없는 세탁회사 사장 놈아. 시간이 거의 다 되어 간단다.' 쓰레기통으로.

론에게 보여줄 또 다른 영업 사원의 편지. '스와이프(Swipe. 속어로 '훔치다'라는 뜻이 있음—옮긴이)'라는 범죄스러운 이름을 가진 세제를 팔고 싶다는 내용이었다. 그는 그 편지를 옆에 따로 두었다.

다시 창밖을 내다보고 있는데 구내전화가 울렸다. 독일 식당에 외근을 나갔던 비니가 돌아왔다고 했다.

"들여보내."

비니가 곧장 사무실로 들어왔다. 비니는 황갈색 피부를 가진 스물다섯 살의 훤칠한 청년으로, 짙은 색 머리카락을 빗질한 뒤 일부러 무심한 척 살짝 흐트러뜨려 놓았다. 날렵한 암적색 재킷에 진갈색 바지. 나비넥타이. 꼭 한량 같지 않아, 프레디? 그런 것 같아요, 조지. 맞아요.

"안녕하십니까, 바튼?"

"그래, 안녕해. 독일 식당 일은 어떻게 됐나?"

비니가 웃으며 설명했다.

"직접 가보셨어야 합니다. 늙은 독일 사장이 우리를 보더니 얼굴이 확 피면서 고맙다고 무릎까지 꿇으려 했다니까요. 우리가 새 공장을 세우고 자리만 잘 잡으면 유니버설 사쯤은 찍어누를 수 있을 것 같습니다, 바튼. 그 회사는 대표가 인사를 다니기는커녕 광고지도 안 돌리더라고요. 독일 식당 사장은 주방에서 테이블보를 세탁하려다가 도저히 감당이 안 될 것 같아 고민하고 있던 참이었나 봐요. 매장은 엄청 잘 꾸며놨더라고요. 제대로 된 맥주홀이에요. 경쟁자들을 싸그리 압도하겠던데요. 맥주 향기가…… 끝내줘요!" 그는 뛰어난 맥주 향을 표현하려는 듯 손뼉을 치더니 재킷 안주머니에서 담뱃갑을 꺼냈다. "나중에 우리와 거래를 하게 되면 샤론이랑 그 식당에 한 번 가야겠어요. 10퍼센트 할인을 해주겠대요."

그 순간 총포점 주인 해리가 했던 말이 묘하게 겹쳤다. '300달러 이상 구매하시면 10퍼센트 할인을 해드려요.'

맙소사. 어제 내가 그 총들을 샀나? 정말로?

머릿속 방에 불이 꺼지며 컴컴해졌다.

저기요, 조지, 지금 뭐 하는……

"주문 규모는 얼마나 될 것 같나?"

그는 비니에게 물었다. 목소리가 탁해진 걸 느낀 그는 헛기침을 했다.

"거래를 시작하게 되면 테이블보를 일주일에 400 내지 600장 정도 의뢰하겠답니다. 냅킨 세탁도 추가하고요. 전부 품질 좋은 리넨이에요. 아이보리 스노 색으로 처리를 해달라고 했어요. 문제없다고 말해줬습니다."

비니는 담뱃갑에서 담배 한 개비를 천천히 꺼내면서 담뱃갑에 적힌 문구를 읽었다. 바튼이 비니 메이슨을 싫어하는 이유 중 하나가 바로 비니가 애용하는 저 엿 같은 담배 때문이었다. 그 담뱃갑에는 이렇게 적혀 있었다.

플레이어스 네이비 컷

담배

중간 사이즈

비니 말고 대체 누가 '플레이어스 네이비 컷' 같은 담배를 피울까? 킹 세이노, 잉글리시 오벌스, 마블스, 뮤래즈, 트위스츠 같은 담배도 마찬가지였다. 누가 담배 이름을 '막대기에 묻은 똥'이라든지 '시커먼 폐'라고 지어도 비니는 개의치 않고 피울 놈이긴 했다.

"거래를 시작하게 되면 이틀 정도는 서비스로 세탁해줄 수 있다고 말해뒀습니다." 비니는 애정이 담긴 눈으로 담뱃갑을 마지막으로 한 번 더 바라본 후 재킷 주머니에 넣었다. "워터포드에는 언제 우리 공장이 세워질 예정입니까?"

"안 그래도 그 건 때문에 자네를 불렀어."

이 자식을 한 대 후려칠까, 프레디? 그래요. 박살을 내버려요, 조지.

"그렇습니까?" 비니는 얇은 금색 지포 라이터를 딸깍 켜 담배에 불을 붙인 뒤 무슨 영국 배우처럼 담배 연기 사이로 눈썹을 치켜떴다.

"어제 스테판 오드너 사장한테 편지를 받았어. 워터포드 공장 건으로 따로 할 얘기가 있다면서 금요일 저녁에 집에 들르라더군."

"그래요?"

"오늘 아침에 피터 와서면이랑 얘기하러 아래층에 내려갔는데,

그동안 오드너 사장한테 전화가 왔다고 비서한테 전해 들었어. 사장은 내가 오면 전화를 해달라고 했대. 무언가를 확인하시려고 안달이 난 것처럼 들리지 않아?"

"그런 것도 같네요." 비니는 두 번째로 자주 짓는 미소를 지어 보였다. '노면이 젖었으니 조심해서 나아가라'는 의미의 미소였다.

"내가 알고 싶은 건 누가 우리 오드너 사장한테 쓸데없는 소리를 속삭거려서 속 시끄럽게 만들었냐는 거지. 그게 정말 궁금하단 말이야."

"그게……"

"말해 봐, 비니. 수줍은 객실 청소 여직원처럼 굴지 말고. 벌써 10시네. 오드너 사장하고도 얘기를 해야 하고 론 스톤하고도 얘기를 해야 돼. 불에 탄 셔츠 목깃 때문에 에설 깁스와도 논의할 게 있고. 내가 자리에 없는 동안 자네가 내 뒤통수를 후려쳤나?"

"그게, 샤론이랑 지난 일요일 저녁에 저녁 식사를 하러 스테판 아니, 오드너 사장님 댁에 갔습니다……"

"784번 고속도로 확장 공사의 범위가 지금 우리 공장 쪽으로 점점 넓혀지고 있는데 바튼 도스가 워터포드 공장 부지 건을 깔아뭉개고 있습니다, 라는 말을 오드너 사장 앞에서 어쩌다 보니 지껄였단 말이지?"

"바튼!" 비니는 억울해하는 표정이었다. "친근한 분위기에서 가볍게 주고받은 대화일 뿐이에요. 그저……"

"물론 그렇겠지. 그래서 사장이 나더러 본인 집에 오라고 초대하는 편지를 보내셨구만. 아주 친밀한 분위기에서 나를 찾는 전화도 하시고 말이야. 사실 그건 중요하지 않아. 중요한 건 사장이 자네가 그린 얘기를 떠벌릴 거라 예상하고 자네와 자네 부인을 저녁 식사에 초대했다는 거야. 자네는 기대에 어긋나지 않았고."

"바튼—"

그는 비니에게 손가락질을 하며 말을 이었다.

"내 말 똑바로 들어, 비니. 이런 식으로 나를 엿 먹이는 짓을 한 번만 더 했다간 새 일자리를 찾으러 다니게 될 거야. 명심해."

비니는 충격받은 표정이었다. 손가락 사이에 끼운 담배가 타들어 가는 것도 잊고 멍하니 바튼을 바라보았다.

"설명해줄 테니까 잘 들어." 그는 다시 평소의 목소리로 돌아갔다. "자네 같은 젊은이는 나 같은 노땅들이 자네 나이였을 때 어떻게 세상 풍파를 헤치고 살아남았는지에 관한 강연을 수도 없이 들었을 텐데, 어쩌자고 이런 짓을 한 건가."

비니는 항변하려고 입을 열었으나 바튼은 한 손을 들어 그의 입을 막으며 하던 말을 계속했다.

"일부러 내게 칼을 꽂으려 했다고는 생각 안 해. 만약 내가 그렇게 생각했다면 자네가 이 사무실로 걸어 들어오자마자 화를 냈겠지. 난 그냥 자네 처신이 어리석었다고 생각해. 자네는 오드너 사장의 저택에 초대를 받아 들어가서 식전주를 석 잔쯤 마시고 수프 코스와 사우전드 아일랜드 드레싱을 뿌린 샐러드를 먹었을 거야. 검은 유니폼을 입은 가사도우미의 시중을 받으면서 이런저런 메인 요리를 먹었겠지. 칼라는 그 집 여주인 노릇을 톡톡히 했을 테고. 자네 앞에서 거들먹거리는 태도는 조금도 보이지 않았을 거야. 딸기 토르테나 휘핑크림을 얹은 블루베리 버클을 디저트로 먹고 커피 브랜디나 티아 마리아를 두어 잔 마시고 나서는 자네가 아는 걸 모조리 털어놨겠지. 내 말 틀렸나?"

"거의 맞습니다."

비니는 수치심과 완연한 증오가 섞인 표정으로 나지막하게 인정했다.

"사장은 바튼이 요즘 어때 보이더냐는 말로 얘기를 시작했을 거야. 자네는 괜찮더라고 대답했겠지. 사장은 바튼이 좋은 사람이긴 한데 워터포드 건과 관련해서 좀 더 적극적으로 움직여주면 좋겠다고 슬쩍 말을 꺼냈겠지. 자네는 맞장구를 쳤을 거야. 사장이 '그럼 어떻게 해야 그게 가능할까?'라고 묻자 자네는 '글쎄요, 저희 부서 소관은 아니라서요'라고 대답했겠지. 사장이 '그렇군, 비니, 자네는 어떻게 돌아가는지 알면서 말을 안 해주는구먼.'이라고 은근히 압박을 가하자 자네는 '제가 아는 건 바튼이 그 거래를 아직 마무리 짓지 않았다는 겁니다. 톰 맥캔 회사 사람들이 그 부지에 관심을 보였다는 얘기는 들었지만 소문일 뿐이겠죠.'라고 말했을 거야. 사장은 '그래, 바튼은 자신이 하는 일을 잘 알고 있는 사람이니까.'라고 했을 테고 자네는 '그럼요'하고 맞장구를 쳤겠지. 자네가 커피 브랜디를 한 잔 더 마시고 싶다고 요청하자 사장은 머스탱스라는 풋볼팀이 결승전에 오를 수 있을 것 같냐고 물었겠지. 그렇게 얘기를 나누다가 자네는 샤론과 함께 집으로 돌아갔을 거야. 자네가 언제 또 그 집에 불려갈지 알고 있나, 비니?"

비니는 아무 말도 하지 않았다.

"오드너 사장이 고자질할 사람을 필요로 할 때 불려가게 될 거야."

"죄송합니다."

비니는 볼멘소리로 대답하고는 자리에서 일어섰다.

"내 말 아직 안 끝났어."

도로 의자에 앉은 비니는 성난 눈으로 사무실 한쪽 구석을 응시했다.

"내가 12년 전에 지금 자네가 하는 일을 했었다는 거 알고 있나? 12년 전이라고 하니까 까마득한 옛날처럼 느껴지겠군. 나는 언제 시간이 그렇게 흘러갔는지 모르겠어. 내가 기억하기로 그 일은 자네가 충분히 좋아할 만한 일이야. 물론 자네는 그 일을 잘 해내고 있어. 일련번호를 매겨가면서 드라이클리닝 업무를 재편성하는 건…… 굉장히 매력적인 일이지."

비니는 당혹스러운 표정으로 그를 바라보았다.

"내가 세탁업에 몸담은 건 20년 전이야. 1953년, 스무 살이었을 때. 그때 나는 아내와 막 결혼을 한 상태였어. 경영 대학을 2년 다니다가 아내와 함께 다음 단계로 나아갈 준비를 했지. 세탁회사에 취업하기 전, 나는 아내와 만나면서 임신이 되지 않도록 조심하고 있었어. 그런데 시내의 어느 모텔에 갔다가 아래층에서 누가 문을 세차게 두드린 바람에 깜짝 놀란 내가 흥분을 해버린 거야. 결국 아내는 계획에 없던 임신을 하고 말았지. 요즘도 나는 내가 너무 자만한다 싶으면, 그날 아래층에서 누군가 문을 두드린 바람에 오늘날 내가 이 자리에 있게 됐다는 사실을 상기하곤 해. 그럼 겸손해지거든. 요즘과는 달리 당시엔 낙태법이 없었어. 여자를 임신시키면 그 여자와 결혼을 하든지 혼자 알아서 하라고 도망치든지 둘 중 하나였지. 다른 선택지는 없었어. 나는 결혼을 하기로 마음먹었고 급한 대로 일자리를 찾았는데, 그게 바로 이 세탁회사였어. 세탁장 조수부터 시작했지. 지금 아래층에서 폴락이라는 젊은이가 하는 일이야. 당시엔 전부 수작업이었어. 세탁기에서 젖은 빨래를 일일이 꺼내서 230킬로그램의 젖은 빨래를 수용할 수 있는 대형 스토닝턴 탈수기에 집어넣었어. 잘못 집어넣었다간 팔이 잘릴 수도 있었어. 임신 7개월째에 매리는 유산을 했고 의사는 매리가 다시는 아기를 가질 수 없을 거라고 했어. 나는 조수 일을 3년 동안 했고 주당 55시간 근무에 평균 55달러 주급을 받았어. 당시 세탁팀장이 랠프 앨버트슨 씨였는데 길에서 가벼운 사고를 당한 후 심장 마비로 세상을 떠나셨어. 그 무렵 앨버트슨 씨는 다른 직원 한 명과 함께 보험 회사를 바꾸는 업무를 진행 중이었지. 좋은 분이었어. 앨버트슨 씨의 장례식 날, 우리 회사는 하루 업무를 중단하고 그분의 죽음을 애도했어. 예를 갖춰 그분을 매장한 후 나는 당시 사장이던 레이 타킹턴 씨를 찾아가 앨버트슨 씨가 하던 일을 내가 이어받게 해달라고 요청했어. 난 충분히 그 직책을 맡아 할 수 있다고 자신했어. 앨버트슨 씨에게 잘 배운 덕분에 세탁 방법에 대해서라면 모르는 게 없었으니까.

그때만 해도 이 회사는 가족 사업장이었어, 비니. 레이와 그의 부친인 던 타킹턴 씨가 회사를 운영했거든. 던은 1926년에 블루 리본을 창업한 부친한테서 회사를 물려받았어. 그때만 해도 회사에 노동조합 같은 건 있지도 않았어. 오늘날 노조 사람들이 당시 우리 회사를 봤으면, 티킹턴 삼대가 불학무식한 노동자들에게 아버지 행세를 하면서 노동착취를 했다고 말할지도 몰라. 하지만 베티 키슨이라는 직원이 젖은 바닥에 미끄러져 팔이 부러졌을 때 타킹턴 부자는 병원비를 대신 내줬고 베티가 직장에 복귀할 때까지 식료품을 살 수 있도록 일주일에 10달러씩을 지급해줬어. 매년 크리스마스 때마다 직원들을 위해서 검사실에 만찬도 차려줬지. 그렇게 맛있는 치킨 파이는 처음이었어. 크랜베리 젤리에 롤빵도 있었고 디저트로는 초콜릿이나 민스 푸딩이 나왔어. 던과 레이는 크리스마스 선물로 모든 여직원들에게 귀고리 한 쌍을, 남직원들에게는 새로 나온 넥타이를 선물했어. 지금도 우리 집 옷장에는 크리스마스 때마다 회사에서 받은 넥타이 아홉 개가 걸려 있어. 던 타킹턴 사장님이 1959년에 세상을 떠났을 때 나는 그분에게 받은 넥타이를 착용하고 장례식에 참석했어. 이미 유행이 지난 디자인이라 매리가 질색했지만 난 꿋꿋이 그 넥타이를 차고 장례식에 갔어. 작업장은 지금보다 어두웠고 근무시간도 길었고 일도 힘들었지만 두 사장님은 직원들을 아꼈어. 탈수기가 고장 나면 던과 레이는 직접 작업장에 나와서 흰 셔츠 소매를 걷어붙이고 직원들과 함께 시트를 일일이 손으로 짰어. 가족 사업장이라는 건 그런 거야, 비니. 바로 그런 거라고.

랠프 앨버트슨 씨가 세상을 떠나고 내가 그 자리를 요구했을 때 레이 타킹턴 사장님은 세탁장 운영을 맡을 사람을 외부에서 이미 고용했다고 하셨어. 나는 어떻게 된 상황인지 이해가 되지 않았어.

그러자 레이 사장님은 이렇게 말씀하셨어. 우리 아버지와 나는 자네가 대학으로 돌아가길 바라. 나는 물었지. 좋은 생각이네요. 그런데 무슨 돈으로요? 푼돈으로 어떻게 대학엘 다닙니까? 그러자 그분은 2000달러라고 적힌 자기앞수표를 내밀었어. 난 그 수표를 보면서도 실감이 나질 않았어. 이게 뭡니까? 라고 물었지. 사장님은 그 돈이면 충분하진 않겠지만 등록금과 월세, 책을 사서 볼 정도는 될 거라고 하셨어. 추가로 돈이 더 들어갈 테니 여름 방학 때는 회사에 와서 일을 하라고 하셨지. 나는 어떻게 감사를 드려야 할지 모르겠다고 했어. 사장님은 세 가지 방법이 있다고 하셨어. 첫째, 빌려준 돈이니 갚을 것. 둘째, 이자도 낼 것. 셋째, 대학에서 배운 지식을 가지고 블루 리본으로 돌아올 것. 수표를 받아 들고 집으로 돌아가 보여줬더니 매리는 울음을 터뜨렸어. 두 손으로 얼굴을 가리고 엉엉 울더라고.”

비니는 놀란 속내를 여지없이 드러내며 그를 바라보았다.

“1955년에 나는 대학으로 돌아갔고 1957년에 학위를 받았어. 블루 리본 세탁회사로 돌아갔더니 레이 사장님은 나를 운전팀장 자리에 앉히셨어. 주급은 90달러였지. 빌린 돈을 분납해서 1회분을 처음 갚던 날 나는 사장님에게 이자를 얼마로 해드려야 될지 물었어. 사장님은 1퍼센트라고 하셨어. 내 입에서 저절로 ‘뭐라고요?’란 말이 튀어나오더군. 사장님은 말씀하셨어. 들었잖아. 할 일 없나? 내가 말했지. 있습니다. 당장 시내에 가서 의사를 불러와야겠습니다. 사장님 머리가 이상한 것 같으니 검사를 해달라고 해야겠어요. 레이 사장님은 껄껄 웃으면서 쓸데없는 소리 말고 사무실에서 나가라고 하셨어. 나는 1960년에 마지막 분납금을 내고 사장님께 빌린 돈을 다 갚았어. 그거 아나, 비니? 레이 사장님은 나한테 시계를 선물로 주셨어. 바로 이 시계야."

그는 소매를 올려 금으로 된 신축 밴드가 달린 부로바 시계를 비니에게 보여주었다.

"늦었지만 졸업 축하 선물이라고 하시더군. 내가 드린 이자는 총 20달러에 불과한데 사장님은 80달러짜리 시계를 선물로 주신 거야. 시계 뒷면에는 이렇게 새겨져 있었어. '블루 리본 세탁회사. 던과 레이의 진심을 담아.' 던 사장님은 그 전 해에 이미 돌아가셨어.

1963년에 레이 사장님은 지금 자네의 직책에 나를 앉히셨어. 드라이클리닝 과정을 감독하고, 새로운 고객을 발굴하고, 빨래방 지점을 운영하는 일이었지. 지금 우리 회사의 빨래방 지점은 열한 개지만 당시에는 다섯 개에 불과했어. 나는 그 일을 1967년까지 하다가 레이 사장님의 지시로 지금의 직책으로 자리를 옮겼어. 그런데 4년 전에 레이 사장님은 어쩔 수 없이 회사를 팔게 되신 거야. 그 과정에 대해서는 자네도 잘 알 거야. 개새끼들이 사장님에게 압박을 가해서 사장님이 팍삭 늙으셨지. 결국 우리 회사는 패스트푸드, 판데로사 골프클럽, 흉물스러운 할인 체인점 3개, 주유소를 비롯해 이십여 개의 사업체를 거느린 암로코 사의 일부가 됐지. 스테판 오드너 사장은 암로코 회장이 그럴듯하게 내세우는 인물에 불과해. 시카고 어딘가에 있는 이사진들이나 개리가 블루 리본 세탁회사를 위해 할애하는 시간은 일주일에 15분밖에 되질 않을걸. 그들은 세탁회사 운영에 대해 쥐뿔도 관심이 없어. 당연히 아는 것도 없지.

그들은 원가 계산 담당자가 올리는 보고서를 읽는 게 다야. 원가 계산 담당자는 보고서에 이렇게 쓰겠지. 정부가 웨스트사이드 지역에서 784번 고속도로를 확장한다고 합니다. 블루 리본 회사의 사업장은 바로 그 한가운데 있고 나머지 절반은 주거 지역입니다. 그럼 이사진들은 이렇게 말하겠지. '아, 그래? 정부가 그 회사 땅을 몰수하는 대신 우리한테 얼마를 준다고 했나?' 그게 전부인 거야. 맙소사. 던과 레이 타킹턴 사장님이 살아계셨으면 저속한 고속도로 관리청 놈들을 깡그리 고소해서 법원에서 금지 명령을 받아내고 그놈들이 적어도 2000년까지는 감방에서 나오지도 못하게 만드셨겠지. 아주 본때를 보여주셨을 거야. 두 분은 가부장적인 사고방식을 가졌을지 몰라도 최소한 이 사업장이 위치한 이 땅의 의미는 아주 잘 알고 계셨어, 비니. 원가 계산 담당자의 보고서로는 절대 이해 못 해. 두 분이 살아계시는데 누가 그분들한테 가서 고속도로 위원회가 우리 회사 사업장을 매입해 아스팔트를 깔아서 8차선 도로를 만들 예정이라고 하면 어떻게 될까. 두 분이 호통치는 소리가 저 아래 시청까지 들릴 거야."

"하지만 그분들은 돌아가셨잖습니까."

"그래, 돌아가셨어. 맞아."

그는 아마추어 연주자의 기타처럼 별안간 기운이 쭉 빠지며 할 말을 잃었다. 비니에게 하려던 말이 무엇이었든 순식간에 밀려든 당혹감 속에 묻혀버렸다. 저 녀석을 봐, 프레디. 내 말을 알아듣지 못하고 있어. 전혀 못 알아듣는 눈치야.

"두 분이 여기서 이 꼴을 안 보셔도 되니 다행이지."

비니는 아무 말도 하지 않았다.

그는 애써 감정을 추슬렀다.

"내가 하려는 말은 이거야, 비니. 이 회사에는 두 집단이 관여하고 있어. 그들과 우리. 우리라는 건 이 세탁회사 사람들을 지칭하는 거야. 이건 우리 사업이야. 그들이라는 건 원가 계산 담당자 쪽 사람들이고. 그들은 원가 계산밖에 할 줄 몰라. 그들이 위에서 명령을 내리면 우린 따를 수밖에 없어. 우린 그 정도일 뿐이야. 무슨 말인지 알아듣겠나?"

"그럼요, 바튼."

비니는 대답을 했지만 전혀 알아들은 눈치가 아니었다. 솔직히 그도 자기가 제대로 말했는지 알 수가 없었다.

"좋아. 내가 오드너 사장한테 가서 얘기할게. 미리 말해두겠는데, 워터포드 공장 부지는 지금 이 부지만큼 좋아. 다음 주 화요일까지 거래를 매듭지을 거야."

비니는 그제야 안심한 표정으로 웃음 지었다.

"어휴, 잘됐네요."

"그래. 모든 게 일정대로 진행되고 있어."

그만 사무실에서 나가려는 비니를 그는 다시 불러 세웠다.

"독일 식당 건이 어떻게 되고 있는지 추후에 보고하도록 해, 알았지?"

비니는 제일 자신 있는 첫 번째 미소를 장착했다. 이를 한껏 드러내고 밝게 웃는 미소였다.

"알겠습니다, 바튼."

비니가 나간 후 그는 닫힌 사무실 문을 한참 바라보았다. 내가 일을 엉망으로 만들었어, 프레디. 당신이 이렇게 개판 칠 줄 몰랐어요, 조지. 마지막에 통제력을 잃은 것 같긴 한데, 사람들이 처음부터 모든 걸 다 털어놓는 건 책에서나 볼 수 있는 장면이죠. 아니야, 내가 엉망으로 만들었어. 저 비니란 놈은 바튼 도스가 패를 몇 개 잃었다고 생각하면서 사무실을 나갔을걸. 그 생각이 맞을 거야. 조지, 내가 남자 대 남자로 하나만 물을게요. 아니, 내 말 끊지 말아요. 총포점에서 총은 왜 샀어요, 조지? 왜 그랬냐고요?

쿵, 차단기가 내려갔다.

아래층으로 내려간 바튼은 영업사원이 우편으로 보낸 자료를 론스톤에게 전달했다. 그가 돌아서는데 론이 데이브에게 이리 와서 이 자료를 검토해보라고, 중요한 자료 같다고 고래고래 고함을 질렀다. 데이브는 눈을 위로 굴렸다. 중요한 자료인 건 맞았다. 일에 필요한 자료이긴 하니까.

위층으로 올라간 바튼은 오드너가 점심을 먹으러 나갔길 바라며 사장실로 향했다. 오늘은 점심을 먹으러 밖에 안 나갔는지 비서가 곧장 그를 사장실로 들여보냈다.

스테판 오드너가 그를 반겼다.

"바튼! 자네랑 얘길 나누면 난 늘 기분이 좋아."

"저도 그렇습니다. 조금 전 비니 메이슨과 얘기를 했습니다. 사장님이 워터포드 공장 부지 건으로 걱정을 하신다고 말하더군요."

"걱정은 무슨. 생각은 해봤지. 어차피 금요일에 만나서 같이 얘기를 나누면 될 일인데……"

"실은 금요일에 매리기 사장님 댁에 못 갈 것 같다는 말씀을 드리려고 왔습니다."

"그래?"

"탈이 좀 나서요. 화장실을 바로 옆에 두고 수시로 들락거리고 있습니다."

"이런, 안타깝게 됐구먼."

내가 알게 뭐냐, 이 싸구려 새끼야.

"의사한테 알약을 처방받아 먹고 나서 좀 괜찮아진 것 같긴 합니다만, 혹시 전염될 수도 있고 해서요."

"그럼 자네는 몇 시쯤 올 생각이지, 바튼? 8시?"

"예, 8시에 가겠습니다."

그래, 금요일 저녁에 영화나 보려고 했더니 이렇게 망쳐놓는구나, 제기랄. 어디까지 하나 보자.

"워터포드 부지 거래는 어떻게 되어가고 있지, 바튼?"

"개인적으로 따로 만나서 말씀드리는 게 좋을 것 같습니다, 사장님."

"좋아." 오드너는 잠시 뜸을 들이다가 덧붙였다. "칼라가 안부 전하더라고 매리에게 전해줘. 그리고 칼라와 내가……"

그래. 어쩌고 저쩌고 어쩌고 어쩌고.

1973년 11월 22일

그는 움찔하며 잠에서 깨어났다. 그 바람에 베개가 바닥으로 떨어졌다. 혹시 자다가 소리를 지른 건 아닌지 걱정됐지만 옆 침대에서 매리가 여전히 잘 자는 걸 보니 잠꼬대는 안 한 듯했다. 서랍장의 디지털시계를 확인했다.

'4:23 A.M.'

시계는 딸깍 소리를 내며 24분으로 바뀌었다. 볼티모어에 거주하고 있으면서 요즘 의식 함양을 위한 집단 물 요법에 빠져 사는 처제 비이가 작년 크리스마스 때 그들 부부에게 준 선물이었다. 그는 그 시계가 딱히 싫진 않았지만 1분마다 내는 딸깍 소리에 좀처럼 익숙해지질 않았다. 4:23 딸깍. 4:24 딸깍. 계속 듣고 있으면 미쳐버릴 것 같았다.

아래층 욕실로 내려가 불을 켜고 소변을 눴다. 가슴 속에서 심장이 무겁게 두근거렸다. 최근에 소변을 볼 때마다 심장이 망할 베이스 드럼처럼 쿵 떨어지는 느낌을 받곤 했다. 저한테 무슨 할 말이라도 있으십니까, 하느님?

그는 침대로 돌아가 누웠지만 오랫동안 잠이 오지 않았다. 잠을 자면서 몸부림이라도 쳤는지 침대 시트가 적진에 떨어진 것처럼 마구 구겨져 있었다. 잠버릇을 고칠 수도 없었다. 그가 자는 동안 팔다리는 어떻게 놓여 있어야 옳은지를 잊고 멋대로 움직였다.

어떤 꿈을 꾸는지는 힘들이지 않고 기억해낼 수 있었다. 걱정 마, 프레디. 깨어 있는 동안에는 회로 차단기 기술을 쉽게 쓸 수 있어.

그럼 그림을 한 조각 한 조각 색칠하면서 전체 그림은 모르는 척할 수 있지. 큰 그림은 머릿속 바닥 밑에 묻어 놓으면 되거든. 하지만 머릿속 바닥에는 작은 문이 하나 있어. 네가 잠을 자는 동안 가끔 그 문이 열리고 어둠 속에서 무언가가 기어 나오는 거야. 딸깍.

'4:42 A.M.'

꿈속에서 바튼은 찰리와 함께 피어스 해변에 있었다. (웃기는 일이었다. 비니 메이슨에게 젊은 시절의 일화를 들려주면서 그는 찰리에 대한 애기를 하지도 않았다. 그러니까 웃긴다는 거 아냐, 프레디? 아니, 별로 웃기지 않아요, 조지. 내 생각도 그래, 프레디. 하지만 이미 늦었어. 아니면 너무 이르거나. 모르겠다.)

그와 찰리는 길게 뻗어나간 하얀 해변에 있었다. 해변에 나가 있기 좋은 날이었다. 새파란 하늘, 바보처럼 웃는 버튼 모양 얼굴처럼 환하게 쏟아지는 햇빛.

사람들은 다채로운 파라솔 아래 펼쳐놓은 선명한 빛깔의 담요에 앉거나 누웠고, 어린아이들은 플라스틱 들통으로 물 가까운 모래 사장에 구멍을 파며 놀았다. 안전 요원은 부츠처럼 진한 갈색 피부를 자랑하며 흰 칠을 한 탑처럼 높은 의자에 앉아 있었다. 안전 요원이 입은 라텍스 소재의 흰색 수영복 바지는 사타구니 부분이 별나게 불룩했다. 성기와 고환이 큼직해야만 안전 요원이 될 자격이 있으니, 이 해변에 나온 모든 사람들의 기대에 부응하기 위해 이렇게 앉아 있다는 듯한 모습이었다. 누군가의 트랜지스터라디오에서 로큰롤 음악이 흘러나왔다. 그는 지금도 그 노래를 기억했다.

하지만 나는 그 더러운 강물을 사랑해,

아아아, 보스턴, 너는 나의 집이야.

(가수 라파엘 스탠델의 「더러운 강물(*Dirty Water*)」의 일부 인용 — 옮긴이)

아름답게 빚어진 몸뚱이 안에 멀쩡한 제정신을 담고 있는 여자 둘이 비키니 차림으로 지나갔다. 그들은 당신이 아닌, 아직 아무도 본 적 없는 남자친구를 위해 그리 차려입은 것이었다. 그들은 작은 부채 모양으로 모래를 걷어차 올렸다.

그때는 그저 재미있기만 했어, 프레디. 피어스 해변으로 파도가 밀려오기는 했지만 제일 가까운 대양이 1450킬로미터나 떨어져 있으니 거대한 파도가 밀려들 일은 없었거든.

그와 찰리는 모래성을 만들고 있었다. 하지만 물에서 너무 가까운 곳에서 만들기 시작한 탓에 파도가 점점 더 가까이 밀려들었다. '좀 더 뒤쪽으로 가서 만들어야 돼, 아빠.' 찰리가 말했지만 그는 고집을 세우며 계속 그 자리에 모래성을 만들었다. 파도가 모래성의 외벽을 치고 올라오자 그는 손가락으로 모래성 주변에 호를 파고 여성의 질 모양으로 젖은 모래를 퍼뜨렸다. 그래도 파도는 계속해서 밀려들었다.

'제기랄!' 그는 파도를 향해 소리쳤다.

그리고 성벽을 다시 만들어 세웠다. 파도는 또다시 벽을 무너뜨렸다. 사람들이 무어라 소리를 지르기 시작했다. 황급히 달려가는 사람들도 있었다. 안전 요원의 호각 소리가 은 화살처럼 날아다녔다. 그는 고개를 들지 않았다. 모래성을 지켜야 했다. 파도는 끝없이 밀려들어 그의 발목을 휘감았다. 결국 모래성의 작은 탑과 지붕, 성의 뒷벽까지 파도에 휩쓸리고 말았다. 마지막 파도가 지나간 후 그 자리에 남은 것은 매끈하고 평평하게 펼쳐진 반짝이는 갈색 모래뿐이었다.

비명이 더 크게 들려왔다. 누군가 울고 있었다. 고개를 들어보니 안전 요원이 찰리에게 인공호흡을 하고 있었다. 물에 젖은 찰리는 입술과 눈꺼풀 외에 온몸이 창백했다. 아니, 푸르스름했다. 찰리의 가슴은 위아래로 움직이지 않았다. 마침내 안전 요원은 인공호흡을 멈췄다. 바튼은 고개를 들고 미소 지었다.

'이 아저씨 좀 이상한데요.' 안전요원은 미소 짓는 그를 쳐다보며 말했다. '갈 시간 아닙니까?'

그는 악을 썼다. '찰리!' 그 순간 잠에서 깼다. 실제로 소리를 질렀을까 봐 두려웠다.

디지털시계의 딸깍 소리를 들으며 어둠 속에서 한참을 누워 있었다. 꿈에 대해서는 생각하지 않으려 했다. 마침내 침대에서 일어나 우유를 마시러 주방으로 갔다. 주방 카운터의 접시에 담겨 해동 중인 칠면조 고기를 보고서야 그는 오늘이 추수감사절이라 세탁회사도 쉬는 날임을 기억해냈다. 선 채로 우유를 마시면서 털 뽑힌 칠면조의 몸뚱이를 바라보았다. 칠면조의 색깔이 꿈에서 본 아들의 피부색 같았다. 하지만 찰리는 물에 빠져 죽지 않았다.

그가 침대로 돌아오자 매리는 잠에 취해 알아듣기 힘든 발음으로 웅얼거리며 무어라 물었다.

"아무것도 아니야. 계속 자."

매리는 또 무어라 중얼거렸다.

그는 어둠 속에서 대답했다.

"알았어."

그녀는 잠에 빠져들었다.

딸깍.

5시였다. 새벽 5시. 마침내 그는 다시 잠에 빠져들었고 새벽빛이 도둑처럼 침실로 흘러들었다. 잠들기 전 그가 마지막으로 한 생각은 추수감사절 칠면조에 대한 것이었다. 죽은 칠면조의 고기는 뜯어 먹히길 기다리며 차가운 형광등 불빛 아래서 주방 카운터에 놓여 있었다.

1973년 11월 23일

저녁 8시 5분, 바튼은 뽑은 지 2년 된 포드 LTD를 몰고 스테판 오드너의 집 진입로로 들어갔다. 그는 오드너의 진녹색 델타 88 자동차 뒤에 LTD를 세웠다.

불규칙한 무늬의 자연석으로 된 그 집은 헨리드 거리에서 신중하게 한 걸음 물러난 듯한 위치에 자리했고, 키 큰 쥐똥나무 뒤에 몸을 살짝 숨긴 형상이었다. 부옇게 그을음 낀 가을의 끝자락에서 쥐똥나무는 앙상하게 가지만 남아 있었다. 그는 여기 와본 적이 있어 이 집에 대해 잘 알았다. 이 집 아래층에는 돌덩이를 쌓아 만든 큼직한 벽난로가 있었고 침실들이 있는 위층은 좀 더 현대적인 분위기였는데 전체적으로 잘 어울렸다. 지하층에는 브런스윅 당구대와 가정용 영화 스크린, 작년에 오드너가 4개짜리 스피커로 개조한 KLH 음향 기기가 설치돼 있었다. 오드너가 농구 선수로 활약한 대학 시절에 찍은 사진들이 벽을 장식했다. 오드너는 키가 196센티미터였고 여전히 몸이 좋았다. 워낙 키가 커서 문을 통과할 때마다 고개를 숙여야 했는데 그러고 다니는 걸 뿌듯해하는 듯했다. 고개를 숙일 수밖에 없게끔 문 높이를 일부러 낮게 만든 것 같기도 했다. 식당 안에 들여놓은 식탁은 윤기가 흐르는 오크 나무 재질로 길이가 2.7미터에 달했다. 벌레 먹은 자리가 선연하고 다리가 긴 서랍장이 식탁 옆을 지키고 섰는데, 바니시를 예닐곱 번은 발랐는지 매끈하고 광택이 났다. 식당 끄트머리에는 높은 그릇 수납장이 서 있었다. 아, 높이가 대략 196센티미터는 되겠는데, 안 그래, 프레디? 맞아요, 그 정도 되겠어요. 창문 너머 뒤뜰에는 공룡 한 마리를 통째로 구울 수 있을 정도로 큼직한 바비큐 화덕이 있었고, 퍼팅 그린(홀 근처에서 퍼트하기 좋도록 잔디를 잘 가꾸어 놓은 작은 골프장—옮긴이)도 보였다. 강낭콩 모양 수영장은 없었다. 요즘은 강낭콩 모양 수영장이 재미없는 시설로 치부되었다. 한마디로 여기는 라(고대 이집트 신화 속 태양신—옮긴이)를 숭배하는 캘리포니아주 남부 중산층의 입맛에 맞게 꾸며진 집이었다. 오드너 부부는 자식이 없지만 한국인 아이와 남베트남 아이를 경제적으로 지원하고 있었고, 기술학교를 다니는 우간다 청년을 후원해 그 청년이 나중에 고향으로 돌아가 수력발전 댐을 건설할 수 있도록 돕고 있었다. 오드너 부부는 민주당원이지만, 예전에는 공화당 출신인 닉슨 대통령을 지지했었다.

바튼은 소리를 거의 내지 않고 살그머니 걸어가 초인종을 눌렀다. 가사도우미가 문을 열어주었다.

"도스입니다."

"어서 오세요. 외투는 저 주세요. 오드너 씨는 서재에 계세요."

"고맙습니다."

그는 외투를 벗어 건네고 복도를 따라 걸어갔다. 주방과 식당을 지나가면서 그 안의 큼직한 식탁과 스테판 오드너의 멋스러운 서랍장을 슬쩍 들여다보았다. 복도 바닥의 깔개가 그 지점에서 끝나고, 흰색과 검은색으로 된 바둑판무늬 방수 리놀륨으로 이어졌다. 그의 발소리가 또각또각 울렸다.

서재 앞에 서서 문손잡이로 손을 뻗는데 마치 그가 문 앞에 온 걸 알아채기라도 한 듯이 안에서 오드너가 문을 열었다.

"바튼!"

그들은 악수를 나눴다. 오드너는 팔꿈치에 헝겊을 댄 갈색 코르덴 재킷과 황갈색 바지 차림이었고 진홍색 슬리퍼를 신었다. 넥타이는 매지 않았다.

"안녕하세요, 스테판. 요즘 경제 상황은 어떻다고 보십니까?"

오드너는 과장된 신음을 흘리며 대답했다.

"끔찍하지 뭐. 요즘 신문에 실리는 주식 시장 관련 기사를 봤으면 알 텐데?"

오드너는 바튼을 안으로 들이고 등 뒤로 문을 닫았다. 벽마다 책들이 빽빽하게 꽂혀 있었다. 방 왼쪽에는 장작 모양 램프가 들어 있는 작은 전기 벽난로가 있었고, 중앙에는 서류 몇 장이 놓인 커다란 책상이 있었다. 바튼은 그 책상 안쪽에 IBM 셀렉트릭 타자기가 들어 있음을 알고 있었다. 버튼을 잘 찾아 누르기만 하면 날렵하고 검은 어뢰처럼 생긴 타자기가 위로 올라올 것이다.

"바닥선이 무너지고 있더군요."

오드너는 인상을 썼다.

"완곡한 표현이구먼. 닉슨 대통령에게 맡겨야지 어쩌겠어. 뭐든 용도를 잘 찾아 쓰시는 분이니 해결하겠지. 반대파는 도미노 이론(한 나라가 공산화되면 인접 국가들도 공산화된다는 이론—옮긴이)을 들먹이면서 동남아시아에서 쓸데없이 소동을 일으켰을 뿐이지만 닉슨 대통령은 미국 경제를 살리는 걸 우선시해. 반대파가 해외에서 일을 다 망쳐 놓은 반면, 닉슨은 국내에서 일을 아주 잘하고 있단 말이지. 뭘 마시겠나?"

"얼음 넣은 스카치위스키요."

"그거라면 있지."

오드너는 접이식 보관장 앞으로 가 조그마한 술잔에 스카치위스키를 5분의 1가량 따랐다. 주류 판매점에서 할인 가격으로 사도 10달러를 내면 잔돈을 겨우 몇 푼 거슬러 받을 만큼 비싼 술이었다. 오드너는 술잔에 각 얼음 두 개를 넣어 바튼에게 내밀었다.

"저기 가서 앉지."

오드너와 함께 전기 벽난로 앞에 놓인 윙체어에 앉으며 바튼은 생각했다. '망할 벽난로에 술을 뿌리면 불꽃이 튀면서 터지려나.' 그는 실천에 옮기려다 꾹 참았다.

"오늘은 칼라가 집에 없어. 같이 어울리는 무리 중에 한 명이 패션쇼를 후원하는데, 그 일 때문에 노튼 지역에 있는 무슨 십대들이나 갈 만한 커피전문점에 갔어."

"거기서 패션쇼를 합니까?"

오드너는 놀란 표정이었다.

"노튼에서? 당연히 아니지. 패션쇼는 러셀에서 해. 난 칼라가 경호원 두 명에 경찰견까지 대동하고 랜딩 스트립 같은 더러운 거리를 돌아다니는 꼴 못 봐. 그 동네에 드레이크라고…… 사제가 한 명 있거든. 술도 엄청 마셔대는데 젊은 여자들이 환장을 해. 무슨 조직의 연락책같이 생겨가지고 거리의 사제라더군."

"아."

"그렇다니까."

그들은 한동안 말없이 벽난로만 들여다보았다. 바튼은 잔에 담긴 스카치위스키를 절반쯤 마셨다.

"지난번 이사회 회의 때 워터포드 공장 건이 거론됐어. 11월 중순에. 내가 신경 써서 챙기지 못한 걸 인정해야 했지. 이사회는 나더러 상황이 어떻게 돌아가고 있는지 확인해보라는…… 지시를 내렸어. 자네의 관리 방식을 비난하려는 건 아니야, 바튼……"

"압니다." 바튼은 스카치위스키를 조금 더 마셨다. 이제 술잔에는 각 얼음과 잔 사이에 알코올이 조금밖에 남지 않았다. "우리가 어쩌다가 같은 건을 다루게 되면 늘 재미가 있지 않습니까, 사장님."

오드너는 표정이 밝아졌다.

"어떻게 되고 있는 거야? 비니 메이슨 얘기로는 거래가 아직도

지지부진하다던데."

"비니 메이슨은 발과 입 사이에 합선이 일어난 모양입니다."

"그럼 거래가 마무리된 건가?"

"거의요. 다가오는 금요일이면 이변이 없는 한 워터포드가 우리 손에 들어올 걸로 예상하고 있습니다."

"부동산 중개사가 합리적인 가격을 제안했는데 자네가 거절했다고 들었네만."

바튼은 오드너를 가만히 바라보다가 휠체어에서 일어나 잔에 술을 더 채웠다.

"그 얘기는 비니 메이슨한테 들은 게 아니시겠죠."

"그래, 아니야."

바튼은 벽난로 앞 휠체어로 돌아가 앉으며 말했다.

"그 정보를 어디서 얻으셨는지는 저한테 말씀 안 해주시겠군요?"

오드너는 두 손을 펼쳤다.

"업무상 들은 얘기야, 바튼. 들었으니 확인을 해보는 거라고. 누군가에 관한 개인적, 전문적 정보가 들어왔는데 일이 제대로 돌아가지 않고 있다는 신호가 잡히면 어쩔 수가 없어. 알면서도 방치해 둘 수는 없으니 고약해도 할 수 없이 확인해야 해."

프레디, 부동산 중개사와 나 말고는 거래 제안 거절에 대해 아는 사람은 아무도 없어. 이 정당한 사업가께서는 그냥 개인적으로 살짝 알아본 것뿐이라고 하네. 물론 방치해 둘 수는 없겠지? 맞아요, 조지. 당장 이 자식을 박살내 버릴까, 프레디? 진정해요, 조지. 나

같으면 박살내는 건 천천히 하겠어요.

"제가 거절한 가격은 45만 달러입니다. 그렇게 들으신 게 맞습니까?"

"맞아."

"사장님은 그 가격을 합리적이라고 생각하셨고요."

"뭐." 오드너는 다리를 꼬며 말을 이었다. "거의 그래. 시 당국은 지금 우리 공장의 가치를 62만 달러로 평가했어. 보일러 시설은 마을 저쪽에 있으니 괜찮을 거라고 봐. 확장할 여유 공간이 없긴 한데, 외곽 쪽 사람들 얘기로는 주요 공장이 이미 최대 크기라서 추가 공간은 필요가 없을 거라더군. 공장을 이전하게 되면 본전치기는 될 거야. 운영을 하다 보면 이득도 나겠지……. 그건 크게 신경 쓸 부분이 아니야. 이제 우린 새 공장 자리를 확정해야 해, 바튼. 그것도 서둘러서."

"달리 들으신 얘기가 더 있을 것 같은데요."

오드너는 자세를 바꿔 다리를 꼬며 한숨을 쉬었다.

"맞아. 자네가 45만 달러를 거절하고 나서 톰 맥캔 사가 50만 달러를 제안했다고 들었네."

"하지만 중개사는 우리 회사에 대한 신의를 지켜야 하니 그 회사의 제안을 받아들일 수 없죠."

"아직은 그렇지. 우리 회사의 우선 매입권은 화요일이면 만료야. 자네도 알겠지만."

"예, 알고 있습니다. 사장님, 제가 제안을 거절한 이유를 서너 가지 말씀드려도 되겠습니까?"

"그래."

"첫째, 위터포드 부지로 이전하게 되면 우리 고객들의 사업장이 있는 곳에서 평균 5킬로미터가량 멀어지게 됩니다. 그렇게 되면 운영비가 올라갈 수밖에 없습니다. 모텔들은 전부 주간고속도로 인근에 있으니까요. 게다가 배송 시간이 길어지게 됩니다. 홀리데이 인 모텔과 호조 호텔 같은 경우 지금도 수건 배달이 15분만 늦어도 난리가 납니다. 그런데 향후에 배송 트럭들이 마을을 가로질러 차량들 사이로 5킬로미터가량을 더 가야 되면 어떻게 되겠습니까?"

오드너는 고개를 절레절레 흔들었다.

"바튼, 시 당국은 주간 고속도로를 확장하고 있어. 우리가 공장을 이전하는 이유도 그래서잖아? 우리 쪽에서 조사한 바에 따르면 공장을 이전한다고 해서 배송 시간이 길어지진 않아. 확장된 고속도로를 타면 오히려 줄어들 수도 있어. 게다가 모텔 운영 기업들이 워터포드와 러셀에 땅을 사들인 걸로 알고 있네. 고속도로 분기점이 생기게 될 곳 부근이지. 그렇게 되면 우리는 워터포드로 이전해서 입지가 개선되는 효과를 얻게 돼. 악화되는 게 아니라."

내가 실수를 했어, 프레디. 사장이 나를 실성한 사람 보듯 하잖아. 맞아요, 조지. 정말 그러네요.

바튼은 미소를 지었다.

"예. 말씀하신 뜻은 잘 알겠습니다. 그런데 그 지역에 새 모텔들을 완공하려면 1년 내지 2년은 걸릴 텐데요. 에너지 상황이 좋지 않은 지금은—"

오드너는 차분하게 그의 말을 잘랐다.

"고속도로 확장은 시 당국이 결정한 정책이야, 바튼. 우린 장기판의 졸일 뿐이니 명령대로 이행하면 돼."

어쩐지 사장의 말이 비난처럼 들렸다.

"알겠습니다. 저는 제 의견을 공식적으로 밝히고 싶었을 뿐입니다."

"그래, 알았네. 어쨌든 자네는 정책을 만드는 입장이 아니라는 걸 명심해, 바튼. 나는 그 점을 분명히 해두고 싶어. 만약에 휘발유 공급에 차질이 생겨 모텔 산업이 무너지면, 우리도 다른 회사들과 마찬가지로 감수할 수밖에 없어. 그전까지는 그런 고민은 윗분들이 하게 두고 우리 할 일이나 하면 돼."

나는 질책을 당한 거야, 프레디. 맞아요, 조지.

"알겠습니다. 나머지 이유도 말씀드리죠. 제가 볼 때, 워터포드 공장이 흑자로 전환되기까지 공장 수리에만 25만 달러가 들어갈 것으로 추산됩니다."

"*뭐라고?*"

오드너는 술잔을 세차게 내려놓았다.

아하, 프레디. 드디어 핵심을 건드렸구나.

"워터포드 공장 벽은 다 썩어 있습니다. 동쪽과 북쪽의 석조로 된 부분은 바스라져 가루가 되기 직전이고요. 바닥도 상태가 굉장히 안 좋아서 대형 세탁기를 들여놨다가는 바닥이 무너져 지하층으로 떨어지고 말 겁니다."

"확실해? 수리비가 25만 달러나 들 거라는 게?"

"확실합니다. 이전을 하게 되면 외부에 창고를 새로 지어야 될 판입니다. 아래층과 위층 모두 바닥 공사를 해야 하고요. 전기 기사를 다섯 명쯤 불러서 2주일에 걸쳐 전기 공사도 해야 됩니다. 그곳은 240볼트 회로 전선으로 되어 있는데 우리 공장을 돌리려면 550볼트는 되어야 하죠. 게다가 도시 전선관의 끄트머리에 있게 되니, 전기 요금과 수도 요금도 20퍼센트가량 올라갈 겁니다. 전기 요금 상승은 감당한다고 쳐도 세탁회사 운영에 수도 요금 20퍼센트 상승이 무엇을 의미하는지는 굳이 설명해 드리지 않아도 아실 겁니다."

오드너는 충격을 받은 표정으로 그를 바라보았다.

"전기와 수도 요금 정도는 걱정할 필요 없다고 하실지도 모르죠. 운영비에 넣으면 될 테니까요. 하지만 수리 비용은 따로 계산해야 합니다. 결론적으로, 550볼트 전선을 새로 깔아야 하고 성능 좋은 도난 경보기와 폐쇄회로 TV도 설치해야 합니다. 방음 장치도 새로 해야겠죠. 지붕도 새로 얹어야 합니다. 아, 배수 장치도 빼놓을 수 없습니다. 이곳 퍼 가(街)는 고지대지만 워터포드의 더글러스 가(街)는 강물이 흐르는 언저리의 아래쪽에 위치해 있습니다. 배수 장치를 설치하는 데에만 4만 내지 7만 달러 가까이 비용이 들어갈 겁니다."

"맙소사, 톰 그레인저는 어째서 그런 부분에 대해 나한테 설명하지 않았지?"

"톰은 저와 함께 현장 실사를 나가지 않았으니까요."

"어째서?"

"제가 톰에게 공장에 남아 있으라고 했습니다."

"*뭐라고?*"

"그날은 보일러가 고장이 난 날이었습니다." 바튼은 참을성 있게 설명을 이어갔다. "주문이 잔뜩 밀린 데다 온수도 나오질 않아서 관리자인 톰이 공장에 남아 있어야 했습니다. 보일러에 대해 아는 사람은 톰밖에 없으니까요."

"제기랄, 바튼. 그럼 다른 날에 톰을 데리고 갈 수는 없었나?"

바튼은 잔에 남은 술을 마저 들이켰다.

"그럴 필요를 못 느꼈습니다."

"필요를 못 느꼈다니……" 말을 맺지 못하고 술잔을 내려놓은 오드너는 마치 세게 얻어맞은 사람처럼 고개를 절레절레 흔들었다. "바튼, 자네의 추산이 틀리고 우리가 그 공장 부지를 확보하지 못할 경우 어떻게 될지 알고 있나? 자네는 회사에서 쫓겨나게 돼. 맙소사, 뎅겅 목이 잘려 매리가 기다리는 집으로 가게 된다고. 그걸 원하나?"

당신은 내 말을 알아듣질 못하는군. 빠져나갈 방법이 여섯 가지쯤 있고 희생양으로 내세울 사람이 세 명쯤 있지 않으면 당신은 어떤 조치도 취하지 않을 사람이야. 지금까지 약삭빠르게 처신을 해 온 덕분에 40만 달러 가치의 주식과 펀드, 델타 88, 멍청한 깜짝 장난감 상자처럼 책상에서 튀어 올라오는 타자기 따위를 손에 넣었겠지. 이 멍청한 새끼야. 넌 내가 마음만 먹으면, 앞으로 10년 동안 속여먹기 딱 좋은 인간이야.

바튼은 잔뜩 찌푸린 오드너의 얼굴을 바라보며 싱긋 웃었다.

"마지막으로 지적하고 싶은 게 바로 그 부분입니다. 그래서 저는 걱정을 안 합니다."

"무슨 뜻이지?"

바튼은 기꺼이 거짓말을 늘어놓았다.

"톰 맥캔 사는 중개사에게 그 공장에 관심 없다고 이미 통고했습니다. 직원들을 시켜 공장 상태를 확인해보고 경악한 거죠. 그러니 사장님도 그 공장 부지를 45만이나 주고 사는 게 미친 짓이라는 제 말을 믿으셔야 합니다. 일단 90일간의 우선 매입권이 다음 화요일이면 끝이 납니다. 약삭빠른 아일랜드계 중개사 모노한이 허세를 부린 바람에 사장님도 하마터면 넘어갈 뻔했죠. 거의요."

"그래서 자네 생각은?"

"우선 매입권의 기한을 그냥 넘기세요. 아예 다음 목요일까지 뚝심 있게 버티는 겁니다. 그동안 비용 및 회계 쪽 직원들에게 전기와 수도 요금이 20퍼센트가량 인상될 경우 우리 사업이 어떻게 될지 계산이나 해보라고 하세요. 저는 모노한과 담판을 짓겠습니다. 바짝 밀어붙이면 20만에라도 제발 사달라고 무릎을 꿇을 겁니다."

"바튼, 자신 있나?"

"그럼요." 나는 굳은 얼굴에 미소를 지었다. "까딱 잘못하면 제 목이 날아갈 정도로 아슬아슬한 상황이라면, 이렇게 제 목을 걸지도 않을 겁니다."

조지, 대체 무슨 짓을 하는 거예요?

입 닥쳐, 조용히 해, 성가시게 하지 마라.

"약삭빠른 중개사에게 그 부지를 매입할 사람이 없다는 걸 깨닫게 해줘야 합니다. 그러려면 느긋하게 기다려야죠. 중개사의 애간장을 태우면 자연히 가격이 매일 내려갈 테고 적당한 가격이라고 생각될 때 매입하면 됩니다."

오드너는 생각에 잠긴 목소리로 천천히 입을 열었다.

"좋아. 이거 하나는 분명히 짚고 넘어가지, 바튼. 우리가 우선 매입권을 행사하지 않고 기한을 넘겼는데 다른 회사가 나서서 그 부지를 *매입하면*, 난 자네를 해고할 수밖에 없어. 개인적인 감정이—"

"압니다." 바튼은 별안간 피로감을 느꼈다. "개인적인 감정으로 하는 말이 아니신 거."

"바튼, 자네 매리한테서 병이 옮은 건 아니지? 오늘 저녁에 안색이 좀 안 좋아 보이는데."

네 안색도 똥색이다, 새끼야.

"이 문제를 해결하고 나면 괜찮아질 겁니다. 요즘 압박감을 좀 느끼고 있어서요."

"당연히 그럴 테지." 오드너는 짐짓 안타깝다는 표정을 지었다. "잊고 있었는데…… 자네 집도 고속도로 확장 대상 지역에 포함되었지 아마."

"그렇습니다."

"이사 갈 집은 구했나?"

"두 집 정도 봐뒀습니다. 이번 부지 건을 마무리 짓고 나서, 아마 같은 날에 저희 집도 거래를 하게 될 듯합니다."

오드너는 빙그레 웃었다.

"하루에 30만 달러와 50만 달러짜리 거래를 매듭짓기는 자네 인생에서 처음이 되겠구먼."

"예. 굉장한 하루가 될 것 같습니다."

집으로 돌아가는 길에 프레디는 머릿속에서 끝없이 바튼에게 말을 걸었다. 아니, 말을 걸었다기보다는 계속 소리를 질러대서 바튼은 어쩔 수 없이 회로 차단기를 내려야 했다. 서부 지역 크레스탈린 가로 차를 몰고 들어가는데, 신경접합부가 타버리고 신경 세포의 축삭 돌기에 과부하가 걸리면서 뇌에서 탄내가 나는 듯했다. 온갖 질문이 한꺼번에 쏟아진 바람에 그는 파워 브레이크를 세차게 밟으며 차를 세웠다. 포드 LTD는 길 한가운데서 끼익 소리를 내며 멈췄다. 갑작스레 당겨진 브레이크가 잠기면서 배를 누르자 그는 끄응 소리를 내뱉었다.

정신을 부여잡으려 애쓰며 연석 옆으로 천천히 차를 몰고 가 세웠다. 시동을 끄고 헤드라이트를 끈 뒤 안전벨트를 풀었다. 운전대를 두 손으로 부여잡고 앉아 부들부들 떨었다.

앉은 자리에서 내다보니 거리가 완만한 곡선을 그리며 뻗어 있었다. 가로등 조명은 낚싯바늘처럼 우아한 빛을 뿌렸다. 보기 좋은 거리였다. 줄지어 늘어선 주택들은 대부분 2차 세계대전 후인 1946년에서 1958년 사이에 지어졌다. 50년대에 무슨 전염병처럼 번진 크래커박스(불편할 정도로 작고 네모나게 만든 집이나 자동차—옮긴이) 유행을 기적적으로 피한 집들이었다. 허물어지는 토대, 벗겨지는 잔디, 장난감 구매, 짧아진 차량 교체 주기, 바스러지는 페인트, 플라스틱 덧창 같은 증상을 동반한 유행이었다.

바튼은 이웃들과 잘 알고 지냈다. 왜 아니겠는가? 바튼과 매리는 크레스탈린가에서 14년 가까이 살았다. 그 정도면 꽤 긴 세월이었다. 바로 옆집에는 업슬링어 가족이 살았다. 그 집 아들 케니는 조간신문을 배달했다. 길 맞은편에는 랭 씨네 가족이 살았고 두 집 아래에는 호버트 가족이 살았다. (찰리의 베이비시터였던 린다 호버트는 지금 시립 대학에서 박사 과정을 밟고 있었다.) 스토퍼 가족도 있었다. 4년 전 아내를 폐기종으로 잃은 행크 앨버트, 지금 바튼이 덜덜 떨며 차를 세운 곳에서 4집 건너에 사는 다비 가족, 퀸 씨네 가족도 빼놓을 수 없었다. 그밖에도 바튼과 매리는 십여 가족들과 고갯짓으로 인사를 나누는 사이였고 대부분의 집에는 어린아이들이 있었다.

여긴 좋은 거리야, 프레디. 좋은 이웃들이 사는 곳이잖아. 아, 소위 지식인이란 것들이 교외 거주자들을 얼마나 비웃는지 난 잘 알아. 교외 지역은 쥐가 들끓는 다세대 주택 생활이나 활기찬 전원생활처럼 낭만적이지가 않거든. 대단한 미술관도, 멋진 숲도, 대단한 도전도 없어.

그래도 한때 좋은 시절은 있었어. 무슨 생각하는지 알아, 프레디. 좋은 시절이란 건 뭘 뜻하는 걸까? 좋은 시절이라고 해서 대단한 기쁨이나 깊은 슬픔 같은 건 없어. 특별한 건 없단 얘기야. 그냥 소소한 일상이지. 어느 여름날, 땅거미 질 무렵에 뒷마당에서 해 먹는 바비큐 같은 거. 누구 하나 진짜 술에 취하거나 추하게 굴지 않고, 다들 알딸딸하게 취기가 오른 분위기. 우린 함께 차를 타고 머스탱스 풋볼팀의 경기를 보러 가기도 했어. 망할 머스탱스 팀은 뉴잉글랜드 패트리어츠 팀도 못 이겼어. 그 해에 패트리어츠 팀의 승률은 1-12였는데 말이야. 사람들을 저녁 식사에 초대하거나 함께 소풍을 나가기도 했지. 웨스트사이드의 코스에서 골프를 치거나, 아내들을 데리고 폰데로사 소나무 숲에 가 고카트(지붕과 문이 없는 작은 경주용 자동차—옮긴이)를 타기도 했어. 고카트를 탄 빌 스토퍼가 판자 울타리를 뚫고 남의 집 수영장에 빠졌던 거 기억나? 그럼요, 기억해요, 조지. 우리 모두 엄청 웃었잖아요. 하지만 조지—

그래서 이 동네에 불도저들을 들여오자고, 프레디? 다 묻어버리자 이거네. 워터포드에 또 다른 교외 마을을 후딱 만들어버리면 되니까. 작년까지만 해도 공터였던 부지에 말이야. 시간은 계속 흐르고 있으니까. 지금까지 계속 검토한 사항이니까. 수억 달러가 들어가는 계획이니까. 그래서 그 부지에 직접 가서 보니 어땠어? 과자 상자처럼 알록달록한 집들이 줄지어 서 있었잖아. 겨울마다 얼어붙을 게 뻔한 플라스틱 파이프를 설치한 집들. 무늬만 나무지 소재는 플라스틱인 자재들. 온통 플라스틱이었어. 고속도로 위원회의 모는 조 건설회사의 조에게 지시를 내리고, 조 건설회사의 안내데스크에서 일하는 수는 루 건설회사에 지시를 내려. 그럼 얼마 안 있어 워터포드의 공터에 개발붐이 일면서 빈 땅에 건물들이 올라가겠지. 고층 건물들과 아파트들이 잔뜩 올라갈 거란 말이야. 그럼 넌 라일락 길에 집을 하나 얻는 거야. 북쪽으로 향하는 스페인 길과 남쪽으로 향하는 데인 길이 교차하는 지점에. 아니면 엘름가, 오크가, 사이프러스가, 화이트 파인 블리스터가에 집을 얻을 수도 있어. 아래층에는 욕조가 완비된 욕실이 있고 위층에는 변기와 세면대만 있는 욕실이 있는 집으로. 동쪽 측면에는 가짜 굴뚝도 있겠지. 어느 날 술에 취해 집으로 돌아가던 넌 다 똑같이 생긴 집들 사이에서 네 집도 못 찾을 거야.

하지만 조지—

조용히 해, 프레디. 내가 말하고 있잖아. 네 이웃들은 어디 있지? 그리 많지는 않지만 네 이웃들이잖아. 그들이 어떤 사람들인지 넌 잘 알아. 설탕이 다 떨어졌을 때 누구네 집에 가야 한 컵 빌릴 수 있는지도 알고 있지. 그 사람들은 지금 어디 있지? 토니 랭과 앨리샤 랭은 미네소타주로 이미 이사 갔어. 토니가 그곳으로 전근 신청을 했고 그 신청이 받아들여진 덕분이지. 호버트 가족은 노스사이드로 이사 갔어. 행크 앨버트는 워터포드에 집을 샀는데 계약서에 서명을 하고 돌아온 날 마치 행복한 표정의 가면을 쓴 것 같았어. 그의 눈을 보니 알겠더라, 프레디. 다리가 잘렸는데 새로운 플라스틱 의족을 기대하는 사람처럼 보이려고 애쓰는 것 같았어. 플라스틱 의족이니 문에 부딪히더라도 상처가 덜 날 거라는 말로 자기 위안을 하면서. 우리도 이사를 해야 할 텐데 어디로 가야 할까? 우리의 정체성은 어떻게 될까? 우린 낯선 집들로 북적이는 새로운 마을 한가운데에 뚝 떨어진 두 이방인이 되겠지. 그게 우리의 정체성이야. 시간이 계속 흐르고 있어, 프레디. 그게 문제야. 마흔은 쉰이 되고, 곧 예순이 돼. 그러다 보면 좋은 병원 침상과 카테터(체내에 삽입하여 소변 등을 뽑아내는 도관—옮긴이)를 잘 꽂아 넣는 간호사를 기대하는 날이 오겠지. 프레디, 마흔이면 이미 청춘은 끝이야. 뭐, 청춘의 끝은 서른부터라고 해야 맞겠지. 마흔이면 장난질을 그만둘 때가 된 나이고. 난 낯선 곳에서 늙고 싶지 않아.

그는 다시 울기 시작했다. 차갑고 어둑한 차 안에 앉아 아기처럼 엉엉 울었다.

조지, 단순히 고속도로 확장 공사나 이사가 문제가 아니라는 거 알아요. 왜 그렇게 상심이 큰지도 알고 있어요.

조용히 해, 프레디. 경고했다.

하지만 프레디는 입을 닥치지 않았고 그건 좋지 않은 징조였다. 프레디를 더 이상 통제할 수 없다면 그는 어디서 마음의 평안을 찾을 것인가?

찰리 때문에 그런 거죠, 조지? 당신은 찰리를 다른 곳으로 이장하고 싶지 않은 거예요.

"찰리 때문이야." 그는 눈물에 잠겨 낯설어진 목소리로 말했다. "나 때문이기도 해. 난 못 하겠어. 정말이지 못 하겠어……."

그는 고개를 젖히고 눈물이 흘러내리게 두었다. 얼굴을 일그러뜨린 채 두 주먹으로 눈을 비볐다. 주머니에 난 구멍으로 사탕을 잃어버린 어린아이처럼.

마침내 집 앞에 다 왔을 때 그는 껍데기만 남은 기분이었다. 눈물은 바짝 말랐고 속은 텅 비었다. 더는 눈물이 나지 않았다. 마음도 차분하게 가라앉았다. 거리 양옆에 불 꺼진 집들을 감정의 동요 없어 바라보았다. 전부 이사 나간 집들이었다.

우린 묘지에서 살고 있어, 라고 그는 생각했다. 매리와 나는 지금 묘지에 있는 거야. 영화 「나는 산 자들을 묻었다(*I Bury the Living*)」의 주인공 리처드 분처럼. 알린 씨네 집에 불이 켜져 있기는 했지만 그 집도 12월 5일에 이사 나가기로 되어 있었다. 호버트 가족은 지난

주말에 이사를 나갔다. 나머지는 텅 빈 집들이었다.

(매리가 위층에 있는 모양이었다. 그녀가 쓰는 독서용 램프의 부드러운 빛이 창
문 너머로 보였다.) 아스팔트 진입로를 따라 집을 향해 차를 몰고 가던
그는 문득 2주 전 톰 그레인저가 했던 말을 떠올렸다. 그 건에 관해
톰과 얘기를 해봐야 할 듯했다. 월요일에.

1973년 11월 25일

그는 컬러텔레비전으로 머스탱스 팀 대 차저스 팀의 풋볼 경기
를 시청하며 홀로 술을 마셨다. 서던 컴포트 리큐어에 세븐업을 섞
은 술이었다. 남들 앞에서 그렇게 섞어 마시면 비웃음을 사기 일쑤
라 혼자 있을 때만 마시는 술이었다. 세 번째 쿼터였고 차저스 팀이
27대 3으로 앞서가고 있었다. 러커는 세 번째로 인터셉트를 당했
다. 대단한 경기지, 프레디? 그러게요, 조지. 이 긴장감을 당신이 어
떻게 견디는지 모르겠어요.

매리는 위층에서 자고 있었다. 주말 내내 따뜻했는데 지금은 보
슬비가 내리고 있었다. 잠이 쏟아졌다. 벌써 술을 석 잔째 마시고
있던 참이었다.

중간 휴식 시간이 되고 광고가 나왔다. 버드 윌킨슨(풋볼 선수 출신
으로 풋볼 코치, 정치인, 방송인으로 활약한 바 있음―옮긴이)이 나와서 이번
에너지 위기는 진짜 지독하니 다 같이 다락방에 전기를 켜지 말자
고, 마시멜로를 굽거나 마녀를 화형시키는 게 아니라면 벽난로 연

85

통도 닫아놓자고 잔소리를 해댔다. 끄트머리에 광고주 회사의 로고가 나왔다. 행복한 얼굴을 한 호랑이가 뒤를 슬쩍 돌아보며 회사 로고를 노출시키는 식이었다.

'엑슨'

그는 '에소'가 '엑슨'으로 회사명을 변경하면서부터 사악한 나날이 시작됐음을 모두가 알아야 한다고 생각했다. 에소는 해먹에서 느긋하게 쉬는 남자의 입에서 편안하게 흘러나올 만한 발음이지만, 엑슨은 유리어 행성의 장군 이름처럼 들렸다.

"엑슨은 모든 연약한 지구인들에게 무기를 버릴 것을 요구한다. 썩 꺼져라, 보잘것없는 지구인들아." 바튼은 낄낄 웃으며 술을 한 잔 더 말았다. 굳이 일어날 필요도 없었다. 서던 컴포트, 48온스짜리 세븐업 병, 얼음이 담긴 플라스틱 그릇이 전부 그의 의자 옆 작고 동그란 탁자 위에 놓여 있었으니까.

다시 경기가 시작됐다. 차저스 팀이 펀트(손에 쥔 공을 떨어뜨려 그것이 바닥에 닿기 전에 길게 차는 것—옮긴이)를 했다. 머스탱스의 후방 담당 휴 페드낵은 공을 주워 달리다가 31번 선수에게 넘겼다. 하이스먼 트로피(한해 가장 우수한 경기를 펼친 선수에게 주는 상—옮긴이)를 뉴스 영화에서나 보았을 테지만 눈빛만은 강하게 살아 있는 행크 러커의 지휘 하에서 머스탱스 선수들은 5미터를 내리달렸다. 진 보어맨이 펀트를 했다. 차저스 팀의 앤디 카커는 머스탱스의 46번 선수에게 공을 넘겼다. 그 후 경기 상황은 소설가 커트 보니것이 예리하게 지적한 대로 흘러갔다. 바튼은 커트 보니것의 작품들을 전부 읽어봤다. 그 소설가의 작품은 재미있어서 좋았다. 지난주에 그는 어느 마을 교육 위원회가 노스다코타주에 사는 드레이크를 소환했다는 뉴스를 봤다. 드레이크는 드레스덴 폭격에 관한 내용이 담긴 보니것의 소설『제5 도살장(Slaughterhouse-Five)』몇 권을 불에 태웠다고 했다. 생각해보니 그 소설과 범인 사이에는 재미있는 연결 고리가 있었다.

프레디, 고속도로 관리청 새끼들이 드레이크와 함께 784번 고속도로의 확장 공사를 진행한다면 어떻게 될까? 아마 무척 좋아하지 않을까. 조지, 그거 좋은 생각이에요. 그 주제로 '칼날'이라는 제목의 소설을 써보는 건 어때요? 엿이나 먹어, 프레디.

차저스가 또 득점을 해 34대 3으로 앞서갔다. 몇몇 치어리더들은 인조 잔디 위에서 껑충대며 엉덩이를 흔들었다. 바튼은 잠에 빠져들었다. 계속 잔소리를 해대는 프레디를 도저히 떨쳐낼 수가 없었다.

조지, 당신이 무슨 짓을 하고 있는지 모르는 것 같으니 내가 말해줄게요. 똑똑히 말해줄 테니 잘 들어요. (제발 꺼져, 프레디.) 첫째, 워터포드 공장 부지에 대한 우선 매입권은 이제 곧 기한이 끝날 거예요. 화요일 자정을 기해서요. 그리고 수요일에 톰 맥캔 사는 그 똥덩어리 같은 아일랜드계 부동산 중개사 패트릭 J. 모노한과 그 부지 매입에 관한 계약을 맺겠죠. 그럼 수요일 오후나 목요일 아침이면 그 부지에 '매매 완료!'라는 큼직한 안내판이 세워질 거예요. 세탁 회사에 다니는 누군가가 그걸 보면 당신은 불가피한 결과를 조금이라도 뒤로 미뤄보려고 이렇게 말하겠죠. 우리가 산 겁니다. 하지만 오드너가 사실 여부를 확인하고 나면 당신은 죽은 목숨이에요.

오드너가 당장 확인을 안 할 수도 있어요. 하지만 (프레디, 제발 날 좀 내비려 둬.) 화요일이면 그 부지에 새로운 안내판이 세워지겠죠.

새로운 워터포드 공장 부지의 주인이 된

톰 맥캔 신발 회사

여기서 다시 성장하겠습니다!!!

월요일 댓바람부터 당신은 실직자가 되는 거예요. 오전 10시 휴식 시간이 되기 전에 회사에서 쫓겨나게 될 거라고요. 그럼 집으로 돌아와 매리에게 말해야 될 텐데. 그게 정확히 언제인지는 모르겠어요. 버스 타고 집까지 가는데 15분 정도 걸리니까, 20년간의 결혼 생활과 짭짤한 수입을 안겨준 20년간의 직장 생활을 30분 내에 끝내게 되겠네요. 매리에게 결과를 말한 후에는 어떻게 된 상황인지 설명도 해야 될 테죠. 물론 술에 취해 인사불성이 되면 다음으로 미룰 수 있겠지만……

프레디, 아가리 좀 닥쳐.

……조만간 어쩌다가 직장에서 쫓겨났는지 매리한테 설명해야 될 거예요. 당신 죄를 자백해야 될 거라고요. 저기, 매리, 고속도로 관리청이 한 달 내에 퍼 가의 우리 공장을 철거할 예정이거든. 그런데 내가 새 공장 부지를 확보 못 한 거야. 이 784번 고속도로 확장 사업은 내가 볼 땐 완전 악몽이야. 어서 깨고 싶은 악몽. 그래, 매리, 맞아. 내가 새 공장 부지를 찾기는 했어. 워터포드라고. 맞다, 당신도 알고 있었지. 그런데 내가 그 부지 매입 계약을 해내질 못했어.

암로코 사는 얼마나 큰 비용을 쓰게 될까? 아, 새 공장 부지를 찾는데 얼마나 걸리느냐, 그로 인해 얼마나 많은 고객사를 잃게 되느냐에 따라 100만이나 105만 달러 정도 되겠지.

경고한다, 프레디.

아니면 어느 누구보다도 당신이 제일 잘 아는 사실을 매리에게 말해도 될 거예요, 조지. 공장을 이전해봤자 블루 리본 사가 얻게 될 이윤이 너무 적어서 결국 원가 계산 담당자들도 두 손 두 발 다 들 것 같아서, 포기하고 없었던 일로 하자고 할 것 같아서, 미리 초를 쳤다고 말해요. 회사는 시에서 주는 보상금을 받아서 노튼 지역의 오락장이나 러셀, 크레슨트 지역의 미니 골프장을 사들이는 편이 낫다고 말하라고요. 빌어먹을 바튼이 회사 연료 탱크에 쏟아부은 설탕 때문에 회사가 엄청난 적자를 떠안게 됐다고 말하라고요.

아, 지옥으로 꺼져.

하지만 지금까지는 영화의 제1부일 뿐이에요. 이 영화는 2부작이잖아요, 안 그래요? 당신이 매리한테 우리는 이사 갈 집도 없다고, 집을 확보 못 했다고 말하는 순간, 제2부가 시작되는 거예요. 그거에 대해서는 매리한테 어떻게 설명할래요?

난 아무것도 안 해.

그렇겠죠. 당신은 보트에서 자빠져 자면 그만이니까. 하지만 화요일 자정이 되면 당신의 보트는 폭포 너머로 떨어져요, 조지. 그러니까 제발, 월요일에 모노한을 만나서 그 인간을 불행하게 만들어요. 계약서의 점선 칸에 서명을 하라고요. 안 그러면 금요일 저녁에 오드너한테 씨불인 거짓말 때문에 당신은 상당히 곤란한 입장에 처하게 돼요. 월요일에 모노한을 만나 거래를 성사시키면 그나마 살길이 열려요. 진에도 일이 낙장으로 치닫기 전에 빠져나온 경험이 있잖아요.

나 좀 내버려 둬. 졸린다.

찰리 때문이군요. 이건 일종의 자살이네요. 하지만 매리한테는 너무 부당한 일이잖아요, 조지. 어느 누구한테도 공정한 처신이 아니에요. 당신은—

바튼은 벌떡 일어나 앉았다. 그 바람에 러그에 술이 쏟아졌다.

"나만 빼고 모두에게 공정하지 않은 거네."

총은 어쩔 거예요, 조지? 총은 어쩔 거냐고요?

그는 부들부들 떨며 잔을 집어 들고 술을 한 잔 더 따랐다.

1973년 11월 26일

그는 세탁회사에서 3블록 떨어진 곳에 위치한 니키 식당에서 톰 그레인저와 점심을 함께 했다. 부스 안에 자리를 잡고 맥주를 병째로 마시며 요리가 나오길 기다렸다. 식당 안에 설치된 주크박스에서 엘튼 존의 「노란 벽돌 길이여 안녕(*Goodbye Yellow Brick Road*)」이 흘러나왔다.

톰은 머스탱스 팀 대 차저스 팀 경기에 대해 떠들어댔다. 차저스 팀이 37대 6으로 승리한 경기였다. 톰은 이 도시의 모든 스포츠 팀들을 사랑했고 어느 팀이든 패배하면 광분하곤 했다. 언젠가 바튼은 톰이 머스탱스 팀 선수들을 차례로 까는 소리를 들으면서, 저렇게 흥분해 난리를 치다가 빨래집게로 자기 귀를 뜯어내 그 팀의 총감독에게 보내지 않을까 우려하기도 했다. 미친놈이 귀를 잘라 코치에게 보내봤자 코치는 라커룸 게시판에 붙여 놓고 비웃을 것이다. 하지만 톰은 코치가 아니라 총감독에게 보내 총감독이 진지하게 고민하게 만들 사람이었다.

흰색 나일론 소재로 된 정장 바지를 입은 웨이트리스가 음식을 내왔다. 나이가 300살 내지는 304살쯤 되어 보였다. 체중도 나이만큼이나 많이 나갈 듯했다. 그녀의 왼쪽 가슴에 작은 명찰이 붙어 있었다.

게일

성원에 감사드립니다.

니키스 다이너 식당

톰이 시킨 요리는 흥건한 그레이비소스에 쇠고기 덩어리가 둥실 떠 있는 모양새였다. 바튼은 치즈버거 두 개에 감자튀김을 주문하면서, 치즈버거에 들어가는 패티를 '살짝만 구워 달라'고 요청했다. 전에도 이 집에서 먹어본 적이 있는데, 치즈버거의 패티를 '잘 익힌 상태'로 내왔었다. 784번 고속도로의 확장 공사 구간은 니키 식당을 반 블록쯤 비껴갔다.

그들은 음식을 먹었다. 톰은 어제 본 경기에 대한 장황한 비난을 끝마친 뒤, 워터포드 공장 부지 건과 오드너 사장과의 만남에 대해 물었다.

"목요일이나 금요일에 서명할 생각입니다."

"화요일이면 우선 매입권 기한이 끝나잖아."

바튼은 톰 맥캔 사가 워터포드 공장 부지를 사지 않기로 결정했다고 이유를 설명했다. 톰 그레인저에게 거짓말을 하자니 마음이 좋지 않았다. 톰과는 17년째 알아 온 사이였다. 기분이 처졌다. 톰에게 거짓말을 하자니 흥분되지도 않았다.

"아." 설명을 들은 톰은 그 얘기를 더 길게 가져가지 않았다. 쇠고기 구이를 포크로 찍어 입에 넣은 뒤 인상을 쓰며 말했다. "우리가 왜 여기서 이런 걸 먹고 있지. 음식이 형편없네. 커피도 별로야. 내마누라가 끓인 커피가 더 낫군."

바튼도 다시 입을 열었다.

"음. 새로 생긴 이탈리아 식당의 개점일이 언제였는지 기억나세요? 우리가 매리, 버나를 데리고 한 번 갔었잖아요."

"음, 8월이었을 걸. 버나는 요즘도 한 번씩 그 식당의 리코타였나…… 아니, 리가토니 파스타 얘기를 해. 이탈리아인들은 그렇게 생긴 파스타를 리가토니라 부른다더만."

"그때 우리 옆자리에 앉았던 남자 말입니다. 덩치 크고 뚱뚱한 남자."

"덩치 크고 뚱뚱한 남자라……"

톰은 기억을 더듬다가 고개를 저었다.

"그 남자를 사기꾼이라고 했잖아요."

"아아아." 톰은 눈을 크게 뜨면서 접시를 옆으로 밀어놓고 허버트 타리튼 담배에 불을 붙였다. 그리고 불 꺼진 성냥을 그레이비소스가 흥건한 접시에 떨어뜨렸다. 성냥이 소스 위에 둥둥 떴다. "맞아, 기억나. 살리 매글리오리."

"그게 그 남자 이름입니까?"

"어, 맞아. 두꺼운 안경을 낀 뚱뚱한 남자. 아홉 겹은 돼 보이는 턱. 본명은 살바토레 매글리오리. 이탈리아 매음굴의 명물처럼 들리는 이름이지? 한쪽 눈에 백내장이 껴서 사람들은 그를 애꾸눈 살리(살바토레의 약칭—옮긴이)라고 불러. 3, 4년 전에 마요 클리닉에서 눈 수술을 받았다던데…… 눈알이 아니라 백내장을 도려내는 수술. 맞아, 대단한 사기꾼이지."

"무슨 짓을 했는데요?"

"이탈리아인들이 무슨 짓을 하면서 사는지 알잖아?" 톰은 접시에 담뱃재를 툭툭 털었다. "마약, 매춘, 도박, 투자사기, 고리대금 같은 거지. 다른 사기꾼들을 죽이는 일도 하고. 신문에서 봤잖아? 지난주에 사건이 있었어. 주유소 뒤에 서 있던 그 남자의 차 트렁크에서 시체가 발견됐어. 머리에 총 여섯 발을 맞고 목이 잘린 시체. 진짜 웃기는 일이지. 머리에 총을 여섯 발이나 쏴서 죽여 놓고 목은 왜 잘랐을까? 애꾸눈 살리가 하는 일이 바로 그런 조직범죄야."

"합법적인 사업도 하지 않아요?"

"맞아, 하고 있는 것 같더라. 노튼 지역 너머 랜딩 스트립 거리에서 차를 팔아. 매글리오리의 품질 보증 중고차 매장. 차마다 트렁크에 시신이 한 구씩 들어 있겠지."

톰은 껄껄 웃으며 접시에 담뱃재를 더 털었다. 게일이 돌아와 커피를 더 마시겠냐고 물었다. 그들은 둘 다 더 마시겠다고 대답했다.

톰이 말했다.

"보일러 문짝에 쓸 코터 핀을 오늘 받았는데, 보니까 내 고추가 떠오르더만?"

"진심이에요?"

"그래. 자네도 그걸 봤어야 하는데. 길이가 23센티에 두께는 8센티나 된다니까."

"내 고추를 얘기하는 것 같은데요?"

그들은 웃으며 조금 더 얘기를 나눴고 어느덧 다시 일하러 갈 시간이 됐다.

그날 오후 바튼은 바커가에서 버스에서 내려 던컨 술집으로 들어갔다. 조용한 동네 술집이었다. 맥주 한 잔을 주문하고 던컨이 머스탱스 대 차저스 경기에 관해 떠드는 소리를 듣고 있는데 뒤쪽에서 한 남자가 다가왔다. 그 남자는 던컨에게 볼링 점수 계산 기계가 고장난 것 같다고 했다. 던컨은 기계를 살펴보러 갔고, 바튼은 맥주를 홀짝이며 텔레비전을 봤다. 드라마에서 두 여자가 세상이 끝장난 듯 울적하고 느릿한 말투로 행크라는 남자에 대해 얘기를 나누고 있었다. 대학생 행크가 얼마 안 있어 집으로 돌아올 예정인데, 두 여자 중 한 여자가 행크가 자기 아들임을 알게 됐다고 했다. 20년 전 고등학교 졸업 무도회가 끝나고 시험 삼아 해본 성행위의 결과물이었다.

프레디가 무어라 말을 하려는데 조지가 곧장 입을 닥치게 했다.

머릿속 회로 차단기는 잘 작동하고 있었다. 하루 종일.

그래, 이 정신 분열증 환자야! 프레디가 악을 썼지만 조지가 프레디를 제어했다. *방해하지 마, 프레디. 넌 여기서 환영받지 못하는 존재야.*

텔레비전 속 여자가 말했다.

"당연히 난 걔한테 말 안 하지. 어떻게 내가 걔한테 말할 거라고 생각을 해?"

"그냥······ 말해."

"왜 말해야 되는데? 20년 전에 일어난 일 때문에 내가 왜 지금 와서 그 아이 인생을 송두리째 흔들어놓아야 해?"

"그럼 걔한테 거짓말을 하겠다는 거야?"

"아무 말도 안 할 거야."

"*말해야 돼.*"

"샤론, 난 도저히 말 못 해."

"네가 못 하겠으면, 나라도 할게, 베티."

그때 던컨이 돌아와 말했다.

"망할 기계가 아주 맛이 갔네요. 가게에 들여놓을 때부터 골치를 썩이더니. 이제 어째야 할까요? 빌어먹을 오토매틱 인더스트리 사에 전화를 때려야겠죠. 20분쯤 대기를 하다 보면 아무짝에도 쓸모없는 비서가 해당 부서로 연결을 해줄 겁니다. 그리고 어느 놈이 지금 몹시 바쁘니 수요일쯤에 사람을 보내주겠다고 하겠죠. *수요일에요!* 그럼 금요일쯤에 어떤 돌대가리가 출동해서 공짜 맥주를 4달러어치는 처마시고 이것저것 건드려 놓겠죠. 그리고 나면 2주

일도 안 돼서 기계가 또 고장이 날 겁니다. 그 회사에 다시 전화를 하면 손님들한테 볼링공을 너무 세게 던지지 못하게 하라는 말이나 지껄일 겁니다. 전에 핀볼 기계가 있었을 때는 좋았어요. 고장도 잘 안 났습니다. 이런 것도 일종의 발전이겠죠. 이대로 1980년이 되면 그 회사 놈들은 볼링 점수 계산 기계를 떼어가고 그 자리에 자동 오럴 섹스 기계를 설치할 겁니다. 맥주 한 잔 더 드릴까요?"

"주세요."

던컨은 맥주를 가지러 갔다. 바튼은 바에 50센트를 놓아둔 뒤, 망가진 볼링 점수 계산 기계 옆에 있는 공중전화 박스로 걸어갔다.

업종별 전화번호부를 뒤져 '신차 및 중고차 취급점' 항목에서 번호를 찾았다. 매글리오리 중고차 매장. 노튼 지역 16번가. 892-4576.

196번가를 따라 노튼 지역 안쪽으로 깊숙이 들어가다 보면 베너 대로가 나왔다. 베너 대로는 랜딩 스트립 거리로도 알려져 있는데, 거기서는 전화번호부에 광고가 게재되지 않는 온갖 물건들을 구할 수 있었다.

바튼은 공중전화기에 10센트 동전을 집어넣고 매글리오리 중고차 매장 전화번호를 다이얼로 돌렸다. 두 번 신호가 가고 수화기를 드는 소리가 나더니 남자 목소리가 들렸다.

"매글리오리 중고차 매장입니다."

"도스라고 합니다. 바튼 도스. 매글리오리 씨와 얘기를 하고 싶은데요."

"바쁘십니다. 무슨 일 때문인지 말씀해주시면 도와드리죠. 저는 피트 맨시입니다."

"아뇨, 매글리오리 씨와 직접 통화해야 합니다, 맨시 씨. 캐딜락 엘도라도 두 대에 관한 얘기라서요."

"전화 잘못 거셨습니다. 저희는 에너지 산업 문제 때문에 올해 말까지는 대형차를 사들이지 않을 계획입니다. 요즘은 그런 차를 사들이는 데가 없어요. 그러니—"

"제가 구매하려고 하는 겁니다만."

"어떤 차라고 하셨죠?"

"엘도라도 두 대요. 한 대는 1970년식, 다른 한 대는 1972년식이요. 금색과 크림색을 원합니다. 지난주에 매글리오리 씨와 얘기를 했습니다. 거래하기로요."

"아, 예. 그러시군요. 지금 매장에 안 계십니다, 도스 씨. 실은 시카고에 가 계세요. 오늘 밤 11시는 되어야 매장에 오실 겁니다."

부스 바깥에서는 던컨이 볼링 점수 계산 기계에 안내문을 붙이고 있었다.

'고장'

"내일은 연락이 될까요?"

"예, 그럼요. 중간상을 거치는 거래인가요?"

"아뇨, 직접 구매할 겁니다."

"매글리오리 씨가 특별가로 해주시겠다고 하던가요?"

바튼은 잠시 망설이다 대답했다.

"예, 그렇습니다. 내일 오후 4시면 괜찮을까요?"

"그럼요."

"고맙습니다, 맨시 씨."

"전화 왔었다고 말씀드려놓겠습니다."

"그리세요."

바튼은 신중하게 수화기를 내려놓았다. 손바닥에서 땀이 배어났다.

집으로 돌아온 그는 또다시 유명 인사들과 수다 중인 머브 그리핀을 텔레비전으로 보게 됐다. 우편물이 온 게 없어 마음이 놓였다. 거실로 들어갔다.

매리가 찻잔에 뜨끈한 럼 혼합주를 담아 조금씩 마시고 있었다. 옆에는 크리넥스 통이 놓였고 방 안에서 장미 허브 향이 풍겼다.

"괜찮아?"

"나한테 키스하지 마." 매리의 목소리가 멀리서 들리는 뱃고동 소리처럼 잔뜩 잠겨 있었다. "진짜 무슨 병에 걸렸나 봐."

"가엾기도 해라."

그는 아내의 이마에 입을 맞췄다.

"이런 부탁하기 싫은데, 바튼, 이따 저녁때 식료품 좀 사다 줄 수 있어? 원래 메그 카터랑 같이 가려고 했는데 몸 상태가 이래서 전화로 취소했거든."

"알았어. 열이 많이 나?"

"아니. 그냥 약간."

"폰테인 선생님한테 진찰받을 수 있게 약속 잡아줄까?"

"아니. 상태가 나아지지 않으면 내가 내일 직접 전화할게."

"코가 꽉 막혔나 보네."

"응. 장미 허브가 좀 도움이 되는 것 같더니 마찬가지야……" 매리는 어깨를 으쓱하고는 힘없이 미소 지었다. "내 목소리 꼭 도널드 덕 같아."

그는 잠시 망설이다가 말했다.

"내일 저녁에 좀 늦게 집에 올 거야."

"응?"

"노스사이드에 가서 집을 좀 보고 오려고. 조건은 괜찮은 것 같아. 방 여섯 개에 작은 뒤뜰도 있대. 호버트 네 집에서 그리 멀지도 않고."

머릿속에서 프레디가 명확한 발음으로 내뱉었다. *이런, 저열한 새끼를 봤나.*

매리의 표정이 밝아졌다.

"잘됐다! 나도 같이 가서 봐도 돼?"

"감기 걸린 것 같은데 그냥 집에 있어."

"옷 따뜻하게 입고 가면 되잖아."

"다음에."

그는 단호하게 말렸다.

"알았어. 당신이 드디어 집을 알아본다니 정말 다행이다. 걱정했어."

"걱정하지 마."

"이제 안 할게."

매리는 뜨끈한 럼 혼합주를 한 모금 마신 뒤 그에게 몸을 기댔다. 아내가 막힌 코로 숨을 들이쉬고 내쉬는 소리가 들렸다. 머브 그리핀은 제임스 브롤린과 그의 새 영화 「이색지대(*Westworld*)」에 대해 떠들고 있었다. 얼마 안 있어 전국 이발소 텔레비전에서 그 영화를 보게 될 듯했다.

얼마 후 매리는 소파에서 일어나 냉동식품을 꺼내 오븐에 넣었다. 바튼도 소파에서 엉덩이를 떼고 텔레비전 채널을 돌렸다.「에프 트룹(F Troop)」재방송을 틀어놓고, 프레디가 떠드는 소리를 듣지 않으려 애썼다. 하지만 얼마 후 프레디는 달라진 말투로 그에게 말을 걸었다.

첫 텔레비전을 어떻게 장만했는지 기억나요, 조지?

바튼은 텔레비전에 나온 배우 포레스트 터커가 아닌 그 너머 허공을 바라보며 슬쩍 미소 지었다. 기억나, 프레디. 당연히 기억나지.

결혼하고 2년이 지난 어느 날 저녁, 바튼과 매리는 업쇼네 집에 갔다가 집으로 돌아왔다. 업쇼네 집에서 그들은「당신의 히트곡 행진(Your Hit Parade)」이라는 음악 프로그램과「댄 포춘(Dan Fortune)」이라는 드라마를 보고 온 터였다. 매리는 도나 업쇼가 꽤…… 잘 사는 것처럼 보이지 않더냐고 바튼에게 물었다. 소파에 앉은 바튼은 젊은 시절 매리의 모습을 떠올렸다. 당시 여름을 맞이해 장만한 하얀 샌들을 신은 매리는 날씬했고 키가 커서 묘한 매력을 풍겼다. 흰 반바지를 입은 매리의 다리는 길쭉하고 망아지처럼 활기차서, 그대로 턱까지 다리를 차올릴 수 있을 듯 보였다. 그는 도나 업쇼가 잘 사는 것 같든 말든 별로 관심이 없었다. 그의 관심은 매리의 몸에서 저 딱 달라붙는 반바지를 어떻게 하면 벗길까에 쏠려 있었다. 오로지 거기에만 관심이 있었던 건 아니지만 대부분의 관심이 가 있던 건 사실이었다.

"그 거리에 텔레비전이 있는 집이 업쇼네뿐이던데, 동네 사람들이 툭하면 몰려와 텔레비전 앞에 죽치고 있으면 껍질 있는 땅콩을 내주며 대접하는 것도 곧 진저리날걸."

바튼의 말에 매리는 미간을 살짝 찡그렸다. 매리가 어떤 목적이 있어서 얘기를 꾸며낼 때면 늘 짓는 표정이었다. 매리와 함께 계단을 반쯤 올라가면서 그의 손은 아내의 반바지를 더듬었고 얼마 안 있어 드디어 그 반바지를 벗겨냈다. 그리고 얼마 후 그들은 이런 대화를 주고받았다.

"테이블 모델은 가격이 얼마나 할까, 바튼?"

반쯤 졸고 있던 그가 대답했다.

"음, 모토로라는 28달러나 30달러면 살 수 있을 거야. 필코 거는—"

"라디오 말고, 텔레비전."

그는 허리를 펴고 앉아 램프를 켜고 매리를 바라보았다. 매리는 알몸인 채로 엉덩이 부분에만 시트를 덮었다. 그녀는 미소를 짓고 있었지만 바튼은 그녀가 진지하게 말하고 있음을 알 수 있었다. 어디 덤빌 테면 덤벼 봐, 라고 말하는 듯한 미소였다.

"매리, 우린 텔레비전을 살 형편이 못 돼."

"테이블 모델이 얼마 정도 하냐니까? GE나 필코 거로 사면 얼마나 들어?"

"새 거로?"

"응."

그는 램프의 불빛이 매리의 젖가슴에 드리운 사랑스러운 빛의 곡선을 바라보며 그녀의 질문을 곱씹었다. 당시 매리는 지금보다 훨씬 날씬했고 (지금도 그리 뚱뚱한 편은 아니에요, 조지. 괜히 자책할까 봐 걱정되네요. 그는 아내가 뚱뚱하다고 말한 적 없어, 프레디.) 훨씬 생기가 있었다. 머리카락마저도 마치 '난 살아 있고 깨어 있고 의식하고 있다'고 말하는 듯했다…….

"아마 750달러쯤 할걸." 그는 그 정도면 매리의 얼굴에서 미소가 걷힐 줄 알았지만…… 오산이었다.

"음, 봐봐."

매리는 시트 위에 책상다리를 하고 앉았다.

그는 싱긋 웃으며 대답했다.

"보고 있어."

"*거기* 말고."

매리는 그만 웃어 버렸다. 두 뺨에 퍼져나간 홍조가 목까지 내려왔다. (그가 기억하기로 매리는 시트를 굳이 끌어 올려 몸을 가리지 않았다.)

"무슨 생각을 하는 거야?"

"남자들은 왜 텔레비전을 원할까?" 매리가 물었다. "주말에 스포츠 경기를 보기 위해서란 말이야. 그럼 여자들은? 오후에 드라마를 보기 위해서지. 다림질을 하면서 아니면 집안일을 마치고 탁자에 발을 올리고 쉬면서 텔레비전 소리를 듣고 싶은 거야. 우리 둘 다 멍하니 있을 시간에 뭔가 재미난 걸 할 수가 있는 거라고……."

"책을 읽거나 사랑을 나눠도 되지 않을까?"

"그런 걸 할 시간은 언제든 있잖아."

매리는 웃으며 얼굴을 붉혔다. 램프 빛에 그녀의 눈동자가 검게

물들었다. 램프 빛은 그녀의 가슴골에 반원형의 따스한 그림자를
드리웠다. 바튼은 매리의 뜻에 따를 수밖에 없음을 알았다. 섹스를
한 번 더 허락해준다면 1500달러나 하는 제니스 TV장을 사다 바칠
용의도 있었다. 그 생각만으로도 바튼은 그곳이 단단해졌다. 뱀이
돌로 변하는 느낌이었다. 언젠가 매리가 리드패스네 새해 전야 파
티에서 술을 너무 많이 마셨다고 말했을 때도 그는 같은 반응을 보
였다. (18년 전의 그 일을 돌이켜보는 지금도 그의 뱀은 또다시 돌처럼 단단해
졌다.)

"그래, 알았어. 주말에 부업으로 할 일을 찾아볼게. 당신도 오후
에 할 만한 일거리를 찾아봐. 그런데 있잖아, 매리. 이제 처녀가 아
닌 그대여, 우리가 정말 그래야 할까?"

매리는 웃으며 그에게 안겼다. 보드라운 젖가슴이 그의 배에 닿
았다. (당시에 그녀의 젖가슴은 퇴창처럼 불룩하지 않고 편편했어. 프레디.)

"하면 되지! 오늘이 며칠이지? 6월 18일인가?"

"맞아."

"음, 당신은 주말에 부업을 해. 그리고 12월 18일에 우린 그동안
모은 돈으로—"

"—토스터기를 사지 뭐." 그는 웃으며 말했다.

"—텔레비전을 사는 거야." 매리는 진지하게 선언했다. "우린 할
수 있어, 바튼." 그리고 깔깔 웃었다. "12월 18일까지 각자 얼마 모
았는지 서로 말하지 않는 거야. 그래야 재미있잖아."

"내일 퇴근하고 집에 왔을 때 날 밀어내지 않으면 그렇게 할게."

결국 그는 굴복하고 말았다.

매리는 그를 붙잡고 위에 올라타 간질이기 시작했다. 간지럼은 이내 애무로 바뀌었다.

"이리 와." 매리는 그의 목에 대고 속삭이며, 부드러우면서도 은근히 세게 그를 눌렀다. 그를 이끌면서 동시에 꼭 붙잡았다. "내 안으로 들어와, 바튼."

얼마 후 어둠 속에서 바튼은 두 손으로 뒤통수를 받치고 누워 말했다.

"서로에게 얼마 모았는지 말하지 말자고?"

"응."

"매리, 굳이 그렇게까지 할 필요가 있을까? 도나 업쇼도 텔레비전을 보겠다고 동네 사람들 절반이 자기네 집에 모여들면 그들에게 껍질 있는 땅콩을 내주는 걸 점점 지겨워할 거라니까?"

매리는 웃음기가 싹 걷힌 목소리였다. 단호하고 근엄하며 약간은 무서운 목소리. 엘리베이터 없는 이 아파트 3층에 맴도는 따뜻한 6월의 공기 속에서 겨울처럼 싸늘한 기운이 느껴졌다.

"남의 신세만 지고 사는 건 싫어, 바튼. 난 절대 그렇게 살지 않을 거야."

바튼은 열흘 가까이 매리의 별난 제안을 곱씹으면서, 앞으로 20여 주 동안 주말마다 일해서 750달러의 절반(여태껏 그래왔듯이 아마 절반이 아니라 4분의 3 이상을 그가 감당해야 할 듯했다.)을 마련하려면 어떤 부업을 해야 할지 궁리했다. 남의 집 잔디를 깎아주는 아르바이트를 하기에는 나이가 많았다. 매리의 의기양양한 얼굴로 봐서는 부업거리를 이미 찾았거나 손에 넣기 직전인 듯했다. 추가 벌이를 어떻

게 할지나 생각해, 바튼. 그는 이런 생각을 하며 어쩔 수 없이 크게 웃었다,

멋진 나날이었지, 안 그래, 프레디? 그때 텔레비전에서 나오던 포레스트 터커와 에프 트룹 관련 영상이 만화영화 속 토끼가 '아이들을 위한 트릭스 시리얼'이라고 떠드는 시리얼 광고 영상으로 바뀌었다. 그러게요, 조지. 정말 끝내주게 멋진 나날이었어요.

어느 날 일을 마친 바튼은 퇴근하려고 차 문을 열다가 드라이클리닝 기계 뒤쪽에 서 있는 커다란 산업용 굴뚝을 보았다. 문득 좋은 생각이 떠올랐다.

차 열쇠를 도로 주머니에 집어넣은 그는 던 타킹턴 옆으로 다가갔다. 의자에 기대어 앉아 있던 던은 허옇게 세고 있는 숱 많은 눈썹 아래로 바튼을 쳐다보았다. (던은 머리털뿐 아니라 귓속 털과 코털까지 희끗희끗해지고 있었다.) 던은 두 손을 산 모양으로 세워 가슴께에 얹어둔 자세였다.

"굴뚝에 페인트를 칠하겠다고."

바튼은 고개를 끄덕였다.

"주말마다."

바튼은 또다시 고개를 끄덕였다.

"금액은 고정으로 해서 300달러를 달라고."

바튼이 고개를 끄덕거렸다.

"미쳤군."

그 말에 바튼은 웃음을 터뜨렸다.

던이 슬쩍 미소를 지으며 물었다.

105

"자네 무슨 마약 하나, 바튼?"

"아뇨. 요즘 매리와 함께 밀 좀 하고 있거든요."

"내기?"

텁수룩한 던의 눈썹이 위로 치켜 올라갔다.

"좀 더 신사다운 놀이죠. 굳이 말하자면 도박이라고 할 수 있습니다. 어쨌든 사장님, 저 굴뚝에는 페인트를 칠해야 하고 저는 300달러가 필요하니 어떻게 하시겠습니까? 페인트 업자를 불러 시키시면 425달러는 달라고 할 텐데요."

"확인해보고 하는 소리겠지."

"그럼요."

"미쳤구만." 던은 소리 내어 웃으며 덧붙였다. "자네 그러다 죽어."

"예, 그럴 수도 있겠죠."

바튼도 덩달아 웃기 시작했다. (18년 전 그날을 떠올리며 그가 바보처럼 피식거리는 동안 트릭스 광고를 하는 토끼는 사라지고 저녁 뉴스가 시작됐다.)

그렇게 해서 바튼은 7월 4일 다음의 주말부터 24미터 높이의 비계 위에 서 있게 됐다. 한 손에는 페인트 붓을 들고 바람을 맞으며 흔들거리는 비계를 밟고 비틀거렸다. 한 번은 오후에 갑자기 천둥을 동반한 폭우가 쏟아지면서, 비계를 잡아주는 밧줄 하나가 끊어져 하마터면 바닥으로 추락할 뻔했다. 밧줄은 마치 꾸러미를 묶은 노끈처럼 쉽게 끊어져 버렸다. 그나마 허리에 감고 있던 안전 밧줄 덕분에 무사히 지붕에 내려설 수 있었다. 심장이 북처럼 쿵쾅거렸다. 아무리 테이블 모델 텔레비전 때문이라고 해도 도저히 다시 비계를 밟고 페인트칠을 할 엄두가 나질 않았다. 그래도 꾹 참고 비계로 돌아갔다. 텔레비전을 위해서가 아니라 매리를 위해서였다. 봉곳 솟은 자그마한 가슴에 비치는 램프의 불빛, 그녀의 입술과 눈에 담긴 덤빌 테면 덤벼 봐 라는 느낌의 미소, 때때로 너무 흐려지거나 진해져서 여름날의 소나기구름처럼 보이는 그녀의 짙은 색 눈동자를 위해서였다.

9월 초에 그는 페인트칠을 마쳤다. 다 칠하고 보니 하늘을 배경으로 깔끔한 흰색이 되어 서 있는 굴뚝이 마치 파란 칠판에 가늘고 진하게 그어놓은 분필 자국 같았다. 그는 페인트가 묻은 팔뚝을 시너로 문지르며 뿌듯한 기분으로 굴뚝을 바라보았다.

던 타킹턴은 수표로 수고비를 지불하면서 간단히 평했다.

"바보가 칠한 것치곤 나쁘지 않군."

바튼은 —당시 공장 주임이던— 헨리 차머스의 새 가족실 벽에 패널을 붙이고, 랠프 트레몽의 낡은 크리스 크래프트 소형 모터 보트에 페인트를 칠해준 값으로 50달러를 추가로 벌었다. 마침내 12월 18일이 되어, 바튼과 매리는 집 안의 작은 식당 안에 마주 보고 앉았다. 적대 관계지만 묘하게 친한 살인청부업자들처럼. 바튼은 매리 앞에 현금 390달러를 내려놓았다. 그동안 은행에 넣어둔 덕분에 이자도 조금 붙었다.

매리는 앞치마 주머니에서 꺼낸 416달러를 그 옆에 내려놓았다. 대부분 1달러, 5달러짜리라 바튼의 돈보다 더 수북했다.

바튼은 놀라 물었다.

"맙소사, 대체 뭘 *해서* 벌었어, 매리?"

매리는 미소를 지으며 설명했다.

"원피스 26벌을 만들었어. 원피스 49벌의 난을 줄이고 64벌의 단을 늘였어. 치마 31벌을 만들고, 코바늘 뜨개질로 재봉 견본품을 만들었어. 래치 훅 자수(그물망 형태의 바탕천에 원하는 디자인을 그린 후 길이가 일정한 색실을 갈고리 모양의 바늘을 이용하여 고리를 걸어 주는 방식의 수공예 자수—옮긴이) 스타일로 깔개 4개를 만들었어. 스웨터 5벌, 숄 두 개에 식탁용 리넨 한 세트도 만들었어. 손수건 63장, 수건 12세트와 베갯잇 12세트에 수를 놓았어. 얼마나 많이 했는지 자면서도 문양대로 자수를 놓을 수 있을 정도라니까."

매리는 웃으며 두 손을 펼쳤다. 그제야 바튼은 매리의 손가락 끝에 두툼하게 굳은살이 박여 있음을 알아챘다. 기타 연주자의 손끝에 생기는 굳은살 같았다.

그는 쉰 목소리로 말했다.

"아, 세상에, 매리. 맙소사, 당신 손 좀 봐."

"내 손은 멀쩡해." 한층 더 색이 짙어진 매리의 눈이 춤을 추었다. "당신도 높은 굴뚝에 올라가 있는 모습이 귀엽더라, 바튼. 새총이라도 사서 당신 엉덩이에 쏴볼까 생각했어—"

벌떡 일어난 그는 먼저 일어나 도망친 매리를 잡으려고 거실과 침실로 쫓아갔다. 내가 기억하기로 우린 그날 오후 내내 침실에서 머물렀어, 프레디.

계산을 해보니 테이블 모델 텔레비전을 충분히 살 수 있을 만한 돈이었다. 40달러만 더 보태면 콘솔 모델 텔레비전까지 노려봄 직했다. 그해에는 RCA 콘솔 텔레비전이 유행이라고, 자기라면 꼭

RCA 콘솔을 사겠다고 존 TV점 사장 존이 그들에게 말했다. (지금 존 TV점은 784번 고속도로 확장 공사 때문에 그랜드 영화관을 비롯한 주변 시설들과 함께 철거된 지 오래였다.) 그러면서 일주일에 10달러씩 할부로 갚는 조건으로 기꺼이 팔겠다고 제안했다.

"아뇨."

매리가 거절하자 존은 몹시 아쉬워하는 표정이었다.

"부인, 4주밖에 안 됩니다. 추가금에 대해 4주 할부를 한다고 해서 큰일 나지 않아요."

"잠시만요." 매리는 바튼을 데리고 TV점 밖으로 나갔다. 크리스마스를 앞두고 추위가 몰아닥친 가운데, 거리 여기저기서 틀어대는 캐럴이 뒤섞이고 있었다.

"매리, 사장님 말이 일리가 있어. 크게 부담되는 것도 아니고―"

"우리가 처음 할부로 사는 건 우리 집이어야 해, 바튼." 그녀의 미간에 옅은 줄이 생겨났다. "그러니까 내 말 들어……"

그들은 다시 가게로 들어갔고, 바튼이 존에게 부탁했다.

"저희가 꼭 살 테니까 팔지 말고 기다려주실 수 있을까요?"

"그러죠. 당분간은 가능하겠지만, 요즘 텔레비전이 워낙 잘 팔리고 있어서요, 도스 씨. 얼마나 기다리면 되겠습니까?"

"이번 주말 지나서, 월요일 밤에 다시 들르겠습니다."

그들은 주말 동안 추위와 눈에 대비해 옷을 따뜻하게 입고 동네를 돌아다녔다. 눈은 올 듯 말 듯 위협만 하고 내리지 않았다. 그들은 어린애들처럼 웃으며 차를 몰고 천천히 뒷길을 오갔다. 바튼은 우선 빈 병 여섯 개가 담긴 상자 하나, 매리는 와인 병 하나를 챙겼

다. 거리 곳곳에서 맥주병들을 더 주워 모았고 맥주병과 작은 소다
수 병 들을 봉지 여러 개에 담았다. 가져다 팔면 작은 병은 2센트,
큰 병은 5센트를 받을 수 있었다. 주말 내내 그러고 돌아다니는 건
쉽지 않은 일이었다. 모조 가죽 외투를 입은 매리의 긴 머리카락은
바람에 나부끼고 두 뺨은 발갛게 거칠어졌다. 가을 낙엽이 쌓인 배
수로를 지나가며 부츠로 낙엽을 걷어차는 매리의 모습이 아직도
눈에 선했다. 매리가 지나갈 때마다 산불이 퍼져나가는 듯 나지막
하게 바스락거리는 소리가 들렸다……. 그리고 딸그락 소리와 함
께 매리는 길 건너에서 어린애처럼 웃으며 의기양양하게 빈 병을
집어 들고 흔들었다.

요즘은 빈 병을 반납하고 돈을 받을 수가 없어요, 조지. 재활용을
위해 빈 병을 반환하던 시절은 끝났거든요. 요즘은 그냥 내용물을
다 마시고 버리면 끝이에요.

주말이 지나고 월요일, 일을 마친 바튼과 매리는 슈퍼마켓 여러
군데에 들러 빈 병을 반납한 뒤 31달러를 받았다. 그리고 문 닫기
10분 전에 존 TV점에 도착했다.

"9달러가 모자라네요."

바튼이 존에게 말했다.

존은 RCA 콘솔에 미리 붙여둔 매매 계약서에 '지불 완료'라고 적
으며 말했다.

"행복한 크리스마스 보내세요, 도스 씨. 수레를 가져와서 차에 실
어드리죠."

마침내 그들은 텔레비전을 가지고 집으로 돌아왔다. 그걸 보고 1층

에 사는 딕 켈러가 덩달아 신이 나서는 바튼이 텔레비전을 집으로 가지고 올라갈 수 있도록 도와주었다. 그날 밤 바튼과 매리는 마지막까지 방송을 한 채널에서 국가가 흘러나올 때까지 실컷 텔레비전을 보았다. 그리고 색상 조정 화면을 켜둔 채 텔레비전 앞에서 사랑을 나눴다. 눈이 피로하고 골이 아팠지만 상관없었다.

그 후에 산 어떤 텔레비전도 그 텔레비전만큼 큰 만족감을 주지 못했다.

거실로 들어온 매리는 텔레비전을 보고 있는 바튼을 바라보았다. 바튼의 손에는 빈 스카치위스키 잔이 들려 있었다.

"저녁 다 데웠어, 바튼. 여기로 갖다줄까?"

바튼은 매리를 바라보며 생각에 잠겼다. 그녀의 입술에서 '덤빌 테면 덤벼 봐'라는 느낌의 미소를 마지막으로 본 게 언제였더라…… 어쩌다 한 번씩 미간에 잡히던 가느다란 선이 언제부터 주름이나, 상처, 나이를 드러내는 문신처럼 그 자리에 영구히 자리 잡았을까.

사람은 하느님의 나라에서라면 궁금증조차 일지 않았을 것들을 궁금해하며 살아가는 존재구나, 라고 그는 생각했다. 왜 그때 하필 그런 생각을 했을까?

"바튼?"

"식당에서 먹자."

바튼은 소파에서 일어나 텔레비전을 껐다.

"그래."

그들은 식탁 앞에 앉았다. 바튼은 알루미늄 그릇에 담긴 음식을 바라보았다. 6개의 칸으로 나뉜 알루미늄 그릇에는 칸칸이 음식들이 담겨 있었고 고기 위에는 그레이비소스가 뿌려져 있었다. 냉장식품의 고기 위에는 *언제나* 이렇게 그레이비소스가 뿌려져 있다는 게 새삼 인상적이었다. 그레이비소스가 없었으면 아마 벌거벗은 고기처럼 보였을 것이다. 그러다 문득 아무 이유 없이 론 그린이 생각났다. '제길, 머리카락을 확 잡아 뜯어서 대머리로 만들고 싶네.'

하지만 이번에는 재미는커녕, 두려움이 느껴졌다.

"아까 거실에서 무슨 생각을 하고 있었어, 바튼?"

매리가 물었다. 감기 때문에 매리의 두 눈은 붉게 충혈됐고 코끝은 발갛게 살이 텄다.

"기억 안 나."

그는 이렇게 말하며 속으로 생각했다. '악을 쓰고 싶어. 잃어버린 것들을 위해. 당신의 미소를 위해. 이제 당신 얼굴에서 볼 수 없는 그 미소를 돌려달라며 내가 고개를 뒤로 젖히고 악을 써도 용서해 줄 거지?'

"기분 좋아 보이네."

매리가 말했다.

그의 속생각은 비밀이었다. 오늘 밤은 그렇게 비밀로 두어야 했다. 오늘따라 그의 감정은 빨개진 매리의 코처럼 상처가 나 쓰라렸다. 하지만 그는 의지를 거스르고 털어놓았다.

"예전에 우리가 텔레비전을 사려고 빈 병을 주우러 다녔던 때를 생각하고 있었어. RCA 콘솔 텔레비전."

"아, 그거."

매리는 냉장식품을 앞에 두고 손수건에 재채기를 했다.

바튼은 스탑앤샵 슈퍼마켓에서 잭 호버트를 우연히 만났다. 잭의 카트에는 냉동식품들, 데우기만 하면 되는 통조림 식품들, 맥주가 잔뜩 담겨 있었다.

"잭! 여기는 웬일이야?"

잭은 희미하게 미소 지었다.

"이사 간 동네의 가게에는 적응이 안 돼서…… 그래서……"

"엘렌은 어디 있고?"

"비행기 타고 클리블랜드시에 갔어. 장모님이 돌아가셔서."

"이런, 유감이야, 잭. 갑작스럽게 돌아가신 건 아니지?"

차가운 빛깔의 천장 조명 아래서 다른 쇼핑객들이 그들 주변을 이리저리 오갔다. 보이지 않는 곳에 설치된 스피커에서 매장 배경 음악이 흘러나왔다. 워낙 오래전부터 나온 음악이라 귀에 거의 들어오지 않았다. 한 여자가 파란 파카를 입고 악을 써대는 세 살짜리 아이를 질질 잡아끌면서, 그득 채운 카트를 밀고 그들 옆으로 지나갔다. 아이의 파카 소매에는 콧물이 묻어 있었다.

"맞아."

잭은 의미 없는 미소를 지으며 카트만 내려다보았다. 카트에는 큼직한 노란색 봉지가 담겨 있었다.

고양이 화장실용 모래

사용 후 바로 버리세요!
위생적으로!

"갑자기 돌아가셨어. 신경 써줘서 고마워. 장모님이 몸이 좋지 않으셨는데 갱년기 후유증일 거라고 생각하신 거야. 그런데 알고 보니 암이었던 거지. 의사들이 장모님 몸을 열고 들여다보고는 다시 닫고 꿰맸어. 그리고 3주 후에 돌아가신 거야. 엘렌이 너무 힘들어 해. 엘렌이 장모님하고 나이 차이가 20년밖에 안 나잖아."

"그렇지."

"엘렌은 당분간 클리블랜드시에 가 있을 거야."

"그렇군."

"그래."

그들은 서로를 바라보다가 죽음을 생각하며 겸손하게 웃음 지었다. 바튼이 물었다.

"노스사이드로 이사 가서 살아보니까 어때?"

"글쎄, 솔직히 말할게, 바튼. 그 동네 사람들은 별로 친절하지가 않아."

"그래?"

"엘렌이 은행에서 일하잖아?"

"그렇지."

"그 은행 여직원들 대부분이 카풀을 하거든. 그래서 나도 엘렌한테 목요일마다 차를 쓰게 해줬어. 엘렌이 목요일 담당이니까. 노스사이드에 수영장이 하나 있는데, 그 수영장을 사용하는 여직원들은 무슨 클럽에 소속돼 있대. 엘렌은 최소한 일 년은 지나야 그 클럽에 가입을 할 수가 있다는 거야."

"그건 무슨 차별처럼 들리는데, 잭."

"정말 재수 없는 것들이라니까." 잭은 분한 얼굴로 말을 이었다. "엘렌은 그 여자들이 엎드려 빌어도 그 빌어먹을 클럽에 가입 안 할 거야. 카풀이고 뭐고 더럽고 치사해서 내가 엘렌한테 차를 사 줬어. 중고 뷰익이지만 엄청 좋아하더라고. 2년 전에 사줄 걸 그랬어."

"집은 어때?"

"괜찮아." 잭은 한숨을 푹 쉬었다. "전기세가 엄청 나오긴 해. 우리 집 전기요금 청구서를 자네가 봤어야 하는데. 대학 다니는 자식을 둔 부모들한테는 별로 좋진 않지."

그들은 천천히 걸었다. 차츰 분노가 가신 잭의 얼굴에 겸연쩍은 미소가 돌아왔다. 보아하니, 잭은 예전에 한동네에 살았던 사람을 보니 반갑고 감상적이 돼서 오래 함께 있고 싶은 마음에 시간을 끌고 있는 듯했다. 바튼은 잭이 새집에서 홀로 이리저리 돌아다니는 모습을 머릿속에 그려보았다. 아내가 어머니를 땅에 묻으러 수천 킬로미터 떨어진 곳에 가 있는 지금, 잭은 유령 같은 텔레비전 소리로 허전한 방들을 채우고 있을 터였다.

바튼이 제안했다.

"저기, 우리 집으로 같이 가는 게 어때? 여섯 개짜리 맥주 두 상자를 사가지고 가서 NFL을 속속들이 까대는 하워드 코셀(미국 ABC TV의 유명 스포츠 해설가—옮긴이)의 설명이나 듣자고."

"그거 좋은 생각이네."

"계산하고 나서 매리한테 전화 좀 할게."

바튼은 매리에게 전화를 걸었고 매리는 흔쾌히 허락했다. 매리는 잭에게 감기를 옮기지 않기 위해 냉동 페이스트리 빵을 오븐에 넣어놓고 먼저 잠자리에 들겠다고 했다.

"잭은 그 동네로 이사 가서 살아보니까 어떻대?"

매리가 물었다.

"괜찮은 거 같대. 있잖아, 매리. 엘렌의 어머니가 돌아가셔서, 지금 엘렌이 장례식을 치르러 클리블랜드에 가 있대. 암이셨나 봐."

"어머 세상에."

"그래서 잭이 혼자 집에 있으면 적적할 것 같아서……"

"그래, 잘 생각했어. 우리도 얼마 안 있으면 그 동네로 이사 간다고 얘기했어?"

"아니. 안 했어."

"해야지. 그럼 기분 좋아할 텐데."

"그렇겠지. 이만 끊을게, 매리."

"응."

"자기 전에 아스피린 먹어."

"그럴게."

"끊어."

"응, 조지."

매리는 전화를 끊었다.

바튼은 차분하게 전화기를 내려다보았다. 매리는 기분이 굉장히 좋을 때만 그를 조지라고 불렀다. 원래 '프레디와 조지'는 찰리가 좋아하던 놀이였다.

바튼은 잭 호버트를 데리고 집으로 가 텔레비전으로 스포츠 경기를 보면서 맥주를 잔뜩 마셨지만 기분은 그다지 좋아지지 않았다.

밤 12시 15분, 그만 집으로 돌아가야겠다며 차로 향하던 잭은 울적한 표정으로 고개를 들었다.

"빌어먹을 고속도로. 그 공사 때문에 모든 게 엉망이 됐어."

"그렇지."

바튼은 문득 잭이 늙어 보인다는 생각을 하며 두려움을 느꼈다. 잭은 그와 동년배였다.

"계속 연락하면서 지내자고, 바튼."

"그래야지."

술에 알딸딸하게 취한 그들은 울렁거리는 속을 부여잡고 서로를 공허하게 쳐다보며 미소 지었다. 바튼은 잭의 차 후미등이 길게 뻗은 곡선형의 언덕 너머로 사라지는 모습을 바라보았다.

1973년 11월 27일

숙취도 약간 남아 있는 데다가 밤늦게까지 잠을 못 잤더니 졸립기까지 했다. 세탁기 통이 회전을 멈추고 탈수 단계로 넘어가는 소리가 요란하게 들렸다. 셔츠 전용 다림질기와 일반 다리미가 내지르는 탁-치익 소리에 그는 자꾸만 움찔거렸다.

프레디는 오늘따라 더 지독하게 굴었다. 아주 악마 놀이를 제대로 할 작정인 듯했다.

프레디가 말했다. 잘 들어요. 이제 마지막 기회에요. 오늘 오후에 모노한의 사무실로 가요. 오후 5시를 넘기면 너무 늦어요.

오늘 자정까지는 우선 매입권이 유효해.

그건 사실이 아니었다. 일이 끝나면 모노한은 친척들을 만나러 사무실을 떠날 수도 있었다. 어쩌면 알래스카에 갈지도 모를 일이었다. 모노한의 입장에서는 블루 리본 세탁회사가 아닌 톰 맥캔 신발 회사와 거래를 하면 받게 될 수수료가 4만 5000달러에서 5만 달러로 껑충 뛰게 될 터였다. 그 정도 금액이면 어지간한 신차 한 대 값이었다. 굳이 휴대용 계산기를 두드릴 필요도 없었다. 그만한 이득을 남기게 됐으니 봄베이의 하수도에 사는 친척이라도 찾아내 축하 파티를 하고 싶을 것이다.

하지만 그런 건 이제 중요하지 않았다. 이미 너무 멀리 와버렸다. 바튼의 머릿속 기계는 너무 오랫동안 저 혼자 굴러가 버렸다. 그는 다가올 폭발에 홀린 나머지 오히려 어서 폭발하기를 바라고 있었다. 자업자득이라, 닥쳐올 결과를 생각하면 마음이 괴롭긴 했지만.

오후 내내 세탁장에서 론 스톤과 데이브를 지켜보았다. 그 둘은 신제품 세제들 중 하나를 가지고 빨래에 테스트를 진행 중이었다. 세탁장은 시끌벅적했다. 안 그래도 예민해진 머리가 소음 때문에 쑤셨지만, 머릿속 생각이 떠들어대는 소리를 듣는 것보다는 나았다.

퇴근 후 바튼은 주차장에서 차를 끌고 나갔다. 오늘 이사 갈 집을 알아본다고 하자 매리는 기꺼이 그가 종일 차를 갖고 다니게 해주었다. 그는 시내를 관통해 노튼 지역으로 향했다.

노튼 지역의 거리 모퉁이와 야외 술집에 흑인들이 모여 서 있었다. 식당들은 각기 다른 종류의 전통 음식을 광고했다. 아이들은 보도에 분필로 격자무늬를 그려놓고 마치 춤추듯 폴짝폴짝 뛰어다녔다. 적갈색 사암으로 지은 어느 이름 모를 아파트 건물 앞에 서 있는 대형 고급차─큼직한 분홍색 엘도라도 캐딜락─가 그의 눈길을 끌었다. 그 차에서 내린 사람은 농구선수 월트 체임벌린이었다. 덩치 큰 흑인 월트 체임벌린은 하얀 밀짚모자를 썼고 진주 단추가 달린 하얀 정장을 입었다. 발에는 측면에 큼직한 금색 버클이 달린 검은색 통굽 구두를 신었고, 커다란 상아 공이 위쪽에 붙은 등나무 지팡이를 손에 들었다. 월트는 위엄 있게 천천히 걸음을 옮겨 엘도라도 캐딜락의 보닛 앞으로 갔다. 보닛에는 카리부(북미산 순록─옮긴이)의 가지진 뿔 모양을 본뜬 장식이 붙어 있었다. 월트의 은목걸이에 달린 작은 은 스푼 장식이 옅은 가을 햇살을 받아 반짝거렸다. 바튼은 아이들이 사탕을 달라며 월트에게 몰려가는 모습을 백미러로 바라보았다.

9블록을 지나가자 다세대 주택들은 점점 그 수가 줄어들고 들쭉날쭉한 풀이 돋은 너른 들판이 펼쳐졌다. 들판은 부드럽고 촉촉해 보였다. 흙무더기 사이의 물웅덩이에는 기름이 둥둥 떠 있었다. 편편한 물웅덩이 표면에는 위험해 보이는 무지개 무늬가 그려졌다. 왼편의 지평선 위로, 도시 공항을 향해 착륙 중인 비행기가 보였다. 지금 그는 16번가를 달리고 있었다. 도시 경계선 부근에 위치한

준 교외 지역이었다. 맥도널드, 셰이키즈 피자점, 니노의 스테이크
피트 등이 옆으로 스쳐 지나갔다. 겨울이라 데어리 프리즈와 노디
타임 모텔은 문을 닫았다. 노튼 자동차극장 앞 차양에 안내 문구가
적혀 있었다.

금-토-일
'잠 못 이루는 아내들'
X등급 장면 일부 포함
에잇볼 당구 가능

그는 겨울 동안 문 닫은 볼링장과 골프 연습장 앞을 지나갔다. 여
기까지 오는 길에 본 주유소들 중 두 곳에 안내판이 붙어 있었다.

죄송합니다. 휘발유가 없습니다.

나흘 후인 12월은 되어야 휘발유를 할당받을 수 있다고 했다. 바
튼은 석유 파동을 겪고 있는 이 나라가 그다지 안됐다는 생각은 들
지 않았다. 과학 소설 같은 위기로 치닫고 있긴 했지만 이 나라는
너무 오랫동안 석유를 게걸스럽게 먹어 치웠다. 물론 지금 상황으
로 인해 일에 지장을 받는 소시민들에 대해서는 안타까운 심정이
었다.

1.6킬로미터쯤 달린 끝에 매글리오리 중고차 매장 앞에 도착했
다. 딱히 기대한 바는 없었지만 막상 와 보니 실망스러웠다. 얼핏

봐서는 중고차를 할인가로 대충 팔아치우는 곳처럼 보였다. 끈으로 묶어 놓은 펄럭이는 플래카드 아래서 차들이 도로를 향해 도열해 있었다. 조명 사이사이에 걸린 플래카드들은 빨간색, 노란색, 파란색, 초록색이었다. 조명들은 밤이 되면 이 차들을 향해 빛을 비출 것이다. 차마다 앞유리에 가격과 상태가 표시돼 있었다.

795달러

잘 달립니다!

550달러

기능 우수!

타이어에 바람이 빠지고 앞 유리에 금이 간, 먼지투성이의 낡은 밸리언트 차에 붙은 광고 문구는 이러했다.

정비공 특별 할인가!

빨간색 실크 재킷을 입은 청년이 말하는 동안 회녹색 외투를 입은 영업 담당 직원은 고개를 끄덕이며 애매하게 미소 지었다. 그들은 로커 패널이 부식된 파란색 머스탱 옆에 서 있었다. 청년이 무어라 격하게 말하면서 손바닥으로 운전석 문짝을 탁 치자 녹이 우수수 떨어졌다. 직원은 어깨를 으쓱하면서 미소만 지었다. 머스탱은 가만히 그 자리에 서 있었을 뿐인데 녹이 떨어지자 더 낡아 보였다.

매장 구역 중앙에 사무실 겸 차고가 있었다. 바튼은 주차를 하고 차에서 내렸다. 금직한 테일 핀이 달린 낡은 닷지 자동차가 차고 안의 리프트에 올라앉아 있었다. 정비공이 마치 성배를 들 듯, 기름 묻은 장갑을 낀 두 손으로 머플러를 들고 닷지 하부에서 걸어 나오며 바튼에게 말했다.

"거기다 차 대시면 안 돼요. 차 다니는 곳이에요."

"그럼 어디다 댑니까?"

"사무실에 일 보러 오신 거면 저 뒤쪽에다 대세요."

바튼은 LTD를 몰고 매장 구역 뒤쪽으로 빙 돌아갔다. 차고의 물결 모양 금속 벽과 늘어선 차들 사이의 좁은 공간으로 천천히 조심스럽게 차를 몰았다. 차고 뒤에 차를 대고 내린 순간, 강하고 매서운 바람을 맞아 그는 움찔했다. 난방기의 열기가 추위로 얼었던 그의 얼굴을 녹여주었다. 눈물이 나지 않도록 그는 눈을 가늘게 떴다.

차고 뒤쪽은 자동차 고철 처리장으로, 면적이 수 에이커에 달했다. 그곳에 있는 차들은 지독한 전염병으로 인해 구덩이까지 끌고 갈 수도 없는 지경이 된 시신들처럼 대부분 부품별로 분해되어 휠 테두리나 축만 남아 있는 경우도 많았다. 램프 없이 텅 빈 헤드라이트 소켓만 남은 그릴이 멍하니 바튼을 바라보았다.

바튼은 차고 앞쪽으로 다시 나갔다. 정비공이 머플러를 설치하는 중이었다. 뚜껑을 따놓은 콜라병이 오른쪽 타이어 더미 위에서 아슬아슬하게 균형을 잡고 서 있었다.

그는 정비공에게 물었다.

"매글리오리 씨 안에 계십니까?"

정비공에게 말을 걸면 언제나 그렇듯 똥멍청이가 되는 기분이었다. 24년 전에 첫차를 샀는데, 그래서인지 정비공에게 말을 걸면 여드름 난 십 대로 돌아간 듯 어색했다.

정비공은 어깨너머로 그를 흘끗 쳐다보더니 소켓 렌치 작업을 계속하면서 대답했다.

"예, 맨시 씨랑 같이 있어요. 둘 다 사무실에요."

"감사합니다."

"예."

바튼은 사무실로 들어갔다. 벽의 패널은 진짜 나무가 아니라 소나무 무늬가 들어간 가짜였다. 빨간색과 하얀색 사각형 무늬로 된 리놀륨 바닥에는 군데군데 진흙이 묻어 있었다. 낡은 의자 두 개, 그리고 그 사이에 쌓인 낡은 잡지들이 눈에 띄었다. 《아웃도어 라이프(*Outdoor Life*)》, 《필드 앤 스트림(*Field & Stream*)》, 《트루 아거시(*True Argosy*)》. 의자에 앉아 있는 사람은 없었다. 사무실 안에 문이 하나 있었는데, 안쪽 사무실로 이어지는 듯했다. 왼쪽에는 극장 매표소처럼 생긴 작은 칸막이가 하나 있었다. 한 여자가 그 안에 들어앉아 계산기를 두드리고 있었다. 머리카락 사이에 노란 연필을 찔러 넣었고, 빈약한 가슴에 라인석 줄이 달린 할리퀸 안경을 걸쳐놓았다. 여자 쪽으로 걸어가면서 초조해진 그는 입술을 혀로 핥았다.

"실례합니다."

여자가 시선을 들었다.

"네?"

그는 '애꾸눈 샐리를 만나러 왔다, 쌍년아. 꼬리나 살랑살랑 흔들어.'라고 말하고 싶은 강한 충동을 느꼈다.

하지만 애써 참고 입을 열었다.

"매글리오리 씨와 만나기로 약속하고 왔습니다."

"그러세요?"

여자는 경계하는 눈빛으로 그를 쳐다보더니 계산기 옆 탁자에 놓인 종이쪽지 몇 개를 들춰보고 그중 한 장을 꺼냈다.

"도스 씨세요? 바튼 도스 씨?"

"맞습니다."

"들어가세요."

여자는 입술을 오므리고는 다시 계산기를 두드려댔다.

불안감이 치솟았다. 저들은 분명 그의 거짓말을 알아챘을 것이다. 저들은 여기서 심야에 자동차를 팔고 있었다. 어제 맨시에게 들은 바로는 그랬다. 저들은 바튼이 그 사실을 안다는 것도 알았다. 당장이라도 여길 나가 모노한의 사무실로 달려가는 게 낫지 않을까. 모노한이 알래스카주나 말리의 팀북투시 같은 곳으로 떠나기 전에 붙잡고 계약을 해야 하지 않을까.

이제야 그런 생각을 하네요, 사람이 참 센스 있어, 라고 프레디가 이죽거렸다.

프레디의 빈정거림을 뒤로 하고 문으로 다가간 바튼은 문을 열고 안쪽 사무실로 발을 들였다. 그곳에는 두 남자가 있었다. 책상 뒤에 앉은 남자는 뚱뚱했고 알이 두꺼운 안경을 썼다. 다른 한 명은 바짝 말랐는데, 주황색이 도는 분홍색의 스포티한 상의 차림이라 어쩐지 비니가 떠올랐다. 바짝 마른 남자는 책상 쪽으로 허리를 굽히고 있었다. 그 두 남자는 JC 화이트니 사의 카탈로그를 들여다보는 중이었다.

그들은 바튼 쪽을 쳐다보았다. 책상 뒤에 앉은 매글리오리가 미소를 지었다. 알이 두꺼운 안경을 끼고 있어 눈이 흐릿하고 커 보였다. 마치 수란의 노른자처럼.

"도스 씨?"

"맞습니다."

"들러줘서 고맙습니다. 문 좀 닫아줄래요?"

"예."

바튼은 문을 닫았다. 돌아섰을 때 매글리오리의 얼굴에선 미소가 걷혀 있었다. 맨시도 마찬가지였다. 두 사람의 시선을 받는 동안 방 안 온도가 10도는 내려간 듯 느껴졌다.

매글리오리가 물었다.

"뭐 하는 개수작이야?"

"할 얘기가 있어서요."

"얘기하는 거야 공짜지. 하지만 당신 같은 짭새한테는 공짜가 아니거든. 당신이 피트한테 전화를 해서 엘도라아도 두 대를 사겠다느니 개소리를 지껄였다던데." 그는 엘도라도를 '엘도라아도'라고 발음했다. "어디 입 털어 봐. 뭐 하자는 건지 들어나 보게."

바튼은 문 옆에 선 채로 입을 열었다.

"여기서 물건을 판다고 들어서요."

"그래, 맞아. 차를 팔지. 차."

"그게 아니라 다른 거요. 그러니까……" 바튼은 소나무 무늬 패널을 붙인 벽을 둘러보았다. 몇 군데나 되는 정부기관들이 이곳을 도청하고 있을지는 아무도 모를 일이었다. "그런 물건 있잖습니까." 그는 더듬거리며 말을 뱉었다.

"마약이나 창녀, 장외 경마 도박 같은 걸 말하는 건가? 아니면 마누라나 상관을 죽여줄 청부업자를 사려고 왔어?" 매글리오리는 움찔하는 바튼을 보더니 목쉰 소리로 웃었다. "짭새라 그런가 동정심이 안 생기네. 속으로 '여길 누가 도청하고 있으면 어떡하지?'라고 생각하지? 경찰학교에서 제일 먼저 가르치는 게 바로 그런 거 아니야?"

"저기요, 저는—"

"입 닥쳐." JC 화이트니 사 카탈로그를 손에 든 맨시가 날카롭게 말했다. 맨시의 손톱에 매니큐어가 발라져 있었다. 바튼은 그렇게 매니큐어를 바른 손톱은 텔레비전 광고에서밖에 본 적이 없었다. 아나운서가 아스피린 병을 손에 들고 떠들어대는 광고 말이다. "사장님이 당신 얘길 듣고 싶으시면 말을 하라고 하실 거다."

바튼은 눈을 껌벅이며 입을 닫았다. 악몽을 꾸는 기분이었다.

"어떻게 짭새들은 날이 갈수록 멍청해지냐. 나야 상관없지만. 멍청이들을 상대하는 것도 재미있거든. 멍청이 상대하는 일이 익숙하기도 하고, 그쪽으로 내가 소질도 좀 있어. 자, 보다시피 이 사무실에 도청 장치 따윈 없어. 우린 여길 매주 청소하거든. 우리 집 담배 상자에 도청장치가 잔뜩 들어 있어. 부착식 마스크, 단추식 마스크, 압력식 마스크, 손바닥만 한 소니 테이프 녹음기. 하지만 요즘 경찰들은 더 이상 그런 장치를 쓰지 않아. 당신 같은 짭새를 보내지."

바튼은 자기도 모르게 대꾸했다.

"저는 짭새가 아닙니다만."

과장되게 놀란 척을 하며 매글리오리는 맨시를 돌아보았다.

"들었지? 짭새가 아니라네."

"예, 들었습니다."

"네 눈엔 짭새처럼 보이지 않아?"

"예, 그렇습니다."

"말하는 것도 영락없는 짭새잖아?"

"그러게요."

매글리오리는 다시 바튼 쪽으로 고개를 돌렸다.

"짭새가 아니면 정체가 뭔데?"

"저는……"

바튼은 무어라 말해야 할지 확신이 서지 않았다. 그의 정체는 대체 뭘까? 프레디, 지금 내가 널 필요로 하는데 대체 어디 있냐?

"자, 자. 말해 봐. 주경찰국이야? IRS(국세청)? FBI(연방수사국)? 생긴 건 딱 에프비아이(FBI) 같은데. 그렇지, 피트?"

"그러게요."

"시경찰국이라면 당신 같이 어설픈 짭새를 보낼 것 같진 않단 말이지. 에프비아이나 사립탐정이 분명해. 어느 쪽이지?"

바튼은 화가 나기 시작했다.

흥미를 잃은 매글리오리가 지시했다.

"내쫓아, 맨시."

맨시는 JC 화이트니 카탈로그를 손에 쥔 채 앞으로 다가왔다.

바튼은 매글리오리에게 고함을 쳤다.

"꼴통이 따로 없네! 경찰 때문에 노이로제라도 걸렸나. 멍청한 것도 정도가 있지! 당신이 여기서 일하는 동안 경찰들이 당신 마누라를 데리고 잔다고 생각하는 겁니까 뭡니까!"

매글리오리는 돋보기 렌즈 너머로 눈을 휘둥그렇게 뜨고 바튼을 쳐다보았다. 맨시도 도저히 믿기지 않는다는 표정으로 그 자리에 얼어붙었다.

"꼴통?" 매글리오리는 목수가 용도를 잘 모르는 연장을 손에 쥐고 이리저리 돌려보듯 입안에서 그 단어를 곱씹었다. "저게 지금 나를 꼴통이라고 불렀냐?"

바튼은 자신이 내뱉은 말에 놀라 어안이 벙벙했다.

맨시가 또다시 한 걸음 앞으로 다가오며 말했다.

"내보내겠습니다."

"기다려봐." 매글리오리가 바튼을 순전히 호기심 어린 눈빛으로 바라보며 나지막하게 말했다. "지금 날 꼴통이라고 불렀어?"

"난 경찰이 아닙니다. 사기꾼도 아니고요. 당신이 사람들한테 돈을 받고 물건을 판다는 얘기를 듣고 찾아온 것뿐입니다. 그걸 살 돈도 있습니다. 물건을 사기 위해 무슨 암호를 대야 한다든지, 캡틴 미드나잇의 암호 해독 반지 같은 유치한 물건이라도 갖고 있어야 되는 줄 몰랐네요. 그래요. 내가 당신을 꼴통이라고 불렀습니다. 그래야 이 남자가 나를 두들겨 패지 않을 것 같아서 그랬습니다만 기분 나빴다면 미안합니다. 나는……"

바튼은 혀로 입술을 축였지만 더는 무어라 말을 해야 할지 머리에 떠오르지 않았다. 매글리오리와 맨시는 바튼을 홀린 듯이 쳐다보았다. 자기네 눈앞에서 바튼이 그리스의 대리석 조각상으로 변하기라도 한 것처럼.

"꼴통이라. 이 남자 몸수색해 봐, 맨시."

맨시는 손으로 바튼의 어깨를 탁 치더니 뒤로 돌려세웠다.

"두 손을 벽에 붙여." 맨시가 바튼의 귀 가까이에 대고 말하자 구강청결제 냄새가 훅 풍겼다. "다리 벌리고 서. 경찰 드라마에 나오는 것처럼."

"경찰 드라마 안 봅니다."

바튼은 이렇게 말했지만 맨시가 한 말의 뜻을 알기에 벽을 향해 서서 손을 벽에 붙였다. 맨시는 손으로 바튼의 다리를 훑고 사타구니를 쓸어내렸다. 의사가 환자를 진찰하듯 아무 감정이 담기지 않은 손길이었다. 허리띠 안쪽으로 손을 집어넣어 확인한 뒤 옆구리를 문지르고 목깃 아래를 손가락으로 쓸었다.

"깨끗합니다."

맨시가 보고하자 매글리오리가 시시했다.

"돌아서."

바튼은 뒤로 돌아섰다. 매글리오리는 여전히 흥미로워하는 눈빛으로 그를 보고 있었다.

"이쪽으로 와."

바튼은 하라는 대로 했다.

매글리오리는 책상의 유리 상판을 손으로 탁탁 두드렸다. 유리 상판 아래에 스냅 사진 몇 장이 들어 있었다. 정수리에 선글라스를 걸치고 카메라를 향해 웃고 있는, 머리카락이 철사처럼 뻣뻣해 보이는 흑인 여자. 수영장에서 물을 첨벙대는 황갈색 피부의 아이. 커다란 콜리 개를 끌고 파루크 1세(이집트의 마지막 왕—옮긴이)처럼 해변을 거니는 검은색 수영복 차림의 매글리오리.

"다 꺼내 봐."

"예?"

"주머니에 든 거 전부 꺼내 놓으라고."

바튼은 저항할까도 생각했다. 하지만 왼쪽 어깨 너머에서 그를 주시하고 있는 맨시를 떠올리고는 곧장 외투 주머니에서 물건들을 꺼내 놓기 시작했다. 매리와 최근에 영화를 보러 갔을 때 산 영화표의 일부가 제일 먼저 나왔다. 노래가 잔뜩 나온 영화였는데 제목은 생각나지 않았다.

외투를 벗어서 안에 든 물건을 마저 꺼냈다. 그의 이름 앞 글자 '바 조 도'가 새겨진 지포 라이터. 부싯돌 한 통. 필리스 셔루트 담배 한 갑. 필립스 마그네시아 변비약 한 통. 스노타이어를 달고 받은 A&S 타이어즈 영수증. 맨시는 그 물건들을 쓱 훑어보더니 만족스러운 투로 말했다.

"별거 없네."

바튼은 재킷도 벗었다. 셔츠 주머니 안에는 보풀 뭉치 하나가 들어 있을 뿐이었다. 오른쪽 바지 앞주머니에서 그는 차 열쇠와 40센트를 꺼냈는데, 대부분 5센트짜리였다. 무슨 이유에서인지 몰라도 바튼은 5센트짜리들이 자기에게 이끌려 모여드는 느낌을 받았다.

주차 요금 징수기에는 10센트 동전을 넣어야 하는데 10센트는 없고 죄다 5센트였다. 5센트 동전은 주차 요금 징수기에 맞지 않았다. 바튼은 책상의 유리 상판에 나머지 물건들과 함께 지갑을 올려놓았다.

매글리오리가 지갑을 집어 들더니 겉면에 찍혀 있는 닳아빠진 합일 문자(주로 이름의 첫 글자들을 합쳐 한 글자 모양으로 도안한 것—옮긴이)를 바라보았다. 4년 전 매리가 결혼기념일 선물로 준 것이었다.

매글리오리가 물었다.

"'조'가 무슨 뜻이지?"

"'조지'의 앞글자요."

바튼은 지갑을 열고 그 안에 담긴 내용물을 앞에 늘어놓았다. 마치 솔리테르(혼자서 하는 카드놀이—옮긴이)를 하다가 쥐가 난 것처럼 손이 자꾸 떨렸다.

20달러와 1달러 지폐들로 총 43달러.

셀, 수노코, 아르코, 그랜트, 시어즈, 캐리즈 백화점, 아메리칸 익스프레스 같은 신용카드들.

운전면허증. 사회보상카드. A+ 헌혈증. 도서관 카드. 플라스틱 플립 폴더. 출생증명카드를 복사한 종이. 오래돼서 접힌 부분이 일부 찢어진 영수증 몇 장. 6월까지 거슬러 올라가는 당좌예금계좌 입금 신청서들.

매글리오리는 짜증스러운 말투로 물었다.

"지갑이 뭐 이래? 정리도 안 하나? 일 년 내내 이걸 다 넣어 가지고 다니면 지갑이 다 상하지."

바튼은 어깨를 으쓱했다.

"버리는 걸 싫어해서요."

매글리오리가 짭새라고 불렀을 때는 화가 치밀었는데, 이상하게도 지갑 상태를 비판한 것에 대해서는 아무렇지도 않았다.

매글리오리는 플립 폴더를 열었다. 그 안에는 스냅 사진이 가득 담겨 있었다. 맨 위에는 두 눈을 가운데로 모으고 카메라를 향해 혀를 쏙 빼문 매리의 사진이 있었다. 오래전 사진이었다. 당시 매리는 지금보다 날씬했다.

"당신 마누라야?"

"예."

"카메라를 얼굴에 들이대지 않고 찍었으면 예쁘게 나왔겠네."

매글리오리는 사진을 한 장 뒤로 넘기더니 미소를 지었다.

"당신 아들인가? 내 아들도 이런 나이일 때가 있었는데? 애가 야구는 할 줄 아나? 당연히 알겠지! 딱 보면 알아."

"아들 맞습니다. 지금은 세상을 떠났지만요."

"안됐네. 사고로?"

"뇌종양이요."

매글리오리는 고개를 끄덕이더니 다른 사진으로 넘어갔다. 잘라낸 손톱 같은 인생의 단편들이었다. 서부 지역 크레스탈린가의 집, 세탁장 안에 나란히 선 바튼과 톰 그레인저. 이 도시에서 개최된 세탁회사 협의회장의 연단에 선 바튼(그날 바튼은 기조 연설자를 소개하는 역할을 맡았다.), 요리사 모자를 쓰고 '아빠는 요리하고 엄마는 지켜본다'는 문구가 적힌 앞치마를 두른 채 뒷마당 그릴 옆에 서서 바비큐를 준비하는 바튼의 모습.

매글리오리는 플립 폴더를 내려놓고 신용카드들을 쓸어 모아 맨시에게 주었다.

"복사해. 예금 전표도 한 장 가져가. 이 남자 마누라도 내 마누라처럼 안전한 곳에 수표장을 보관해두겠지."

매글리오리는 이렇게 말하며 웃었다.

맨시는 회의적인 눈빛으로 매글리오리를 바라보았다.

"이 짭새와 거래를 하실 생각입니까?"

"짭새라고 부르지 마. 그래야 나를 꼴통으로 안 부르지." 매글리오리는 큭큭 웃다가 뚝 그쳐 사람을 불안하게 만들었다. "자네는 시키는 일만 잘 하면 돼, 맨시. 내 일은 내가 알아서 할 테니까."

맨시는 덩달아 웃다가 으스대는 듯한 걸음걸이로 사무실을 나갔다.

사무실 문이 닫히자 매글리오리는 바튼을 바라보며 싱긋 웃었다. 그리고 고개를 가로저으며 말했다.

"꼴통이라. 살면서 온갖 욕은 다 들어봤지만 그런 욕은 처음이네."

"저 사람이 왜 내 신용카드를 복사하는 겁니까?"

"우리가 컴퓨터의 일부를 갖고 있거든. 아직 컴퓨터 전체를 가진 놈은 없어. 다들 일부만 갖고 있으면서 시간대별로 공유를 하지. 암호를 맞게 집어넣으면 이 도시의 사업에 관여하는 50개 이상 기업의 메모리 뱅크를 활용할 수 있지. 나는 그 시스템을 이용해서 당신에 관해 조사하라고 지시했어. 당신이 경찰이면 우리가 알아낼 수 있어. 신용카드가 가짜여도 알아낼 수 있고. 카드는 진짜인데 당신 소유가 아니어도 당연히 찾아내. 하지만 당신은 믿음이 가는군. 어쩐지 깨끗한 놈일 것 같아. 꼴통처럼." 매글리오리는 고개를 가로저으며 소리 내어 웃었다. "어제가 월요일이었지? 월요일에 나를 꼴통이라고 부르지 않은 게 다행인 줄 알아."

"뭘 사려고 왔는지 말해도 됩니까?"

"하든지. 당신이 녹음기 여섯 개를 숨겨 갖고 들어온 경찰이라도 난 못 건드려. 그런 식으로 하는 건 함정 수사거든. 지금은 그런 얘기 듣고 싶지 않아. 내일 같은 시간에 같은 장소로 다시 찾아와. 다시 오면 당신 얘기를 들어볼지 말지 알려주지. 당신이 아무 문제 없는 깨끗한 사람이어도 내가 물건을 안 팔 수도 있어. 왜인지 알아?"

"왜입니까?"

매글리오리는 소리 내어 웃었다.

"내가 보기에 당신은 미친놈 같거든. 바퀴가 세 개뿐인 자동차를 몰 것 같고. 괴상한 비행기를 타고 날아다닐 것처럼 보여."

"어째서죠? 당신한테 꼴통이라고 욕을 해서요?"

"아니. 당신을 보면 내가 당신 아들 나이였을 때 겪은 일이 떠올라. 그때 우리 동네에 개 한 마리가 있었어. 뉴욕시 우범 지역이었지. 2차 세계대전 이전, 그러니까 불황 시대였어. 피아치라는 아저씨가 안드레아라는 까만 암컷 잡종견을 한 마리 길렀는데, 다들 그 개를 피아치의 개라고 불렀어. 피아치는 안드레아를 늘 사슬에 묶어뒀지. 순하던 그 개는 8월의 어느 더운 날에 돌변했어. 1937년이었나. 자기를 쓰다듬으러 온 아이에게 달려들어서 한 달 동안 병원 신세를 지게 만들었어. 아이는 목을 서른일곱 바늘이나 꿰맸지. 난 언젠가 그런 일이 일어날 줄 알고 있었어. 그 개는 여름 내내 하루도 빠짐없이 밖에 묶여서 종일 뜨거운 햇볕을 받았거든. 6월 중순부터는 아이들이 쓰다듬으려고 다가가도 꼬리를 흔들지 않았어. 그러다가 눈알을 이리저리 굴리기 시작했어. 7월 말부터는 애들이 쓰다듬으면 목구멍 안쪽에서 그르렁대는 소리를 냈어. 그때부터 나는 그 개를 더 이상 쓰다듬지 않았는데, 애들이 놀리는 거야. 왜 그래, 살리? 쫄았냐? 난 대답했어. 아니, 쫄은 게 아니라 멍청하지 않아서 그래. 저 개는 지금 독이 올랐어. 그랬더니 애들이 비웃었어. 망상도 가지가지네. 피아치의 개는 물지 않아. 지금까지 아무도 물지 않았어. 갓난아기가 주둥이 안으로 머리통을 집어넣어도 물지 않을걸. 내가 말했어. 그럼 네가 가서 쓰다듬든가. 개를 쓰다듬으면 안 된다는 법도 없으니까. 하지만 난 안 할래. 다들 나를 놀려댔어. 살리는 겁쟁이래요. 여자래요. 엄마가 옆에 없으면 피아치의 개 앞으로 지나가지도 못한대요. 애들이 얼마나 짓궂은지 당신도 알 거야."

"알죠."

어느새 그의 신용카드들을 가지고 돌아온 맨시가 문 옆에 서서 얘기를 듣고 있었다.

"그때 목청 높여 나를 놀리던 녀석 중 하나가 드디어 그 개한테 물렸어. 개 이름은 루이지 브론티첼리였어. 나 같은 선량한 유대인이었지." 매글리오리는 웃으며 말을 이었다. "8월의 어느 날 루이지는 그 개를 쓰다듬으려고 다가갔어. 보도에 계란을 깨놓으면 익

을 정도로 무지하게 더운 날이었거든. 그날 물린 후로 루이지는 속
삭이는 것 이상으로 소리를 못 냈어. 어른이 돼서 맨해튼에서 이발
소를 운영했는데 요즘도 '속삭이는 루이지'라는 별명으로 불리고
있어."

매글리오리는 이 말을 하며 바튼에게 미소 지었다.

"당신을 보면 피아치의 개가 생각이 나. 당신은 아직 으르릉대지
않아. 누가 당신을 쓰다듬으려고 다가가면 눈알을 이리저리 굴리
는 정도지. 꼬리를 더 이상 흔들지 않게 된 지는 이미 오래됐어. 맨
시, 이 남자 물건 돌려줘."

맨시는 바튼에게 물건들을 내주었다.

"내일 다시 와서 좀 더 얘기를 나눠보자고." 매글리오리는 바튼
이 물건들을 도로 지갑에 넣는 모습을 바라보며 말을 이었다. "지
갑 정리 좀 해. 지갑을 아주 고문하고 있구먼."

"언젠가는 해야죠."

"맨시, 손님을 차까지 배웅해드려."

"알겠습니다."

바튼이 문을 열고 나가려는데 매글리오리가 뒤에서 불렀다.

"사람들이 피아치의 개를 어떻게 처리했는지 알아? 보호소로 데
려가서 독가스로 죽였어."

저녁 식사를 마친 후 매리는 바튼에게 새로 알아본 집에 대해 물
었다. 텔레비전 뉴스 화면에서 앵커 존 챈슬러가 저지 턴파이크 도
로에서 속도 제한이 실시된 후부터 교통사고가 줄었다는 보도를

하고 있었다.

"흰개미가 있더라고."

그 말에 매리의 표정은 고속 엘리베이터를 타고 내려간 것처럼 단박에 어두워졌다.

"아. 상태가 많이 안 좋아?"

"음, 내일 다시 한번 가보려고. 톰 그레인저가 실력 좋은 해충 구제업자를 안다고 하면 소개받아서 그 집에 데리고 가볼 생각이야. 전문가의 의견을 들어봐야지. 어쩌면 보기보다 상태가 나쁘지 않을 수도 있으니까."

"상태가 괜찮으면 좋겠다. 뒷마당도 있다면서⋯⋯"

매리는 아쉬워하며 말끝을 흐렸다.

프레디가 별안간 떠들어댔다. 아이고, 왕자님 나셨네. 진정한 왕자님이셔. 부인에게 어쩌면 그렇게 잘해요, 조지? 재능을 타고났나, 아니면 어디서 배운 건가?

"입 닥쳐."

바튼의 말에 매리가 놀란 얼굴로 돌아보았다.

"지금 뭐라고 했어?"

"아⋯⋯ 챈슬러 말이야. 존 챈슬러와 월터 크롱카이트 같은 뉴스 앵커들이 늘 어두운 전망을 내놓는데 진절머리가 나."

"뉴스 내용이 마음에 안 든다고 해서 그 뉴스를 전달하는 사람을 욕하면 안 돼."

매리는 여전히 미심쩍고 걱정스러운 눈빛으로 그를 바라보다가 존 챈슬러가 나오는 화면으로 고개를 돌렸다.

"알아."

말은 이렇게 했지만 바튼은 속으로 생각했다. 프레디, 이 개새끼야.

프레디 역시 내용이 마음에 안 든다고 해서 그 내용을 전달하는 자를 미워하진 말라고 충고질을 해댔다.

그들은 한동안 말없이 뉴스 화면만 바라보았다. 이윽고 감기약 광고가 흘러나왔다. 두 남자의 머리통이 콧물 덩어리로 변했다. 그중 한 명이 알약을 먹자 머리에 쓰고 있던 큼직한 회녹색 사각형 덩어리가 바닥으로 뚝 떨어졌다.

"오늘 저녁에는 목소리가 좀 나아진 것 같네."

"맞아. 여보, 그 중개사 이름이 뭐라고 했지?"

그는 거의 자동적으로 대답했다.

"모노한."

"아니, 그건 당신 회사에 공장 부지를 팔기로 한 중개사고, 우리한테 집을 팔기로 한 중개사 말이야."

"올슨."

바튼은 즉시 대답했지만, 머릿속 쓰레기 봉지에 담긴 이름 중 아무거나 꺼내 놓은 것이었다.

다시 뉴스가 이어졌다. 이번에는 다비드 벤구리온(이스라엘 정치가이자 시오니즘 지도자―옮긴이)에 관한 보도였다. 이미 고인이 된 해리 트루먼 대통령의 뒤를 따라 세상을 하직할 것 같다는 내용이었다.

매리가 곧바로 물었다.

"잭 씨는 새로 이사한 동네가 마음에 든대?"

바튼은 잭이 알면 어이없어할 대답을 멋대로 내놓았다.

"어, 그런 것 같아."

존 챈슬러는 오하이오주의 하늘에서 날아다닌 비행접시에 관한 재미난 소식으로 뉴스를 마무리했다.

밤 10시 반에 침실로 들어가 곧장 잠이 든 그는 악몽을 꾸다가 눈을 떴다. 디지털시계를 확인했다.

'11:22 P.M.'

꿈에서 그는 노튼 지역의 어느 길모퉁이에 서 있었다. 베너 대로와 라이스가가 만나는 지점의 모퉁이였다. 바튼은 거리 표지판 바로 아래에 서 있었다. 길 저쪽에 있는 사탕 가게 앞에서 분홍색 대형 고급 차 한 대가 멈춰 섰다. 그 차 보닛에는 카리부의 뿔을 닮은 장식이 붙어 있었다. 현관 계단과 베란다에서 놀고 있던 아이들이 그 차를 향해 달려가기 시작했다.

길 건너편 벽돌로 된 다세대 주택의 난간에 커다란 검은 개가 사슬로 묶여 있었다. 어린 소년이 자신 있게 그 개에게 다가갔다.

바튼은 소리치고 싶었다. *개를 쓰다듬지 마! 사탕이나 받으러 가!* 하지만 입에서 말이 나오지 않았다. 흰 정장을 입고 밀짚모자를 쓴 포주 같은 남자가 마치 슬로모션처럼 천천히 뒤를 돌아보았다. 그자는 두 손에 사탕을 잔뜩 쥐고 있었다. 그 남자를 에워싼 아이들도 덩달아 뒤를 돌아봤다. 포주를 둘러싼 아이들은 전부 흑인인데 검은 개에게 다가가고 있는 어린 소년은 백인이었다.

앉아 있던 개가 마치 뭉툭한 화살처럼 펄쩍 뛰어올랐다. 개에게 공격받은 백인 소년은 두 손으로 제 목을 부여잡고 비명을 지르며 뒷걸음질 쳤다. 뒤돌아서는 소년의 손가락 사이로 피가 흘러내렸다. 그 소년은 찰리였다.

그 순간 바튼은 잠에서 깨어났다.

꿈이었다. 빌어먹을 악몽.

그의 아들 찰리는 3년 전 세상을 떠났다.

1973년 11월 28일

잠에서 깼을 때 눈이 내리고 있었는데 세탁회사에 도착했을 무렵에는 거의 그쳤다. 톰 그레인저가 셔츠 차림으로 가쁜 숨을 몰아쉬며 공장에서 달려 나왔다. 차가운 공기 중에 하얀 입김이 훅훅 뿜어져 나왔다. 표정을 보아하니 오늘도 엿 같은 하루가 될 듯했다.

"문제가 생겼어, 바튼."

"안 좋은 일입니까?"

"어, 많이. 조니 워커가 홀리데이 인 모텔에서 첫 짐을 싣고 공장으로 오는 길에 사고를 당했어. 폰티액이 빨간 불에 데크먼 교차로를 그냥 지나치다가 조니의 트럭과 충돌했어. *쾅하고.*" 톰은 괜히 하역장 문 쪽을 한 번 돌아보았다. 그곳에는 아무도 없었다. "경찰들 얘기로는 조니의 상태가 심각한가 봐."

"맙소사."

"사고가 일어나고 15분인가 20분인가 후에 내가 사고 현장에 도착을 했거든. 그 교차로 상태가 원래 어떤지 알잖아—"

"알죠. 엉망진창이죠."

톰은 고개를 절레절레 흔들었다.

"심각한 사고가 일어난 게 아니었으면 현장을 보고 웃음이 터져 나왔을 거야. 꼭 누가 세탁장 여직원한테 폭탄이라도 던진 것 같더라니까. 홀리데이 인 모텔의 시트며 수건이 사방에 떨어져 있었어. 악귀 같은 사람들 몇 명이 그걸 훔쳐가고 있더라고. 어떻게 인간이 그런 짓을 하지? 트럭을 봤는데…… 운전석 문 안쪽으로 들여다봤더니 물건들만 어질러져 있더라고. 조니는 밖으로 튕겨 나갔고."

"센트럴 병원에 입원했습니까?"

"아니, 세인트 매리 병원. 조니가 천주교잖아. 몰랐어?"

"저랑 같이 조니가 입원한 병원으로 가보실래요?"

"안 그러는 게 좋겠어. 론 스톤이 보일러 압력을 높이라고 고함을 치고 있거든." 톰은 겸연쩍은 얼굴로 어깨를 으쓱했다. "론이 어떤 사람인지 알잖아. 무슨 일이 있어도 맡은 일은 해야 한다는 주의지."

"그렇죠."

바튼은 도로 차에 타고 세인트 매리 병원으로 향했다. 세상에, 하고 많은 사람 중에 하필 조니가 그런 일을 당하다니. 1953년에 블루 리본 세탁회사에서 일한 직원 중에 바튼과 함께 유일하게 아직까지 남아 있는 사람이 바로 조니 워커였다. 정확히 말하면 조니는 1946년부터 이 회사에서 일을 해왔다. 그 사실은 마치 불길한 징조처럼 그의 목 안에 틀어박혔다. 신문에서 읽은 바로, 784번 고속도로의 확장은 안 그래도 위험한 데크먼 교차로를 지금보다 더 위태로운 곳으로 만들고 있었다.

원래 그의 이름은 조니가 아니었다. 본명은 코리 에버릿 워커였다. 근무시간 기록 카드에 그렇게 적혀 있어서 바튼은 알고 있었다. 하지만 그는 거의 20년 전부터 쭉 조니로 불렸다. 조니의 아내는 1956년에 버몬트주에 휴가 여행을 갔다가 세상을 떠났다. 그 후 조니는 도시에서 청소 트럭을 운전하는 형과 함께 살았다. 블루 리본 사에는 론 스톤을 등 뒤에서 '스톤볼(돌대가리)'이라 부르며 까는 직원들이 수십 명이었는데 조니는 론 스톤 앞에서 대놓고 그 별명을 부르며 아무렇지 않게 지내는 유일한 사람이었다.

바튼은 생각했다. 조니가 죽으면 이 회사에 제일 오래 다닌 직원은 내가 되겠구나. 좀 더 버티면 20년 근속 기록을 깰 수도 있겠어. 웃기고 자빠졌지, 프레디?

프레디의 생각은 다른 모양이었다.

조니의 형이 응급 병동 대기실에 앉아 있었다. 키가 크고 조니와 이목구비가 비슷했으며 혈색이 좋은 편으로, 황갈색 작업복에 검은색 재킷 차림이었다. 무릎 사이에 끼운 황갈색 모자를 손가락으로 이리저리 돌리며 바닥만 내려다보고 있던 그는 다가오는 발소리에 시선을 들었다.

"세탁회사에서 오셨습니까?"

"예. 그쪽은……" 바튼은 뜻밖에도 그의 이름을 바로 떠올렸다. "알니 씨 맞죠?"

"예, 알니 워커입니다." 그는 고개를 천천히 저으며 물었다. "제가 성함을 몰라서 그러는데……"

"도스라고 합니다."

"도스 씨. 아직 저도 잘 모르지만 검사실에서 봤는데 많이 다친 것 같더라고요. 나이도 젊지 않은데 상태가 심하게 안 좋아 보여서 걱정이네요."

"유감입니다."

"그 교차로 모퉁이 쪽이 얼어 있었나 봅니다. 상대방 운전자 잘못도 아니에요. 눈에 미끄러진 거니까. 그 남자를 탓하지 않습니다. 그쪽은 코가 부러진 것 말고는 멀쩡하다더군요. 아시겠지만 이런 사고는 참 어이가 없죠."

"그러게요."

"예전에 헤밍웨이 마을로 가느라고 높은 산등성이를 차를 몰고 올라간 적이 있었죠. 60년대 초였나 그럴 겁니다. 인디애나 톨 도로를 가고 있는데—"

그때 바깥문이 벌컥 열리더니 신부 한 명이 병원으로 들어왔다. 신부는 바닥에 발을 굴러 장화에 묻은 눈을 털어내더니 뛰다시피 서둘러 복도를 지나갔다. 신부를 본 알니 워커의 눈이 휘둥그레지면서 충격으로 멍해졌다. 헉 하고 숨을 내쉬고는 울음 섞인 소리를 내며 일어섰다. 바튼은 알니의 어깨에 팔을 둘러 진정시키려 했다.

알니가 소리쳤다.

"맙소사! 신부님이 성체 용기를 갖고 온 거 봤어요? 종부 성사(천주교에서 세례를 받고 의사 능력이 있는 신자가 병이나 노쇠로 죽을 위험에 놓였을 때 받는 성사—옮긴이)를 하러 오신 건가…… 어쩌면 이미 죽었을 수도 있는 건가. 조니……"

대기실에는 다른 사람들도 있었다. 팔이 부러진 십 대 아이, 한쪽 다리에 탄력 붕대를 감은 중년 여자, 엄지를 붕대로 두툼하게 감은 남자. 그들은 고개를 들어 알니를 한 번 보더니 읽고 있던 잡지로 조심스레 시선을 내렸다.

바튼은 아무 의미 없는 소리인 줄 알면서도 입을 열었다.

"진정하세요."

"이거 놓으세요. 가서 봐야겠습니다."

"저기—"

"놓으라고요!"

바튼은 그를 놓아주었다. 알니 워커는 신부의 뒤를 따라, 모퉁이를 돌아서 시야에서 사라졌다. 바튼은 이제 어떻게 해야 할지 생각하며 잠시 플라스틱 컨투어 의자에 앉아 있었다. 눈이 녹은 시커먼 진창으로 뒤덮인 바닥을 멍하니 내려다보다가 간호사실 쪽으로 고개를 들었다. 간호사실에서 어떤 여자가 전화 교환대를 앞에 두고 일을 하고 있었다. 바깥을 내다보니 어느새 눈은 그쳐 있었다.

복도 저 앞에서 흐느껴 우는 소리가 들려왔다. 검사실이 있는 쪽이었다.

대기실에 있던 사람들이 일제히 고개를 들었다. 다들 표정이 어두워졌다.

슬픔에 겨운 거친 울음소리에 이어 악 쓰는 소리가 들렸다.

다들 다시 잡지로 눈을 내렸다. 팔이 부러진 아이가 긴장해 꼴깍 침을 삼키는 소리가 정적을 깼다.

의자에서 일어선 바튼은 뒤도 돌아보지 않고 병원을 나왔다.

세탁회사에 도착하자 1층에 있던 직원들이 전부 몰려나왔다. 론스톤도 이번에는 그들을 제지하지 않았다.

바튼은 대충 설명했다. 모르겠습니다. 살았는지 죽었는지 아직 모르겠어요. 곧 소식이 들려오겠죠. 지금은 아는 게 없네요.

그리고 이상하게 현실과 동떨어진 기분으로 도망치듯 위층으로 올라갔다.

사무실로 들어가려는데 필리스가 물었다.

"조니 씨 상태가 지금 어떤지 아세요, 도스 씨?"

머리카락을 쾌활하게 푸른색으로 염색한 필리스가 오늘따라 늙어 보였다.

"상태가 좋지 않아. 종부 성사를 하러 신부가 왔어."

"아, 어쩌면 좋아. 크리스마스도 얼마 안 남았는데."

"조니의 트럭에 실렸던 짐을 가지러 누가 데크먼 교차로로 나갔나?"

필리스는 지금 그게 중요하냐는 듯 마뜩잖은 표정으로 바튼을 쳐다보았다.

"톰 씨가 해리 존스를 보냈어요. 짐을 가지고 5분 전에 회사에 도착했고요."

"좋아."

말은 그렇게 했지만 좋은 상황이 아니었다. 전혀 좋지가 않았다. 당장이라도 세탁장으로 내려가 세탁기에 헥스라이트 세제를 때려 붓고 세탁물을 아예 분해하고 싶었다. 탈수가 끝나고 폴락이 뚜껑을 열었을 때 그 안에 회색 보풀만 남아 있도록. 그러면 좋겠다 싶었다.

필리스가 무어라 말했지만 그는 듣지 못했나.

"뭐라고? 못 들었는데."

"오드너 사장님이 찾으셨어요. 곧바로 전화 달라고 하시더라고
요. 그리고 해럴드 스위너튼이라는 분한테 전화가 왔는데, 카트리
지가 들어왔다고 전해달라고 했어요."

"해럴드……?" 잠시 후에야 그는 그게 누구인지 기억해냈다. 하
비 총포점 주인이었다. 하비만이 말리처럼 일처리가 명확했다. "아,
그래."

바튼은 사무실로 들어가 문을 닫았다. 책상 위에 놓인 장식판의
문구가 눈에 들어왔다.

생각하라!
새로운 경험을 하게 될 것이니.

그는 장식판을 집어서 쓰레기통에 넣었다. 덜커덩.

책상 앞에 앉아서는 우편함에 담긴 우편물들을 죄다 꺼내 눈길
한 번 주지 않고 고스란히 쓰레기통에 처박았다. 잠시 숨을 고르며
사무실 안을 둘러보았다. 목재 패널로 마감한 벽. 왼쪽 벽에는 액자
에 담긴 증서 두 개가 걸려 있었다. 하나는 대학에서 받은 졸업증서
고 다른 하나는 1969년과 1970년 여름에 참석해서 받은 세탁 협회
교육 수료증이었다. 책상 뒤에는 레이 타킹턴과 악수를 나누는 자
신의 모습을 확대한 사진이 놓여 있었다. 블루 리본 사 주차장에 아

스팔트를 바른 후 찍은 사진이었다. 사진 속에서 바튼과 레이는 미소를 짓고 있었다. 세탁회사를 배경으로 하고 있어서, 하역장을 향해 후진으로 들어가는 트럭 세 대도 함께 찍혔다. 사진 속에서 회사 굴뚝은 새하얀 색이었다.

바튼은 1967년부터, 그러니까 6년 넘게 이 사무실에서 근무해 왔다. 우드스톡 축제(1969년 8월 미국 뉴욕시 교외의 우드스톡에서 열린 록 페스티벌—옮긴이) 이전부터, 켄트 주립대학교 발포 사건(1970년 5월 4일, 미국 오하이오주 켄트에 위치한 오하이오 주립대학 켄트 캠퍼스에서 오하이오주 방위군이 학생들에게 발포한 사건—옮긴이) 이전부터, 로버트 케네디와 마틴 루터 킹 암살 이전부터, 닉슨이 대통령에 취임하기 이전부터였다. 그는 사방의 벽으로 둘러싸인 공간에서 수년을 보냈다. 수백만 번의 호흡과 수백만 번의 심장 박동이 여기서 이루어졌다. 어떤 감정이 느껴질까 싶어 사무실 안을 둘러보았다. 희미한 슬픔을 느낀 게 고작이었다.

책상을 정리하기 시작했다. 개인적인 서류와 개인 장부는 모두 내버렸다. 세탁 업무 관련 서류 뒷면에 사직서를 쓴 뒤 회사 급료 봉투에 집어넣었다. 회사에 속한 물건들—종이 클립, 스카치테이프, 두툼한 수표책, 고무 밴드로 묶은 근무시간 기록 카드 뭉치—은 책상에 그대로 두었다.

의자에서 일어나 벽에 붙여놓은 증서 두 개를 떼어내 쓰레기통에 던져 넣었다. 세탁 협회 교육 수료증이 담겨 있던 액자의 유리가 박살이 났다. 수년 동안 두 증서가 걸려 있던 벽에는 나머지 부분보다 약간 더 밝은 네모난 자국이 남았다. 그게 전부였다.

전화기가 울려 받았다. 오드너일 줄 알았는데 아래층의 론 스톤이었다.

"바튼?"

"어."

"삼십 분 전에 조니가 세상을 떠났답니다. 애초에 살 가망이 없었던 것 같긴 했습니다."

"정말 유감이야. 오늘은 이만 휴업을 하는 게 좋겠어, 론."

론은 한숨을 쉬었다.

"그게 최선이긴 하죠. 하지만 위에서 난리를 치지 않을까요?"

"난 더 이상 그 사람들을 위해서 일하지 않아. 방금 사직서를 썼어."

결국 입 밖에 내고 말았다. 소리를 내고 보니 이제야 현실로 느껴졌다.

수화기 너머에서 죽음 같은 침묵이 흘렀다. 세탁기 돌아가는 소리, 쿵쿵 치이익 하는 다림질기 소리뿐이었다. 그들은 그 다림질기를 '고기 써는 기계'라 불렀다. 잘못 빨려 들어갔다가는 고기처럼 썰리는 사고가 날 수 있기 때문이었다.

"잘못 들은 것 같은데. 방금 말씀하신 게……"

"맞아, 론. 그만둘 거야. 자네와 톰, 비니와 함께 일할 수 있어서 좋았어. 비니가 입 좀 다물고 살았으면 더 좋았겠지만 말이야. 어쨌든 이제 끝났어."

"저기요, 바튼. 우선 진정하시고요. 지금 혼란스러운 감정이신 건 이해하지만—"

"조니 때문이 아니야."

그 말이 사실인지 아닌지는 그도 알 수 없었다. 어쩌면 아직 스스로를 구할 기회, 20년 동안 반복된 일상이라는 보호막 아래 존재해온 삶을 구할 기회가 있을지 몰랐다. 하지만 신부가 뛰다시피 빠른 걸음으로 그와 알니 앞을 지나, 조니가 죽어가고 있는 혹은 이미 죽은 검사실을 향해 복도를 지나간 순간, 알니 워커가 목구멍 안쪽에서 괴상하게 우는 소리를 낸 순간 그는 모든 것을 놓아버렸다. 마치 미끄러지는 차 안에서, 내가 아직 운전하고 있다고 스스로를 속이면서, 운전대를 잡은 두 손을 놓아버리고 두 눈을 손으로 가려버리는 것처럼.

"조니 때문이 아니야."

그는 했던 말을 되풀이했다.

"저기, 일단…… 일단은……"

론은 무척 당황한 목소리였다.

"나중에 얘기하지, 론." 그럴 기회가 있을지는 알 수 없었다. "자, 어서 직원들 퇴근시켜."

"예, 알겠습니다. 하지만—"

바튼은 조용히 전화를 끊었다.

서랍에서 전화번호부를 꺼내 업종별 전화번호부 칸에서 '총' 항목을 뒤졌다. 잠시 후 그는 하비 총포점으로 전화를 걸었다.

"안녕하세요, 하비 총포점입니다."

"바튼 도스입니다."

"아, 예. 주문하신 카트리지가 어제 오후 늦게 입고되어서요. 크리스마스 전까지 여유롭게 받으실 수 있을 거라고 말씀드렸죠. 200라운드 들이 왔습니다."

"잘됐네요. 오늘 오후에는 좀 바빠서 그런데 저녁때도 영업하십니까?"

"크리스마스까지는 9시까지 영업합니다."

"알겠습니다. 8시경에 들르도록 하죠. 만약 안 되면 내일 오후에 들르고요."

"그러세요. 사촌분은 보카 리오로 간다던가요?"

"보카……" 아, 그래, 보카 리오. 가상의 사촌 닉 애덤스가 곧 사냥을 하게 될 곳이었다. "보카 리오. 예, 그런 것 같더군요."

"아이고, 정말 부럽네요. 거기서 사냥을 할 수 있으면 저도 인생 최고의 시간을 보낼 수 있을 텐데 말입니다."

"불안정한 휴전 상태이긴 하죠."

그 순간, 조니 워커의 잘린 머리가 스테판 오드너의 전기 벽난로 위에 놓여 있는 이미지가 바튼의 머리에 떠올랐다. 그 아래 작고 반짝이는 청동 명판에는 이렇게 적혀 있었다.

세탁 인간
1973년 11월 28일
데크먼 교차로 모퉁이에서 잠들다

"그게 무슨 말씀이신지?"

해리 스위너튼이 당황한 목소리로 물었다.

"저도 사촌이 부럽다는 뜻입니다."

바튼은 얼버무리며 눈을 감았다. 욕지기가 치밀어 올랐다. *내 정신이 무너지는구나. 이렇게 박살이 나는 거였어.*

"아. 예, 그럼 그때 뵙겠습니다."

"예. 다시 한번 감사드립니다. 스위너튼 씨."

전화를 끊고 눈을 뜬 뒤 휑해진 사무실을 한 번 더 둘러보았다. 그리고 인터콤의 버튼을 눌렀다.

"필리스?"

"예, 도스 씨?"

"조니가 세상을 떠났어. 오늘은 휴업이야."

"사람들이 회사에서 나가는 걸 보고 돌아가셨구나 생각했어요."

필리스는 당장이라도 울음이 터질 듯한 목소리였다.

"퇴근하기 전에 오드너 사장님과 전화 연결을 해주겠어?"

"알겠습니다."

바튼은 의자에 앉은 채로 몸을 빙글 돌려 창밖을 내다보았다. 환한 오렌지색 로드 그레이더 한 대가 특대형 바퀴에 사슬을 감고 도로를 다지며 느릿느릿 나아가고 있었다. *이건 저들 잘못이야, 프레디. 전부 다 저들 탓이야. 시청 놈들이 내 삶을 갈기갈기 찢어놓기로 결정하기 전까지 난 멀쩡했어. 잘살고 있었다고. 안 그래, 프레디?*

프레디?

프레디?

전화벨이 울렸다. 그는 수화기를 들었다.

"도스입니다."

"자네 미쳤군." 스테판 오드너가 힘주어 말했다. "완전히 정신이 나갔어."

"무슨 뜻인지?"

"오늘 아침 9시 30분에 모노한 씨한테 따로 전화를 해봤어. 맥캔 사 사람들이 9시에 와서 워터포드 공장 부지 매입 서류에 서명을 했다더군. 대체 이게 어떻게 된 일이지, 바튼?"

"따로 만나서 말씀을 드리는 게 좋을 듯합니다."

"그렇게 하지. 그 자리를 보전하려면 일을 이 따위로 한 것에 대해 제대로 이유를 대야 할 거야."

"저 데리고 장난 그만 치시죠, 사장님."

"뭐야?"

"어차피 저를 청소부로라도 이 회사에 계속 데리고 있을 생각 없으시잖습니까? 사직서는 이미 써뒀습니다. 봉투에 넣어뒀지만 내용을 기억하고 있으니 말씀드리죠. '저 그만두겠습니다. 서명, 바튼 조지 도스.'"

"이유가 뭐지?"

오드너는 세게 얻어맞은 듯한 목소리였다. 하지만 알니 워커처럼 괴상하게 우는 소리를 내지는 않았다. 스테판 오드너가 열한 살 생일 이후로 그렇게 울어본 적이 있기는 할까. 울음은 어린애의 마지막 호소 방법인데.

"오후 2시 어떠십니까?"

"그렇게 하지."

"그럼 이만 끊겠습니다."

"바튼—"

바튼은 전화를 끊고 멍하니 벽을 바라보았다. 잠시 후 필리스가 문을 열고 머리를 살짝 들이밀었다. 맵시 있는 중년 부인 스타일의 머리 아래로 피곤하고 초조하며 당황한 얼굴이 보였다. 상관이 사무실 안의 물건들을 치워놓고 조용히 앉아 있으니, 그녀의 마음이 진정되기는 어려울 듯했다.

"도스 씨, 이만 퇴근하려고 하는데요. 필요하신 게 있으시면 남아 있겠습니다……"

"아니, 퇴근해, 필리스. 집으로 가."

필리스가 무슨 말을 더 하려는 듯했지만 바튼은 고개를 돌려 창밖을 내다보았다. 더 이상 얼굴을 마주하지 않는 편이 서로 덜 민망할 듯했다. 잠시 후 사무실 문이 아주 조용히 닫혔다.

아래층에서 위잉 소리를 내던 보일러가 잠잠해졌다. 주차장에서 자동차 여러 대에 시동이 걸리는 소리가 들려오기 시작했다.

그는 텅 빈 세탁회사의 텅 빈 사무실에 앉아 오드너를 만나러 나가기로 한 시간이 오기를 기다렸다. 그렇게 그는 회사와 작별했다.

오드너의 사무실은 도심에 새로 지어 올린 고층 사무용 건물에 있었다. 그 건물 역시 에너지 위기로 인해 조만간 사용하기 힘들어질 듯했다. 70층 높이에 온통 유리를 두른 터라 겨울에는 난방에 취약하고 여름에는 냉방이 힘든 구조였다. 암로코 사 사무실은 54층에 있었다.

지하 주차장에 차를 세워놓고 엘리베이터를 탔다. 1층 로비로 올라가 회전문을 통과하자 위층으로 올라갈 수 있는 엘리베이터가 보였다. 바튼은 큼직한 아프로 머리를 한 흑인 여자와 함께 엘리베이터에 탑승했다. 점퍼 차림인 그 여자는 손에 유선 공책을 들고 있었다.

"아프로 머리 멋지네요."

그는 아무 이유 없이 불쑥 말했다.

여자는 서늘한 시선으로 그를 바라만 볼 뿐 말을 하지 않았다. 한마디도.

스테판 오드너의 사무실에 딸린 접객실에 프리폼 의자들이 놓였고, 반 고흐의 '해바라기' 복제화 아래에 붉은 머리 비서가 앉아 있었다. 바닥에는 굴 색깔의 고급 카펫이 깔렸고, 은은한 간접 조명이 실내를 밝혔으며, 만토바니의 곡이 배경음악으로 흘러나오고 있었다.

붉은 머리 비서가 그에게 미소를 지어 보였다. 그녀는 검은 점퍼를 입었고 머리카락을 금실로 된 타래 모양 끈으로 묶었다.

"도스 씨?"

"예."

"안으로 들어가시면 됩니다."

바튼은 문을 열고 안으로 들어갔다. 오드너는 인상적인 투명 합성수지판으로 덮여 있는 책상 앞에 앉아 펜으로 무언가를 쓰고 있었다. 그의 등 뒤, 큼직한 창문 밖으로 도시의 서쪽 풍경이 내다보였다. 오드너는 눈을 들더니 펜을 내려놓고 나지막하게 말했다.

"어서 오게, 바튼."

"안녕하십니까."

"앉지."

"얘기가 오래 걸릴까요?"

오드너는 그를 뚫어져라 바라보았다.

"한 대 치고 싶군. 무슨 말인지 알지? 이 사무실 안에서 자네를 후려치고 싶단 뜻이야. 주먹으로 친다거나 흠씬 패겠다는 게 아니라, 손바닥으로 한 대 치고 싶다고."

"무슨 뜻인지 압니다."

그는 드디어 실감이 났다.

"자네가 어떤 기회를 날려 먹었는지 모르는 모양이니 말해주지. 맥캔 사 놈들이 자네한테 접근해서 먹인 뇌물이 큰 금액이길 바라. 왜냐하면 이 회사 부사장 자리에 자네를 앉히려고 내가 점찍어놓고 있었거든. 부사장이 됐으면 연봉이 3만 5000달러부터 시작할 거란 말이지. 자네가 받아먹은 돈이 그것보다 크길 바랄게."

"저는 맥캔 사에서 한 푼도 받지 않았습니다."

"사실인가?"

"예."

"그럼 왜 그랬지, 바튼? 대체 왜 그랬어?"

"이유를 굳이 설명해야 됩니까?"

바튼은 그의 앞에 놓인 의자에 가 앉았다. 투명 합성수지판으로 덮인 큼직한 책상 너머, 오드너에게 애원하러 온 자들이 앉는 의자였다.

잠시 오드너는 무슨 말을 해야 할지 모르는 듯했다. 가볍게 한 대 맞은 격투기 선수처럼 고개를 살짝 흔들었다.

"자네는 내 부하 직원이니, 거기서부터 설명을 시작하는 게 어떨까?"

"그건 적절하지가 않습니다."

"무슨 뜻이지?"

"사장님, 저는 레이 타킹턴 씨의 부하 직원입니다. 그분은 진짜 제대로 된 사람이었어요. 그분을 신경조차 쓰지 않으셨겠지만, 그분의 인품만은 인정하셔야 할 겁니다. 사장님과 얘기를 하면서 그분이 방귀를 뀌거나 트림을 하거나 귀에서 각질을 파낸 적도 있기는 할 겁니다. 그분 밑에는 골칫거리 같은 부하 직원들이 있었죠. 가끔 저도 그중 하나였습니다. 한 번은 제가 크레이거 플라자에 위치한 어느 모텔에 청구서를 잘못 발행한 적이 있는데, 그때 레이 타킹턴 씨는 저를 문에다 밀어붙이면서 혼을 내셨죠. 사장님은 그분과는 참 다르세요. 블루 리본 사는 사장님한테 장난감이나 다름없다는 거 잘 압니다. 사장님은 저에 대해 별로 관심도 없으시죠. 오직 본인의 출세에만 관심이 있는 분이니까. 그러니까 저더러 부하 직원이니 뭐니 하는 개소리 하지 마세요. 제 앞에 당근을 흔들어대면 제가 그걸 냉큼 물 거라는 착각도 마시고요."

오드너의 얼굴은 균열 하나 없는 가면 같았다. 그의 얼굴은 감정을 잘 제어하고 있었다.

"진심으로 하는 말인가?"

"예. 본인 출세에 영향을 줄 때가 아니면 블루 리본 사에 쥐뿔도 관심이 없잖습니까. 그러니까 개소리 집어치우시라고요. 자."

바튼은 투명 합성수지판으로 덮인 책상 너머로 사직서를 내밀었다.

오드너는 또다시 고개를 조금씩 가로저었다.

"자네가 상처를 준 사람들은 어쩔 건가, 바튼? 일반 직원들 말이야. 무엇보다 자네는 중요한 직책에 있었어." 오드너는 방금 내뱉은 말을 음미하듯 뜸을 들이다 덧붙였다. "이전할 새 공장이 없으니 일자리를 잃게 될 세탁 공장 식구들은 어쩔 거야?"

바튼은 거칠게 웃음을 터뜨렸다.

"정말 싸구려 개새끼처럼 구시네요. 너무 높은 물에서 노시다 보니 바닥은 아예 안 보고 사시나 봅니다?"

오드너는 안색이 변했지만 신중하게 말했다.

"무슨 말인지 설명을 해 봐, 바튼."

"톰 그레인저부터 세탁장 조수인 폴락에 이르기까지 세탁회사 직원들은 전부 월급쟁이라 실업 보험에 들어 있죠. 그러니 실업자가 되면 보험금을 받을 겁니다. 그러려고 보험료를 *내는* 거니까. 이해가 잘 안 되면 법인 공제를 떠올리면 될 겁니다. 벤저민 식당에서 술을 네 번 마시면 점심 한 번을 서비스로 주는 것과 비슷해요."

발끈한 오드너가 받아쳤다.

"그건 복지 예산이지."

"그래서 당신이 싸구려 개새끼인 겁니다."

오드너는 두 손을 한주먹처럼 모아 쥐었다. 잠자리에 들기 전 침대 옆에 무릎을 꿇고 주기도문을 외우는 어린아이처럼.

"자네 지금 선을 넘고 있어, 바튼."

"아뇨, 그렇지 않습니다. 사장님이 저를 여기로 불렀고 자초지종을 설명하라고 했잖습니까? 무슨 말을 하길 바라신 거죠? 죄송합니다, 제가 다 망쳤습니다, 배상하겠습니다, 뭐 그런 말이요? 그런 말 안 합니다. 미안하지도 않고, 배상할 생각도 없으니까요. 제가 망친 게 있다면 매리와의 사이에서 해결할 문제겠죠. 매리는 어떻게 된 일인지 자세히 알 수 없을 겁니다. 제가 회사에 상처를 줬다고 말씀하실 건가요? 아무리 사장님이라도 그런 거짓말을 하진 못하실 텐데요. 회사가 어느 정도 규모에 다다르게 되면 그 무엇도 그 회사에 상처를 주지 못합니다. 그때부터는 불가항력적인 존재가 되는 거니까요. 상황이 잘 풀리면 회사는 큰 이익을 내고, 잘 안 풀리면 적은 이익을 내겠죠. 아주 심하게 안 풀리면 세금 공제를 받을 겁니다. 잘 *아시잖아요.*"

오드너가 조심스럽게 물었다.

"자네 미래는 어쩌려고? 매리는?"

"신경 안 씁니다. 그런 걸로 저를 조정하려고 하시나 본데, 하나만 물어보죠. 이 일로 사장님이 상처를 받을까요? 사장님 급료가 깎일까요? 매년 받는 배당금에 영향이 가겠습니까? 퇴직기금이 줄어들까요?"

오드너는 고개를 절레절레 흔들었다.

"집으로 가, 바튼. 자네는 지금 정신 상태가 온전하질 않아."

"어째서죠? 제가 돈 얘기는 안 하고 사장님 얘기를 해서 그렇습니까?"

"제정신이 아니야."

"그건 사장님이 판단하실 문제가 아니죠." 벌떡 일어선 바튼은 오드너의 책상 상판을 주먹으로 짚으며 말을 이었다. "사장님은 저한테 화가 났지만 이유를 모르시겠죠. 이런 상황이면 밑에 직원한테 화를 내야 한다고 누군가에게 들은 적 있으실 겁니다. 하지만 왜 그래야 하는지 이유는 모르시죠."

오드너는 신중하게 했던 말을 되풀이했다.

"진짜 제정신이 아니로군."

"그렇다고 치죠. 사장님은 어떻습니까?"

"집으로 가, 바튼."

"아뇨. 그건 제가 알아서 할 거고요. 사장님이 원하시니 여기서 나가드리긴 하겠습니다. 한 가지 질문에만 대답해주시죠. 지금 이 순간만이라도 회사 입장이 아니라 순전히 본인 입장에서 대답해주시면 좋겠습니다. 이 일에 신경이 쓰이십니까? 솔직히 조금이라도 신경이 쓰이세요?"

오드너는 한참 동안 그를 가만히 바라보았다. 오드너의 등 뒤로 도시의 풍경이 펼쳐져 있었다. 회색 안개에 휩싸인 왕국의 탑들이 내려다보이는 듯했다.

"아니."

"알겠습니다." 바튼은 부드럽게 말하며 적대감 없는 눈빛으로 오드너를 바라보았다. "사장님이나 회사를 엿 먹이려고 이런 짓을 한 건 아닙니다."

"그럼 어째서지? 이번에는 자네가 대답을 해봐. 내 질문에 대답을 해보라고. 자네는 워터포드 공장 부지 거래 서류에 서명만 하면 되는 거였어. 그랬으면 그 후에 일어날 일에 대해서는 다른 사람이 신경을 쓰겠지. 대체 왜 서명을 안 했나?"

"이유는 설명 못 드립니다. 단지, 제 내면에 귀를 기울인 것뿐입니다. 제 안에서 사람들이 여러 가지 언어로 말을 하죠. 설명을 하려고 하면 말도 안 되는 헛소리처럼 들리겠지만, 결국은 옳은 방향으로 가게 됩니다."

오드너는 흔들림 없는 눈빛으로 그를 바라보며 물었다.

"매리는 어쩔 건가?" 바튼은 침묵했다. "집으로 가, 바튼."

"사장님은 원하시는 게 뭡니까?"

오드너는 초조하게 고개를 저었다.

"더는 할 말 없네, 바튼. 노닥거릴 상대가 필요하면 술집으로 가든지."

"저한테서 원하는 게 뭐냐니까요?"

"자네가 그만 이 사무실을 나가서 집으로 가면 좋겠어."

"인생에서 바라시는 건 뭡니까? 어디서 인생의 의미를 찾으세요?"

"집으로 가라니까, 바튼."

"대답하세요! 뭘 *원하십니까*?"

바튼은 오드너를 똑바로 쳐다보며 물었다.

오드너는 나지막하게 대답했다.

"모두가 원하는 거. 집으로 가, 바튼."

뒤도 돌아보지 않고 사무실을 나간 바튼은 다시는 그리로 돌아가지 않았다.

매글리오리 중고차 매장에 도착했을 무렵 눈이 제법 많이 내리고 있어서, 대부분의 차들이 헤드라이트를 켜고 다녔다. 와이퍼가 꾸준히 앞뒤로 왔다 갔다 하며 앞 유리를 문질렀고, 녹은 눈이 앞 유리를 타고 눈물처럼 흘러내렸다.

바튼은 매장 뒤쪽에 차를 세우고 앞으로 돌아가 사무실로 향했다. 안으로 들어가기 전 판유리에 비친 자신의 유령 같은 몰골을 보고는 입술을 문질러 얇은 분홍색 각질을 털어냈다. 오드너와의 만남은 생각보다 훨씬 더 심하게 그의 머릿속을 휘저어놓았다. 드럭스토어에서 배탈약인 펩토비스몰 한 병을 사서 여기로 오는 길에 절반가량 마셨다. 앞으로 일주일은 똥을 안 싸겠구나, 프레디. 하지만 프레디는 머릿속 집에 없었다. 봄베이에 사는 모나한의 친척들이라도 만나러 간 건가.

계산기를 두드리고 있던 여자가 바튼을 보더니 묘하게 가늠하는 듯한 미소를 지으며 안으로 들어가라고 손짓했다.

안쪽 사무실에는 매글리오리 혼자였다. 《월 스트리트 저널》을 읽고 있던 매글리오리는 바튼이 들어오자 잡지를 책상 너머 쓰레기통으로 휙 던졌다. 잡지는 털거덩 소리를 내며 쓰레기통 안에 안착했다.

"이러다 지옥이 펼쳐지겠어." 매글리오리는 조금 전부터 시작한 혼잣말을 계속하는 듯했다. "폴 하비(ABC 뉴스라디오의 진행자—옮긴이) 말마따나 주식 중개인들이 전부 할머니들이라 그런가. 대통령이 사임을 할까? 과연? 할까? 안 할까? GE 사가 에너지 공급 부족 사대 때문에 파산하게 될까? 이거 참 골치 아프네."

"그러게요."

바튼은 무슨 내용인지도 모르고 맞장구를 쳤다. 초조했다. 매글리오리가 자신을 기억할지도 장담할 수 없었다. 뭐라고 말해야 하지? *지난번에 당신을 꼴통이라고 부른 사람인데, 기억하세요?* 맙소사, 입이 떨어지질 않았다.

"눈이 점점 더 많이 오지?"

"그러네요."

"난 눈이라면 질색이야. 내 남동생이 매년 11월 1일이면 푸에르토리코에 가서 4월 15일까지 거기 머물러. 거기 있는 어느 호텔의 지분 40퍼센트를 소유하고 있거든. 투자를 했으니 지켜봐야 된다면서. 웃기는 소리지. 휴지 한 롤을 던져줘도 제 똥구멍 하나 닦을 줄 모르는 놈인데. 뭐가 필요해서 왔지?"

"예?"

바튼은 움찔하면서 죄지은 기분이 들었다.

"뭘 사려고 나를 찾아온 거잖아. 그게 뭔지 말을 안 하면 내가 어떻게 구해다 주냐고?"

갑작스레 대놓고 물어보니 바튼은 할 말을 잃었다. 그가 원하는 물건은 입에서 쉽게 나올 게 아니었다. 문득 어렸을 때 했던 짓이 떠올라 바튼은 슬쩍 미소 지었다.

"뭐가 웃겨?" 매글리오리는 날카로우면서도 쾌활하게 물었다. "거래와 관련된 거면 나도 농담할 줄 아는데."

"그게, 어렸을 때 입에 요요를 넣은 적이 있거든요."

"그게 웃겨?"

"아뇨, 그걸 꺼낼 수가 없었습니다. 그게 웃긴 부분이죠. 결국 어머니가 나를 의사한테 데려갔고 의사가 요요를 꺼내줬습니다. 의사가 엉덩이를 꼬집자 나는 비명을 지르면서 입을 더 벌렸고 의사는 그 틈에 요요를 꺼낸 거죠."

"난 당신 엉덩이 꼬집을 생각 없는데. 원하는 게 뭐야, 도스?"

"폭탄이요."

그를 가만히 쳐다보던 매글리오리는 눈을 위로 굴렸다. 무어라 말하려 입을 달싹이다가 턱 아래 늘어진 살을 손으로 툭 쳤다.

"폭탄이라."

"예."

"난 당신이 비정상이라고 생각했어. 당신이 사무실을 나가고 나서 맨시한테 말했지. '저놈 저러다 사고 치겠다.' 딱 그렇게 말했어."

바튼은 대꾸하지 않았다. 사고라는 말에 조니 워커가 생각났다.

"그래, 좋아. 거래를 해보자고. 폭탄은 어디다 쓰게? 이집트 무역박람회장을 날려버릴 건가? 비행기를 탈취하게? 그것도 아니면 장모를 지옥으로 보내려고?"

"장모님한테 폭탄을 쓸 생각 없습니다."

그의 단호한 대답에 두 사람은 웃음을 터뜨렸지만 방 안에 감도는 긴장감은 여전했다.

"그럼 뭐야? 누굴 해치우려고?"

"특별히 누굴 해치울 생각 없습니다. 누굴 죽이고 싶었으면 총을 사겠죠."

그 순간 바튼은 자신이 총을 구매했다는 사실을 기억해냈다. 그것도 두 자루나. 펩토비스몰을 마셔서인지 뱃속이 다시 부글거리기 시작했다.

"그럼 폭탄이 왜 필요한데?"

"도로를 날려버리고 싶어서요."

매글리오리는 믿기지 않는다는 표정으로 찬찬히 그를 바라보았다. 매글리오리의 내면에서 감정들이 확연히 커진 듯했다. 마치 매글리오리라는 인간이 지금 눈에 끼고 있는 돋보기안경 그 자체가 되어버린 것도 같았다.

"도로를 날려버리고 싶다고? 무슨 도로?"

"아직 지어지지 않았습니다."

바튼은 이 말을 하면서 괴상하게 뒤틀린 기쁨을 느끼기 시작했다. 당연하게도 이 기쁨 때문에 매리와의 불가피한 대결의 시간을 줄곧 미루고 있기도 했다.

"아직 지어지지도 않은 도로를 날려버리고 싶다 이거지. 내가 당신을 잘못 봤네. 당신은 비정상인 정도가 아니라 정신병자야. 무슨 말인지 알겠어?"

바튼은 신중하게 표현을 골랐다.

"정부가 784번 고속도로 확장을 위해 도로를 건설하고 있어요. 그 도로가 완공되면 주립 고속도로가 이 도시를 관통하게 됩니다. 나는 그 도로가 20년 동안 살아온 내 삶의 터전을 파괴하도록 내버려 두고 싶지 않습니다. 참을 수가 없어요. 그 도로는—"

"그 도로가 당신이 일하는 세탁 공장과 당신 집을 때려 부술 예정이라서?"

"어떻게 알았죠?"

"당신에 대해 조사할 거라고 했잖아. 농담인 줄 알았어? 난 당신이 실업자가 될 거라는 사실도 알아. 당신보다 내가 먼저 알았을 걸."

"아뇨, 나는 한 달 전부터 알고 있었습니다."

바튼의 입에서 생각을 거치지 않고 말이 나왔다.

"그래서 어떻게 할 생각이지? 공사 현장을 지나가면서 담배로 도화선에 불을 붙이고 다이너마이트들을 차창 밖으로 던지려고?"

"아뇨. 휴일마다 공사 진행자들은 현장에 기기를 모두 놓아두고 철수합니다. 그 기회를 노려서 전부 날려버릴 생각입니다. 새로 짓는 고가도로 세 개도요. 그것도 전부 박살내야죠."

매글리오리는 휘둥그레진 눈으로 바튼을 바라보았다. 한참 그러고 있다가 고개를 젖히고 웃음을 터뜨렸다. 커다란 파도를 타고 오르내리는 지저깨비처럼, 매글리오리의 배가 벨트 버클과 함께 위아래로 들썩였다. 빈 곳 하나 없이 꽉 찬, 풍성하고 진심 어린 웃음이었다. 눈물까지 질금거리다가 희가극(喜歌劇) 배우처럼 안주머니에서 손수건을 꺼내 눈가를 닦았다. 매글리오리가 웃는 모습을 보고 서 있던 바튼은 문득 두꺼운 돋보기안경을 쓴 이 뚱뚱한 남자가 결국 폭탄을 팔겠구나 하는 느낌을 받았다. 바튼은 옅은 미소를 지으며 매글리오리를 바라보았다. 그의 웃음이 싫지 않았다. 오늘 같은 날 웃음소리라도 들으니 차라리 좋았다.

"이이고, 진짜 미쳤네. 좋아." 껄껄대던 웃음소리가 큭큭 소리로 잦아들고 이윽고 그쳤다. "맨시가 여기서 그 얘길 같이 들었어야 했는데. 나중에 얘기해줘도 안 믿겠어. 어제 당신은 나를 꼴통이라고 부르더니 오늘은…… 오늘은……"

그는 또다시 요란하게 웃음을 터뜨렸고 손수건으로 눈가를 문질렀다.

웃음이 다시 한번 잦아든 후 매글리오리가 물었다.

"돈은 어떻게 대시려고, 도스? 돈벌이가 좋은 일자리도 잃었잖아?"

돈벌이가 좋은 일자리를 잃었다, 라니. 표현이 재미있었다. 그런 식으로 말하자 정말 현실이구나 싶었다. 그는 백수가 됐다. 이 모든 건 꿈이 아니었다.

"지난달에 생명보험을 현금화했습니다. 10년 붓고 1만 달러를 받는 보험인데, 현금화해서 3000달러를 받았죠."

"그렇게 오랫동안 이 일을 계획했다고?"

그는 솔직하게 답했다.

"아뇨. 현금화할 땐 그 돈을 어디에 쓸지 결정 못 한 상태였어요."

"돈을 받았을 때 여러모로 생각을 해봤을 거 아냐? 도로를 폭발시켜 태워버릴지, 기관총을 난사할지, 목을 졸라버릴지—"

"아뇨. 그때는 딱히 뭘 하려는 생각은 없었습니다. 지금은 뭘 해야 할지 알지만요."

"난 빠질게."

"뭐라고요?"

어안이 벙벙해진 바튼은 눈을 껌벅이며 매글리오리를 바라보았다. 그가 생각했던 대사가 아니었다. 여기서 매글리오리는 아버지가 아들을 대하듯 그를 세게 몰아붙이고 나서 폭탄을 팔아야 했다. 그리고 '당신이 붙잡히면 모르는 사이라고 할 거야' 같은 선 긋는 말을 해줘야 했다.

"뭐라고 하셨죠?"

"안 한다고. 안 해. 안 하겠다고."

매글리오리는 앞으로 몸을 기울였다. 웃음기가 완전히 사라진 매글리오리의 두 눈이 차갑게 가라앉았다. 돋보기안경 때문에 그의 눈이 새삼 작아 보였다. 나폴리의 쾌활한 산타클로스에게 어울리는 눈이 아니었다.

"내가 붙잡히면 당신하고는 모르는 사이라고 하겠습니다. 당신이름을 입에 올리는 일은 절대 없을 겁니다."

"웃기고 있네. 당신은 경찰한테 다 털어놓고 미친 듯이 애원할걸. 아니라면 내가 손바닥에 장을 지져."

"내 얘기 좀 듣고—"

"당신이나 똑똑히 들어. 지금까지 얘기 재미있게 들었고, 여기까지야. 난 안 한다고 했어. 진심이야. 총이든 폭탄이든 다이너마이트든 아무것도 안 팔아. 왜인지 알아? 당신은 정신병자고 난 사업가거든. 난 누가 물건을 구해달라고 요청하면 조달해주는 일을 해. 지금까지 수많은 사람들을 위해 수많은 물건들을 조달해왔어. 내가쓸 물건들도 이리저리 모았고. 1946년에는 몰래 무기를 옮기다가 걸린 바람에 2년 이상 5년 이하 형을 선도 받았는데 10개월 복역으로 끝냈어. 1952년에 살인 음모 혐의를 받았지만 잘 빠져나갔지. 1955년에 받은 탈세 혐의도 잘 넘겼고. 1959년에 장물 취득 혐의로 잡혀 들어갔는데 그때는 못 빠져나오고 캐슬턴에서 18개월을 복역했어. 그 재판 때 대배심에 증언을 한 놈은 땅에 묻혔지. 1959년 이후로 세 번 법원 갈 일이 있었거든. 그 중 두 번은 사건이 기각됐고 한 번은 무죄로 풀려났어. 경찰은 나를 어떻게든 다시 잡아들이고 싶어 해. 한 번만 더 제대로 걸리면 아마 못해도 20년형은 받을 거야. 교도소에서 아무리 모범적으로 행동을 해도 감형도 못 받아. 이 나이에 감방에 들어가면 20년 후에 세상으로 나올 수 있는 건 신장밖에 없어. 놈들은 내 몸에서 떼어낸 신장을 노튼 지역에서 복지 기금으로 살아가는 어느 흑인에게 주겠지. 당신한테는 이게 무슨 놀이처럼 보일 거야. 미친 짓이지만 놀이처럼 느껴질 테지. 하지만 나한테는 놀이가 아니야. 당신은 경찰한테 입도 뻥끗 안 하겠다고, 진심으로 맹세한다고 주장하지만 그건 거짓말이야. 나한테가 아니라 *당신 본인*한테 하는 거짓말이라고. 그래서 내가 안 하겠다는 거야." 매글리오리는 두 손을 들어 올렸다. "어제 당신이 한 쇼는 맨시랑 둘이 공짜로 잘 봤어. 난 이 일에는 관여 안 해."

"좋습니다."

바튼은 속이 더 안 좋아졌다. 이러다 구토를 할 것 같았다.

"이 매장은 깨끗해. 당신도 알 거야. 당신이 수상한 자가 아니라는 건 알겠어. 당신이 계속 이런 식으로 하다가 어디까지 갈지는 하느님만이 아시겠지. 이거 하나만 말할게. 2년 전쯤인가, 흑인 하나

가 나를 찾아와서 폭탄을 구해 달래. 그놈은 도로 같은 무해한 대상
을 폭발시키려는 게 아니라, 연방 법원을 폭발시키려고 했어."

더는 말하지 마, 이러다 토할 것 같아, 라고 바튼은 생각했다. 배
속에 가득 찬 깃털들이 속을 간질이는 듯했다.

"놈에게 물건을 팔았어. 이것저것. 가격흥정을 했지. 놈은 자기네
패거리와, 나는 내 패거리와 상의했어. 많은 돈이 오가고 물건도 오
갔어. 다행히 그들이 누굴 죽이기 전에 경찰이 그놈과 그놈 친구 둘
을 체포했어. 그래도 난 그놈이 경찰이나 카운티 검사, FBI한테 다
털어놓을까 봐 잠 한숨 못 자고 그러지 않았어. 왜인 줄 알아? 그놈
은 미친놈들과 *함께*였거든. 미친 흑인들. 최악의 부류지. 미친놈들
이 뭉쳐 있으면 따로 있을 때랑은 또 달라. 그놈은 당신처럼 혼자
다니는 미치광이가 아니었어. 패거리 안에서 지랄하는 놈이지. 삼
십 명이나 되는 패거리 중에 세 명이 잡히면 잡힌 것들은 입에 지
퍼를 채우고 한마디도 안 해."

"그렇군요."

바튼은 눈을 가늘게 떴다. 눈에 열이 오르는 느낌이었다.

매글리오리는 좀 더 목소리를 낮췄다.

"잘 들어. 3만 달러로는 당신이 원하는 걸 못 사. 여긴 암시장이
나 다름없는 곳이거든. 무슨 뜻인지 알겠어? 장난이 아니라고. 당
신이 말한 그런 걸 사려면 돈이 서너 배는 더 들어."

바튼은 할 말을 잃었다. 매글리오리가 그만 가라고 할 때까지 그
는 여길 마음대로 나갈 수도 없었다. 악몽 같았지만 꿈이 아니니 깰
수도 없었다. 매글리오리가 보는 앞에서 제 몸을 꼬집어 악몽에서

깨려는 멍청한 짓은 하지 말자고 스스로를 수차례 타일렀다.

"도스?"

"예?"

"다 소용없는 짓이야. 모르겠어? 다른 사람한테 폭탄을 던지거나 자연 지표를 터뜨려버리거나 피에타 조각상(이탈리아 르네상스 시대의 조각가·화가·건축가인 미켈란젤로의 3대 조각 작품 가운데 하나로, 로마 산 피에트로대성당 입구에 위치해 있다—옮긴이)에 망치 테러를 한 미친놈처럼 예술 작품을 파괴할 수는 있겠지. 그 미친놈은 고추가 썩어 문드러지고 말 거야. 어쨌든 그 정도는 가능하겠지만 건물이나 도로 같은 걸 폭파해봤자 효과가 없어. 그건 미친 흑인들도 이해 못 할 일이야. 당신이 연방 법원을 폭발시키면 정부는 그 자리에 연방 법원 건물을 두 개나 지어버릴걸. 하나는 무너진 연방 법원을 대신할 건물이고 다른 하나는 비슷한 미친 것들을 모조리 잡아들여 때려잡기 위한 건물이 될 거야. 당신이 경찰을 죽이면, 죽은 경찰 한 명당 여섯 명을 더 고용해버리겠지. 새로 고용된 경찰들은 당신 같은 부류들을 속속들이 찾아 나설 거야. 당신은 정부를 상대로 절대 못 이겨, 도스. 백인이든 흑인이든 그건 불가능해. 당신이 고속도로 건설을 방해하고 나서면 정부는 당신 집과 당신 일자리까지 완전히 밀어버릴 거야."

"이만 가보겠습니다."

바튼은 탁하게 잠긴 목소리로 말했다.

"그래, 상태가 안 좋아 보이네. 이제 이런 허튼 생각 그만해. 원한다면 늙은 창녀를 하나 소개시켜줄게. 늙고 멍청한 창녀로. 실컷 두

들겨 패면서 스트레스나 풀어. 머릿속 독기 좀 빼고. 내가 당신이 마음에 들어서 하는 얘긴데—"

바튼은 그 자리에서 도망쳤다. 무작정 달려 안쪽 사무실 문을 나섰고 바깥의 큰 사무실을 박차고 나가 눈밭으로 내달렸다. 밖으로 나가 서서 눈발이 휘날리는 차갑고 하얀 공기를 크게 들이마시며 덜덜 떨었다. 문득 매글리오리가 뒤쫓아 나와 그의 멱살을 잡고 사무실 안으로 끌고 들어가 끝도 없이 설교할 것만 같았다. 애꾸눈 살리는 세상 종말이 닥쳐와 가브리엘 대천사가 하늘에서 나팔을 불어도 정부가 하는 일을 망치려 들어봤자 아무 소용없으니, 늙은 창녀나 데리고 스트레스를 풀라는 설득을 끈덕지게 계속할 듯했다.

집에 도착해서 보니 눈이 15센티미터 가까이 쌓여 있었다. 제설기가 이미 지나간 터라 그는 흩날리는 눈 부스러기를 지나 집 앞 진입로로 차를 몰고 들어갔다. 포드 LTD는 힘들이지 않고 올라갔다. 묵직하고 좋은 차였다.

집 안이 어두웠다. 현관문을 열고 들어가 매트에 대고 발을 굴러 신발에 묻은 눈을 털었다. 집 안에 정적이 감돌았다. 머브 그리핀이 유명 인사들과 수다 떠는 소리도 들리지 않았다.

"매리?"

대답이 없었다.

"매리?"

아내가 집에 없나보다고 생각하려는데 거실 쪽에서 아내의 울음소리가 들려왔다. 바튼은 외투를 벗어서 벽장 안 옷걸이에 걸었다.

옷걸이 밑바닥에는 작은 상자가 놓여 있었다. 빈 상자였다. 겨울마다 매리는 눈 녹은 물이 바닥에 바로 떨어지지 않도록 그렇게 상자를 놓아두곤 했다. 바튼은 의아해하곤 했다. 벽장 안 바닥에 물이 떨어지는 걸 대체 누가 신경 쓸까? 이제야 그 답을 알았다. 간단하고도 완벽한 답이었다. 매리가 신경을 썼다. 바로 매리가.

거실로 들어가자 매리가 꺼진 제니스 TV장을 앞에 두고 소파에 앉아 울고 있었다. 손수건도 없이 두 손으로 옆구리를 감싼 채 엉엉 우는 모습이었다. 원래 매리는 혼자 조용히 우는 편이라 울 일이 있으면 위층 침실로 올라가곤 했다. 혹시 누가 볼 것 같으면 울다가도 얼른 두 손이나 손수건으로 얼굴을 가리곤 했다. 그런데 무방비 상태로 우는 매리를 보니 마치 발가벗은 듯, 외설적으로 보이기까지 했다. 무슨 비행기 사고라도 당한 사람 같은 얼굴이었다. 심장이 아린 그는 나지막하게 아내를 불렀다.

"매리." 그녀는 그를 쳐다보지도 않고 계속 울기만 했다. 바튼은 그 옆에 가 앉았다. "매리. 그렇게 안 좋은 상황은 아니야. 전혀."

하지만 그는 확신이 없었다.

"다 끝이야."

매리가 울음 석인 소리로 내뱉었다. 매리가 영원히 움켜쥔 적도 영원히 잃은 적도 없는 아름다움이 그 순간 묘하게도 그녀의 얼굴에 환하게 깃들었다. 모든 게 박살 난 이 순간에 매리는 참으로 사랑스러워 보였다.

"누구한테 들었어?"

"모두한테!" 매리는 울부짖으면서도 그를 쳐다보지 않았다. 한

손을 들어 무언가를 움켜쥐듯 허공에 대고 내질렀다가 허벅지로
툭 떨어뜨렸다. "톰 그레인저 씨가 전화했어. 론 스톤 씨의 부인도
전화했고. 비니 메이슨 씨도 전화했어. 다들 당신한테 무슨 문제가
있는지 알고 싶어 하더라. 난 아는 게 없었어! 뭐가 잘못된 건지 아
는 게 없었다고!"

"매리."

그가 손을 잡으려 하자 매리는 그에게 붙잡힐세라 얼른 손을 뒤
로 뺐다.

"당신 날 벌주는 거야?" 드디어 매리가 눈을 들어 그를 바라보며
물었다. "그래서 이러는 거야? 날 벌주려고?"

그는 얼른 부인했다.

"아니야. 아, 매리. 그런 거 아니야."

그도 울고 싶었다. 하지만 그건 잘못된 처신일 것이다. 앞뒤가 전
혀 맞지 않는.

"내가 당신한테 죽은 아기를 낳아줬고, 그 후에 낳은 아기는 얼마
못 살고 죽은 것 때문에? 내가 당신 아들을 죽였다고 생각해? 그래
서 이러는 거야?"

"매리, 그 애는 우리 아들이었어—"

"당신 아들이지!"

매리가 악을 썼다.

"그러지 마, 매리. 제발."

바튼이 품에 안으려 하자 매리는 그를 밀쳐냈다.

"내 몸에 손대지 마."

그들은 넋 나간 눈으로 서로를 마주 보았다. 지금껏 전혀 생각해보지 못한 무언가를 상대에게서 처음 발견한 눈빛이었다. 내면의 지도에 그려진 뜻밖의 희고 광대한 공간.

"매리, 어쩔 수가 없었어. 그것만은 믿어줘." 하지만 이 말은 거짓이었다. 그는 그대로 밀어붙였다. "찰리와 관계가 있냐고 따진다면, 아주 없지는 않겠지. 나 자신도 이해할 수 없는 짓을 하고 있으니까. 10월에…… 생명보험을 현금화했어. 처음 현실로 와 닿은 결정이었어. 물론, 그 전부터 내 머릿속에는 이미 일이 벌어지고 있었지. 하지만 그 얘기를 주저리주저리 늘어놓는 것보다 행동에 나서는 게 쉬웠어. 이해돼? 이해하려고 노력해줄 수 있어?"

"나는 어떻게 되는 거야, 바튼? 난 당신 아내인데 아는 게 하나도 없어. 난 어떻게 되는 거야?"

"모르겠어."

"당신은 나를 강간한 거나 마찬가지야."

매리는 또다시 울음을 터뜨렸다.

"매리, 그런 말 하지 마. 앞으로…… 절대 하지 마."

"온갖 *짓*을 벌이면서, 내 생각은 한 번도 안 했어? 내가 당신을 *의지*하고 있다는 건 생각도 안 했어?"

바튼은 대답을 할 수가 없었다. 묘하게도 매글리오리와의 대화가 다시금 일관성 있게 이어지는 기분이었다. 이 집에 먼저 도착한 매글리오리가 여자 속옷을 입고 그 위에 매리의 옷을 걸친 뒤 매리와 꼭 닮은 가면을 쓴 게 아닐까. 다음 대사는 뭐지? 늙은 창녀를 만나라고 또 제안하려나?

매리가 일어섰다.

"위층으로 올라갈게. 누워야겠어."

"매리……"

그녀가 말을 끊은 것도 아닌데 그는 더 이상 말을 이어갈 수 없었다.

매리는 거실을 나갔다. 잠시 후 계단을 올라가는 그녀의 발소리가 들렸다. 이어서 매리가 자리에 눕는지 위층 침대가 삐걱대는 소리가 들려왔다. 그리고 그녀의 울음소리가 또다시 그의 귀를 파고들었다. 바튼은 소파에서 일어나 텔레비전을 켰다. 아내의 울음이 들리지 않도록 소리를 높였다. 텔레비전에서 머브 그리핀은 유명 인사들과 수다를 떨고 있었다.

제2부

12월

아, 사랑하는 그대여, 우리 서로에게
진실해집시다!
꿈나라처럼 우리 앞에 펼쳐진 세상은
너무나도 광대하고, 아름다우며, 새로우나,
아무런 기쁨도, 사랑도, 빛도,
확실함도, 평화도, 고통의 해소도 없는 곳이오.
우리는 밤중에 상대를 분간 못하고
공격과 퇴각의 나팔 소리에 이끌려 싸우는 무지한 군대처럼,
이스레한 평야에 서 있을 뿐이니.

— 매튜 아놀드의 「도버 해변(Dover Beach)」

1973년 12월 5일

그는 프로그램 제목도 모르고 멍하니 텔레비전에 눈을 꽂은 채 홀로 술을 마셨다. 서던 컴포트 리큐어에 세븐업을 섞은 술이었다. 프로그램 주인공은 사복 경찰 아니면 사립탐정인데 어떤 남자에게 머리를 얻어맞았다. 사복 경찰(아니면 사립탐정)이 사건의 진상에 가까워졌다는 생각을 하면서 무슨 말을 하려는데 '그레이비 트레인' 광고가 나오기 시작했다. 광고 속 남자는 그레이비 트레인에 따뜻한 물을 섞으면 그레이비소스가 된다고 떠들면서, 한눈에 봐도 비프스튜처럼 보이지 않느냐고 묻기까지 했다. 바튼 조지 도스의 눈에는 누군가 빨간색 개 사료 그릇에 설사를 싸놓은 것처럼 보였다. 잠시 후 프로그램이 재개되었다. 사립탐정(아니면 사복 경찰 탐정)은 전과가 있는 흑인 바텐더를 심문 중이었다. 바텐더는 '캐 봐', '꺼져', '야 인마'라는 단어를 입에 올렸다. 최신 유행을 잘 아는 바텐더의 모습이었지만 바튼 조지 도스의 생각에는 사립 경찰(아니면 사복 탐정)이 바텐더의 속내를 알아챈 듯했다.

바튼은 꽤 많이 취한 상태로 사각팬티만 입고 텔레비전을 보는 중이었다. 집 안은 뜨끈뜨끈했다. 매리가 떠난 후 그는 온도조절장치의 온도를 26도로 맞춘 뒤 그대로 쭉 유지했다. 에너지 위기라고? 알 게 뭐람. 나더러 제 살 깎아 먹기를 하고 있다고 할지도 모르지만, 간섭받고 싶지 않아. 유료 고속도로로 나서면 그는 시속 110킬로미터로 달렸다. 다른 운전자들이 속도를 줄이라고 경적을 울리면 가운뎃손가락을 들어 보였다. 대통령 휘하의 소비자 전문가는 1930년대에 아역 스타로 활약했을 것 같은 외모인데, 세월의 흐름을 못 이기고 이제는 자웅동체가 된 듯한 모습이었다. 그 여자는 이틀 전 밤에 어느 공익 프로그램에 나와서 전기를 절약할 수 있는 다양한 방법에 대해 떠들었다. '당신도 나도' 전기를 절약할 수 있다, 라는 컨셉이었다. 여자의 이름은 버지니아 나우어. 그녀는 '당신도 나도' 전기를 절약할 수 있는 다양한 방식에 대해 열변을 토했다. 이건 너무나도 쉬운 일이고 우리모두가 동참해야 한다는 게 그 여자의 주장이었다. 그 프로그램이 끝나고 바튼은 주방으로 들어가 전기 믹서를 켰다. 나우어는 전기 믹서야말로 전기 낭비가 두 번째로 큰 소형 가전이라고 지적했다. 바튼은 믹서기를 밤새 켜놓았는데 다음 날 아침, 그러니까 어제 아침에 눈을 뜨고 보니 믹서의 모터가 다 타버렸다. 나우어는 전기 낭비가 제일 큰 소형 가전으로 실내 난방기를 꼽았는데 바튼의 집에는 실내 난방기가 없었다. 이참에 한 대 사서 아주 타버릴 때까지 밤낮으로 켜놓을까 싶기도 했다. 그가 술에 취해 곯아떨어지면 실내 난방기에서 시작된 불은 그를 잡아먹을 것이다. 그렇게 되면 한심한 자기 연민도 끝나고 말 터였다.

바튼은 술을 한 잔 더 따른 뒤 오래된 텔레비전 프로그램들을 멍하니 시청했다. 신혼 시절, 신상 RCA 콘솔 모델 텔레비전—지금은 평범하고 흔해 빠진 RCA 콘솔 모델 흑백 텔레비전—이 모두에게 경탄의 대상이었던 시절에 방영됐던 프로그램들이었다. 홍청대는 흑인들이 나오는 「잭 베니 프로그램(*The Jack Benny Program*. 1932년부터 1955년까지 방송된 NBC의 라디오 TV 코미디 시리즈—옮긴이)」과 「애모스 앤 앤디(*Amos 'n Andy*. 1928년부터 1960까지 방송된 CBS의 라디오 TV 드라마—옮긴이)」 해리 머시기라는 새로운 배우가 아니라 벤 알렉산더가 조 프라이데이의 파트너로 등장했던 오리지널 「드라그넷(*Dragnet*. 로스앤젤레스의 형사 조 프라이데이와 그의 파트너들의 활약상을 그린 미국의 라디오, 텔레비전, 영화 시리즈. 1951년부터 2004년에 이르기까지 다양한 형식으로 방영됨—옮긴이)」 브로데릭 크로퍼드가 무전기에 대고 10-4를 으르렁거리듯 내뱉으면 측면에 둥근 창이 있는 뷰익을 탄 경찰들이 돌아다니며 사건을 해결하는 「고속도로 순찰대(*Highway Patrol*. 1955년부터 1959년까지 방송된 액션 범죄 드라마 시리즈—옮긴이)」 「유어 쇼 오브 쇼즈(*Your Show of Shows*. 1950년부터 1954년까지 NBC에서 방영한 90분짜리 생방송 버라이어티 쇼—옮긴이)」 지젤 맥켄지(Gisele MacKenzie)가 「초록 문(*Green Door*)」과 「천국 속 이방인(*Stranger in Paradise*)」 같은 노래를 부른 「유어 히트 퍼레이드(*Your Hit Parade*. 1935년부터 1953년까지는 라디오에서, 1950년부터 1959년까지는 텔레비전에서 방송된 미국의 라디오 TV 음악 프로그램—옮긴이)」이 프로그램은 참 좋았는데 로큰롤이 유행하면서 사라졌다. 퀴즈 쇼는 어떤가? 월요일 밤마다 방영된, 잭 배리가 진행하는 「틱-택-도우(Tic-Tac-Dough)」 그리고 「트웬티 원(Twenty-One)」 개별 부스에 들어간 참가자들은 대략적인 설명을 들은 뒤 유엔 직원 같은 이어폰을 끼고 어마어마한 질문에 귀를 기울였다. 할 마치가 진행하는 「6만 4000달러의 질문(The $64,000 Question)」에서 참가자들은 무대 밖에서 두 팔 가득 참고서를 들고 비틀거리며 질문에 대한 답을 준비했다. 잭 나즈가 진행하는 「도토(Dotto)」도 있었다. 토요일 아침에 방영된 「애니 오클리(Annie Oackley)」는 누나인 애니 오클리가 남동생 택을 비기독교적인 말썽에서 구하는 내용이었다. 바튼은 그 프로그램을 보면서 남동생으로 나오는 꼬맹이야말로 누나에겐 지독한 골칫덩이 아닌가 라고 생각했다. 아파치 요새를 배경으로 한 서부극 「린-틴-틴(Rin-Tin-Tin)」, 주인공이 개 유콘과 함께 여기저기 돌아다니며 문제를 해결하는 서부극 「프레스턴 경사(Sergeant Preston)」도 빼놓을 수 없었다. 조크 마호니 주연의 서부극 「레인지 라이더(Range Rider)」, 가이 매디슨과 앤디 디바인이 신나게 떠들어대는 서부극 「와일드 빌 힉콕(Wild Bill Hickok)」도 있었다. 매리가 곁에 있었으면 바튼에게 이렇게 말했을 것이다. 당신이 이런 프로그램들을 보고 앉아 있는 걸 사람들이 알면, 약해빠진 인간이라고 생각할 거야. 솔직히, 당신 나이에 누가 이런 걸 봐! 그러면 바튼은 늘 이렇게 대답했다. 나도 내 자식들, 내 자식과 얘기하고 싶어. 내 곁에 자식이 없으니 못 하는 거지. 첫 아이는 죽은 채로 세상에 나왔어. 유산에 관한 오랜 농담이 있는데 뭐였더라? 아무튼 둘째는 찰리지만, 그 아이에 대해서는 생각을 하지 않는 게 최선이지. 요즘도 매일 꿈에서 찰리를 봐. 밤마다 바튼과 그의 아들 찰리는 이런저런 꿈속에서 함께 있었다. 바튼 조지 도스와 찰리 프레드릭 도스. 두 사람은 잠재의식이라는 경이로운 세계 덕분에 함께 있을 수 있었다. 그리고 이제 우리는 디즈니 월드의 최신 체험 코스인 '자기 연민 나라'로 돌아온다. 자기 연민 나라에서 곤돌라를 타고 '눈물 수로'를 따라 나아가 '오래된 스냅 사진 박물관'을 방문한 뒤, 영화배우 프레드 맥머레이가 운전하는 '경이로운 그리움의 자동차'를 타러 간다. 이 여정의 마지막 코스는 서부 지역 크레스탈린가를 놀라울 정도로 똑같이 복제한 구역이다. 그 모든 것은 지금까지 이 거대한 서던 컴포트 리큐어 병에 담겨 있었다. 그러니 고개를 숙이고 술병 주둥이 안으로 걸어 들어가기만 하면 된다. 일단 발을 들여놓으면 입구는 곧바로 넓어진다. 여기가 바로 서부 지역 크레스탈린가의 마지막 주민 바튼 조지 도스의 집이다. 이 집 창문을 잠깐만 들여다보길 바란다. 망할 놈의 사각팬티 바람으로 제니스 컬러텔레비전 앞에 앉아 있는 조지가 보일 것이다. 그는 술을 마시며 울고 있다. 울고 있다고? 물론이다. 자기 연민 나라에서 그가 딱히 무엇을 하고 있겠는가? 그는 늘 울고 있다. 그의 눈물은 세계적으로 유명한 우리 엔지니어 팀이 제어한다. 월요일이면 지루한 밤을 보내는 그의 눈가에 살짝 눈물이 맺힌다. 주말 전까지 좀 더 울다가 주말이면 본격적으로 눈물을 쏟아낸다. 그러니 크리스마스 무렵이면 그가 눈물에 둥둥 떠다니는 모습을 볼 수도 있을 것 같다. 그런 그의 모습이 살짝 역겹지만, 그는 엠파이어스테이트 빌딩 꼭대기의 킹콩과 함께 이 자기 연민 나라에서 제일 인기 많은 주민이다. 그는……

그는 텔레비전을 향해 술잔을 던졌다.

살짝 빗나간 술잔은 텔레비전 옆의 벽에 부딪쳤다가 바닥으로 떨어져 산산조각났다. 그는 또다시 눈물을 쏟았다.

그는 울면서 생각했다. 지금 네 모습을 봐. 똑똑히 보라고. 정말 구역질난다. 넌 믿기지 않을 정도로 엉망진창이야. 네 인생뿐만 아니라 매리의 인생까지 망쳐놓고 여기 앉아서 농담이나 지껄이고 있구나. 이 쓰레기 새끼야. 맙소사, 어떻게 이러냐. 제기랄……

전화기 쪽으로 반쯤 다가가다가 말았다. 전날 밤에도 그는 술에 취해 울면서 매리에게 전화해 돌아오라고 애걸했다. 듣다못한 매리는 소리치며 전화를 끊어버렸다. 어이없는 짓을 했다는 생각에 창피하고 피식 웃음이 났다.

주방으로 가 쓰레받기와 빗자루를 들고 거실로 돌아왔다. 텔레비전을 끄고 유리 파편을 빗자루로 쓸어모았다. 유리 파편을 담은 쓰레받기를 들고 주방으로 가 쓰레기통에 넣었다. 이제 뭘 하면 좋을지 생각하며 그 자리에 멍하니 서 있었다.

냉장고가 곤충처럼 위잉 소리를 내자 그는 소름이 확 돋았다. 그대로 침대로 가 누워 꿈을 꾸었다.

1973년 12월 6일

오후 3시 반이 넘은 시각, 그는 시속 110킬로미터로 유료 고속도
로를 달려 집으로 향하고 있었다. 하늘은 맑고 쨍하니 밝았으며 기
온은 영하 1도 정도였다. 매리가 떠난 후 그는 매일 유료 고속도로
를 타고 장거리를 달리는 이 짓거리를 거의 일삼아 하고 있었다. 그
렇게 실컷 달리고 나면 마음이 좀 진정됐다. 전방으로 뻗어나간 도
로는 야트막한 초겨울의 눈 더미를 배경으로 선명하게 윤곽을 드
러냈다. 그는 그저 아무 생각 없이 평화로웠다. 가끔은 라디오에서
흘러나오는 노래를 강하고 우렁찬 목소리로 따라 부르기도 했다.
신용 카드로 주유를 해가면서 길이 이끄는 대로 무작정 달렸다. 더
이상 길이 보이지 않을 때까지, 더 이상 땅이 보이지 않을 때까지
남쪽으로 쭈욱 달려보고 싶었다. 계속 가다 보면 남아메리카 끄트
머리에 닿을 수 있을까? 알 수 없었다.

하지만 늘 끝까지 가지는 못했다. 어느 정도 달리다가 유료 고속
도로를 빠져나가, 어느 푸드 트럭에서 햄버거와 감자튀김을 사 먹
은 뒤, 해 질 녘이나 일몰 후에 도시로 돌아오곤 했다.

그리고 스탠튼가를 지나 차를 세우고 차에서 내려 그날 하루 동
안 784번 고속도로 확장 공사가 얼마나 진행됐는지 확인하곤 했
다. 건설회사는 노인과 시간이 남아도는 쇼핑객이 대부분인 구경
꾼들을 위해 특별히 전망대까지 설치해놓았는데 낮에는 늘 붐볐
다. 구경꾼들은 사격 연습장의 점토 표적들처럼 난간에 길게 늘어
서서, 하얀 입김을 뿜어가며 그 아래 불도저며 그레이더, 육분의와

삼각대로 작업 중인 측량사들을 넋 놓고 내려다보았다. 바튼은 그런 사람들을 볼 때마다 싹 다 총으로 쏘고 싶은 심정이었다.

그러다 해가 저물어 서쪽 하늘이 주홍색으로 물들고, 기온이 영하 7도로 내려가 수천 개의 별이 하늘에 차갑게 얼어붙으면, 비로소 어느 누구의 방해도 받지 않고 홀로 전망대에 서서 그날 공사가 얼마나 진척이 되었는지 확인할 수 있었다. 그곳에서 보내는 시간은 그에게 무척 중요했다. 어쩌면 전망대에서 보내는 시간 덕분에 그는 기운을 새로이 충전하고 적어도 반쯤은 제정신으로 이 세상에서 살 수 있었다. 저녁부터 마신 술로 완전히 취기가 오르기 전에, 어쩔 수 없이 매리에게 다시 전화를 걸고 싶은 충동이 솟구치기 전에, 자기 연민 나라에 다시 입장하기 전에, 그는 여기 서서 냉정하게 제정신으로 이런저런 생각을 할 수 있었다. 전망대 난간의 쇠파이프를 두 손으로 감아쥐고 건설 현장을 내려다보고 있노라면 어느새 손가락이 쇠처럼 차갑고 얼얼해졌다. 그때부터 인간 세상은 저만치 멀어지고 트랙터와 크레인, 전망대의 세상이 펼쳐지면서 그는 자신이 도대체 어떤 세상에 있는 것인지 분간하기 어려워졌다. 뒤죽박죽된 과거의 기억을 하나하나 들여다보며 흐느껴 울 필요도 없었다. 그저 차갑고 무심한 초겨울 저녁에 홀로 서서 맥동하는, 아직까지 제정신인 참된 인간으로서의 *자아*를 느끼면 그만이었다.

시속 110킬로미터로 유료 고속도로를 달려 웨스트게이트 요금소에서 64킬로미터쯤 떨어진 지점에 이르렀을 때, 그는 16번 출구를 막 지난 지점의 갓길에 서 있는 사람을 보았다. CPO 브랜드의 외투를 입고 검은색 뜨개 모자를 쓴 사람. 그 사람이 손에 든 종이에는 (이렇게 눈이 내리는 추운 계절에 놀랍게도) '라스베이거스까지'라고 적혀 있었고 그 밑에는 '못 가면 끝장이에요!'라는 도전적인 문구까지 씌어 있었다.

브레이크를 콱 밟았다. 갑작스러운 감속에 배를 가로질러 맨 안전벨트가 확 당겨졌다. 타이어가 끼이익 소리를 내자 마치 카레이서 리처드 페티라도 된 것처럼 살짝 들뜬 기분을 느꼈다. 그 사람이 서 있는 지점에서 8미터쯤 더 지나 차가 멈춰 섰다. 갓길에 서 있던 사람은 들고 있던 종이를 팔 밑에 끼우고 차를 향해 달려왔다. 뛰는 폼을 보니 여자인 것 같았다.

여자는 조수석 문을 열고 올라탔다.

"아, 고마워요."

"음."

바튼은 백미러를 흘끗 확인한 뒤 액셀을 밟아 속도를 다시 110으로 높였다. 다시 눈앞에 도로가 펼쳐졌다.

"라스베이거스까지는 한참 가야 할 텐데."

"그러게요." 여자는 이미 그 얘기를 숱하게 들었는지 익숙한 미소를 지어 보였다. "담배 피워도 돼요?"

"그러든지."

여자는 말보로 담뱃갑을 꺼냈다.

"피울래요?"

"아니, 됐어."

여자는 담배 한 개비를 꺼내 입에 물고 CPO 외투 주머니에서 주

방용 성냥을 꺼내 불을 붙였다. 담배를 길게 빨다가 후우 내뱉자 앞
유리 일부가 부옇게 흐려졌다. 여자는 말보로 담뱃갑과 성냥을 외
투 주머니에 넣고 목에 두른 진청색 목도리를 풀었다.

"태워주셔서 고마워요. 진짜 춥네요."

"오래 기다렸나?"

"한 시간 정도. 바로 전에 태워준 남자는 술에 취한 상태였어요.
그 차에서 내리면서 마음이 놓이더라고요."

그는 고개를 끄덕였다.

"유료 고속도로 끝까지 태워다줄게."

"끝까지요? 시카고로 가는 길이에요?"

"뭐? 아, 아니."

그는 이 도시의 이름을 말해주었다.

"하지만 이 고속도로는 이 도시를 관통해서 시카고까지 이어지
잖아요." 여자는 또 다른 외투 주머니에서 모서리가 나달나달하게
접힌 수노코 도로 지도를 꺼냈다. "지도에 *그렇게 나와* 있어요."

"지도 펼치고 다시 확인해 봐." 여자는 다시 지도를 들여다봤다.
"우리가 가고 있는 이 고속도로가 무슨 색으로 칠해져 있지?"

"초록색이요."

"이 도시를 관통하는 부분은?"

"초록색 점선이요. 이게…… 아, 젠장! *공사 중인 구간이구나!*"

"맞아. 세계적으로 유명한 784번 고속도로 확장 공사 구간이지.
지도에서 중요한 부분을 보지 못하면 라스베이거스까지는 절대 못
가."

여자는 구부정하게 앉아 지도에 코를 박았다. 우윳빛이 돌 정도로 맑고 흰 피부는 추위로 인해 뺨과 이마가 발갛게 얼어 있었다. 코끝도 발그레했고 왼쪽 콧구멍 아래에 작은 물방울이 맺혀 있었다. 머리는 짧았는데 썩 잘 자른 솜씨가 아닌 거로 보아 집에서 자른 듯했다. 예쁜 밤색 머리카락이었다. 예쁜 머리를 자른 것도 아까운데 아무렇게나 가위질을 해놓은 걸 보니 더 안타까웠다. 소설가 오 헨리가 쓴 크리스마스 단편의 제목이 뭐더라? 「매기의 선물(*The Gift of the Magi*)」이었나. 누구의 시계 줄을 사주느라 머리를 자른 것이냐, 젊은 여행자여?

"초록색 실선이 시작되는 지점은 랜디라는 마을이에요. 여기서 랜디까지는 얼마나 가야 해요?"

"50킬로미터 정도."

"어후야."

여자는 지도를 좀 더 들여다보았다. 옆으로 15번 출구가 지나갔다.

마침내 여자가 다시 물었다.

"우회 도로는 없어요? 걸어가는 건 무리일 것 같은데."

"7번 도로로 가는 게 최선이야. '웨스트게이트'라고 불리는 마지막 출구 근처에 있어." 그는 망설이다 덧붙였다. "하지만 밤에는 거기서 서성대지 않는 게 신상에 좋아. 근처에 홀리데이 인 모텔이 있으니까 거기 묵던지. 어차피 날이 저물기 전에 거기 도착하긴 힘들고, 어두워진 후에는 7번 도로에서 히치하이킹을 안 하는 게 나아."

"어째서요?"

여자는 그를 쳐다보았다. 초록색 눈동자에 어리둥절한 표정이 담겼다. 초록색은 보기 드문 눈 색깔이었다.

"7번 도로는 도시 우회 도로거든."

그는 추월 차선으로 진입해 속도를 80 정도 더 올리며 부우웅 소리와 함께 옆 차선의 차들을 저만치 따돌렸다. 그 차 중 몇 대가 그에게 성난 경적을 울려댔다. 그곳은 중앙에 야트막한 콘크리트 분리대가 있는 4차선 도로였다. 2개 차선은 랜디 마을이 있는 서쪽으로, 2개 차선은 도시가 있는 동쪽을 향해 뻗어 있었다. 쇼핑센터와 햄버거 가게, 볼링장 등이 있어서 사람들이 지나가다 들르기는 해도 일부러 찾아가는 곳은 아니었다.

"그렇구나." 여자는 한숨을 쉬었다. "랜디로 가는 버스가 있어요?"

"예전에 시내버스가 있었는데 파산했어. 아마 그레이하운드 버스는 있을—"

"아, 제기랄."

지도를 대충 접어 주머니에 쑤셔 넣은 여자는 망연하고 불안한 표정으로 도로를 쏘아보았다.

"모텔 방을 얻을 돈도 없어?"

"아저씨, 내가 가진 돈은 13달러가 전부예요. 이 돈으로는 개집도 못 빌려요."

"우리 집에서 묵든지."

"어머. 그냥 여기서 내릴게요."

"아니야. 제안 취소할게."

"나를 데려가면 아저씨 부인이 뭐라고 생각하겠어요?"

여자는 그의 손가락에 끼워진 결혼반지를 눈짓으로 가리켰다. 학교 보안 직원이 퇴근한 후, 학교 운동장 근처에서 서성이는 변태를 보는 듯한 시선이었다.

"별거 중이야."

"별거한 지 얼마 안 됐나 봐요?

"어. 12월 1일부터 떨어져 지내고 있어."

"밤일을 도와줄 누군가가 필요하긴 하겠네요." 여자의 목소리에서 경멸이 느껴졌다. 하지만 특별히 그를 겨냥했다기보다는 오래 전부터 이런 말을 하는 남자에게 늘 그렇게 대꾸해온 듯했다. "특히 젊은 여자의 도움이 필요하겠어요."

"난 아무하고도 섹스할 생각 없어." 사실이었다. "아마 발기도 안될 거야."

방금 그는 평생 여자 앞에서 써본 적 없는 두 단어를 내뱉었음을 깨달았다. 하지만 막상 뱉고 보니 아무렇지도 않았다. 기분이 좋지도, 나쁘지도 않았다. 날씨 얘기를 하는 것처럼 아무 감정도 없었다.

"이번 기회에 도전해 보려고요?"

여자는 담배를 깊게 빨아들인 뒤 한층 더 자욱한 연기를 뿜어냈다.

"아니, 네가 선을 긋고 싶어 하는 것 같아서 말해준 것뿐이야. 여자라면 상대방과의 사이에 적정선을 찾아야 하잖아."

"또 다른 잔소리의 시작인가요." 피곤에 지친 여자의 목소리에 약간의 경멸과 적의가 남아 있었지만 재미있어하는 것도 같았다. "너처럼 괜찮은 여자가 어째서 이런 차에 올라탈 생각을 했느냐, 뭐 이런 거예요?"

"아이고, 됐거든. 네가 그 정도는 아니야."

"맛거든요." 여자는 그의 차에 갖춰진 재떨이에 담배를 눌러 끈 뒤 코끝을 찡그렸다. "이거 좀 봐. 재떨이에 사탕 껍질에 셀로판지에 온갖 쓰레기가 꽉 찼네. 비닐봉지에라도 좀 넣지 그래요?"

"난 담배 안 피워. 네가 미리 전화해서 말했으면 치웠겠지. *바튼 아저씨, 내가 오늘 유료 고속도로에서 히치하이킹을 할 예정이니까 차에 태워줄래요? 차에서 담배를 피울 거니까 재떨이도 비워줘요.* 이렇게 미리 말을 했으면 재떨이를 비웠겠지. 그냥 창밖으로 던지든지 해."

여자는 미소를 지었다.

"꼬아서 말하는 재주가 있으시네요."

"내 인생 자체가 슬프게 꼬였거든."

"담배 필터가 자연 분해되려면 시간이 얼마나 걸리는지 알아요? 자그마치 이백 년이에요. 이백 년이면 아저씨 손자들도 세상을 떠날 시간이죠."

그는 어깨를 으쓱였다.

"발암물질을 뿜어내서 내 폐의 섬모 조직을 망가뜨리고 있으면서, 고속도로에 담배 필터를 버리는 건 싫다 이거네. 알았어."

"무슨 뜻이에요?"

"아무 뜻도 없어."

"저기요, 나 내릴까요? 그걸 바라요?"

"아니. 중립적인 소재로 얘길 나누는 건 어때? 달러화의 상태라든지, 노동조합이라든지, 아칸소주 문제라든지."

"눈이나 좀 붙일게요. 밤새 깨어 있어야 할 것 같으니까요."

"그러든지."

여자는 뜨개 모자를 눈까지 내려쓰고 팔짱을 끼었다. 그대로 움직임이 없었고 몇 분이 지나자 호흡이 깊고 길어졌다. 바튼은 여자를 흘끔흘끔 훔쳐보았다. 여자는 몸에 착 붙는 얇고 색 바랜 청바지를 입었다. 다리의 윤곽이 고스란히 드러나는 얇은 바지라 그 안에 속바지나 다른 옷을 겹쳐 입지 않았음을 바로 알 수 있었다. 계기판 아래로 굽힌 긴 다리는 밖에서 벌겋게 얼어서 지금쯤 무척 간지러울 터였다. 다리가 가렵지 않으냐고 물어보려다가 이상하게 들릴 것 같아 그만두었다. 7번 도로에서 밤새 히치하이킹을 할 생각이라는 이 여자를 생각하니 기분이 좋지 않았다. 여자는 짧은 구간 동안 차를 얻어 타거나 아예 타지 못하거나 둘 중 하나일 것이다. 밤에 이렇게 얇은 바지를 입고 영하 7도의 추위를 견딜 수 있을까. 물론 그건 이 여자가 알아서 할 일이었다. 감기에 걸리면 어디든 찾아 들어가 몸을 녹일 것이다. 그가 관여할 바는 아니었다.

그들은 14번, 13번 출구를 지나갔다. 바튼은 더 이상 여자를 흘끔거리지 않고 운전에 집중했다. 속도계의 바늘은 시속 110킬로미터를 유지했고 그는 줄곧 추월 차선으로 달리고 있었다. 다른 차들이 그에게 경적을 울려댔다. 12번 출구 옆을 지나가는데 범퍼에 '시속 80킬로미터 유지'라는 스티커를 붙인 스테이션 왜건의 운전자가 성질을 내면서 바튼의 차를 향해 경적을 세 번 울리고 상향등을 번뜩였다. 바튼은 그 남자를 향해 가운뎃손가락을 들어 보였다.

여자는 눈을 감은 채 말했다.

"차 속도가 너무 빨라요. 그래서 다른 차들이 경적을 울리는 거라고요."

"알아."

"알면서 상관도 안 하시네요."

"어."

"미국의 에너지 자원 낭비를 위해 갖은 애를 다 쓰시네."

"에너지 절약 같은 건 신경 쓰고 싶지 않아."

"그러게요. 딱 봐도 그래 보여요."

"전에는 유료 고속도로에서 시속 90킬로미터로 달리곤 했어. 더 빠르지도 않고 더 느리지도 않게, 딱 그 속도로. 그랬더니 연비가 제일 좋게 나오기는 하더군. 하지만 이제는 훈련받은 개 윤리에 저항하기로 했어. 사회학 수업에서 들어본 적 있지? 아닌가? 난 당연히 네가 대학생일 거라고 생각했어."

여자는 허리를 세우고 앉았다.

"잠깐 사회학을 전공한 적이 있기는 해요. 그쪽으로 공부를 한 거죠. 하지만 훈련받은 개 윤리 같은 이론은 들어본 적이 없어요."

"내가 만든 이론이거든."

"아. 만우절 장난도 아니고." 여자는 넌더리를 내며 등받이에 등을 기대더니 뜨개 모자를 다시 눈까지 내려썼다.

"훈련받은 개 윤리. 1973년 말에 바튼 조지 도스가 최초로 제시한 이 이론은 통화 위기, 인플레이션, 베트남 전쟁, 에너지 위기 같은 복잡한 문제의 원인을 시원하게 설명해줄 수 있지. 에너지 위기를 예로 들어볼게. 미국인들은 훈련받은 개나 다름없어. 기름을 먹어치우는 장난감들을 사랑하도록 훈련을 받았지. 자동차, 스노모바일(눈이나 얼음 위를 쉽게 달릴 수 있게 만든 차량―옮긴이), 대형 보트, 모래사장용 소형 자동차, 오토바이, 경량 소형 오토바이, 캠핑카 등등. 하지만 1973년부터 1980년까지 우리는 이렇게 에너지를 소모하는 장난감들을 증오하도록 훈련받게 될 거야. 미국인들은 훈련받는 걸 엄청 좋아해. 훈련을 받으면 꼬리도 흔들 수 있을걸. 에너지를 써라. 에너지를 쓰지 마라. 오줌은 신문지에다가 싸라. 온갖 훈련을 다 받아. 난 에너지 절약에 반대하는 게 아니라 훈련에 반대하는 거야."

문득 바튼은 피아치 씨의 개를 떠올렸다. 더 이상 꼬리를 흔들지 않고 눈알을 위로 굴리다가 급기야 루이지 브론티첼리의 목을 물어뜯은 개.

"파블로프의 개나 마찬가지야. 파블로프의 개는 종소리를 들으면 침을 흘리도록 훈련을 받았어. 우리도 누가 증속 구동이 가능한 봄바디어 스키두 스노모바일이나 전동 안테나가 달린 제니스 컬러 텔레비전을 보여주면 침을 흘리도록 훈련을 받았지. 우리 집에도 제니스 컬러텔레비전이 있는데 우주사령부 장비처럼 생긴 스페이스 커맨드 리모컨도 딸려 있어. 의자에 앉아서 리모컨으로 채널을 바꿀 수 있지. 소리도 높였다 낮췄다, 전원도 껐다 켰다 할 수 있어. 그 리모컨을 입에 넣고 전원 버튼을 눌러 봤는데 텔레비전이 켜지더라. 리모컨이 방출한 신호가 내 뇌를 통과해서 명령을 수행한 거야. 기술이라는 건 정말 놀라워."

"정신 나간 아저씨네."

"그럴지도 몰라."

그들은 11번 출구 옆을 지나갔다.

"잠이나 잘게요. 길 끝에 도착하면 깨워주세요."

"알았어."

여자는 팔짱을 끼고 다시 눈을 감았다.

얼마 후 옆으로 10번 출구가 지나갔다.

"내가 반대하는 건 훈련받은 개 윤리가 아니야. 스승이란 것들은 정신적, 도덕적, 영적 바보에 불과해."

"본인 양심 편하자고 온갖 용어를 동원하시네." 여자는 눈을 감은 채 대꾸했다. "속도를 80으로 낮추면 안 돼요? 그럼 기분이 좀 좋아질 텐데."

"그런다고 좋아지지 않아."

바튼이 격하게 말을 내뱉자 여자는 허리를 펴고 앉아 그를 쳐다보았다.

"괜찮아요?"

"괜찮아. 세상이 미쳐 돌아가서 그런지 내가 미쳐서 그런지 모르겠지만 아무튼 난 아내도 잃고 직업도 잃었어. 그리고 세상이 미쳤다는 걸 당연시하는 열아홉 살짜리 히치하이커를 차에 태웠지. 히치하이커 여자는 나더러 미쳤다고 말을 해. 세상은 원래 그래. 석유가 부족하지만 그 외에는 그럭저럭 살 만하지."

"난 스물한 살이에요."

"좋겠다." 그는 씁쓸하게 말을 이었다. "세상이 멀쩡하다면 너 같은 애송이가 한겨울에 라스베이거스로 가겠다고 히치하이킹을 할까? 밤새 7번 도로에서 히치하이킹을 하겠다는 계획이나 세우고 말이야. 바지 안에 내의도 입지 않아서 다리에 동상이 걸리게 생겼는데."

"속에 내의 입었거든요! 날 뭘로 보는 거예요?"

"멍청이로 보지! 그러다 엉덩이까지 땡땡 얼어붙어!"

"아무리 얼어붙어도 아저씨한테 내주지 않을 거니까 꿈 깨세요."

여자가 다정하게 받아쳤다.

"아이고, 어이가 없네."

그들은 시속 80킬로미터로 달리고 있는 세단 한 대를 앞질러 갔다. 세단이 뒤에서 경적을 울렸다. 바튼이 소리쳤다.

"*엿 먹어! 개새끼야!*"

여자가 나지막하게 말했다.

"이쯤에서 나를 그만 내려주는 게 좋을 것 같네요."

"신경 쓰지 마. 사고를 내진 않을 테니까. 잠이나 자."

여자는 못 믿겠다는 시선으로 그를 한참 쳐다보다가 다시 팔짱을 끼고 눈을 감았다. 그들 옆으로 9번 출구가 지나갔다.

오후 4시 5분, 그들이 탄 차는 2번 출구를 지나갔다. 도로를 가로지르는 그림자들은 겨울 분위기를 물씬 풍기며 괴상한 푸른빛을 띠었다. 하늘에 벌써 금성이 떠 있었다. 도시에 가까워지면서 점점 차량들이 많아졌다.

바튼은 여자를 흘긋 돌아보았다. 허리를 세우고 앉은 여자는 창밖을 내다보고 있었다. 차량들이 무심히 서둘러 나아가고 있었다.

그들이 탄 차 바로 앞의 차는 크리스마스트리로 쓸 나무를 지붕에 이고 가는 중이었다. 그걸 본 여자의 초록색 눈이 휘둥그레졌다. 일순간 바튼은 그 눈동자 속에 첨벙 빠져들어, 드문드문 지나가는 차량들을 향한 그녀의 감정에 완벽하게 이입할 수 있었다. 차들은 저마다 따뜻한 어딘가로 달려가고 있었다. 거래를 하기 위해서, 친구들을 만나기 위해서 혹은 파탄 난 가정을 회복시키기 위해서. 그들은 이방인에게 하나같이 무심했다. 그 순간 그는 토머스 칼라일(1795~1881년. 영국의 비평가 겸 역사가—옮긴이)이 '세상이라는 거대한 죽은 기관차'라고 칭한 개념을 또렷이 이해할 수 있었다.

"거의 다 왔어요?"

"15분 정도 더 가면 돼."

"저기요. 아까 내가 말이 심했다면—"

"아니야, 내가 심했지. 어차피 할 일도 없으니까 우회해서 랜디까지 데려다줄게."

"그럴 필요는—"

"아니면 홀리데이 인 모텔에 데려다줄 테니까 밤에 거기서 묵어. 아무 조건 없이 데려다줄게. 크리스마스 선물로 생각해."

"부인하고는 정말 별거 중이에요?"

"어."

"얼마 전부터요?"

"음."

"부인이 애들도 데려갔어요?"

"자식은 없어."

저 앞에 요금소가 보였다. 희미하게 밝아오는 하늘을 배경으로 초록색 신호등이 무심히 깜박였다.

"그럼 아저씨 집으로 같이 가요."

"굳이 그럴 것 없어. 너도 그럴 필요 없고—"

"어차피 남의 집에 묵어야 돼요. 어두운 데서 더 이상 히치하이킹을 하고 싶지도 않고요. 무섭거든요."

그는 요금소 옆에 차를 세우고 차창을 내렸다. 차가운 공기가 흘러들어왔다. 요금소 직원에게 통행권과 1달러 90센트를 내밀고 천천히 빠져나갔다. 차 옆으로 반사 페인트를 칠한 안내판이 보였다.

안전 운전에 감사드립니다!

"좋아." 그는 신중하게 입을 열었다. 어쩌면 이 여자를 안심시키려 애쓰는 게 잘못인 것도 같았다. 오히려 역효과를 낼 수도 있었다. 하지만 어쩔 수 없었다. "잘 들어. 집에 나 혼자 살고 있어. 집에 가면 저녁을 먹을 수 있고 텔레비전을 보면서 팝콘도 먹을 수 있어. 넌 위층 침실을 써. 나는—"

여자는 피식 웃었다. 그는 여자를 흘끗 쳐다본 뒤, 인터체인지에서 곡선을 그리며 길을 따라갔다. 여자의 모습이 잘 보이지 않았다. 시야가 부옇게 흐려진 듯도 했다. 어쩌면 꿈에서 보는 존재일 수 있다는 생각에 머릿속이 혼란스러웠다.

"아저씨야말로 잘 들어요. 아무래도 이 얘기를 하는 게 좋을 것 같네요. 내가 술꾼한테 차를 얻어 탔다고 말했잖아요? 나 그 남자랑 잤어요. 그 남자는 스틸슨으로 가는 길이었어요. 난 갓길에서 내려 서 있다가 아저씨 차를 얻어 탄 거예요. 그 남자와 잔 건 나를 차에 태워준 대가였고요."

바튼은 인터체인지 끄트머리에서 빨간색 신호등을 보고 차를 세웠다.

"룸메이트가 히치하이킹을 하면 그런 일을 겪을 수 있다고 했는데 난 그 말을 믿지 않았어요. 섹스로 차비를 치러가면서 이 나라를 횡단할 일 따위는 없을 거라고 생각했죠. 난 절대 그럴 일 없다고." 여자는 덧없다는 듯 그를 바라보았다. 하지만 그는 어둠에 가려진 여자의 표정을 읽을 수 없었다. "사람들한테 떠밀려서 어떤 결정을 내리는 게 아니에요. 우주 유영처럼 별개의 것이죠. 대도시에 와서 그곳에 사는 사람들을 생각해보면 울음이 나요. 이유는 모르겠어요. 울적한 마음으로 돌아다니다가, 피고름이 줄줄 나는 여드름쟁이 남자랑 밤을 보내는 거예요. 그 남자가 숨 쉬고 말하는 소리를 듣고 싶은 거죠."

"네가 누구랑 잤든 관심 없어."

그는 다시 차를 출발시켰다. 거의 자동으로 그랜드가로 진입해 집이 있는 방향으로 나아가면서 784번 고속도로 건설 현장을 지나갔다.

"같이 잔 그 남자는 영업사원인데 14년 동안 결혼 생활을 했대요. 나랑 섹스를 하면서 그 얘기를 계속하는 거예요. *14년이야, 샤론, 14년, 14년이라고.* 그리고 14초 만에 사정을 했죠."

여자는 짧게 깔깔 웃었는데, 웃음이 서글프고 울적했다.

"그게 네 이름이야? 샤론?"

"아뇨. 그 남자 부인 이름인 것 같아요."

바튼은 공사 현장 옆의 연석 가까이에 차를 세웠다.

여자는 별안간 의심하는 투로 물었다.

"왜 여기 세워요?"

"별거 아니야. 어차피 여길 지나야 집으로 가게 돼 있어. 원하면 내리든가. 뭐 좀 보여줄게."

그들은 차에서 내려 아무도 없는 전망대로 걸어갔다. 바튼은 차가운 쇠파이프 난간에 맨손을 얹고 그 아래를 내려다보았다. 오늘은 쇄석층 공사를 진행한 모양이었다. 지난 사흘 동안 인부들은 여기 자갈을 깔았고 이제 쇄석층 공사를 한 것이다. 트럭이며 불도저, 노란색 굴착기가 저녁의 그림자 속에 버려지다시피 조용히 서 있었다. 박물관에 전시된 공룡들처럼. 채식동물인 스테고사우루스와 육식동물인 트리케라톱스, 흙을 먹어치우는 무시무시한 디젤 셔블 (디젤 기관의 힘으로 작동하는 동력삽—옮긴이)이 함께 서 있는 모양새였다. *식사 맛있게들 하셔.*

"어떻게 생각해?"

"무슨 생각을 해야 하는 건데요?"

여자는 이 짓거리가 무슨 의미인지 알아내려 애쓰며 조심스럽게 되물었다.

"뭐든 생각나는 게 있을 거 아냐."

여자는 어깨를 으쓱했다.

"도로 공사 현장이잖아요? 내가 다시 돌아올 일 없는 이 도시에

201

도로를 깔고 있는 거죠. 어떻게 생각하냐고요? 너저분하네요."

"너저분하다라."

그는 안심한 듯 그녀의 말을 되풀이했다.

"난 메인주 포틀랜드시에서 자랐어요. 우리 가족은 큰 아파트에서 살았는데 어느 날부터 사람들이 길 맞은편에 쇼핑센터를 짓기 시작했어요—"

"쇼핑센터를 짓기 위해 기존에 잇던 건물을 무너뜨렸어?"

"예?"

"그들이—"

"아. 아뇨. 원래 공터였어요. 그 뒤에는 넓은 벌판이 있었고요. 그때 내가 여섯 살인가 일곱 살인가 그랬어요. 그땐 사람들이 그 땅을 파고 뜯고 갈고 하는 일을 영원히 할 줄 알았어요. 그냥…… 재미있다고 생각했어요…… 땅이 불쌍했고요. 땅한테 관장이 필요한지, 어디가 아픈지 물어보지도 않고 멋대로 관장약을 먹이는 것처럼 보였거든요. 그해에 내가 장염을 앓아서 관장에 관해서라면 우리 동네에서 전문가나 다름없었죠."

"음."

"인부들이 작업을 쉬는 일요일에 구경을 가곤 했는데 여기랑 비슷했어요. 침대에 죽어 있는 시체처럼 아주 조용했고요. 토대 공사를 일부 해놨는데, 시멘트 바닥에 노란색 금속 막대기 같은 게 잔뜩 박혀 있었어요."

"심봉이야."

"어쨌든요. 파이프랑 철사 더미가 투명한 비닐로 덮여 있었고 주변엔 생흙도 잔뜩 있었어요. 구운 흙이라는 용어도 있을까 모르겠는데, 생흙이라니 웃기죠. 내 눈에는 그렇게 보였어요. 날것인 흙이요. 우린 거기서 숨바꼭질을 하면서 놀았는데 엄마는 나랑 내 여동생을 나무랐어요. 공사 현장에 애들이 들어가서 놀면 다칠 수 있다면서. 그때 여동생은 네 살이었는데 혼나고 엄청 울었죠. 그런 기억이 떠오르니 웃기네요. 차에 타도 돼요? 추운데."

"그래."

그들은 차에 탔다.

그가 다시 차를 출발시키자 여자가 말했다.

"사람들이 그런 엉망진창인 곳에서 무언가를 만들어낼 줄은 생각도 못 했어요. 얼마 지나지 않아서 그 자리에 쇼핑센터가 생겼거든요. 거기 주차장에 아스팔트가 깔린 날이 아직도 기억나요. 며칠 후에는 인부 몇 명이 작은 손수레 같은 걸 가져와서 주차장에 노란색 주차선을 그렸어요. 그리고 사람들이 엄청 모여서 리본을 가위로 끊으면서 난리를 피웠죠. 그때부터 다들 그 쇼핑센터를 이용하기 시작했어요. 원래부터 그 자리에 있던 시설처럼 느껴지더라고요. 거기 지어진 커다란 쇼핑센터 이름이 바로 맘모스 마트예요. 우리 엄마는 거길 뻔질나게 드나들었어요. 앤지랑 나도 엄마를 따라서 몇 번 가봤는데, 갈 때마다 지하 시멘트 바닥에 박혀 있던 주황색 막대기들이 생각나는 거예요. 나만의 비밀스러운 생각인 거죠."

그는 고개를 끄덕였다. 비밀스러운 생각이라면 그도 잘 알고 있었다.

"아저씨한테는 어떤 의미예요?"

"알아내려고 하는 중이야."

바튼이 냉동식품을 데우려는데 여자가 냉장고를 열어보았다. 여자는 냉장고에 고기가 있는 걸 보더니 시간이 좀 걸려도 괜찮다면 자기가 그 고기를 굽겠다고 했다.

"그러든지. 오븐에 넣고 몇 분 동안 몇 도로 조리해야 하는지 나는 몰라."

"그래서 부인이 그리워요?"

"엄청."

"고기를 오븐에 넣고 구울 줄 몰라서요?"

그는 대답하지 않았다. 여자는 감자를 굽고 냉동 옥수수도 데웠다. 그들은 간이 식탁 앞에 앉아 먹기 시작했다. 여자는 두툼하게 자른 구운 고기 네 조각에 감자 두 개, 옥수수 두 그릇을 먹었다.

"이렇게 먹어보는 건 거의 일 년 만이에요." 여자는 담배에 불을 붙이고 빈 접시를 내려다보았다. "간만에 배가 꽉 차네요."

"그동안 뭘 먹고 살았는데?"

"동물 모양 비스킷이요."

"뭐?"

"동물 모양 비스킷을 먹었다고요."

"말이 되나."

"싸거든요. 포만감도 주고요. 영양물질도 많이 함유돼 있어요. 포장에 그렇게 적혀 있었어요."

"영양물질 같은 소리 하네. 과자만 먹다간 여드름이나 나지. 과자로 끼니를 때울 나이도 아니잖아. 이쪽으로 와 봐."

여자를 식당으로 데려간 그는 매리의 식기장 문을 열었다. 커다란 은접시를 꺼낸 뒤 그 뒤에 있던 두툼한 돈뭉치를 끄집어냈다. 여자의 눈이 휘둥그레졌다.

"누구 주머니를 털었어요, 아저씨?"

"보험을 깼어. 자. 이백 달러야. 가져가."

여자는 돈을 건드리지 않았다.

"미쳤나 봐. 이백 달러 받고 아저씨를 위해 뭘 하라고요?"

"아무것도 안 해도 돼."

여자가 웃었다.

"싫으면 말고." 그는 돈을 사이드보드에 올려놓고 은 접시를 식기장에 집어넣었다. "아침에 봐서 네가 그 돈 안 가져갔으면 변기에 던져 넣고 물을 내려버릴 거야."

말은 그렇게 했지만 실제로 그럴 의향은 없었다.

여자는 가만히 그의 얼굴을 바라보았다.

"정말로 물을 내려버릴 것 같은 표정이네요." 그는 대꾸하지 않았다. "아침에 어떻게 될지 두고 보죠."

"그래, 아침에 보자."

바튼은 텔레비전으로 「진실을 말해요(To Tell the Truth)」라는 게임 쇼를 시청했다. 세계 여성 야생마 기수 대회의 우승자를 놓고 참가자 두 명은 거짓말을 하고 한 명은 진실을 얘기하면 패널인 수피 세일즈, 빌 컬런, 아렌느 달, 키티 카리슬 같은 배우들이 그 중 누가 진실을 말하는지 가려내는 게임이었다. 어마어마하게 오랫동안 이 게임 쇼를 진행해온 개리 무어는 미소를 지으며 농담을 하다가 각 패널들에게 주어진 시간이 다 되면 종을 울리곤 했다.

창밖을 내다보던 여자가 입을 열었다.

"저기요. 이 거리에 누가 살기는 해요? 집들이 다 어둡네요."

"나랑 댕크먼 가족이 살고 있어. 댕크먼 가족도 1월 5일에는 이사 나갈 거야."

"이사요?"

"도로 때문에. 뭐 마실래?"

"도로 때문이라니 무슨 뜻이에요?"

"도로가 이 동네를 관통할 거야. 그렇게 되면 이 집은 고속도로 중앙 분리대 자리에 들어가게 돼."

"그래서 아까 건설 현장을 보여줬어요?"

"겸사겸사. 전에 여기서 3킬로미터 떨어진 곳에 있는 세탁회사에서 일했거든. 블루 리본 사라고. 확장 도로는 그 회사 부지도 통과할 거야."

"그래서 직업을 잃었어요? 회사가 문을 닫게 돼서?"

"꼭 그렇지는 않아. 워터포드라는 교외 지역에 새 공장 부지가 나와서 내가 매입 계약서에 서명을 해야 했는데 안 했어."

"왜요?"

"할 수가 없더라고." 그는 심드렁하게 대답했다. "뭐 마실래?"

"굳이 나한테 술을 먹일 필요는 없어요."

"아, 맙소사." 그는 눈을 위로 굴렸다. "넌 어떻게 머릿속에 그 생각뿐이냐?"

어색한 침묵이 흘렀다.

"내가 좋아하는 술은 스크루드라이버 칵테일밖에 없는데. 보드카랑 오렌지주스 있어요?"

"있어."

"전용 잔은 없겠죠."

"없어. 그런 건 써본 적도 없어."

주방으로 간 바튼은 여자를 위해 스크루드라이버 칵테일을 만들었다. 컴포트와 세븐업을 혼합해서 자신이 마실 술을 만든 뒤 같이 들고 거실로 돌아왔다. 여자는 스페이스 커맨드 리모컨을 손에 쥐고 텔레비전 채널을 이리저리 바꾸면서 저녁 7시 30분에 방영되는 프로그램들을 둘러보았다. 「진실을 말해요」, 「내 직업은 무엇일까요?(What's My Line)」, 「내 사랑 지니(I Dream of Jeannie)」, 「길리건의 섬(Gilligan's Island)」, 「왈가닥 루시(I Love Lucy)」, 아보카도를 이용해 개떡 같은 요리를 만드는 요리연구가 줄리아 차일드, 「가격을 맞춰보세요(The New Price Is Right)」. 세 명의 참가자 중 캐나다 서스캐처원 주 숲에서 한 달 동안 길을 잃은 경험을 바탕으로 책을 쓴 작가가 누군지 맞춰보라고 패널들에게 요구하는 개리 무어의 모습이 다시 화면에 나타났다.

바튼이 여자에게 술을 건넸다.

키티 카리슬이 사회자에게 물었다. '딱정벌레를 먹어봤나요, 2번 참가자님?'

그러자 여자가 훈수를 뒀다. "채널이 왜 이래요? 「스타 트렉」도

안 나오네. 아저씨랑 아저씨 부인은 무슨 이교도예요?"

"「스타 트렉」은 오후 4시에 8번 채널에서 해."

"그 프로그램 시청해요?"

"가끔. 아내는 늘 「머브 그리핀 쇼」를 봐."

2번 참가자가 대답했다. '딱정벌레는 본 적이 없습니다. 봤으면 먹었겠죠.' 그 대답에 청중들이 왁자하게 웃었다.

"부인은 왜 집을 나갔어요? 말하기 싫음 안 해도 돼요."

여자는 바튼이 솔직히 고백하지 않고 너무 비싸게 군다고 생각하는지 경계하는 눈빛으로 그를 쳐다보았다.

"내가 직장에서 쫓겨나게 된 이유와 같아."

그는 소파에 앉았다.

"공장 부지를 매입하지 않아서요?"

"아니. 내가 이사 갈 집을 사지 않았거든."

수피 세일즈가 떠들었다. '저는 2번 참가자에게 표를 줄래요. 딱정벌레를 보면 먹어치울 것처럼 생겼어요.' 이 말에 청중들이 크게 웃었다.

"이사 갈 집을 안 샀다니…… 어머 대박." 여자는 술잔 너머로 눈도 깜박이지 않고 그를 빤히 쳐다보았다. 경외감과 감탄, 두려움이 섞인 감정이 그녀의 눈에 깃들어 있었다. "이제 어디로 이사 갈 거예요?"

"몰라."

"아저씨, 일도 안 하죠?"

"어."

"그럼 종일 뭐해요?"

"차를 몰고 고속도로로 나가서 돌아다녀."

"밤에는 텔레비전을 보고요?"

"술도 마시지. 가끔 팝콘도 만들어. 이따가 팝콘을 만들 거야."

"난 팝콘 안 먹어요."

"내가 먹을 거야."

여자기 스페이스 커맨드 리모컨의 버튼을 누르자 (본체를 켰다 껐다 할 수 있는 기능을 가진 것이라 바튼은 리모컨을 일종의 '부품'으로 생각하곤 했다.) 제니스 컬러텔레비전의 화면이 반짝하고 점 하나로 수렴되었다가 꺼졌다.

"정리를 좀 해볼게요. 아저씨가 부인과 일자리를 내다 버렸다는 거잖아요—"

"순서가 꼭 그렇지는 않아."

"순서는 상관없고요. 도로 공사 때문에 둘 다 내다 버린 건 맞잖아요. 안 그래요?"

바튼은 꺼진 텔레비전 화면을 편치 않은 표정으로 바라보았다. 텔레비전에서 방영되는 내용에 특별히 감응하지는 않았지만 막상 끄고 나니 어색해졌다.

"잘 모르겠어. 내가 한 짓이라고 해서 늘 다 이해할 수 있는 건 아니야."

"일종의 저항인가요?"

"몰라. 무언가에 저항을 한다면, 그것 말고 다른 게 더 낫다고 생각하기 때문이겠지. 전쟁에 저항하는 사람들은 평화가 전쟁보다 낫다고 생각하기 때문일 거야. 신규 약물법에 저항하는 사람들은 기존 약물법이 더 공정하고 더 일리가 있다고, 덜 해롭다고 생각하기 때문일 테고……모르겠어. 텔레비전이나 켜지그래?"

"조금 이따가요." 문득 그는 여자의 눈동자가 고양이처럼 강렬한 초록색임을 알아보았다. "아저씨가 그 도로를 미워하기 때문일까요? 도로가 기술사회를 상징해서? 인간성 상실에 대한—"

"아니."

솔직하게 대답하기가 어려웠다. 거짓말로 대충 둘러대면 빠르고 간단히 끝낼 수 있는 대화인데 굳이 솔직해야 하나 싶기도 했다. 이 여자는 여느 젊은이들과 다르지 않았다. 교육이 진리라고 생각하는 비니 메이슨 같은 부류. 어쩌면 그의 진실한 대답이 아니라, 도표가 곁들여진 선전 자료를 원하고 있는지도 몰랐다.

"나는 정부 당국이 도로며 건물을 짓는 모습을 평생 봐왔어. 전에는 그런 걸 봐도 별생각이 없었는데, 건설사가 보도를 파헤치고 레킹 볼(철거할 건물을 부수기 위해 크레인에 매달고 휘두르는 쇳덩이—옮긴이)을 사용하니까, 우회 도로로 빙 돌아가는 것이나 도로를 가로질러 가는 게 괴롭게 느껴지더라."

"공사 때문에…… *아저씨가* 집도 털리고 직장에서도 쫓겨나니 저항을 하는 거죠. 그래서 아니라고 대답한 것일 테고요."

"괜찮지는 않지." 아까 그는 무엇을 대상으로 '아니'라고 말했을까. 혹시 '아니'가 아니라 '맞다'고 대답하지 않았나? 그의 내면에 줄곧 있어 온 파괴적 충동에 대해, 찰리의 뇌종양처럼 몸 안에 내장된 자기 파괴의 기제에 대해 '맞다'고 대답하지 않았을까? 어느새 그는 프레디가 돌아오길 바라고 있었다. 프레디라면 이 여자가 원하는 대답을 해줄 수 있을 것이다. 하지만 프레디는 여전히 그와 거리를 둔 채 침묵하고 있었다.

"아저씨는 미쳤거나 굉장한 분이거나 둘 중 하나인 것 같아요."

"사람들은 책에서나 굉장하게 보일 뿐이야. 텔레비전이나 보자."

여자가 텔레비전을 켰다. 그는 여자가 게임 쇼를 고르도록 내버려 두었다.

"뭐 마셔요?"

어느새 저녁 8시 45분이었다. 그는 알딸딸하게 취했다. 평소 혼자 있을 때처럼 술을 많이 마시지는 않았다. 그는 주방에서 팝콘을 만들고 있었다. 유리로 된 팝콘 제조기 안에서 탁탁 튀는 팝콘을 보는 게 재미있기도 했다. 하늘에서 떨어지는 눈과는 반대로, 땅에서 하늘로 끈덕지게 솟구치는 눈을 보는 것 같았다.

"서던 컴포트에 세븐업을 섞은 술."

"뭐예요 그게?"

그는 겸연쩍게 웃었다.

"나도 한 잔 말아줄래요?" 여자는 빈 잔을 내밀며 배시시 웃었다. 그의 차에 올라탄 후 처음으로 보여주는 지극히 편안한 표정이었다. "아저씨가 타준 스크루드라이버는 영 별로예요."

"나도 알아. 컴포트에 세븐업은 그냥 나 혼자 있을 때 마시는 술이야. 사람들 앞에서는 스카치위스키를 마셔. 스카치를 싫어하지만."

팝콘이 다 되자 그는 커다란 플라스틱 그릇에 쏟아냈다.

"말아주실 거죠?"

"알았어."

그는 컴포트에 세븐업을 섞은 술을 한 잔 만들고 버터를 한 조각 녹여 팝콘 더미에 얹었다.

"혈관에 콜레스테롤 수치가 엄청 높아지겠네요." 주방과 식당 사이의 문간에 기대어 선 여자는 그가 건넨 술을 한 입 마셔보았다. "어머, 맛 *괜찮네요*."

"당연하지. 이런 비밀 제조법을 알고 있으면 남들보다 늘 한발 앞서 나가는 셈이야."

그는 팝콘에 소금도 뿌렸다.

"이렇게 계속 먹으면 콜레스테롤 수치가 너무 높아져서 심장 혈관이 막힐걸요. 혈관이 점점 좁아지다가 어느 날…… 턱! 하고 막히는 거죠."

여자는 제 가슴을 과장되게 부여잡는 시늉을 하다가 입고 있던 스웨터에 술을 약간 엎질렀다.

"나는 싹 다 신진대사를 시키니까 괜찮아." 문간을 넘어가던 그는 옆에 서 있던 여자의 가슴에 몸이 살짝 스쳤다. (감촉으로 보아하니 브래지어를 착용한 듯했다.) 수년 동안 매리의 가슴에서 느껴보지 못한 감촉이었다. 생각의 흐름이 썩 좋지 않은 방향으로 흘러갔다.

여자는 그가 만들어놓은 팝콘을 거의 다 먹었다.

텔레비전에서 밤 11시 뉴스가 흘러나오는데 여자가 하품을 하기 시작했다. 뉴스 내용은 대부분 에너지 위기와 백악관 녹음테이프

(닉슨 대통령이 워터게이트 스캔들 당시 야당 민주당에 대한 도청을 은폐하려 했음을 알려준 증거—옮긴이)에 관한 것이었다.

"위층으로 올라가. 침대에 가서 자." 여자가 경계하는 눈빛으로 그를 흘끗 쳐다보았다. "'침대'라는 단어가 나올 때마다 누가 네 궁둥이를 만진 것처럼 쳐다보지만 않으면 우린 오늘 꽤 잘 지낼 것 같은데. 잘난 미국 침대의 주된 목적은 수면이지 성관계가 아니거든."

그 말에 여자는 미소를 지었다.

"이불 여며주러 오지 않을 거예요?"

"넌 다 컸잖아."

그녀는 차분하게 그를 바라보았다.

"원한다면 같이 위층으로 올라가요. 난 한 시간 전에 그렇게 하기로 이미 마음먹었어요."

"됐어……. 지금 그 초대가 얼마나 매력적으로 들리는지 넌 모를 거야. 내가 평생 잠자리를 해본 여자는 세 명뿐이야. 첫 번째와 두 번째 여자는 너무 오래 전이라 기억도 잘 안 나. 결혼 전에 만난 여자들이거든."

"농담이죠?"

"아니."

"이건 아저씨가 나를 차에 태워줘서도 아니고 나를 이 집에서 자게 해줘서도 아니에요. 아저씨가 주겠다고 한 돈 때문도 아니고요."

"그렇게 말해줘서 고마워." 그는 소파에서 일어섰다. "그만 올라가 봐."

하지만 여자는 그의 말을 순순히 따르지 않았다.

"나랑 안 자려는 이유를 분명히 해둬야 해요."

"굳이 그래야 돼?"

"네. 어떤 행동을 했는데 그 이유를 설명할 수 없으면, 어차피 저지른 거니까 뭐 그냥 넘길 수 있죠. 하지만 어떤 행동을 하지 않기로 결심했을 땐 이유를 알아야 해요."

"그래." 그는 은 접시에 돈을 놓아둔 식당 쪽으로 고갯짓으로 가리켰다. "돈 때문이야. 넌 돈을 받고 몸을 팔기엔 너무 어려."

"그 돈 안 가져간다니까요."

여자는 즉각 반발했다.

"나도 알아. 그래서 너랑 안 자겠다는 거야. 난 네가 그 돈을 가져가길 바라거든."

"사람들이 다 아저씨처럼 친절하진 않다는 걸 알려주려고요?"

"그래."

그는 할 말이 더 있냐는 눈빛으로 여자를 쳐다보았다.

여자는·답답하다는 듯 고개를 절레절레 흔들며 일어섰다.

"알았어요. 아저씨가 지금 물질만능주의자처럼 말한 거 알아요?"

"어."

여자는 가까이 다가와 그의 입에 키스했다. 짜릿했다. 콧속으로 스며든 여자의 체취가 좋았다. 즉각 성기가 단단해졌다.

"올라가."

"밤에 혹시 생각이 바뀌면—"

"안 바뀌어." 그는 계단 쪽으로 걸어가는 여자를 바라보았다. 여자는 맨발이었다. "어이."

여자가 양 눈썹을 치켜 올리며 돌아보았다. "이름이 뭐야?"

"올리비아요. 바보 같은 이름이죠? 영화배우 올리비아 드 하빌랜드랑 같아요."

"바보 같은 이름 아니야. 좋은 이름이지. 잘 자, 올리비아."

"잘 자요."

여자는 위층으로 올라갔다. 위층에서 딸깍, 조명등 켜지는 소리가 들렸다. 매리가 먼저 침실로 올라갔을 때 늘 들리던 소리였다. 그가 좀 더 면밀히 귀를 기울였다면 여자가 머리 위로 스웨터를 벗느라 피부에 스웨터가 마찰되는 나지막하지만 사람을 미치게 만드는 소리, 청바지의 허리 단추를 끄르는 탁 소리를 들었을 것이다…….

그는 스페이스 커맨드 리모컨으로 텔레비전을 켰다.

불편하게도, 성기는 여전히 완전히 발기된 상태였다. 바지 앞섶이 불룩했다. 매리는 가끔 그곳을 영원한 반석이라고 불렀는데, 침대가 놀이터였던 젊은 시절에는 돌로 변한 뱀이라고 부르기도 했다. 바튼은 속옷의 접힌 부분을 끌어 내리려 했지만 잘되지 않자 결국 일어섰다. 그러다 발기가 진정된 후에야 다시 소파에 앉았다.

뉴스가 끝나고 영화가 시작됐다. 존 아걸이 나오는 「아로스 행성에서 온 뇌(*Brain from Planet Arous*)」라는 영화였다. 바튼은 한손에 스페이스 커맨드 모듈을 느슨하게 쥐고 텔레비전 앞에 앉아 잠이 들었다. 몇 분 후 다시 슬그머니 발기가 되어 바지 앞부분이 두둑해졌다. 사건 현장을 다시 찾아온 살인자차럼.

1973년 12월 7일

결국 그는 한밤중에 여자를 찾아갔다.

피아치의 개가 나오는 꿈을 꾸던 참이었다. 암캐가 공격을 개시하기도 전에 그는 그 개에게 다가가는 소년이 찰리임을 알고 한층 더 우울해졌다. 피아치의 개가 달려든 순간, 그는 모래로 덮인 얕은 무덤에서 기어 나오는 사람처럼, 잠에서 빠져나오려 버둥거렸다.

허공에 대고 손을 휘저었다. 잠에서 깬 것도 아니고 잠이 든 것도 아니었다. 웅크리고 누웠던 소파에서 균형을 잃은 바람에 초라하게 휘청거렸다. 꿈속에서 죽음을 되풀이하는 아들을 생각하면 끔찍하고 두려워 어찌해야 할지 갈피를 잡을 수가 없었다.

바닥으로 떨어지면서 머리와 어깨를 바닥에 부딪쳤다. 눈을 뜨자 거실이었고 꿈은 끝났다. 비참한 현실이지만 두렵지는 않았다.

그는 무엇을 하고 있는 걸까? 예전에 겪은 일이 게슈탈트(자신의 욕구나 감정을 하나의 의미 있는 전체로 조직화하여 지각한 것—옮긴이)적 현실로 끔찍하게 다가온 것 같았다. 그는 싸구려 천을 찢듯 그 현실 한가운데를 찢어놓았다. 온전한 것은 아무것도 없었다. 그저 비참했다. 목구멍 안쪽에서 서던 컴포트의 쉰내가 올라왔다. 산(酸)처럼 독하고 시큼한 트림을 걸어 올렸다가 꿀꺽 삼켰다.

몸이 부들부들 떨리기 시작했다. 떨림을 멈추려고 무릎을 모아 잡았지만 소용없었다. 한밤중이 되자 사방이 낯설었다. 골목에 퍼질러진 어느 늙은 술꾼처럼, 거실 바닥에 주저앉아 무릎을 껴안고 부들부들 떠는 꼴이라니. 긴장증 환자나 빌어먹을 정신병자가 하는 짓 아닌가. 안 그런가? 그는 정신이 나간 걸까? 이상한 놈이나 꼴통, 얼뜨기 같은 재미있고 엉뚱한 수준이 아니라 완전히 미쳐버린 건가? 새삼 공포에 사로잡혔다. 그는 폭탄을 사려고 폭력배를 만나러 가지 않았나? 차고에 총 두 자루를 숨겨두지 않았나? 그 중 한 자루는 코끼리도 죽일 수 있을 만큼 큰 총이지 아마? 목에서 조그맣게 우는 소리가 흘러나왔다. 늙은이처럼 삐걱거리는 뼈를 추스르며 머뭇머뭇 일어섰다.

아무 생각 없이 층계를 올라가 안방 침실로 들어갔다.

"올리비아?" 나지막하게 불러보았다. 영화배우 루돌프 발렌티노의 오래된 영화에서나 볼 법한 엉뚱한 짓거리였다. "안 자?"

"네." 그녀는 잠기운이 전혀 없는 목소리였다. "시계 때문에 계속 깨요. 디지털 시계 말이에요. 계속 딸깍거려서 플러그를 빼버렸어요."

"괜찮아." 앞뒤가 맞지 않는 말이었다. "악몽을 꿨어."

이불을 젖히는 소리가 들렸다.

"이리 와요. 나랑 같이 누워요."

"나는—"

"입 닥치고 올라오기나 해요."

그는 그녀의 곁에 누웠다. 그녀는 알몸이었다. 그들은 섹스를 했고 잠이 들었다.

아침이 밝았다. 기온은 영하 12도까지 떨어졌다. 여자는 그에게 신문을 구독하냐고 물었다.

"전에는 구독했어. 케니 업슬링어라는 이웃집 아이가 배달을 해줬는데, 그 집 식구들은 아이오와 주로 이사 가버렸어."

"아이오와."

여자는 라디오를 켰다. 남자 목소리가 날씨를 전했다. 맑고 추운 날씨라 했다.

"계란 프라이 먹을래?"

"두 개 먹을게요. 있으면요."

"있어. 저기 어젯밤 일은—"

"신경 쓰지 말아요. 오랜만에 절정에 달해서 난 좋았어요."

그는 은근히 뿌듯했다. 어쩌면 그렇게 뿌듯함을 느끼도록 배려하느라 해준 말일 수도 있었다. 그는 계란 프라이를 만들었다. 두 개는 여자의 것, 두 개는 자신의 것. 토스트와 커피도 준비했다. 여자는 크림과 설탕을 넣은 커피를 3잔이나 마셨다.

식사를 마친 후 여자가 물었다.

"이제 뭘 할 생각이에요?"

"너를 도로까지 태워다줘야지."

그는 곧장 대답했다. 여자는 답답하다는 듯 손을 흔들었다.

"그거 말고요. 아저씨 인생이요."

그는 싱긋 웃었다.

"진지한 질문이네."

"내 인생 말고 아저씨 인생에 대해 말해 봐요."

"생각 안 해봤어. 도끼가 떨어지기 전에는—"그는 자신의 인생과 그 인생에 딸려 있던 모든 것이 세상 끄트머리 너머로 쓸려나갔음을 강조하기 위해 '전에는'이라는 단어에 힘을 주었다. "사형수동에 있는 사형수 같은 심정으로 살았어. 모든 게 현실 같지가 않고, 끝없이 계속되는 괴상한 꿈속에 사는 기분이었지. 이제 모든 게 현실로 느껴져. 어젯밤 일도…… 생생해."

"다행이네요." 여자는 기뻐하는 표정이었다. "그래서 이제 뭘 할 거예요?"

"모르겠어."

"안타깝네요."

"그래?"

그는 진심을 담아 물었다.

다시 차에 탄 그들은 랜디 마을을 향해 7번 도로를 달렸다. 도시가 가까워지면서 차는 가다 서다를 반복했다. 사람들이 출근을 하고 있었다. 784번 고속도로 확장 공사 구간을 지나가면서 보니 벌써 작업이 시작되고 있었다. 노란색 고강도 플라스틱 건설모를 쓰고 초록색 고무장화를 신은 남자들이 차갑고 하얀 입김을 내뿜으며 각자의 기계에 올라탔다. 오렌지색 페이로더가 모르타르를 터뜨릴 듯 크르르륵 콰쾅 소리를 내며 요란하게 시동을 걸고 거칠게 공회전을 했다. 페이로더에 올라탄 기사는 전쟁터에서처럼 불규칙적인 폭발음을 내며 기계를 몰았다.

"여기서 보니까 어린 남자애들이 모래더미에서 트럭 장난감을 가지고 노는 것 같네요."

도시 외곽으로 진입하자 차가 덜 막혔다. 그의 집에서 여자는 쑥스러움이나 머뭇거림 없이, 그렇다고 특별한 열의도 없이 200달러를 챙겼다. CPO 외투의 안감 일부를 자르고 그 안에 지폐 뭉치를 넣은 뒤 매리의 반짇고리에서 꺼낸 바늘과 파란실로 자른 부위를 꿰맸다. 바튼이 버스 정류장까지 차로 태워주겠다고 했지만 그녀는 거절했다. 이 돈으로 더 오래 버티려면 버스보다는 히치하이킹을 하는 게 낫다는 이유에서였다.

"너 같은 괜찮은 여자가 왜 이렇게 차나 얻어 타고 다니는 거야?"

"네?"

여자는 상념에서 깨어난 듯 멍한 눈으로 그를 바라보았다.

바튼은 미소 지었다.

"왜 이러고 살아? 라스베이거스에는 왜 가려는 건데? 너도 나처럼 변두리 인생인가 본데, 살아온 얘기나 해 봐."

여자는 어깨를 으쓱했다.

"할 얘기도 별로 없어요. 더럼 시에 있는 뉴햄프셔 대학교에 다녔어요. 포츠머스시 근처에 있는 학교에요. 올해 3학년이었는데 대학에 기생하다시피 살았죠. 어떤 남자랑 같이요. 우린 중독성 약물도 했어요."

"헤로인 같은 거?"

여자는 유쾌하게 웃었다.

"아뇨. 헤로인을 취급하는 사람들하고는 알지도 못해요. 우린 환 각제나 찾는 얌전한 중산층 출신 약쟁이였거든요. 리세그르산이라 든지 메스칼린 같은 약물이요. 페요테(페요테 선인장에서 채취한 마약— 옮긴이)도 두어 번, STP도 두어 번 해봤고, 이런저런 약물들을 해봤 어요. 9월에서 11월 사이에 열여섯 번인가 열여덟 번인가 환각 체 험도 했고요."

"어떤 느낌이야?"

"'무서운 환각 체험'을 해봤냐고 묻는 거예요?"

"아니, 그런 건 아니고."

"기분 나쁜 환각 체험을 할 때도 있지만 좋은 면도 있어요. 즐거 운 체험을 하면서도 안 좋을 때도 있고요. 한 번은 내가 백혈병에 걸렸다는 환각을 체험했는데 진짜 무서웠어요. 그 외에는 대부분 그냥 묘한 환각이었어요. 신은 본 적 없고요. 자살 충동도 느낀 적 없어요. 누굴 죽이고 싶다는 생각도 안 해봤고요." 여자는 잠시 생 각을 하다가 덧붙였다. "그런 약물을 맞으면 누구나 흥분을 해요. 아트 링클레터 같은 멀쩡한 사람들도 약에 취하면 널 죽이겠다며 달려들어요. 원래 맛이 가 있던 사람들은 열 수 있는 문은 다 열겠 다고 대들고요. 당신의 영혼이 헨리 라이더 해거드의 소설에 나오 는 보물이라도 되는 것처럼 배 속에 있는 터널을 찾겠다고 달려드 는 거죠. 이 작가 소설 읽어봤어요?"

"어렸을 때 『그녀(She)』를 읽어봤어. 그 소설 쓴 작가 맞지?"

"맞아요. 아저씨도 본인 영혼이 우상의 이마 한가운데 박힌 에메 랄드라고 생각해요?"

"그런 생각은 해본 적 없어."

"해봤을 것 같은데. 약물에 취했을 때 내가 겪은 제일 좋았던 경험과 제일 싫었던 경험에 대해 말해줄게요. 제일 좋았던 건, 어느 날 아파트 안에서 약에 취해 벽지를 쳐다보고 있었을 때였어요. 벽지에 그려진 작고 동그란 점들이 하얀 눈으로 변한 거예요. 난 거실에 앉아서 거의 한 시간 동안 벽에 눈보라가 치는 광경을 구경했어요. 얼마 후 눈 사이로 어린 소녀가 천천히 걸어오더라고요. 머리에 머릿수건을 감았는데 꼭 삼베처럼 거칠었어요. 소녀는 머릿수건 끄트머리를 이렇게 잡고 있었어요……" 그녀는 턱 아래로 주먹을 쥐어 보였다. "집으로 가는 모양이네, 라고 생각했어요. 그런데 갑자기 눈으로 뒤덮인 거리 전체가 보이는 거예요. 소녀는 거리를 지나 진입로로 올라가 어느 집으로 들어갔어요. 이게 제일 좋았던 경험이에요. 아파트 안에 앉아서 벽지 환영을 본 거죠. 제프는 그냥 평범한 환각이라고 했지만요."

"제프는 같이 살던 남자야?"

"네. 이제 최악의 경험을 말해줄게요. 약에 취해 있는데 싱크대 배수구를 파내고 싶은 충동이 들었어요. 이유는 몰라요. 원래 약에 취하면 괴상한 짓거리를 하게 되거든요. 그땐 그게 정상적인 생각인 것처럼 느껴지죠. 어쨌든 싱크대 배수구를 *파내야 된다*는 느낌이 확 왔어요. 플런저를 가져다가…… 찌꺼기를 빨아올리기 시작했어요. 배수관에서 온갖 쓰레기가 다 나오는 거예요. 그 중에 얼마만큼이 찌꺼기고 얼마만큼이 환각인지 구분도 안 됐어요. 커피 찌꺼기. 낡은 셔츠 조각. 큼직하게 뭉친 기름 덩어리. 피처럼 보이는 붉은 물질. 그리고 손. 누군가의 손이 보였어요."

"뭐?"

"손이요. 제프한테 전화해서 말했어요. 누가 싱크대 배수관에 사람을 집어넣었나 봐. 그때 제프는 다른 데 가 있어서 집에는 나 혼자였어요. 미친 듯이 배수구를 흡입해서 팔뚝까지 꺼냈어요. 커피찌꺼기가 잔뜩 묻은 그 손을 싱크볼에 놓아둔 도자기 접시에 올렸죠. 팔뚝 아래쪽은 여전히 배수구 안쪽에 있었고요. 제프가 왔나 확인하러 거실로 잠깐 갔다가 주방으로 돌아왔는데 팔이랑 손이 감쪽같이 사라졌더라고요. 불안했어요. 요즘도 가끔 그때 꿈을 꿔요."

"미친 환각이네."

그들은 건설 중인 다리를 가로지르며 속도를 늦췄다.

"약물을 하면 사람이 미쳐요. 그래서 좋을 때도 있지만 대부분은 좋지가 않아요. 어느 날 우린 강한 약물을 하게 됐어요. 원자 그림 본 적 있어요? 양성자와 중성자, 전자로 구성되잖아요?"

"어."

"환각 속에서 우리 아파트가 원자핵이 된 거예요. 아파트를 들락거리는 사람들은 양성자와 전자인 거죠. 사람들은 모두 단절된 채 둥둥 떠서 아파트를 드나들었어요. 『맨해튼 트랜스퍼(Manhattan Transfer)』처럼요."

"그 책은 안 읽어봤어."

"나중에 꼭 읽어봐요. 제프는 그 소설을 쓴 도스 패소스야말로 제대로 정신 나간 기자라고 늘 말했어요. 진짜 괴상한 책이거든요. 어

쨌든 어느 날 우리는 텔레비전 주변에 모여 있었어요. 텔레비전 소
리는 죽여 놓고 스테레오로 음악을 틀어놨죠. 약에 취해 침실에 웅
크리고 누운 사람들도 있었는데 누가 누구인지도 구별이 되질 않
았어요. 무슨 뜻인지 알아요?"

바튼은 술에 취해 이상한 나라의 앨리스처럼 어리벙벙하게 파티
에서 이리저리 돌아다녔던 기억이 떠올라, 무슨 뜻인지 안다고 대
답했다.

"텔레비전에서 밥 호프(영국 출신의 미국 희극 배우. 1930~90년대까지
활동하며 '미국 코미디의 황제'라는 별칭을 얻었음—옮긴이) 특별 쇼가 나오
고 있었어요. 다들 둘러앉아 담배를 피우면서 농담 따먹기를 하고
똑같은 표정으로 왁자지껄 웃었죠. 권력에 미친 워싱턴 정치인들
에 대한 농담도 적당히 해가면서요. 집에 있는 우리 엄마 아빠처럼
둘러앉아 그러고 있는데 문득 이런 생각이 드는 거예요. 우린 이런
삶을 위해 베트남 전쟁을 겪어내고 있구나, 이것만 알면 밥 호프도
세대차를 좁히는 농담을 할 수 있겠네. 결국 얼마나 약에 취해 사느
냐의 문제인 거예요."

"넌 현실을 감당하기에 너무 순수했던 것 같은데."

"순수요? 그런 거 아니에요. 어쨌든 난 괴상한 모노폴리 게임을
하듯 지난 15년을 돌이켜 생각해봤어요. U-2를 타고 가다 격추당
한 조종사 프랜시스 개리 파워스(1929~1977년. 미국 CIA 소속 록히드
U-2 첩보기 조종사로, 1960년 5월 1일 소련 영공 정찰 임무를 수행하다가 U-2기
사건으로 소련군의 미사일에 맞아 격추됨—옮긴이). 앨라배마주 셀마에서
시위를 하다 소방 호스의 물을 맞고 흩어진 흑인들. 감옥으로 곧장

가기. 미시시피주에서 산탄총에 맞은 자유의 기수들, 시위행진, 집회, 도끼를 손에 든 징치인 레스터 매독스, 댈러스에서 암살당한 케네디 대통령, 베트남 전쟁, 더 많은 시위행진, 켄트 주립대학교 발포 사건, 동맹 휴교, 여성 해방 운동. 이 모든 건 무엇을 위해서였을까요? 추레한 아파트에 모여 앉아 약에 취한 채 텔레비전에 나오는 밥 호프를 멍하니 보고 있는 젊은이들을 위해서? 엿이나 먹으라죠. 그래서 나는 그들을 떠나기로 결심했어요."

"제프는?"

여자는 어깨를 으쓱했다.

"제프는 장학금을 받았어요. 학교생활을 잘하는 편이었거든요. 제프가 내년 여름엔 그 아파트에서 나올 거라고 했는데 나오기 전까지는 보지 않을 생각이에요."

힘들게 참는 듯, 그녀의 얼굴에 환멸을 느끼는 표정이 스치고 지나갔다.

"제프가 그리워?"

"밤마다 그리워요."

"왜 하필 라스베이거스야? 아는 사람이라도 있어?"

"아뇨."

"이상주의자에겐 어울리지 않는 곳인 것 같은데."

"나를 이상주의자로 생각해요?" 여자는 웃으며 담배에 불을 붙였다. "어쩌면 그럴지도 모르죠. 하지만 이상주의자가 특별한 배경을 필요로 한다고는 생각 안 해요. 라스베이거스라는 도시를 보고 싶어요. 이 나라의 나머지 공간과는 다를 테니 좋은 곳이겠죠. 도박

하러 가는 건 아니에요. 가서 취업할 거예요."

"그 다음엔?"

여자는 연기를 후 내뿜으며 어깨를 으쓱했다. 그들 옆으로 이정
표지판이 지나갔다.

랜디까지 8킬로미터

"정신을 추슬러야죠. 앞으로 오랫동안 약물은 안 할 거고 담배
도 끊을 생각이에요." 여자는 들고 있던 담배를 가리켰는데 담배는
마치 다른 진실을 알고 있다는 듯 우연히도 원을 그리며 움직였다.
"내 인생이 아직 시작되지 않은 척도 그만해야죠. 시작된 게 언제
인데. 이미 20퍼센트는 지나갔어요. 나이도 먹을 만큼 먹었고요."

"저기가 고속도로 입구야."

그는 길가로 차를 세웠다.

"아저씨는요? 어떻게 하실 거예요?"

그는 신중하게 대답했다.

"상황이 진행되는 거 봐서. 선택지를 열어두고 있어."

"아저씨는 상태가 그다지 좋지 않아요. 이런 말을 해도 괜찮을지
모르겠지만요."

"괜찮아."

"이거, 받아요."

여자는 작은 알루미늄 포일 꾸러미 하나를 오른손 엄지와 검지
로 쥐고 내밀었다.

바튼은 그것을 받아 들여다보았다. 알루미늄 포일에 환한 아침 햇살이 비추면서 일광 반사 신호기처럼 강렬한 빛이 눈에 들어왔다.

"이게 뭐야?"

"4번 제품이라고도 불리는 합성 메스칼린(선인장의 일종에서 추출한, 환각물질이 들어 있는 약물—옮긴이)이에요. 지금까지 만들어진 중에 제일 독하면서 순수한 약물이죠." 여자는 망설이다 덧붙였다. "집에 가면 이걸 변기에 넣고 물을 내려버려야 될 수도 있어요. 아저씨 상태를 지금보다 더 안 좋게 만들 수도 있거든요. 그래도 도움은 될 거예요. 그렇다고 들었어요."

"도움이 된 경우를 본 적 있어?"

여자는 쓸쓸하게 미소 지었다.

"아뇨."

"하나만 부탁해도 될까? 가능하다면?"

"들어보고요."

"크리스마스에 나한테 전화해 줘."

"왜요?"

"넌 내가 마저 읽지 못한 책 같아. 네가 어떻게 사는지 알고 싶어. 수신자 부담 전화로 해. 여기, 번호 적어줄게."

바튼이 주머니에서 펜을 꺼내려 손을 더듬는데 여자가 대답했다.

"됐어요."

그는 당황하고 상처받은 표정으로 그녀를 바라보았다.

"됐다고?"

"전화 걸고 싶으면 전화번호 안내에 물어봐서 알아내면 돼요. 하지만 전화를 안 하는 게 좋을 것 같아요."

"어째서?"

"모르겠어요. 아저씨가 마음에 들지만 전화를 했다가 괜히 아저씨를 들쑤실 것 같기도 하고. 뭐라고 설명을 못 하겠네요. 아저씨가 진짜 미친 짓을 벌일 것 같은 느낌도 들어요."

"날 정신병자로 생각하는구나. 그래, 됐다."

여자는 어색한 표정으로 차에서 내렸다. 그는 조수석 쪽으로 몸을 기울이며 여자를 불렀다.

"올리비아―"

"그게 내 이름이 아닐 수도 있어요."

"맞을 수도 있겠지. 어쨌든 전화해."

"그거 신중하게 다루세요." 여자는 작은 알루미늄 포일 꾸러미를 손으로 가리켰다. "아저씨는 지금 우주 유영을 하는 거나 마찬가지예요."

"잘 가. 조심하고."

"조심하다니 뭘요?" 여자는 다시 씁쓸한 미소를 지었다. "잘 가요, 도스 씨. 고마워요. 침대에서 좋았어요. 이런 말을 해도 괜찮죠? 진심이에요. 잘 가요."

여자는 조수석 문을 닫고 7번 도로를 가로질러 고속도로 입구 램프 아래쪽에 가 섰다. 그는 지나가는 차 두 대를 향해 엄지를 세워 보이는 그녀의 모습을 바라보았다. 차들은 그녀 앞에 서 주지 않았다. 신호가 바뀌자 그는 유턴을 하면서 경적을 한 번 울려주었다.

손을 흔드는 여자의 모습이 백미러를 통해 조그맣게 보였다.

바보 같기는. 세상의 온갖 괴상한 개념만 머리에 꽉 찼구나. 이런 생각을 하면서도 라디오를 켜려고 앞으로 뻗은 그의 손가락은 파르르 떨리고 있었다.

길을 돌아 도시로 진입한 후 유료 고속도로를 탔다. 시속 110킬로미터로 320킬로미터를 내달렸다. 작은 알루미늄 포일 꾸러미를 차창 밖으로 던져버릴까. 지금 흡입할까. 갈등하던 그는 그 꾸러미를 외투 주머니에 집어넣었다.

집에 돌아온 그는 지치고 아무런 감정도 남아 있지 않았다. 784번 고속도로 확장 공사는 낮 동안 착착 진행되었다. 2주 후면 세탁 공장도 레킹 볼을 맞게 될 것이다. 세탁회사 측은 세탁용 중장비를 이미 치워놓았다. 사흘 전 밤에 톰 그레인저가 전화를 걸어왔다. 괴상할 정도로 딱딱한 말투였다. 세탁 공장을 철거하는 날, 바튼은 낮에 굳이 거기 가서 지켜볼 작정이었다. 점심 도시락까지 싸 들고 말이다.

잭슨빌에 사는 매리의 오빠가 매리에게 보낸 편지가 집에 도착했다. 처남은 아직 바튼과 매리가 별거 중인지 모르는 모양이었다. 바튼은 매리에게 전해주려다 줄곧 잊고 있던 다른 우편물들과 함께 그 편지를 옆에 치워두었다.

냉동식품을 오븐에 넣고 나니 술이나 한 잔 말아볼까 싶었다. 하지만 그러지 않기로 했다. 어젯밤 그 여자와의 섹스를 돌이켜 생각해보면서 세세한 부분을 음미하고 싶었다. 술이 들어가면 부자연스럽고 쓸데없이 과장된, 질 떨어지는 포르노 영화 같은 색감이 머릿속에 펼쳐질 것 같았다. 「잠 못 드는 여학생」, 「신분증을 내 놔」
같은 포르노 영화 말이다. 그 여자를 그런 쪽으로 생각하고 싶진 않
았다.

하지만 머릿속에서 그가 원하는 방향으로 그림이 그려지질 않았
다. 그 여자의 유방에서 느껴지던 탄탄한 감촉이라든지 유두의 비
밀스러운 맛이 기억나지 않았다. 섹스 당시 마찰의 감촉만 따지자
면 매리와 했을 때보다 그 여자와 했을 때가 더 좋았다. 올리비아
의 성기에 그의 성기가 꼭 맞아서, 그녀의 질에서 성기를 빼내자 마
치 샴페인 마개를 딸 때처럼 뽁! 소리가 났었다. 하지만 그래서 어
떤 쾌락을 느꼈는지는 말할 수 없었다. 그 쾌락을 다시금 느끼려 애
쓰느니 차라리 자위하는 게 나을 듯했다. 치미는 욕구가 혐오스러
웠다. 혐오감 때문에 욕지기가 났다. 오븐에 데운 냉동식품을 먹으
려 자리에 앉으면서 그는 생각했다. 올리비아는 성스러운 존재가
아니었다고. 그저 이리저리 떠도는 여자일 뿐이었다고. 지금은 라
스베이거스로 가고 있겠지만. 편견 가득한 매글리오리의 시선으로
그 여자와의 일을 바라볼 수 있다면 좋겠다는 생각마저 들었다. 그
순간 제일 지독한 구역질이 올라왔다.

이러지 말아야지 하면서도 저녁 늦게까지 줄곧 술을 마셨다. 밤
10시가 되자 또 매리에게 전화를 걸고 싶은 익숙하고 감상적인 욕
구가 솟구쳤다. 전화를 거는 대신 텔레비전 앞에서 자위를 했다. 아
나운서가 애너신(진통 · 두통약─옮긴이)이 히트를 쳤고 진통제 중 최
고로 잘 팔리는 브랜드로 자리매김하고 있다고 설명하는 순간, 그
는 절정의 흥분에 다다랐다.

1973년 12월 8일

토요일, 그는 차를 몰고 나가지 않았다. 집 안에서 부질없이 돌아 다니며 해야 할 일을 미루고 있었다. 그러다 결국 처가에 전화를 걸었다. 매리의 부모님인 레스터 캘로웨이와 진 캘로웨이는 일흔에 가까운 나이였다. 지난번에 그가 전화를 했을 때 장모 진(찰리가 '진 할머니'라고 늘 불렀던 분)은 수화기 너머에 누가 있는지 알고는 목소리가 얼음처럼 차갑게 얼어붙었다. 장인, 장모에게 바튼은 미친 짓거리를 하다가 딸의 인생을 망쳐놓은 짐승일 뿐이었다. 그 짐승이 또 술을 퍼마시고 전화를 걸어 딸을 돌려 보내달라고 우는소리를 하고 있는 거였다. 돌려보내면 또다시 물어뜯을 거면서.

이번에는 매리가 직접 전화를 받았다.

"여보세요?"

그는 마음이 놓여 평소 같은 목소리를 냈다.

"나야, 매리."

"아, 바튼. 잘 지내지?"

그녀의 목소리에서 어떤 감정도 읽어낼 수 없었다.

"응."

"서던 컴포트는 아직 남아 있어?"

"매리, 나 이제 술 안 마셔."

"그래서 잘 했다고?"

차가운 목소리였다. 그는 어쩔 줄을 몰랐다. 지독하게 잘못된 판단을 내린 듯했다. 오랜 세월을 함께 해온 만큼 속속들이 다 안다고 여겼는데, 그녀는 어쩌면 이렇게 쉽게 떠나버릴 수 있었을까?

그는 자신 없는 말투로 받았다.

"아마도."

"세탁회사도 문 닫게 됐다며."

"일시적인 휴업이야."

바튼은 그를 지루한 존재로 여기는 누군가와 엘리베이터에서 어색하게 대화를 나누는 것 같은 괴상한 기분이었다.

"톰 그레인저 씨의 부인은 그렇게 말 안 하던데."

드디어 비난이었다. 비난이라도 아무 말도 안 하는 것보다는 나았다.

"톰은 아무 문제 없을 거야. 시 외곽에 있는 경쟁업체가 톰을 영입하려고 몇 년째 공을 들였어. 브라이트 클린 사라고 있어."

수화기 너머에서 매리가 한숨을 쉬었다.

"전화는 왜 했어, 바튼?"

"한 번 만나야 될 것 같아서. 만나서 할 얘기가 있어, 매리."

"이혼?"

매리의 말투는 차분했지만 당황한 목소리였다.

"이혼을 원해?"

"내가 뭘 원하는지 모르겠어." 차분하던 목소리에 금이 가고 분노와 두려움에 찬 목소리가 튀어나왔다. "난 아무 문제 없는 줄 알았어. 내가 행복하니까 당신도 행복한 줄 알았지. 그런데 갑자기 변해버렸잖아."

"아무 문제 없는 줄 알았다고." 바튼은 별안간 아내에게 분노가 치밀었다. "어쩌면 그렇게 멍청한 생각을 할 수 있을까. 내가 장난으로 내 일자리를 걷어차 버린 줄 알아? 화장실에 장난으로 폭죽을 던지는 고등학교 졸업반 학생처럼?"

"그럼 이유가 뭔데, 바튼? 대체 왜 그런 건데?"

누렇게 썩은 눈 더미처럼 그의 가슴 속에서 분노가 폭삭 꺼지고 눈물이 솟았다. 그는 배신감을 느끼며 눈물을 참으려 애썼다. 이런 얘기는 맨정신으로 할 수 없었다. 맨정신으로 있으면 어떻게든 스스로를 제어해야 한다는 압박을 받았다. 그는 스케이트보드가 부서지고 무릎이 까진 아이처럼, 모든 걸 다 털어놓고 그녀의 무릎에 엎드려 울고 싶었다. 하지만 무엇이 잘못됐는지 모르기에 할 말도 없었다. 이유도 모른 채 무작정 우는 건 정신병원에서나 일어날 만한 일이었다.

마침내 그가 말했다.

"나도 몰라."

"찰리 때문이야?"

그는 맥없이 대꾸했다.

"당신이 그걸 원인 중 하나로 꼽을 정도면, 나머지 원인들에 대해 어떻게 모를 수가 있어?"

"나도 찰리가 보고 싶어, 바튼. 여전히. 매일매일."

다시 분노가 솟았다.

'그리움을 웃기는 방법으로 표현하는군.'

"이건 아니야."

마침내 그가 다시 입을 열었다. 눈물이 뺨을 타고 흘러내렸지만 그는 목소리를 차분하게 유지했다. '여러분, 드디어 문제를 해결한 것 같네요.' 그는 이런 생각을 하며 하마터면 킬킬 웃을 뻔했다.

"전화로 할 얘기가 아닌 것 같아. 월요일 점심에 만나자는 말을 하려고 전화했어. 핸디 앤디 식당에서 봐."

"알았어. 몇 시에?"

"아무 때나. 나 어차피 백수잖아."

그가 내뱉은 농담은 싸늘하게 식어 바닥에 툭 떨어졌다.

"오후 1시는 어때?"

매리가 물었다.

"알았어. 자리 예약해놓을게."

"그래. 11시에 도착해서 먼저 술 마시고 있지 말고."

"안 그래."

그는 그러려고 했던 터라 조심스럽게 대답했다.

침묵이 흘렀다. 딱히 더 할 말이 없었다. 통화 연결 중임을 의미하는 위잉 소음 속에서, 유령 같은 타인들의 목소리가 알 수 없는 무언가에 관해 떠들어대는 희미한 간섭음이 들려왔다. 매리가 갑자기 입을 열자 바튼은 깜짝 놀랐다.

"바튼, 당신 정신과 의사를 만나보는 게 좋을 것 같아."

"누굴 만나?"

"정신과 의사. 이 말이 어떻게 들릴지 알지만 어쩔 수 없어. 우리가 내일 만나서 어떤 결정을 하든, 당신이 여기에 동의하지 않으면 난 집으로 돌아가서 당신이랑 다시 살고 싶지 않아."

"이만 끊을게, 매리. 월요일에 봐."

"바튼, 당신은 전문가의 도움을 받아야 해."

3킬로미터의 거리를 사이에 두고 전화통화를 하는 동안, 칼이 찬찬히 몸을 쑤시고 들어오는 느낌이었다.

"일단 알았고, 끊을게, 매리."

전화를 끊고 나니 이번 통화의 승자가 누구인지 명확해졌다. 기분이 좋아졌다. 그의 완승이었다. 그는 플라스틱 우유병을 냅다 던졌다. 깨지지 않는 물건을 던진 게 다행이다 싶었다. 그러다 싱크대위 찬장 문을 열고 손에 닿는 대로 잔 두 개를 꺼내 바닥에 던졌다. 잔들이 산산조각이 났다.

야, 이 개새끼야! 온몸이 시퍼렇게 돼서 뒈질 때까지 숨을 멈추고 있지 그러냐?

머릿속에서 욕하는 목소리를 듣지 않으려 오른 주먹으로 벽을 쳤다. 그의 입에서 고통에 찬 비명이 흘러나왔다. 다친 오른손을 왼손으로 부여잡고 방 한가운데 서서 부들부들 떨었다. 잠시 후 진정한 그는 빗자루와 쓰레받기를 들고 바닥의 파편을 쓸어 치웠다. 두렵고 침울한 가운데 숙취가 몰려왔다.

1973년 12월 9일

유료 고속도로를 타고 240킬로미터쯤 달리다가 방향을 돌렸다. 그대로 더 주행할 수가 없었다. 휘발유가 공급되지 않는 첫 일요일이라 유료 고속도로 급유소는 전부 문을 닫았다. 객기를 부리며 더 달리다가 걸어서 돌아오고 싶지 않았다. 이제 알겠어요? 당신 같은 비열한 작자들은 결국 이렇게 되고 만다니까요, 조지.

프레디? 정말 너냐? 다시 날 찾아주다니 영광이네.

됐거든요.

집으로 돌아오는 길에 그는 라디오에서 흘러나오는 공공 광고에 귀를 기울였다.

"휘발유 부족 사태 때문에 걱정이 많으시죠. 여러분과 여러분의 가족들은 올겨울 연료 부족에 시달리고 싶지 않을 겁니다. 그래서 5갤런들이 통 열두 개를 싣고 동네 주유소로 가고 계신가요? 진심으로 가족을 걱정한다면 지금 차를 돌려 집으로 돌아가시는 게 좋습니다. 휘발유는 제대로 보관하지 않으면 위험하거든요. 불법이기도 하지만 그 문제는 나중에 생각하기로 하죠. 일단 이걸 생각해보세요. 휘발유에서 증발된 가스가 공기와 섞이면 폭발성을 갖게 됩니다. 1갤런의 가스는 다이너마이트 12개의 폭발성과 맞먹어요. 통에 휘발유를 채우기 전에 그 점을 명심하세요. 그리고 가족 생각도 하시고요. 우린 여러분의 생명을 중요하게 생각합니다.

이상 WLDM의 공공 광고였습니다. 저희 '뮤직 피플'이 다시 한번 말씀드리지만, 가솔린 저장은 적절한 장비를 갖춘 사람들에게 맡깁시다."

바튼은 라디오를 끄고 속도를 80으로 줄인 뒤 주행 차선으로 옮겨갔다.

"다이너마이트 12개의 폭발성이라. 그거 참 멋지구만."

그때 백미러를 들여다봤으면 그는 웃고 있는 자신의 얼굴을 볼 수 있었을 것이다.

1973년 12월 10일

11시 반이 막 넘은 시각에 바튼은 핸디 앤디 식당에 도착했다. 수석 웨이터는 라운지로 이어지는 곳 그러니까, 박쥐 날개 모양 장식이 있는 곳의 옆자리를 그에게 배정해주었다. 그다지 좋은 자리는 아니었지만 점심시간이라 빈자리가 몇 개 없었다. 핸디 앤디의 주력 메뉴는 스테이크, 갈비 요리, 앤디버거였다. 앤디버거는 큼직한 참깨 롤 빵 사이에 셰프 샐러드(상치·토마토를 비롯한 각종 야채에 치즈·닭고기·햄을 얹은 푸짐한 샐러드—옮긴이) 같은 재료를 쑤셔 넣고 이쑤시개로 내용물을 고정시킨 음식이었다. 회사 간부들이 걸어서 갈 만한 위치에 있는 여느 대도시 식당들과 마찬가지로 이 식당의 테이블 회전율도 들쑥날쑥했다. 지금은 이래도 두 달 전 정오쯤에 여기 왔으면 원하는 자리를 고를 수 있었을 것이다. 석 달 후에도 그게 가능할지 모른다. 이 식당의 회전율은 그가 늘 느끼는 삶의 사소한 불가사의 중 하나였다. 찰스 포트(1874~1932. 초능력, 영능력, 심령현상, UFO, 타임 슬립 등 초상현상을 소재로 한 소설로 유명한 미국 작가—옮긴이)의 소설에 나오는 사건들처럼. 다른 곳으로 떠났다가도 언제나 카피스트라노 시로 돌아오곤 하는 삼색제비들의 본능처럼.

자리에 앉아 주변을 휙 둘러보았다. 비니 메이슨이나 스테판 오드너, 그 외에 다른 세탁회사 간부들과 마주칠까 봐 꺼림칙했다. 하지만 지금 식당 안은 온통 낯선 사람들뿐이었다. 왼쪽에 앉은 젊은 남자는 다가오는 2월에 선 밸리시로 사흘 동안 놀러 가자고 여자를 설득하고 있었다. 그 외에 다른 사람들이 두런두런 나누는 대화 소리가 그의 마음을 편안하게 해주었다.

"음료는 무엇으로 하시겠습니까?"

옆에서 웨이터가 물었다.

"얼음 넣은 스카치위스키요."

"알겠습니다."

첫 잔을 정오까지 마시다가 12시 반까지 두 잔을 더 마셨다. 그리고 더블 스카치를 한 잔 더 주문했다. 잔을 거의 다 비웠을 무렵, 식당에 들어와 로비와 식당 내부 사이에 서 있는 매리의 모습이 보였다. 그를 찾는 눈치였다. 매리가 들어오자 사람들의 시선이 그녀에게 쏠렸다. '매리, 당신은 나한테 고마워해야 해. 여전히 아름답네.' 그는 오른손을 들어 흔들었다.

매리도 손을 들어 보인 후 그의 테이블로 왔다. 무릎까지 오는 길이에 연한 무늬가 들어간 회색 양모 원피스 차림이었다. 머리카락은 굵은 밧줄처럼 하나로 땋아 어깨뼈까지 늘어뜨렸다. 언제 매리가 이런 머리를 한 적이 있었나. (어쩌면 그래서 그 머리 모양을 하고 나온 것인지도 몰랐다.) 머리 모양 때문인지 한층 젊어 보였다. 바튼은 매리와 자주 함께 썼던 침대에서 올리비아와 벌인 일이 불현듯 생각나 죄책감을 느꼈다.

"안녕, 바튼."

"안녕. 예뻐 보이네."

"고마워."

"음료 마실래?"

"아니…… 앤디버거면 됐어. 온 지 얼마나 됐어?"

"아, 얼마 안 됐어."

점심 손님들이 많이 빠져나가서인지 아까 그의 테이블을 봐줬던 웨이터가 곧장 다가왔다.

"주문하시겠습니까?"

"예. 앤디버거 두 개 주시고, 이 숙녀분에게는 우유, 나는 더블 스카치 한 잔 더 주세요."

바튼은 매리의 눈치를 힐끗 살폈으나 그녀의 얼굴은 아무런 감정도 드러내지 않았다. 좋지 않은 징조였다. 매리가 만류했으면 그는 더블 스카치 주문을 취소할 수도 있었다. 부디 화장실에 갈 일이 없기를. 취기가 올라 똑바로 걸을 자신이 없었다. 하지만 만약 매리와 얘기가 잘 풀리면, 오늘 술에 취해 식당 안에서 비틀거린 일도 나중에 재미난 얘깃거리가 되지 않을까. 문득 「내 고향으로 날 보내주오(Carry me back to Ol' Virginnie)」라는 노래가 생각나 그는 하마터면 낄낄 웃을 뻔했다.

"취하진 않은 것 같은데 여전하네."

매리는 이렇게 말하며 무릎 위에 냅킨을 펼쳤다.

"멋지게 선방을 날리는군. 미리 연습이라도 했어?"

"바튼, 싸우고 싶지 않아."

"그래."

매리는 물 잔을 만지작거렸고 그는 컵 받침을 괜히 꾹꾹 눌렀다.

그러다 매리가 다시 입을 열었다.

"저기."

"뭐?"

"할 얘기가 있어서 전화를 했을 거 아냐. 술도 마셨으니 말할 용기도 있겠네. 불러낸 용건이 뭐야?"

"당신 감기 증세가 전보다 덜하네."

그는 바보 같은 말을 하고는 저도 모르게 컵 받침을 찢고 말았다. 무슨 말부터 해야 할지 판단이 서지 않았다. 매리는 예전에 비하면 많이 달라졌다. 세련되고 위험한 여자처럼 보였다. 괜찮은 남자를 낚으러 다니는 비서처럼. 같이 점심을 먹기로 약속해놓고 막상 만나서는 400달러짜리 정장을 입은 남자가 사주는 게 아니면 술 한 잔조차 거절하는 여자라든지, 옷감만 봐도 상대의 수준을 단박에 알아채는 여자처럼.

"바튼, 이제 어떻게 할 생각이야?"

"당신이 원한다면 정신과 의사를 만나볼게."

그는 낮은 목소리로 대답했다.

"언제?"

"조만간."

"당신이 의향만 있으면 오늘 오후에라도 의사와 면담 약속을 잡을 수 있잖아."

"그쪽으로 아는 의사가 없어."

"업종별 전화번호부는 뒀다가 뭐하고."

"정신병 의사를 찾으려고 그렇게까지 하는 건 바보 같잖아."

매리가 빤히 쳐다보자 그는 불편해하며 시선을 피했다.

매리가 물었다.

"당신, 나한테 화났어?"

"어. 내가 지금 일을 안 하잖아. 시간당 50달러나 되는 정신과 상담료는 백수인 내 처지에 너무 비싸지."

"난 요즘 어떻게 살고 있을 것 같아?" 매리가 날 선 목소리로 물었다. "친정 부모님 신세를 지고 있어. 당신도 알다시피 두 분은 이미 은퇴하셨는데 말이야."

"내가 알기로 장인어른은 SOI와 비치크라프트 주식을 꽤 갖고 계시니 자식 셋을 충분히 건사하고도 남으실 텐데. 앞으로 백 년은 끄떡없으실걸."

"바튼, 그게 무슨 소리야."

매리는 놀라고 상처받은 표정이었다.

"헛소리 아니잖아. 장인 장모는 작년 겨울에 자메이카에 놀러 갔고, 그 전 해에는 마이애미에 놀러 가 퐁텐블로 호텔에 머무르셨어. 그 전 해에는 하와이 호놀룰루에 놀러 가셨지. 평범하게 은퇴한 엔지니어의 수입으로는 어림없는 일이야. 그러니까 부모님 집에서 힘들게 살고 있다는 얘기는 하지 마, 매리—"

"그만해, 바튼. 선을 넘고 있어."

"두 분이 타고 다니는 캐딜락 그랜 드빌과 보네빌 스테이션 왜건은 굳이 언급할 필요도 없지. 전혀 고단한 삶이 아니잖아. 두 분이 극빈층을 위한 식료품 할인 구매권을 받으러 가실 때 그중 어떤 차를 타고 가시지?"

"그만해!"

매리가 낮은 목소리로 날카롭게 내뱉었다. 그녀는 손가락으로 테이블 가장자리를 꽉 잡고, 입술을 안쪽으로 살짝 말고는 작고 하얀 이를 드러냈다.

"미안."

"음식 나왔어."

웨이터가 그들 앞에 앤디버거와 감자튀김, 푸른 완두콩과 미니 양파 약간을 놓아주는 동안 둘 사이에 치솟았던 열기는 약간 가라앉았다. 웨이터는 세팅을 마치고 물러갔다. 한동안 바튼과 매리는 턱이나 무릎에 양념을 흘리지 않는 데 집중하며 말없이 먹기만 했다. 앤디버거 덕분에 얼마나 많은 부부가 결혼 생활을 유지할 수 있었을까? 잘못하면 내용물이 줄줄 흐르기 때문에 앤디버거를 먹는 동안에는 어쩔 수 없이 입을 다물고 집중해야 했다.

매리는 버거를 반쯤 먹다 내려놓고 냅킨으로 입을 닦았다.

"여전히 맛있네. 바튼, 앞으로 어떻게 할지에 대해 합리적으로 생각해봤어?"

"당연하지."

취기가 훅 올라왔다. 대답은 했지만 어떤 합리적인 생각을 했는지 머리에 떠오르는 게 없었다. 더블 스카치를 한 잔 더 마시면 생각이 날 것도 같았다. 매리가 물었다.

"이혼을 원해?"

"아니."

확신에 찬 대답을 해줘야 할 것 같았다.

242

"내가 집으로 돌아오길 바라?"

"그러고 싶어?"

"모르겠어. 우선 내 얘기부터 들어볼래, 바튼? 이십 년 만에 처음으로 나 자신이 걱정돼서 *자립*을 해볼 생각이야." 매리는 앤디버거를 한 입 베어물고 다시 내려놓았다. "내가 원래 당신이랑 결혼을 안 하려고 했던 거 알아? 당신도 그런 생각 한 적 없어?"

그가 놀란 표정을 하자 매리는 흡족해했다.

"사실 난 당신이랑 결혼할 생각이 없었어. 어쩌다 보니 임신이 돼서 결혼을 하긴 해야 했는데, 마음 한구석에선 하고 싶지가 않았어. 내 인생 최악의 실수가 될 거라는 느낌이 들었거든. 사흘 동안 꼬박 고민했어. 아침에 눈을 뜨면 토했고, 그것 때문에 당신을 원망했어. 이런저런 생각을 거듭했지. 도망칠까. 낙태 수술을 받을까. 낳아서 입양을 보낼까. 그냥 나 혼자 기를까. 그러다 결국 합리적으로 결정을 내렸어. 합리적으로." 매리는 웃으며 덧붙였다. "결국 뱃속에 품고 있던 아기를 잃었지만."

"그래, 그랬지."

바튼은 그런 얘기를 더 이상 하고 싶지 않았다. 벽장문을 열고 그 안에 들어가 구토를 하는 것만큼이나 견디기 힘들었다.

"그래도 당신이랑 살면서 행복했어, 바튼."

"그랬어?"

그는 기계적으로 물었다. 여기서 달아나고 싶었다. 이런 대화는 그가 원하는 게 아니었다. 그에게 유리하지도 않았다.

"응. 결혼 생활을 하면서 여자는 남자가 겪지 않는 일을 겪어. 어린아이였을 때 부모 걱정은 안 하고 살았던 거 기억하지? 부모라는 존재가 당연했잖아. 음식, 온기, 옷처럼 당연히 옆에 있는 존재였으니까."

"그랬던 것 같아. 맞아."

"그래서 난 혼자 임신을 감당하기로 했어. 사흘 동안 고민했더니 완전히 다른 세상이 열린 거야." 매리는 초조하게 눈을 빛내며 앞으로 몸을 기울였다. 그 순간 바튼은 지금 이 설명이 매리에게는 정말 중요한 것임을 알았다. 자식 없는 친구들과의 만남이나 밴버리 매장에서 어떤 바지를 살 것인지에 대한 고민, 머브가 오후 4시 30분에 텔레비전에서 어떤 유명인사와 수다를 떨어댈지에 대한 궁금증보다 더 의미 있는 것이었다. 매리에게 정말 중요한 얘기였다. 매리는 이 중요한 생각에 의지해 지난 20년 세월을 버텨왔을까? *진심으로?* 매리는 그렇게 말했다. 20년을 그렇게 살았다고 했다. 맙소사. 바튼은 욕지기가 치밀었다. 그는 길 건너에서 빈 병을 찾아 들고 그를 보며 신나게 병을 흔들어대던 매리의 이미지를 좋아했다.

"난 내가 독립적인 인간이라고 생각했어. 누구에게든 내 입장을 설명하거나 종속될 필요가 없는 독립적인 인간. 스스로 변할 수 있으니 남에게 휘둘려 나를 바꿀 필요가 없는 사람. 그동안은 늘 그런 면으로는 약했거든. 내가 아프거나 겁에 질리거나 망가졌을 때 의지할 사람이 없었으니까. 난 합리적인 결정을 하기로 했어. 내 어머니, 어머니의 어머니가 그랬듯이. 친구들이 그랬듯이. 남의 결혼식에서 신부 들러리 노릇이나 하며 부케를 받아주는 것도 지긋지긋했어. 그래서 당신 청혼에 '좋아'라고 대답한 거야. 당신도 그런 대답을 기대했는지 일이 착착 진행됐어. 걱정할 일이 별로 없더라. 그러다가 뱃속 아기가 죽고 찰리도 죽었지만 내 곁엔 당신이 있었어. 당신은 늘 내게 잘해줬어. 나도 그 사실을 잘 알고, 고맙게 생각하고 있어. 하지만 생각해보면 봉인된 환경 속에서 사는 삶일 뿐이었어. 점점 아무 생각도 안 하게 됐지. 나는 생각을 하면서 사는 줄 알았는데 아니었어. 생각이란 걸 해보려고 하면 머리부터 아프더라. 진짜 *아파*." 매리는 분노가 한층 더 차오른 눈빛으로 그를 바라보았지만, 분노의 기운은 점차 사그라졌다. "그래서 부탁 좀 할게. 나대신에 생각 좀 해 줘, 바튼. 이제 우리 어떻게 해야 돼?"

"내가 일자리를 찾을게."

"일자리라."

"정신과 의사도 만날게. 매리, 다 잘 풀릴 거야. 정말이야. 내가 실수를 좀 했지만 되돌릴 수 있어. 내가—"

"내가 집으로 돌아오길 원해?"

"2주일이면 돼. 이것저것 정리 좀 하고—"

"어머, 집이래. 내가 무슨 말을 한 거지? 곧 철거될 텐데. 내가 왜 집이라고 말했을까? 맙소사." 매리는 탄식했다. "엉망진창이야. 당신은 왜 엉망진창인 인생으로 나를 끌어들이려고 해?"

바튼은 더 이상 이 여자를 참을 수가 없었다. 이 여자는 그가 아는 매리가 아니었다. 전혀.

"철거하지 않을 수도 있어." 그는 테이블 너머로 그녀의 손을 잡았다. "철거 안 할 수도 있어, 매리. 내가 가서 얘기를 하면, 상황 설명을 하면 그들이 생각을 바꿀 수도 있어. 아마—"

매리는 손을 뒤로 확 빼더니 충격받은 표정으로 그를 바라보았다. 그리고 나지막하게 그를 불렀다.

"바튼."

"왜—"

그는 말을 이어갈 수 없었다. 지금까지 무슨 얘기를 하고 있었지? 대체 무슨 얘기를 했는데 이 여자가 이토록 끔찍하게 보일까?

"당신은 우리 집이 철거될 줄 알고 있었어. 그것도 오래전에. 그런데 나랑 여기 앉아서 쓸데없는 얘기나 하고 있네—"

"아니야, 그렇지 않아. 그건 사실이 아니야. 절대로. 우린…… 우린……"

그들은 지금까지 무엇을 하고 있었을까? 별안간 이게 현실로 느껴지지 않았다.

"바튼, 나 이만 가봐야겠어."

"일자리를 얻을게—"

"나중에 얘기해."

매리는 서둘러 일어나느라 테이블 가장자리에 허벅지를 부딪쳤다. 그 바람에 식탁 위에 놓인 은 식기들이 달그락거렸다.

"정신과 의사도 만날게, 매리. 약속해—"

"엄마가 가게에 갔다 오라고 해서—"

"*그래 가!*" 바튼이 소리를 지르자 사람들의 시선이 그들에게 확 쏠렸다. "꺼져, 이 나쁜 년아! 넌 지금까지 나를 이용해먹기만 했어. 나한테 남은 건 뭐지? 이 도시가 때려 부술 예정인 집 한 채가 다야. 당장 꺼져!*"

매리는 도망치듯 식당 밖으로 나갔다. 식당 안에 깔린 정적이 영원히 이어질 듯했지만 잠시 후 다시 대화 소리가 들렸다. 바튼은 양념이 뚝뚝 떨어지는 반쯤 먹다 만 버거를 내려다보았다. 몸이 부들부들 떨렸다. 토악질이 날 것 같았다. 잠시 후 속이 가라앉자 그는 계산을 하고, 곧장 그 식당을 떠났다.

1973년 12월 12일

그는 전날 밤 (술에 취한 채) 크리스마스 선물 목록을 만들었다. 술이 깨자 명단을 추리고 꼭 필요한 선물만 사기 위해 도심으로 향했다. 원래 만들었던 목록에는 그와 매리와 인연이 있는 근거리와 원거리의 친척들, 수많은 친구들과 지인들, 하다못해 빌어먹을 스티브 오드너와 그의 아내, 그리고 그 집의 망할 *가사도우미*까지 포함해서 자그마치 120명이나 있었다.

그는 원래 목록에 있던 이름을 대부분 지웠다. 그 중 일부 이름을 들여다보며 킬킬 웃기도 했다. 지금 그는 알록달록한 크리스마스 음식들로 가득한 진열장 앞을 천천히 지나가고 있었다. 오래 전 남의 집 굴뚝을 타고 내려가 도둑질을 했던 네덜란드 도둑의 이름을 붙인 음식들이었다. 바튼은 현금 500달러가 담긴 주머니를 장갑 낀 한쪽 손으로 툭툭 쳤다. 10달러짜리 지폐들을 돌돌 말아 밴드로 묶어 놓은 것이었다.

그는 보험을 해지하고 환급받은 돈으로 하루하루를 살아가고 있었다. 천 달러가 순식간에 녹아 사라졌다. 이 속도라면 3월 중순께나 더 빠른 시기에 파산하고 말 것이다. 하지만 별로 걱정되지 않았다. 3월부터 어디서 살지, 무슨 일을 할지는 미적분학만큼이나 이해 불가능한 영역의 문제였다.

보석 가게로 들어가 매리에게 줄 은박 부엉이 핀을 샀다. 부엉이의 눈에 박힌 작은 다이아몬드가 차가운 빛을 발하며 반짝거렸다. 핀은 세금을 포함해서 150달러였다. 직원은 야단스럽게 비위를 맞추면서 아내분이 무척 좋아할 거라고 확신에 찬 목소리로 말했다. 바튼은 미소를 지었다. 정신병자를 다루는 의사와 3회에 걸친 상담 약속을 잡았어, 프레디. 어떻게 생각해?

프레디는 대답이 없었다.

널찍한 백화점으로 들어가 에스컬레이터를 타고 위층 장난감 매장으로 들어갔다. 거대한 전기 기차 장난감 세트가 매장의 대부분을 차지하고 있었다. 터널이 숭숭 뚫린 초록색 플라스틱 언덕, 플라스틱 기차역, 고가철로, 지하철로, 선로전환기, 그리고 그 사이로 빠르게 돌아다니는 라이오넬(모형기관차 제조회사—옮긴이) 기관차. 기관차는 리본으로 된 인조 연기를 굴뚝으로 내뿜으며 B&O, 수 라인, 그레이트 노던, 그레이트 웨스턴, 워너 브라더스(워너 브라더스라고??), 다이아몬드 인터내셔널 서던 퍼시픽 소유의 화물 열차들을 길게 매달고 달렸다. 소년과 아버지 들은 기차 세트를 에워싼 나무 말뚝 울타리 앞에 서서 기차를 구경했다. 바튼은 그들에게서 질투라곤 단 한 점도 섞이지 않은 따뜻하고 순수한 사랑을 느꼈다. 그들에게 다가가 사랑한다고, 이 시즌에 여기 나와 줘서 고맙다고 말하고 싶었다. 또한 이 행복을 잃지 않도록 조심하라는 경고도 해주고 싶었다.

인형 코너의 통로를 따라 걷던 바튼은 세 조카딸에게 줄 인형을 하나씩 골랐다. 티나에겐 수다쟁이 캐시 인형, 신디에겐 곡예사 메이지 인형, 열한 살이 된 실비아에겐 바비 인형. 그 다음 통로에서는 빌에게 줄 미군 병사 피규어를 고른 뒤 잠시 고민 끝에 앤디에게 선물할 체스 세트를 집어 들었다. 열두 살이 된 앤디는 가족의 걱정거리였다. 볼티모어에 사는 처제 비이가 언젠가 매리에게 앤디에 대한 고민을 털어놓은 적이 있었다. 앤디의 침대 시트에 사정을 한 흔적이 있더라는 고민이었다. 그게 가능한 얘긴가? 아직 어린데? 매리는 아이들이 해마다 성적으로 조숙해지고 있다는 얘기를 비이에게 해주었고, 비이는 그게 다 애들이 섭취하는 우유와 비타민 때문인 것 같다고 말했다. 비이는 앤디가 팀 스포츠를 좀 더 즐기길 *바랐다*. 아니면 여름 캠프라든지 승마 같은 것에 취미를 붙이길 원했다.

바튼은 체스 세트를 팔 밑에 끼우며 생각했다. 신경 쓰지 마, 앤디. 이 체스 세트로 나이트의 수를 읽고 퀸을 4번째 '룩'의 자리로 옮겨서 상대의 허를 찌르는 연습이나 해.

장난감 매장 앞에 커다란 산타클로스 왕좌가 놓여 있었다. 왕좌는 비어 있었고 그 앞에 놓인 이젤에 안내문이 얹혀 있었다.

산타는 지금 우리 백화점의 유명한
'미드타운 그릴' 식당에서 점심 식사 중입니다.

산타와 함께 식사를 하는 건 어때요?

청재킷과 청바지를 입은 젊은 남자가 두 팔 가득 이런저런 물건들을 들고서 그 왕좌를 바라보며 서 있었다. 잠시 후 돌아서는 그 젊은 남자의 얼굴을 보니 비니 메이슨이었다.

"비니!"

바튼이 부르자 비니는 얼굴을 약간 붉히며 미소 지었다. 마치 추잡한 짓을 하다가 들킨 것처럼.

"안녕하세요, 바튼."

비니는 인사를 하며 다가왔다. 두 사람 다 꾸러미들을 잔뜩 들고 있었지만 크게 어색하지 않게 악수를 나눴다.

"크리스마스 쇼핑 나왔나 봐."

"예." 비니는 싱긋 웃었다. "샤론이랑 로버타를 지난 토요일에 데려왔는데 공쳤어요. 로버타는 세 살 난 제 딸입니다. 원래 토요일에 로버타가 산타클로스와 함께 있는 사진을 찍어주려고 했거든요. 토요일마다 하는 행사라 기분도 낼 겸해서요. 그런데 로버타가 안 찍겠다고 울어대는 거예요. 그래서 샤론이 좀 속상해했어요."

"산타라고 해봐야 샤론에겐 무성한 턱수염을 가진 낯선 남자일 뿐이잖아. 애들이 무서워하는 것도 당연하지. 내년에는 로버타도 무서워하지 않고 곁에 다가갈 거야."

"그러길 바라야죠."

비니는 잠깐 미소를 지었다.

바튼도 그를 마주보며 미소 지었다. 전보다 편하게 비니를 대하게 된 느낌이었다. 나를 너무 미워하지 말라는 말을 하고 싶었다. 네 인생을 망쳐놓았다면 미안하다고 사과도 하고 싶었다.

"요즘은 무슨 일을 하면서 지내고 있어, 비니?"

비니는 안색이 환해졌다.

"믿기지 않으실 겁니다. 일이 엄청 잘 풀렸어요. 요즘 영화관을 관리하고 있어요. 내년 여름에는 영화관 세 개를 더 관리하게 될 것 같아요."

"미디어 어소시어츠?"

암로코 사가 소유한 자회사들 중 하나였다.

"예, 거기요. 우린 시네메이트 배급망 소속이에요. 그쪽에서…… 인기가 증명된 영화들을 보내주죠. 저는 웨스트폴 시네마 영화관을 완벽하게 관리하고 있어요."

"회사에서 영화관을 더 늘릴 거라던가?"

"예, 시네마 2관이랑 3관을 내년 여름까지 만들 거라던데요. 비콘 자동차극장도 연다고 하고요. 제가 그것도 관리하게 될 겁니다."

바튼은 망설이다 입을 열었다.

"비니, 주제넘은 말일지 모르지만, 시네메이트 직원이 영화를 골라서 보내주는 거면 자네가 정확히 하는 일은 뭐지?"

"음, 돈 관리 같은 거죠. 물품 주문도 하고요. 그게 아주 중요하잖아요. 캔디 판매대에서 나오는 수익만으로도 하룻밤 필름 대여료를 거의 다 낼 수 있을 정도예요. 효율적으로 관리만 한다면 말이죠. 그리고 유지보수 작업도 해야 해요……" 비니는 들뜬 표정으로 말을 이었다. "직원 고용과 해고 업무도 처리하죠. 아마 계속 바쁘게 지낼 것 같습니다. 샤론은 폴 뉴먼, 클린트 이스트우드 같은 배우들이 나오는 스케일 큰 영화를 워낙 좋아해서 제가 거기서 일하게 된 걸 좋아해요. 저도 연봉이 9000달러에서 1만 1500달러로 올라서 좋고요."

바튼은 잠시 멍하니 비니를 바라보았다. 머릿속에 담긴 말을 해야 할지 고민이 됐다. 비니가 받은 그 자리는 오드너가 말 잘 듣는 개에게 던져준 포상이었다. 한마디로 뼈다귀 하나 내준 것이었다.

"거기서 나와, 비니. 최대한 빨리 그 회사에서 나와."

"뭐라고요, 바튼?"

비니는 어이없어하며 이마를 찡그렸다.

"'사환'이 무슨 뜻인지 알지, 비니?"

"사향쥐 같은 건가요? 땅에 굴을 파는 조그마한 짐승—"

"아니, 사환. 사—환—."

"처음 들어보는데요, 바튼. 어디 말이에요?"

"사무직 중 하나야. 자잘한 심부름을 해주는 사람을 가리키는 말이지. 심부름꾼을 그럴듯하게 부르는 명칭이라고. 커피를 가져오는 사환, 덴마크인 사환, 블록을 돌아서 심부름을 다녀오는 사환. 이럴 때 쓰는 말이야."

"대체 무슨 소리를 하는 거예요, 바튼? 그건—"

"스티브 오드너가 다른 간부들, 그러니까 회사에서 중요한 자리에 있는 사람들이 있는 자리에서 자네를 특별 케이스로 언급했을 거란 얘기야. 여러분, 우린 이 비니 메이슨이라는 직원 문제를 잘처리해야 합니다. 꽤 민감한 케이스예요. 이 직원은 바튼 도스가 부

252

지 매입을 진행하지 않고 짓뭉개고 있다고 우리에게 알려줬습니다. 도스가 세탁 공장을 아주 망쳐놓기 전에 우리가 나서서 막을 수 있을 만큼 구체적이고 확실한 정보를 준 건 아니지만, 그래도 이 직원의 공로를 아주 무시할 수는 없습니다. 크게 책임 있는 자리는 줄 수 없지만 그래도 포상은 해줘야죠. 그는 이렇게 말할 거야. 이유가 뭔지 알아, 비니?"

비니는 분노한 눈빛으로 그를 노려보았다.

"당신 말을 더 이상 듣고 있을 이유가 없을 것 같네요, 바튼. 저도 그 정도는 압니다."

바튼은 진심으로 걱정이 되어 비니를 바라보았다.

"난 자네를 욕하려는 게 아니야. 자네가 한 일은 어차피 이제 나한테는 아무 의미도 없어. 하지만 자네는 아직 젊잖아. 오드너가 자네 인생을 이런 식으로 망쳐놓는 걸 보고 싶지 않아서 그래. 자네가 받은 그 자리는 단기적으로는 달콤하겠지만 장기적으로는 정말 몹쓸 자리야. 자네가 그 자리에서 할 가장 어려운 결정은 버터컵 팝콘 통과 밀키웨이 초콜릿 바를 언제 주문할 것이냐 따위겠지. 오드너는 자네가 그 회사에 몸담는 한 계속 그런 일이나 하도록 내버려둘 거란 말이야."

비니의 눈빛을 보니 크리스마스를 맞아 관대해졌던 감정이, 애초에 그런 감정이 있었는지 모르겠지만, 싹 사라진 듯했다. 비니는 포장지가 구겨질 정도로 손에 든 선물 꾸러미들을 꽉 잡았고 회색 눈동자는 분노로 활활 타올랐다. 저녁에 멋진 데이트를 기대하면서 휘파람을 불며 차에서 내렸는데, 새로 장만한 스포츠카의 타이어 네 개가 전부 칼로 그어져 있는 걸 발견한 젊은 남자의 표정 같았다.

'비니가 내 말을 제대로 듣고 있지 않구나. 몇 번을 말해줘도 믿지 않고 있어.'

"자네가 나에 대해 회사에 알린 건 회사를 위한 책임감 있는 결정이었어. 회사 사람들이 나에 대해 뭐라고 말하는지 모르겠지만—"

"다들 미쳤다고 해요, 바튼."

비니는 얇고 적대적인 목소리로 받아쳤다.

"'미쳤다'는 단어도 의미가 있기는 해. 자네 말은 맞을 수도 있고, 틀릴 수도 있어. 자네는 오드너에게 아는 걸 다 털어놨어. 제 속을 다 보이는 사람한테 경영진은 책임 있는 자릴 내주지 않아. 그렇게 털어놓는 게 회사를 위해 옳은 일이었다고 해도, 입 다물고 있었으면 회사에 해가 되었다고 해도 마찬가지야. 40층 사람들은 말이야, 비니, 의사들 같아. 그들은 점심때 칵테일을 잔뜩 마시고 수술실에 들어갔다가 수술을 망친 의사에 대해 떠들고 다니는 인턴을 질색하거든. 경영진도 마찬가지야. 말 많은 놈을 싫어해."

"내 인생을 망치기로 작정을 했나 보네요. 그렇죠? 하지만 난 이제 더 이상 당신 부하 직원이 아닙니다, 바튼. 남의 인생에 독을 풀고 싶으면 딴 데 가서 알아봐요."

산타클로스가 한쪽 어깨에 큼직한 자루를 메고 자리로 돌아왔다. 호탕하게 웃어대는 산타클로스의 뒤를 어린아이들이 다채로운 색깔의 배기관들처럼 졸래졸래 따라갔다.

"비니, 비니, 스스로 눈을 가리지는 마. 경영진은 알약에 당의를 입혀 자네에게 내준 거야. 올해에 1만 1500달러를 받고 내년에 다른 영화관도 관리하에 두게 되면 연봉이 1만 4000달러로 오를 수도 있겠지. 그렇게 앞으로 12년쯤 일할 수도 있을 거야. 12년 후에는 30센트를 내도 맛없는 콜라 한 병 살 수 없을 만큼 물가가 오르겠지만. 이봐, 사환. 새 카펫을 깔아. 영화관 의자를 배송시켜. 실수로 잘못 보낸 필름을 찾아와. 마흔이 되어서도 그런 같잖은 일을 하면서 살고 싶나, 비니? 인생에서 기대할 거라곤 금시계밖에 없는 삶을 원해?"

"당신처럼 사는 것보단 낫죠."

비니는 돌아서다가 산타와 부딪힐 뻔했다. 산타는 '어딜 보고 다니는 거야'라고 나지막하게 구시렁거렸다.

바튼은 비니 뒤를 쫓아갔다. 비니가 비록 방어적인 태도로 나오긴 했지만 표정이 굳어진 걸 보니 말이 얼추 먹히는 것도 같았다. 그래, 제발. 내 말 들어.

"저리 가요, 바튼. 가라고요."

"그 회사에서 나와. 내년 여름까지 있으면 그땐 너무 늦어. 에너지 위기가 고조되면 다른 데 일자리를 구하는 게 처녀의 정조대를 뚫는 것보다 더 힘들어져. 비니, 어쩌면 지금이 마지막 기회일지도 몰라. 그러니까—"

비니가 돌아서며 내뱉었다.

"마지막으로 경고합니다, 바튼."

"자네는 미래를 변기에 처박고 있는 거야, 비니. 그런 식으로 흘려보내기엔 인생은 너무 짧아. 나중에 자네 딸한테 뭐라고 말하려고—"

비니는 바튼의 눈을 향해 주먹을 날렸다. 머릿속에 하얀 번개가 번쩍했다. 바튼은 두 팔을 벌린 채 뒤로 휘청했다. 손에 들고 있던 꾸러미들이—인형과 미군 병사 피규어, 체스 세트— 날아오르자 산타 뒤를 졸졸 따라가던 아이들이 좌악 흩어졌다. 바튼이 진열대에 부딪치면서 장난감 전화기들이 바닥에 우르르 쏟아졌다. 어딘가에서 어린 소녀 하나가 상처받은 짐승처럼 울음을 터뜨렸다. '울지 마, 얘야. 바보 같은 이 아저씨가 넘어진 것뿐이야. 요즘 집에서도 툭하면 이렇게 넘어진단다.' 쾌활한 늙은 산타가 욕을 하며 백화점 경비원을 소리쳐 불렀다.

배터리 충전식 테이프가 담긴 장난감 전화기들 사이에 널브러진 바튼의 귀에 장난감 전화기가 되풀이해 내뱉는 소리가 들려왔다. "서커스에 가고 싶어요? 서커스에 가고 싶어요? 서커스에……"

1973년 12월 17일

얕고 불안한 낮잠을 자던 그는 날카로운 전화벨 소리에 정신이 들었다. 젊은 과학자가 땅콩의 원자 구성을 살짝 바꿔서 미국이 무한한 저오염 휘발유를 생산할 수 있게 해줬다는 내용의 꿈을 꾸고 있던 참이었다. 꿈속에서 기쁨이 점점 고조되어가는 분위기였다. 그도 개인적으로나 국가적으로 잘된 일이다 싶었다. 그때 불길한 대위 선율처럼 전화벨 소리가 점점 커지더니 꿈이 찢어지고 달갑지 않은 현실이 눈앞에 열렸다.

소파에서 일어선 그는 전화기가 놓인 곳으로 걸어가 더듬거리며 귀에 갖다 댔다. 얻어맞은 눈은 더 이상 아프지 않았지만 복도 거울에 비친 얼굴을 보니 멍은 여전했다.

"여보세요?"

"어, 바튼. 나야 톰."

"아, 톰. 잘 지내죠?"

"그럼. 저기 말이야, 바튼. 자네도 궁금해할 것 같아서. 내일 블루 리본 사를 무너뜨린대."

바튼의 눈이 번쩍 떠졌다.

"내일? 내일일 리가 없는데. 그건…… 말이 안 되죠. 크리스마스가 얼마 안 남았는데요!"

"그래서 더 서두른다더만."

"아직 날짜도 안 됐잖아요."

"우리 회사 건물이 확장 공사 구간에 남아 있는 유일한 산업용 건물이잖아. 내일 무너뜨리고 나서 크리스마스 전에 철거를 마칠 거래."

"확실해요?"

"어. 아침에 뉴스로도 나왔어. 「시티 데이」라는 뉴스 프로그램."

"가보실 겁니까?"

"가야지. 내 인생의 대부분을 그 건물에서 보냈는데 안 가볼 수 없지."

257

"그럼 거기서 뵙겠습니다."

"그래."

바튼은 망설이다 입을 뗐다.

"저기요, 톰. 사과하고 싶어요. 경영진이 워터포드가 됐든 어디가 됐든 블루 리본 세탁회사를 다시 열 것 같지가 않아요. 제가 당신 인생을 망쳤다면—"

"아니, 난 괜찮아. 브라이트 클린 사로 이직했는데 뭐. 요즘은 거기서 유지보수 일을 하고 있어. 전보다 근무시간은 짧아졌고 급료는 늘었어. 쓰레기 더미에서 장미를 발견한 것처럼 일이 잘 풀렸어."

"일은 어때요?"

톰은 한숨을 쉬었다.

"재미는 없어. 하지만 내 나이가 쉰이 넘었으니 다른 일을 하는 건 쉽지 않아. 워터포드로 옮겼어도 마찬가지였을 거야."

"톰, 제가 한 일에 대해서는—"

"그 얘긴 듣고 싶지 않아, 바튼." 톰은 불편해하는 말투였다. "자네와 매리가 알아서 해결할 일만 남았지."

"알겠습니다."

"음…… 잘 지내지?"

"그럼요. 두어 가지 일을 하려고 생각 중입니다."

"잘 됐군." 톰은 한참 말이 없었다. 전화선에 깔린 침묵이 너무 길어졌다. 전화해 줘서 고맙다는 말을 하고 끊으려는데 톰이 덧붙였다. "스티브 오드너 사장이 전화해서 자네에 대해 묻더군. 우리 집으로 전화를 했어."

"그랬습니까? 언제요?"

"지난주에. 그 사람, 자네한테 단단히 화가 났어, 바튼. 자네가 워터포드 공장 부지 건을 놓고 뒷돈을 받은 것 같다면서 그것에 대해 아는 사람 있느냐고 계속 묻더라고. 그것 말고도 온갖 질문을 다 하는 거야."

"이를테면요?"

"이를테면, 자네가 집으로 회사 사무용품 같은 걸 가져갔는지도 물었어. 회사에 알리지 않고 회삿돈을 자잘하게 개인적으로 쓴 적이 있느냐, 회사 세탁기로 개인 빨래를 한 적은 없냐. 이런 것까지 묻는 거야. 거래처인 모텔에서 뇌물을 받은 적은 없냐고도 물었어."

"개자식이."

"자네를 후려칠 구실을 찾고 있는 것 같아, 바튼. 어떻게든 건수를 찾아서 형사 고발을 하려는 모양이야."

"못 할 겁니다. 블루 리본은 가족 사업장이에요. 그 사업장의 원주인인 가족들은 이미 무너졌고요."

"그렇지, 오래전에 무너졌지. 레이 타킹턴 사장이 세상을 떠나면서 그렇게 되어버렸지. 자네한테 분노한 사람은 오드너뿐이야. 아래층 작업자들은…… 어차피 일하고 돈 받으면 그만이니까. 세탁 사업 같은 것엔 관심도 없어. 알고 싶지도 않을 테고."

바튼은 딱히 할 말이 없었다.

톰은 한숨을 쉬며 덧붙였다.

"음······. 자네가 알아야 할 것 같아서 말해준 거야. 조니 워커의 형 얘기는 들었어?"

"알니 워커요? 아뇨. 무슨 일 있습니까?"

"자살했어."

"*뭐라고요?*"

톰은 윗니 사이로 침을 빨아들이는 듯 쓰읍 소리를 내며 대답했다.

"차고에서 자동차 배기관에 호스를 연결해 뒷좌석 창문으로 집 어넣고 창문과 문을 전부 닫았대. 신문배달을 하던 애가 발견했어."

"맙소사." 바튼은 조그맣게 내뱉었다. 병원 대기실에 앉아 온몸에 소름이 돋은 채로 덜덜 떨던 알니 워커의 모습이 떠올랐다. "안타깝네요."

"그렇지······" 톰은 다시 쓰읍 소리를 냈다. "그럼 조만간 보자고, 바튼."

"예. 전화 주셔서 고맙습니다."

"당연히 전화해야지. 그럼 끊을게."

바튼은 천천히 수화기를 내려놓았다. 알니 워커에 대한 생각이 계속 머릿속에 맴돌았다. 병원으로 신부가 뛰어들어올 때 알니가 목구멍 안에서 내지르던 괴상한 울음소리도 떨쳐낼 수가 없었다.

'*맙소사! 신부님이 성체 용기를 갖고 온 거 봤어요?*'

"아, 너무 안됐네."

바튼은 텅 빈 방에 대고 혼잣말을 했다. 입 밖으로 나온 단어들이 바닥으로 후두둑 떨어졌다. 술을 만들기 위해 주방으로 들어갔다.

자살.

이 사이로 바람이 새는 것 같은 발음이었다. 좁은 바위 틈새로 꿈틀대며 지나가는 뱀이 낼 법한 소리이기도 했다. 그 단어는 도망친 죄수처럼 혀와 입천장 사이로 슬그머니 **빠져나갔다.**

자살.

서던 컴포트를 잔에 따르는데 손이 떨렸다. 술병 목이 잔 가장자리에 따닥따닥 맞부딪쳤다. 알니는 왜 그랬을까, 프레디? 한방을 쓰고 살았던 지겨운 형제 사이일 뿐인데. 제기랄, *대체* 왜 그랬을까?

생각해보니 이유를 알 것도 같았다.

1973년 12월 18~19일

아침 8시경에 세탁 공장에 도착했다. 9시는 되어야 공장을 무너뜨릴 텐데 사람들은 벌써부터 나와서 추운 날씨에 손을 외투 주머니에 찔러 넣고 만화의 말풍선처럼 하얗게 얼어붙은 입김을 뿜어내며 그 앞에 서 있었다. 톰 그레인저와 론 스톤, 점심시간에 툭하면 술을 마시고 오후 작업 중에 셔츠 목깃을 다림질하다 태워먹던 에설 다이먼트, 다림질 팀에서 일했던 그레이시 플로이드와 그 사촌인 모린, 그밖에 열 명 내지 열댓 명이었다.

고속도로 관리청은 공장 앞에 노란색 톱질모탕과 훈증 용기, 그리고 오렌지색 바탕에 검은색으로 쓴 큼직한 안내판을 세워놓았다.

이 안내판을 본 차량들은 이 블록을 지나가지 못하고 빙 돌아서 가게 될 것이다. 공장 앞의 보도는 이미 막아놓은 채였다.

톰 그레인저는 바튼을 보고 손가락을 살짝 들어 알은체할 뿐 가까이 오지는 않았다. 나머지 세탁 공장 직원들은 호기심 어린 시선으로 바튼을 흘끔거리다 자기네끼리 머리를 맞대고 쑥덕거렸다.

피해망상적인 꿈을 꾸는 것 같아, 프레디. 저 중에 누가 제일 먼저 다가와 내게 *비난*을 퍼부을까?

프레디는 대꾸하지 않았다.

8시 45분, 74년식 도요타 코롤라 한 대가 공장 앞에 와 섰다. 새로 뽑은 그 차의 뒷유리에는 열흘 동안 쓸 수 있는 임시 번호판이 붙어 있었다. 문이 열리고 비니 메이슨이 차에서 내렸다. 새로 장만한 낙타털 외투를 입고 가죽 장갑까지 끼고 한껏 멋을 부린 비니는 남의 시선을 의식하는 듯 보였다. 비니는 바튼을 잡아먹을 듯이 쌩하게 쏘아보고는 론 스톤, 데이브 폴락이 서 있는 곳으로 걸어갔다.

8시 50분, 작업자들이 윗부분에 레킹 볼을 매단 크레인을 가지고 들어왔다. 레킹 볼은 에티오피아 여자의 젖꼭지처럼 검었다. 가슴 높이까지 오는 열 개의 바퀴로 천천히 굴러온 크레인은 배기구를 통해 꾸준히 찢어지는 듯한 소리를 내면서 아침의 은빛 한기를 뒤흔들었다. 마치 미지의 재료를 다듬어 조각하는 공예가의 망치질 소리 같았다.

노란색의 단단한 작업모를 쓴 남자가 크레인 기사에게 연석 위로 올라가 주차장 쪽으로 가라는 신호를 보냈다. 바튼은 크레인의 높다란 운전석에 앉은 남자가 기어를 바꾸면서 사각 진 덩어리 같은 한쪽 발로 클러치를 밟는 모습을 바라보았다. 크레인 지붕의 환기통으로 갈색 연기가 뿜어 나왔다.

3블록 떨어진 곳에 포드 LTD 스테이션 왜건을 세워놓고 여기까지 걸어오는데 뭔가 괴상한 느낌이 계속 들었다. 언뜻 이 상황과는 전혀 관계가 없어 보이는 느낌이기도 했다. 벽돌로 지어진 길쭉한 공장 건물의 아래쪽, 예전에 하역장으로 쓰였던 곳의 왼쪽에 서 있는 크레인을 바라보는 동안 떠오른 느낌이었다. 엘러리 퀸의 미스터리 소설 마지막 장을 펼치는 듯한 느낌. 마지막 장에는 으레 등장인물들이 모두 모인 자리에서 범죄가 어떤 식으로 일어났는지, 누가 범인인지 밝혀졌다. 조만간 누군가—제일 가능성이 높은 인물은 스티브 오드너—가 군중 사이를 헤치고 걸어와 바튼에게 손가락질하며 소리칠 것 같았다. *이놈입니다! 바튼 도스! 이놈이 블루리본을 죽였습니다!* 그럼 바튼은 원수의 입을 다물게 하기 위해 권총을 빼 들었다가 경찰이 쏜 총에 맞아 벌집이 되고 말 것이다.

상상만으로도 불안해졌다. 마음을 진정시키려 도로 쪽을 바라보는데 엘리베이터를 타고 쭉 내려가듯 심장이 쿵 내려앉았다. 오드너의 암녹색 델타 88이 쌍 배기관으로 매연을 뿜으며 노란색 차단벽 너머에 멈춰 서고 있었다.

스티브 오드너가 편광 유리로 된 차창 너머로 차분하게 바튼을 쏘아보았다.

그 순간, 레킹 볼이 톱니바퀴가 맞물려 돌아가는 낮고 날카로운 소리를 내지르며 호를 그렸다. 몇 안 되는 구경꾼들은 한숨을 내쉬었다. 벽에 부딪친 레킹 볼이 포격음 같은 공허하면서도 요란한 소리를 냈다.

오후 4시경, 블루 리본 공장이 있던 자리에는 벽돌과 유리 파편, 그리고 그 사이에 튀어나온 부서진 주빔만이 남았다. 땅에서 발굴해낸 어느 괴물의 부서진 해골 같았다.

바튼은 미래나 결과에 대해 전혀 고려하지 않고 일을 저질렀다. 한 달 전에 하비 총포점에서 총 두 자루를 샀을 때와 같은 기분으로 벌인 일이었다. 프레디가 입을 닫고 있으니 회로 차단기를 사용할 필요도 없었다.

그는 주유소로 차를 몰고 가 LTD에 휘발유를 가득 채웠다. 낮이라 도시의 하늘을 뒤덮고 있는 구름 덩어리들이 또렷이 보였다. 라디오에서는 눈보라와 함께 눈이 15에서 25센티미터까지 쌓일 거라고 예보했다. 집으로 돌아온 바튼은 차고에 LTD를 넣고 지하실로 내려갔다.

지하실 계단 아래쪽에 놓인 회수용 음료수병과 맥주병이 담긴 큰 통 두 개는 녹청색 먼지로 뒤덮였다. 그 병들 중 일부는 5년 전에 그 상자에 넣어둔 것이었다. 매리도 작년부터는 그 병들에 대해 잊었는지, 그 병들을 가게에 가져다 팔고 돈으로 받아오라는 잔소리를 더 이상 하지 않았다. 요즘 가게들은 회수용 공병을 잘 받아주지도 않았다. 한 번 사용한 병은 죄다 쓰레기가 되고 말았다. 제기랄.

바튼은 상자 두 개를 수레에 겹쳐 쌓고 차고로 가져갔다. 칼과 깔때기, 매리가 바닥을 청소할 때 썼던 들통을 가지러 주방으로 가는데 벌써 눈이 내리기 시작했다.

차고 조명을 켜고 못에 걸어둔 초록색 플라스틱 정원용 호스를 꺼냈다. 9월 셋째 주에 고리 모양으로 감아서 그 자리에 걸어둔 호스였다. 칼로 노즐부터 잘랐다. 노즐은 의미 없는 떨그럭 소리를 내며 시멘트 바닥으로 떨어졌다. 90센티미터 길이로 호스를 자른 뒤 나머지 호스는 발로 저만치 걷어찼다. 잘라낸 호스의 길이를 잠시 신중히 살폈다. LTD의 연료 주입구 뚜껑을 돌려 열고 섬세한 연인을 대하듯 구멍 안으로 조심스럽게 호스를 집어넣었다.

사이펀으로 휘발유를 넣는 걸 전에 본 적이 있었고 원리도 알고 있었지만 실제로 해본 적은 없었다. 휘발유가 입 안에 들어올 수도 있으니 마음을 단단히 먹고 호스 끝을 쭉 빨았다. 잠시 아무 반응이 없다가 끈적한 액체의 보이지 않는 저항이 느껴졌다. 그러다 입 안에 차갑고 이질적인 액체가 확 들어찼다. 그는 숨을 들이켜며 그 액체를 삼킬 뻔했으나 간신히 버텼다. 인상을 쓰면서 입 안에 들어온 휘발유를 뱉었지만 죽음의 맛 같은 괴상한 맛이 혀에서 계속 느껴졌다. 입에 물고 있던 호스 끝부분을 청소용 들통에 대고 기울이자 분홍색 휘발유가 왈칵 흘러나왔다. 하지만 졸졸 흐르는 정도라 한 번 더 호스를 입으로 빨려고 하는데 양이 늘어나더니 꾸준하게 나오기 시작했다. 청소용 들통으로 흘러드는 휘발유 소리가 마치 공중화장실 소변기에 소변이 떨어지는 소리 같았다.

입 안에 남아 있던 휘발유를 바닥에 뱉고 침으로 입 안을 헹군 뒤

한 번 더 뱉었다. 아까보다는 나았다. 어른이 된 후로 매일 휘발유를 사용해왔지만 이렇게 입에 담아본 건 처음이었다. 휘발유를 손에 묻혀본 것도 딱 한 번이었는데, 브릭스 앤 스트래튼 잔디 깎는 기계의 작은 연료 탱크를 채우다가 넘쳐흘렀을 때였다. 휘발유가 입에 들어가긴 했지만 이 정도면 잘 된 거라는 생각이 들었다. 입안에 남은 휘발유의 뒷맛도 그리 나쁘지 않았다.

(바깥에 눈은 점점 더 많이 내리고) 청소용 들통에 휘발유가 채워지는 동안 그는 집 안으로 들어가 매리가 청소용품을 넣어둔 싱크대 아래 칸에서 걸레를 몇 장 꺼냈다. 걸레를 차고로 가져가 길게 찢은 뒤 LTD 보닛 위에 늘어놓았다.

청소용 들통이 반쯤 차자, 아연 도금이 된 강철 들통으로 호스 끝을 옮겼다. 그가 평소 벽난로의 재와 클링커(석탄이 고열에 타고 남은 단단한 물질—옮긴이)를 모아뒀다가 진입로가 얼어붙을 때 내다 뿌리곤 했던 통이었다. 강철 들통에 휘발유가 채워지는 동안 그는 빈 맥주병과 음료수병 스무 개를 4줄로 나란히 세운 뒤 깔때기를 이용해 각 병에 휘발유를 4분의 3가량 채웠다. 그 작업이 끝나자 자동차 연료통에서 호스를 빼내고 강철 들통에 담긴 휘발유를 청소용 들통으로 옮겨 담았다. 청소용 들통의 끄트머리까지 휘발유로 가득 찼다.

잘라놓은 걸레들을 하나씩 병에 쑤셔 넣어 휘발유가 흘러나오지 않도록 꼭 막은 뒤 깔때기를 들고 집으로 들어갔다. 바람 부는 방향을 따라 눈이 비스듬하게 쌓이고 있었다. 진입로는 이미 하얀 눈으로 뒤덮였다. 깔때기를 싱크볼에 넣은 후 찬장에서 청소용 들통의 뚜껑을 찾아 꺼냈다. 뚜껑을 들고 차고로 돌아가 휘발유가 가득 담긴 청소용 들통에 딱 소리가 나게 덮었다. LTD의 뒷문을 열고 휘발유가 담긴 들통을 그 안에 집어넣었다. 손수 만든 화염병들을 상자에 줄 맞춰 집어넣었다. 다 넣고 보니 서로 어깨를 맞대고 차렷 자세로 선 군인들 같았다. 상자를 앞으로 가져와 조수석에 올려놓았다. 손을 뻗으면 닿는 거리였다. 다시 집으로 들어가 의자에 앉아 스페이스 커맨드 모듈로 제니스 컬러텔레비전을 켰다. '화요일 금주의 영화'가 방영 중이었다. 데이비드 잰슨이 출연한 서부극이 나오고 있었다. 아무리 봐도 데이비드 잰슨은 개 같은 카우보이였다.

영화가 끝나자 「마커스 웰비(Marcus Welby)」라는 드라마가 시작됐다. 간질을 앓는 십 대 청소년에 관한 내용이었다. 의사 웰비는 남들 앞에서 툭하면 쓰러지는 여자 청소년을 치료해주었다. 드라마가 끝나자 방송국 이름이 뜨고 광고 두 개가 잇따라 나왔다. '미러클 차퍼'라는 식재료 다지기, 41개의 영적인 곡들을 담은 앨범의 광고였다. 이어서 뉴스가 시작됐다. 일기예보관은 밤새, 그리고 내일 거의 종일 눈이 올 거라며 가급적 집에 머무르라고 충고했다. 길이 얼어붙어 위험하고 제설 장비도 대부분 새벽 2시가 넘어야 작업을 한다는 이유에서였다. 강한 바람을 타고 눈이 휘날릴 것이며 그다음 날에도 날씨는 엿 같을 거라고 했다.

뉴스가 끝나자 딕 카벳(Dick Cavett)이 화면에 나와 설쳤다. 바튼은 삼십 분쯤 보다가 텔레비전을 껐다. 오드너는 어떻게든 바튼에게 범죄 혐의를 씌우려는 듯했다. 바튼이 거사를 진행한 후 눈보라 때문에 LTD 안에서 옴짝달싹 못 하게 되면 오드너는 소원 성취를 하게 될 것이다. 그래도 성공 가능성은 없지 않았다. LTD는 무거운 차이고 뒷바퀴 타이어에 징도 박혀 있으니까.

주방 입구에 놓아둔 외투를 입고 모자와 장갑을 착용한 뒤 잠시 그 자리에 서서 생각에 잠겼다. 따뜻한 조명이 켜진 집 안으로 다시 들어가 주변을 둘러보았다. 주방 식탁, 난로, 찻잔들을 고리에 매달아 놓은 식기장, 거실 벽난로 선반 위의 아프리카 제비꽃. 이 집에 대한 애정, 이 집을 보호하고픈 마음이 솟구쳤다. 이 집 벽을 무너뜨리고 창문을 산산조각 내고 파편을 바닥에 쏟아놓을 레킹 볼을 생각하면 억장이 무너졌다. 그렇게 되도록 내버려 둘 수 없었다. 찰리는 이 바닥에서 기어 다녔고 이 거실에서 첫걸음마를 떼었으며 현관문 앞 계단에서 넘어진 바람에 서툰 부모를 기겁하게 만들었다. 지금은 서재로 쓰이는 위층 방에서 찰리는 처음으로 두통과 복시 증상을 나타냈다. 구운 돼지고기 같기도 하고 불타는 풀잎 같기도 하고 연필 깎은 부스러기 같기도 한 묘한 냄새가 난다고 호소했다. 찰리가 세상을 떠난 후 백 명 가까운 사람들이 조문을 왔다. 매리는 거실에서 그들에게 케이크와 파이를 대접했다.

'안 돼, 찰리. 난 이 집이 무너지는 꼴 못 봐.'

차고 문을 위로 올리자 어느새 10센티미터 두께로 진입로에 쌓인 눈이 보였다. 가벼운 가루눈이었다. LTD 운전석에 올라타 시동을 걸었다. 차의 연료 탱크에는 휘발유가 아직 4분의 3 이상 차 있었다. 차가 예열되는 동안 운전석에 앉아 신비로운 초록색 빛을 발하는 계기판을 바라보았다. 알니 워커 생각이 났다. 고무호스를 이용한 자살이라니. 그리 나쁘지 않은 듯했다. 잠드는 것처럼 편하게 갈 수 있지 않을까. 일산화탄소 중독이면 잠자는 것처럼 죽는다는 글을 어디선가 읽었다. 시신의 두 뺨이 불그레해져서 생기와 활기가 도는 듯 건강하게 보인다고도 했다.

별안간 몸에 소름이 끼치면서 덜덜 떨리기 시작했다. 히터를 켰다. 차 안 공기가 뜨끈해진 후에야 떨림이 멈췄다. 후진 기어를 넣고 차를 후진시켜 눈밭으로 나갔다. 매리의 청소용 들통에 담긴 휘발유가 철벅거리는 소리가 들렸다. 문득 무언가를 잊었음을 깨달았다.

차를 세우고 집으로 들어갔다. 식기장 서랍에 종이 성냥 통이 있었다. 외투 주머니에 종이 성냥 스무 개를 집어넣은 뒤 밖으로 나왔다.

길은 무척 미끄러웠다.

여기저기 얼어붙었는데 새로 내린 눈이 덮어 가린 상태였다. 크레스탈린가와 가너가가 만나는 모퉁이에서 정지 신호를 보고 브레이크를 밟는데 LTD가 옆으로 미끄러졌다. 얼마 후 겨우 서긴 했지만 놀란 심장이 흉곽 안에서 쿵쾅쿵쾅 뛰었다. 이건 정말 미친 짓이었다. 차 뒤에 휘발유를 잔뜩 실었는데 어딜 들이박았다가는 그대로 연소되어 나중에 사람들이 그의 시신을 스푼으로 퍼내 개 사료통에 담아서 묻어야 할 것이다.

'자살보다는 낫지. 자살은 지옥에 갈 대죄니까.'

음, 천주교의 교리에 따르면 그랬다. 냉정하게 생각해보면 여기서 충돌 사고를 당할 것 같지는 않았다. 오가는 차량들이 거의 없고 경찰차도 보이지 않았다. 어느 골목에 차를 대놓고 잠이나 자는 모양이었다.

조심스럽게 케네디로(路) 쪽으로 방향을 돌렸다. 그는 그 길을 늘 '뒤몬트로'라고 여겼다. 1964년 1월에 시의회가 특별 회기에서 길 이름을 바꾸기 전까지 그곳은 '뒤몬트로'였다. 뒤몬트/케네디로는 웨스트사이드에서 시작해 도심까지 이어졌는데, 3.2킬로미터에 걸쳐 784번 고속도로 공사 현장과 나란히 뻗어 있었다. 그 길을 따라 1.6킬로미터쯤 가다가 좌회전해서 800미터를 가면 그랜드가였다. 하지만 이제 그랜드가는 없어졌다. 철거된 그랜드 영화관처럼 그랜드가도 사라져버렸다. 내년 여름이면 그랜드가는 고가도로로 부활하겠지만 (그가 매글리오리에게 말한 고가도로 세 개 중 하나가 바로 그것이었다.) 예전과 같은 길은 아닐 것이다. 오른쪽에 영화관이 보이는 대신 저 아래서 바삐 오가는 6차선인가 8차선인가 하는 도로의 차량들만 보일 테니까. 바튼은 라디오, 텔레비전, 일간신문 같은 데서 도로 확장에 관한 기사를 잔뜩 읽은 덕분에 의식적으로 노력하지 않고도 도로 확장에 대한 정보를 속속들이 갖고 있었다. 어쩌면 본능적으로 관련 정보를 모은 것일 수도 있었다. 견과류를 모아 저장하는 다람쥐처럼. 확장 공사 계약을 따낸 건축 회사들은 겨울에 도로를 까는 작업을 진행하기로 되어 있었다. 그 전에 필요한 폭파 작업('폭파'라는 이 단어는 너한테 참 잘 어울리는구나, 프레디. 하지만 프레디는 대꾸도 하지 않았다.)은 2월 말까지 도시 경계선 내에서 진행될 예정이었다. 서부 지역 크레스탈린가도 그 작업 구역 안에 포함돼 있었다.

어떤 면에서 역설적이기도 했다. 만약 바튼과 매리의 집이 1.6킬로미터만 더 떨어진 곳에 있었으면 늦봄까지, 그러니까 1974년 5월이나 6월 초까지는 폭파 작업 걱정을 하지 않아도 되었을 것이다. 바란다고 해서 다 이루어지진 않는다는 걸 바튼은 잘 알고 있었다. 또한 개인적으로 *신경 써서* 관찰해보니, 도로 공사에 쓰이는 장비 대부분은 이미 죽임을 당한 그랜드가 바로 아래쪽에 세워져 있었다.

그랜드가를 향해 차를 몰았다. 차가 자꾸 미끄러져 뒤쪽 끄트머리가 떨어져나갈 듯했다. 타이어가 미끄러지는 가운데 운전대를 돌리며 차를 살살 달래 방향을 잡았다. 차는 밟힌 자국 하나 없는 눈 더미를 가르며 그르릉거렸다. 마지막으로 이 길을 지나간 차가 있었다고 해도 그 사이 새로 내린 눈 때문에 자국이 묻혀 보이지 않았다. 새하얀 눈이 잔뜩 내린 것을 보고 있자니 기분이 나아졌다. 이럴 때 이렇게라도 움직일 수 있으니 다행이었다.

꾸준히 시속 40킬로미터를 유지하며 천천히 그랜드가를 향해 나아가는 동안 매리 생각이 났다. 매리와 나눴던 대죄와 소죄에 관한 얘기도 떠올랐다. 매리는 천주교 가정에서 태어나 교구 내의 중등학교에 진학했다. 천주교의 기본 교리 대부분을 지적으로 이해하는 건 포기한 그녀였지만 바튼과 연애를 시작할 무렵 이미 그녀의 내면에 교리가 스며들어 있었다. 매리가 말했듯이, 수녀들이 그녀의 영혼에 교리의 바니시를 여섯 겹, 왁스를 세 겹씩 발랐던 것이다. 매리가 유산한 후 장모는 병원으로 신부를 보내 매리가 고해성사를 하도록 했는데, 매리는 신부를 보더니 울음부터 터뜨렸다. 신부가 성체 용기를 들고 병실로 들어왔을 때 바튼은 매리와 함께 있었다. 아내의 울음에 바튼은 가슴이 찢어지는 듯했다. 그 후 그들은 찰리 때문에 한 번 더 그런 경험을 해야 했다.

한 번은 바튼의 요청을 받고 매리가 대죄와 소죄의 목록을 쭉 읊어준 적이 있었다. 매리는 20년인가 25년 아니, 30년 전에 교리문답 수업을 받으며 배운 내용일 텐데도 (바튼이 듣기에는) 완벽하고 틀림없는 목록을 알려주었다. 하지만 바튼이 명확히 이해할 수 없는 해석의 문제가 있기는 했다. 천주교에서는 어떤 행동을 대죄로 해석할 때도 있고 소죄로 해석할 때도 있었다. 죄를 저지른 자의 마음 상태에 따라 정해지는 듯했다. '악을 행하려는 의식적 의지.' 이것은 오래전 대죄와 소죄에 관해 바튼과 논의하면서 매리가 했던 말이었나, 아니면 프레디가 지금 그의 귀에 대고 속삭인 건가? 바튼은 당혹스럽기도 하고 걱정도 됐다. '악을 행하려는 의식적 의지'라니.

그는 자살과 살인이라는 두 가지 확실한 대죄는 짓지 않기로 했다. 매리에게 목록을 듣고 나서 얼마 후 론 스톤과 그 주제로 얘기를 나눈 적이 있었다. 론 스톤 맞나? 생각해보니 맞는 듯했다. 대화 내용 자체는 자세히 기억나지는 않았다. (10년 전쯤에 같이 술집에서 술을 마시고 있었는데) 론은 살인 자체는 소죄이거나 아예 아무런 죄도 아닐 수 있다고 주장했다. 아내를 강간한 놈을 해치우기로 냉정하게 계획을 세우고 저지른 살인이면 소죄에 불과하고, '전쟁 중에' 누군가를 죽이는 것은 전혀 죄가 아니라고 했다. 지금도 그때 론이 술집에서 했던 말이 또렷이 기억났다. 론의 기준에 따르면, 나치와

일본 놈들을 죽인 모든 미군 병사들은 최후의 심판일이 닥쳐와도 아무 걱정할 필요 없다고 했다.

다만 이사이로 바람이 새는 것 같은 발음, '자살'은 소죄가 아니었다.

건설 현장이 가까워졌다. 빛을 받으면 번쩍이는 둥그런 반사 장치가 윗부분에 붙은 흑백의 차단벽, 그리고 오렌지색 안내판들이 보였다. 그의 차 헤드라이트 불빛에 잠깐 빛을 반사한 안내판 세 개에 적힌 문구는 이러했다.

임시로 도로 끊김

우회하세요—안내를 따라주세요.

폭파 지역!
송수신 겸용 무전기를 꺼주세요.

차를 세우고 기어를 주차 모드에 놓은 뒤 비상등을 켜고 차에서 내렸다. 흑백 차단벽 쪽으로 걸어갔다. 하늘에서 내리는 눈은 깜박이는 오렌지색 불빛을 받아 터무니없이 밝은색으로 물들었다. 그래서인지 눈송이가 한층 더 크게 보이는 듯도 했다.

예전에 '면죄'라는 개념에 대해 혼란스러워했던 기억이 났다. 처음에는 간단하게만 생각했다. 대죄를 저지른 영혼은 치명상을 입은 것처럼 회복이 불가능해 지옥에 떨어질 거라고. 혀가 빠질 때까지 성모 마리아에게 기도를 드려도 소용없다고. 하지만 매리의 얘기로는 항상 그렇지는 않다고 했다. 그리고 죄의 고백과 속죄, 재봉헌 등에 대해 설명해 줬는데 당황스러웠다. 예수는 살인자는 영생을 누리지 못한다고 말해놓고, 나를 믿는 사람은 누구나 영생을 얻게 되리라고도 말했다. 누구든 속죄받을 수 있다는 얘기였다. 성서의 교리는 사기꾼 변호사가 만든 매입 계약서처럼 빠져나갈 구멍이 수두룩해 보였다. 여기서도 자살은 예외였다. 자살의 죄를 저질렀음을 고백할 수도, 자살을 되풀이할 수도, 자살 이후 속죄를 할 수도 없었다. 스스로 생명줄을 끊는 행위인 까닭에 저 지하에 어떤 지옥세계가 있든 그리로 곧장 떨어질 테니까. 그런데―

그런데 왜 이렇게 자살 생각을 계속하는 걸까? 그는 누굴 죽이거나 자살을 할 의향이 없었다. 자살을 하고 싶다는 바람도 가져본 적 없었다. 적어도 최근까지는 그랬다.

몸에 한기를 느끼며 흑백 차단벽 너머를 내다보았다.

차단벽 너머에 눈을 뒤집어쓴 건설 장비들이 철거용 크레인을 중심으로 여기저기 세워져 있었다. 철거용 크레인이 음울하고도 장엄한 분위기를 자아냈다. 해골 같은 갠트리 크레인이 눈 내리는 어둠을 향해 팔을 뻗은 모습은 한겨울에 사색 중인 버마재비를 떠올리게 했다.

차단벽 하나를 옆으로 밀어 치웠다. 무척 가벼웠다. 차로 돌아가 운전석에 앉아 기어를 저단으로 변속했다. 차를 천천히 앞으로 몰아 공사 현장 가장자리 너머로 내려갔다. 대형 중장비들이 수차례 오르내린 터라 경사면이 완만해져 있었다. 경사면의 흙 덕분에

LTD는 도로에서보다 덜 미끄러졌다. 경사면 아래에 도착한 그는 기어를 주차 모드로 변속한 후 차의 조명을 전부 껐다. 그리고 숨을 헐떡이며 경사면을 걸어 올라가 차단벽을 원래 있던 자리에 당겨 놓고 다시 내려왔다.

LTD의 뒷문을 열고 매리의 청소용 들통을 꺼냈다. 들통을 들고 조수석 쪽으로 돌아가 조수석 바닥에 내려놓았다. 조수석에는 집에서 실어놓은 화염병 상자가 있었다. 들통의 하얀 뚜껑을 열고 조그맣게 콧노래를 흥얼거리며 화염병의 심지를 휘발유에 차례로 담갔다. 그 작업을 마친 뒤 들통을 들고 크레인 쪽으로 걸어가 운전석으로 올라갔다. 운전석 문은 잠겨 있지 않았다. 미끄러져 떨어지지 않도록 신중을 기했다. 흥분되어 심장이 빠르게 뛰었다. 미칠 듯한 기쁨으로 목구멍 안쪽이 조여들었다.

들통에 담긴 휘발유를 크레인 운전석과 계기판, 변속기에 골고루 뿌렸다. 크레인의 엔진 덮개를 빙 둘러싼 리벳 박힌 좁은 통로를 밟고 서서 카울링에 나머지 휘발유를 들이부었다. 탄화수소 냄새가 확 퍼져나갔다. 휘발유에 젖은 장갑을 벗어서 외투 주머니에 집어넣고 주머니에서 성냥을 한 줌 꺼내려다 바닥에 우수수 떨어뜨리고 말았다. 주머니에 남은 성냥을 꺼내 불을 붙이려는데 첫 번째와 두 번째 성냥이 바람에 연달아 꺼졌다. 바람을 등지고 서서 몸을 웅크려 바람을 막고 다시 성냥에 불을 붙였다. 이번에는 무사히 불이 붙었다. 나머지 성냥에 옮겨 붙이자 불길이 화르륵 타올랐다. 불붙은 성냥 묶음을 크레인 운전석에 던져 넣었다.

처음에는 반응이 없어 성냥불이 꺼져버린 줄 알았다. 잠시 후 부

드럽게 펑! 소리가 들리더니 운전석에서 맹렬한 돌풍과 함께 불이
뿜어져 나왔다. 그는 뒤로 두어 걸음 물러섰다. 밝은 오렌지색으로
타오르는 불꽃에 눈이 부셔서 손으로 눈 앞을 가렸다.

운전석의 불길은 엔진 후드로 옮겨갔고, 잠시 생각에 잠긴 듯 잠
잠하다가 후드 안쪽으로 파고들었다. 이번 폭발은 아까처럼 부드
럽지 않았다. 콰—쾅! 빙글빙글 돌면서 공중으로 휙 날아오른 카울
링은 순식간에 어디로 갔는지 보이지 않았다. 머리 옆으로 무언가
쌔앵 하고 날아간 듯도 했다.

'불타고 있어. 정말 불타고 있어!'

그는 불길이 타오르는 어둠 속에서 발을 이리저리 움직이며 춤
을 추었다. 거대한 황홀경에 빠진 얼굴이 일그러지면서 산산조각
이 나 백만 개의 웃는 표정이 되었다. 양손을 모아 쥐고 머리 위로
주먹을 휘둘렀다.

"만세!" 그가 바람에게 외치자 바람이 그에게 마주 외쳤다. "제기
랄 만세!"

크레인을 빙 돌아서 가던 그는 눈을 밟고 미끄러졌다. 어쩌면 그
래서 목숨을 구했는지도 몰랐다. 그가 넘어진 순간 크레인의 연료
탱크가 반경 12미터 이내에 파편들을 날려 보냈다. 뜨겁게 달궈진
금속 파편 하나가 LTD의 오른쪽 창문으로 날아와 안전유리에 별모
양의 구멍을 뚫었다. 구멍 주변에 거미줄 같은 미세한 금들이 쫙 퍼
져나갔다.

그는 벌떡 일어섰다. 앞으로 넘어진 탓에 몸 앞쪽에 온통 눈이 묻
어 있었다. LTD의 운전석으로 재빨리 돌아가 앉았다. 지문이 묻을

까 봐 장갑을 도로 꼈지만 이미 벌어진 사태를 보면서 신중해야겠다는 생각은 이내 사라졌다. 시동키를 돌리려는데 장갑을 낀 탓에 손에 그 느낌이 잘 전달되지 않았다. 시동을 걸고 나서 액셀을 발로 꾹 밟았다. 어린 시절, 그들을 둘러싼 세상도 어렸던 시절, '지려 밟는다'고 표현했던 방식대로였다. LTD의 뒷부분이 오른쪽 왼쪽으로 격하게 흔들거렸다. 세차게 타오르는 크레인의 모습은 상상했던 것보다 더 장관이었다. 불덩어리가 된 운전석이 활활 타올랐다. 큼직한 앞 유리는 어디론가 사라졌다.

"끝내준다! 아, 프레디. *정말 끝내줘!*"

바튼은 LTD를 몰고 크레인 앞쪽으로 이동했다. 크레인의 불길이 핼러윈을 대표하는 색상인 오렌지색과 검은색으로 그의 얼굴을 물들였다. 오른손 검지로 계기판을 툭 눌렀다. 세 번이나 시도한 후에야 시거 라이터를 제대로 누를 수 있었다. 건설 기계들은 그의 왼쪽에 위치해 있었다. 차창을 내리고 바깥을 살폈다. LTD가 울퉁불퉁하게 얼어붙은 땅을 가로지르는 동안, 조수석 바닥에 놓인 청소용 들통이 앞뒤로 흔들거렸고 맥주병과 음료수병으로 만든 화염병들도 덩달아 저희끼리 달각달각 부딪쳤다.

시거 라이터를 꾹 눌러 튀어나오게 한 뒤 브레이크를 밟았다. LTD가 덜컥 멈춰 섰다. 소켓에서 시거 라이터를 꺼내 들고 상자에 담긴 화염병 하나를 집어 든 뒤 빨갛게 달아오른 시거 라이터의 코일을 화염병 심지에 가져다 댔다. 심지에 불이 붙자마자 화염병을 밖으로 던졌다. 불도저가 서 있는 진흙 바닥에 떨어진 화염병이 박살나면서 화려한 불길이 솟아올랐다. 시거 라이터를 소켓에 도로 밀어 넣고 6미터 정도를 나아간 뒤 시커멓게 서 있는 페이로더를 향해 화염병 세 개를 던졌다. 첫 번째는 빗나갔고, 두 번째는 측면에 맞으면서 불붙은 휘발유를 쓸데없이 눈 더미에 흘리고 말았다. 세 번째는 호를 그리며 깔끔하게 운전석으로 날아갔다.

"명중이다!"

또 다른 불도저 한 대와 좀 더 작은 페이로더까지 해치운 그는 받침대 위에 놓인 하우스 트레일러(주거용 설비 일체를 갖춘 트레일러―옮긴이) 앞으로 이동했다. 문에 안내문이 붙어 있었다.

레인 건설회사

현장 사무소

여기서는 인부 고용 안 합니다!

발을 닦고 들어오세요.

목표물을 던져 맞힐 수 있는 지점에 LTD를 세운 뒤, 문 옆의 큼직한 창문을 향해 불붙은 화염병 네 개를 던졌다. 불의 휘장을 그리며 날아간 첫 번째 화염병이 창문을 깨고 하우스 트레일러 안에서 박살 났다. 나머지 화염병들도 차례로 안으로 들어갔다.

트레일러 너머에 픽업트럭 한 대가 세워져 있었다. LTD에서 내린 바튼은 픽업트럭의 조수석 문을 당겨 보았다. 문은 잠겨 있지 않았다. 화염병 심지에 불을 붙여 픽업트럭 안에 던졌다. 벤치 시트에 성난 불길이 치솟았다.

차로 돌아와 보니 화염병이 네다섯 개 남아 있었다. 추위에 몸을 떨며 차를 운전하는데 휘발유 냄새가 섞인 콧물이 줄줄 흘렀다. 그의 얼굴에 웃음꽃이 피었다!

다음은 굴착기 차례였다. 남은 화염병을 모조리 굴착기를 향해 던졌다. 계속 헛방만 날리다가 마지막 화염병이 뒤쪽 톱니에 연결된 줄을 날려버렸다.

상자 안을 돌아본 바튼은 화염병이 남아 있지 않자 백미러를 들여다보며 울부짖었다.

"빌어먹을. 아, 뭐 이런 개 같은 경우가 다 있어. 프레디, 이 멍청한 새끼야!"

눈 쏟아지는 어둠 속에 그가 던져놓은 불들이 모닥불이 되어 활주로의 착륙등처럼 저 뒤에서 타오르고 있었다. 현장 사무소로 쓰이는 하우스 트레일러에서 미친 듯이 불길이 뿜어 나왔다. 픽업트럭은 불덩어리가 되어 있었다. 페이로더의 운전석은 오렌지색 가마솥이 됐다. 단연 걸작은 크레인이었다. 크레인은 도로 공사장 한가운데서 노랗게 타오르는 횃불이 되어 있었다.

"이게 바로 파괴다!"

그의 정신머리가 점차 제정신 비슷하게 돌아오기 시작했다. 왔던 길로 돌아서 나갈 엄두가 나지 않았다. 경찰이 곧 오지 않을까 싶었다. 어쩌면 벌써 출발했을 수도 있었다. 소방관들도. 그들이 오기 전에 여길 빠져나갈 수 있을까? 아니면 그들에게 가로막혀 여기 갇히게 될까?

헤론 플레이스. 일단 헤론 플레이스로 올라가야 했다. 경사면은 25도 아니, 30도쯤 될 것 같았다. 고속도로 관리청에서 세워놓은 차단벽을 부수고 나가야겠다고 결심하며 올려다보니 난간이 이미 불에 타 사라진 상태였다. 충분히 도망칠 수 있을 듯했다. 그랬다. 가능했다. 오늘밤은 뭐든 할 수 있었다.

LTD를 몰고 토대 공사 중인 구역을 달렸다. 주차등만 켜고 운전대를 이리저리 돌려가며 미끄러지려는 차의 방향을 잡았다. 저 위에 헤론 플레이스의 가로등들이 보이자 오른쪽으로 방향을 돌렸다. 차에 휘발유를 계속 먹여가며 속도를 높였다. 속도계 바늘이 시속 50킬로미터를 넘어간 걸 확인하고 제방을 향해 달렸다. 경사면을 타고 솟구치듯 올라갔을 때 차의 속도는 시속 64킬로미터였다. 중간쯤 올라갔을 때 뒷바퀴가 헛돌기 시작했다. 기어를 하단으로 변속했다. 엔진 소리가 낮아지면서 차가 휘청하며 앞으로 나아갔다. 경사면 꼭대기를 코앞에 두고 바퀴가 다시 헛돌았다. 차 뒤로 눈과 자갈, 얼어붙은 흙덩어리가 기관총 사격하듯 튕겨 나갔다. 못 올라가는 건가 싶었는데, LTD는 관성으로—그리고 강한 의지로— 경사면을 올라가 평지에 섰다.

차의 앞부분이 흑백 차단벽을 옆으로 밀쳐냈다. 차단벽은 눈가루를 꿈결처럼 휘날리며 눈 더미에 쓰러졌다. LTD는 연석을 넘어갔다. 마치 아무 일도 없었던 것처럼 평범한 도로에 서자 그는 움찔했다. 기어를 주행으로 변속한 후 시속 50킬로미터 정도로 차분하게 나아갔다.

집 쪽으로 방향을 돌리던 그는 문득 공사 현장에 증거가 될 만한 흔적들을 남겨뒀음을 깨달았다. 앞으로 두어 시간 눈이 더 내린다고 해도 눈이 그 흔적을 모두 지워주지는 못할 것이다. 그는 크레스탈린가 쪽으로 가는 대신에 헤론 플레이스를 벗어나 리버가로 향했다. 그리고 리버가를 지나 7번 도로로 차를 몰았다. 지상에 내린 눈이 단단해지기 시작할 무렵이라 오가는 차량은 그다지 많지 않았다. 그래도 고속도로를 덮은 눈을 짓이겨 바퀴 자국을 잔뜩 만들어놓을 정도는 되었다.

동쪽으로 향하는 차량들 뒤에 합류한 그는 속도를 시속 64킬로미터로 높였다.

7번 도로를 타고 16킬로미터쯤 달리다가 도시로 진입해 크레스탈린가 쪽으로 차를 몰았다. 노란색 눈을 번뜩이며 거대한 오렌지색 마스티프(털이 짧고 덩치가 큰 개. 흔히 건물 경비견으로 쓰임─옮긴이)처럼 밤의 거리를 누비는 제설차 몇 대가 보였다. 그는 몇 번이나 784번 고속도로 공사 현장 쪽으로 시선을 돌렸지만 휘몰아치는 눈발 탓에 아무것도 보이지 않았다.

집까지 절반 정도 왔을 때쯤, 차창을 전부 올려 닫고 히터를 제일 강하게 틀어놨는데도 차 안이 너무 춥다는 사실을 깨달았다. 뒤를 돌아보니 조수석 뒷좌석의 창문에 들쭉날쭉한 구멍이 나 있고, 뒷좌석에 깨진 유리와 눈이 쌓여 있었다.

'어떻게 된 거지?'

당황스러웠다. 이 차의 유리가 깨진 것과 관련해 기억나는 게 없었다.

북쪽에서 크레스탈린가로 진입해 곧장 집 쪽으로 차를 몰았다. 집은 아까 나올 때의 상태 그대로였다. 그가 주방에 켜놓은 조명등이 온통 어두컴컴한 이 거리의 유일한 빛이었다. 거리 앞쪽에 경찰차는 한 대도 없었지만, 차고 문이 열려 있는 걸 보니 기가 막혔다. 차고 문을 열어놓다니 정말 멍청한 짓이었다. 눈이 내리면 차고 문을 닫아야 하는 것 아닌가. 집에 차고를 두는 이유는 본인 소유물을 외부 물질로부터 지키기 위해서라고, 그의 아버지는 말하곤 했다. 그의 아버지 랠프 도스는 조니의 형 알니처럼 차고에서 세상을 떠났지만 자살은 아니었다. 뇌졸중 비슷한 증상이 원인이었다. 아버지를 발견한 이웃의 말에 따르면 아버지는 뻣뻣해진 왼손에 잔디 깎이 장비를, 오른손에는 작은 숫돌을 쥐고 있었다고 했다. 교외 거주자의 흔한 죽음이었다. 오, 주여, 이 백인의 영혼을 천국으로 보내주소서. 바랭이 잡초도 없고 흑인들이 알아서 가까이 오지 않는 천국으로.

바튼은 LTD를 세우고 차고 문을 내려 닫은 뒤 집으로 들어갔다. 지치기도 했고 따뜻한 집에 들어와서인지 몸이 떨렸다. 새벽 3시 15분. 외투와 모자를 현관 복도 벽장 안에 걸고 벽장문을 닫는 순간, 스카치위스키를 목구멍에 들이부은 것처럼 갑자기 두려움이 솟구쳤다. 허둥지둥 외투 주머니를 뒤졌다. 그 안에 장갑이 있는 걸 감촉으로 확인하자 안도의 한숨이 길게 터져 나왔다. 장갑 두 짝은 휘발유에 젖은 채 조그만 공처럼 뭉쳐 있었다.

커피를 만들까 하다가 그만두었다. 휘발유 증기를 들이마신 데다 눈 내리는 어둠 속에서 아슬아슬하게 차를 운전해 와서인지 메스껍고 머리가 욱신거렸다. 침실로 들어가 옷을 벗어 개키지도 않고 의자에 던져놓았다. 베개에 머리를 대면 곧장 잠에 쏟아질 줄 알았는데 누워도 정신은 말똥말똥했다. 안전한 집으로 돌아왔는데

도 각성 상태에 사로잡혀 잠이 쉬이 오지 않았다. 두려움이 시녀처럼 따라왔다. 경찰이 곧 들이닥쳐 그를 감옥에 처넣을 것이다. 그의 사진은 신문에 실릴 테고, 그를 아는 사람들은 고개를 절레절레 흔들며 크고 작은 구내식당에 모여 앉아 그가 한 짓을 놓고 떠들어 댈 게 분명했다. 비니 메이슨은 제 아내에게 도스가 미쳤다는 걸 진즉부터 알았다고 주워섬기겠지. 매리의 가족들은 매리를 리노시로 보낼 것이고 매리는 거기서 이혼을 요구할 것이다. 어쩌면 새로운 섹스 상대를 만날 수도 있겠지. 그렇게 된다고 해도 전혀 뜻밖의 일은 아닐 것이다.

잠이 오질 않아 그는 누워만 있었다. 경찰들이 잡으러 오지는 않을 거란 말을 수차례 되뇌었다. 장갑을 끼고 작업을 했으니까. 지문을 남기지 않았으니까. 매리의 청소용 들통과 그 위에 덮었던 하얀 뚜껑도 챙겨왔다. 개울로 들어가 블러드하운드(사람을 찾거나 추적할 때 이용하는, 후각이 발달한 큰 개—옮긴이)의 추적을 따돌리는 도망자처럼, 혹시 모를 추적을 피하기 위해 발자취도 잘 지웠다. 이런저런 생각이 끝없이 밀려들어, 잠을 잘 수도 편하게 쉴 수도 없었다. 경찰들이 곧 체포하러 올 것이다. 어쩌면 헤론 플레이스에서 누군가 그의 차를 보고, 눈보라 치는 밤늦은 시간에 나와 돌아다니는 걸 수상쩍게 여겼을 수도 있었다. 누군가 그의 자동차 번호를 메모해 뒀다가 경찰에 알려 범인 체포에 도움을 줄지도 모른다. 경찰이 헤론 플레이스 공사 현장 차단벽에 묻은 페인트를 확보해 컴퓨터로 자동차 등록 자료를 조회해 그의 이름을 찾아낼지도 몰랐다. 어쩌면……

그는 이리저리 뒤척였다. 푸른 제복을 입은 경찰들이 그의 집 창
문으로 다가오는 상상, 현관문을 묵직하게 두드리는 상상, 카프카
적인 부조리하고 암울한 무형의 목소리가 밖에서 '어서 문 열어!'
하고 외치는 상상을 하면서. 그러다 까무룩 잠이 들었지만 생각이
끝없이 이어져 잠든 줄도 몰랐다. 주행 모드로 달리다가 기어를 하
단으로 변속한 자동차처럼, 쉼 없는 심사숙고에서 비딱한 꿈의 세
상으로 곧장 이어진 탓이었다. 꿈속에서도 그는 깨어 있는 줄 알았
다. 꿈에서 그는 되풀이해 자살을 시도했다. 제 몸에 불을 지르고,
모루 아래에 서서 밧줄을 당겨 제 몸을 모루로 쳐 죽이고, 목을 매
달고, 가스레인지의 점화용 불씨로 화구 네 개에 전부 불을 붙여 목
숨을 끊고, 제 몸에 총을 쏘고, 창밖으로 몸을 던지고, 빠르게 달리
는 그레이하운드 버스 앞으로 뛰어들고, 독성 알약을 삼키고, 바니
시 변기 세정제를 마시고, 글레이드 파인 프레시 에어로졸 캔의 주
둥이를 입에 대고 단추를 눌러 내용물을 입안에 분사한 뒤 머리가
풍선처럼 하늘로 떠오를 때까지 들이마시고, 세인트 돔 성당의 고
백 성사실에서 무릎을 꿇고 앉아 할복을 하고, 어안이 벙벙해진 젊
은 사제 앞에서 소고기 스튜 같은 내장을 긴 의자에 쏟아놓으며 자
살의 죄를 고백하고, 모락모락 김을 뿜는 내장과 피 웅덩이에 드러
누워 멍하고 희미한 목소리로 참회의 기도를 하는 등 방법도 가지
가지였다. 그 중에서도 제일 생생하게 반복되는 꿈은 LTD 운전석
에 앉아 있는 자신의 모습을 보는 꿈이었다. 꿈에서 그는 문 닫은
차고 안에 차를 두고 차에 시동을 켠 다음, 깊게 숨을 들이마시며
《내셔널 지오그래픽(National Geographic)》잡지를 훑어보고 있었다.

타히티섬과 오클랜드시, 뉴올리언스주의 참회 화요일(사순절이 시작되기 전날—옮긴이) 사진들을 들여다보면서 천천히 페이지를 넘기는데 자동차 엔진 소리가 점점 아득히 멀어져 우웅 소리로 줄어들었다. 이윽고 남태평양의 푸른 바닷물이 그를 집어삼켰다. 그는 바닷물의 따뜻한 온기에 가만히 흔들리며 깊고 깊은 은빛 바다로 끌려 내려갔다.

1973년 12월 19일

오후 12시 30분, 잠에서 깬 그는 침대에서 몸을 일으켰다. 지난 밤에 술을 진탕 마신 것 같은 기분이었다. 머리가 깨질 듯이 아프고 소변으로 꽉 찬 방광이 저릿저릿했다. 입안에서 죽은 뱀 같은 맛이 돌았다. 발걸음을 옮기자 심장이 작은 북처럼 쿵쿵 울렸다. (짧은 시간 동안만이긴 하지만) 어젯밤 꿈의 내용을 전부 기억하고 있는 것도 믿기지 않았다. 살에 스며든 휘발유 냄새가 옷더미에서도 역겨울 정도로 진하게 풍기고 있었다. 어느새 눈은 그쳤고 하늘은 맑았다. 환한 햇살을 받은 그의 두 눈이 자비를 구했다.

화장실로 들어가 변기를 타고 앉았다. 버려진 기차역을 통과하는 우편 열차처럼 그의 몸에서 거대한 설사가 쏟아져 나왔다. 역겨운 방귀 소리가 연달아 터져 나오고 설사가 변기 물로 퐁당퐁당 떨어지는 동안 그는 신음을 흘리며 머리를 부여잡았다. 그대로 변기에 앉은 채 소변을 보았다. 소화 기관의 불쾌한 최종 산물이 풍기는 진하고 경악스러운 냄새가 그의 주변에 진하게 피어올랐다.

변기에 물을 내린 뒤 깨끗한 옷을 챙겨 들고 오렌지 나무 계단을 밟으며 아래층으로 내려갔다. 주방 싱크대 위쪽 선반에 놓인 초록색 약병에서 엑시드린(편두통약—옮긴이) 세 알을 꺼내 입에 털어 넣은 뒤 펩토비스몰을 크게 두 모금 머금고 꿀꺽 삼켰다. 커피 물을 끓이면서 좋아하는 컵을 꺼내다가 손잡이를 잘못 잡아 놓친 바람에 컵을 깨뜨리고 말았다. 컵 파편을 모아 치우고 다른 컵을 꺼냈다. 맥스웰 하우스 인스턴트커피를 컵에 넣고 식당으로 들어갔다.

라디오를 켜고 채널을 이리저리 돌렸다. 필요로 할 때는 늘 곁에 없는 경찰처럼, 그가 들으려는 뉴스 채널도 방송되지 않고 있었다. 팝 음악. 곡물 관련 보고서. 금덩어리 채굴 쇼, 전화 토크 쇼. 중고품 가게 프로그램. 은행 보험 상품을 광고하는 폴 하비. 또 팝 음악. 뉴스는 나오지 않았다.

커피 물이 끓고 있었다. 라디오를 팝 음악 채널에 맞춰놓고 테이블로 커피를 가져와 블랙으로 마셨다. 첫 두 모금을 마실 때까지는 구역질이 났지만 그 다음부터는 괜찮아졌다.

마침내 뉴스가 시작됐다. 국내 뉴스가 먼저 나오고 그 다음이 지역 뉴스였다.

우리 도시 관련 소식입니다. 오늘 새벽, 그랜드가 근처의 784번 고속도로 확장 공사 현장에서 화재가 발생했습니다. 헨리 킹 경관은 공공 기물 파손자들이 화염병을 사용해 크레인 한 대, 페이로더 두 대, 불도저 두 대, 픽업트럭 한 대, 레인 건설회사 현장 사무소에 불을 질렀고 그 중 현장 사무소는 완전히 연소됐다고 말했습니다.

'완전 연소'라는 단어를 듣는데 블랙커피처럼 씁쓸하고 어두운 쾌락의 감정이 치밀어 올라 목구멍이 조여들었다.

도시를 가로지르는 이 확장 공사와 관련해, 하도급 계약을 따낸 레인 건설회사의 프랜시스 레인 사장의 말에 따르면 페이로더와 불도저가 입은 피해는 경미하다고 합니다. 다만 가격이 6만 달러에 달하는 철거용 크레인은 앞으로 최대 2주일 동안 사용을 못 하게 됐습니다.

겨우 2주일? 그게 다야?

레인 사장의 말에 따르면 현장 사무실의 상태가 더 심각하다고 합니다. 화재 당시 현장 사무실에는 근무 시간 기록표, 작업 기록, 지난 3개월간 회사의 원가 계산 기록의 90퍼센트가 보관돼 있었습니다. "정말이지 골치 아프게 됐습니다. 이번 화재 때문에 작업 일정이 한 달 이상 지연될 수 있습니다." 라고 레인 사장은 말했습니다.

어쩌면 좋은 소식일 수도 있었다. 공사를 한 달 이상 늦춘 건만 해도 충분히 가치가 있었다.

킹 경관의 말에 따르면, 범인들은 최신 쉐보레 모델로 추정되는 스테이션 왜건을 타고 공사 현장에서 달아났습니다. 헤론 가의 공사 현장을 떠나는 이 차량을 목격한 분이 있다면 바로 신고를 해달라고 킹 경관은 호소했습니다. 프랜시스 레인 사장은 이번 화재로 인한 총 손해액이 10만 달러에 이를 것이라고 말했습니다.

다른 지역 뉴스에서 주의원 뮤리얼 레스턴은 다시 한번 호소하며······

라디오를 껐다.

여기까지 듣고 나니, 그것도 대낮에 듣고 나니 좀 더 명확하게 상황 파악이 됐다. 이성적으로 볼 수 있게 됐다. 당연히 경찰은 자기네가 아는 단서를 뉴스에서 전부 내놓지는 않았을 것이다. 그래도 그들이 포드가 아니라 쉐보레를 찾고 있다면, 현장에서 쉐보레를 본 목격자를 찾고 있다면, 바튼은 적어도 당분간은 안전했다. 만약 목격자가 정말 있어서 경찰에 신고를 한다면 지금 그가 아무리 걱정을 해봤자 결과는 달라지지 않을 것이다.

매리의 청소용 들통을 내다 버리고 차고 문을 열어 독한 휘발유 냄새를 빼야 했다. 누가 물어볼 경우에 대비해 포드 LTD 스테이션왜건의 뒷유리가 깨진 이유도 생각해둬야 했다. 무엇보다 중요한 것은 경찰의 방문에 대비해 마음의 준비를 해야 한다는 점이었다. 그는 서부 지역 크레스탈린가에 마지막으로 남아 있는 주민이니 경찰이 찾아온다고 보는 게 논리적으로 타당했다. 경찰들이 그를 수상쩍게 여기고 뒤를 조금만 파 봐도 그가 근래 들어 괴상하게 행동했다는 사실을 알아낼 수 있을 터였다. 그는 새로운 공장 부지 매입 건을 망쳐놨고 아내에게 버림받았다. 백화점에서 예전 직장 동료에게 주먹질을 당하기도 했다. 그리고 쉐보레든 아니든 스테이션 왜건을 보유하고 있었다. 이렇듯 전부 부정적인 내용이지만, 그중 어느 것도 그를 범인으로 특정하는 증거가 될 수는 없었다.

만약 경찰이 증거까지 찾아내면 그는 감옥에 가게 될 것이다. 하지만 감옥에 갇히는 게 제일 끔찍한 일은 아니었다. 감옥에 간다고 해서 세상이 끝장나는 것도 아니었다. 감옥에서는 적당한 일거리와 먹을 것을 제공해줄 테니까. 환급받은 보험금이 다 떨어지면 어떻게 살지에 대한 걱정도 할 필요 없어질 것이다. 감옥에 가는 것보다 더 좋지 않은 상황은 얼마든지 있었다. 그중 하나는 자살이었다. 자살이 감옥보다 더 지독했다. 그는 위층으로 올라가 샤워를 했다.

오후 늦게 매리에게 전화를 걸었다. 장모가 받더니 한숨을 푹 쉬며 매리를 부르러 갔다. 얼마 후 매리가 전화를 받았다. 꽤나 쾌활한 목소리였다.

"안녕, 바튼. 미리 인사할게. 메리 크리스마스."

"아니, '매리' 크리스마스지."

예전부터 해오던 농담이었다. 처음엔 농담이었는데 어느새 그들 부부 사이에 전통처럼 굳어진 인사말이 됐다.

"무슨 일이야, 바튼?"

"그게, 당신이랑 조카들 주려고…… 선물을 몇 개 샀거든…… 소소한 것들이야. 어디서든 만나서 당신한테 전해주고 싶어. 애들 선물은 아직 포장을 안 했고—"

"내가 포장하면 돼. 선물은 뭐 하러 샀어. 요즘 일도 안 하면서."

"선물을 사는 일 정도는 할 수 있으니까."

"바튼, 전에…… 만났을 때 당신이 하겠다고 한 일은 했어?"

"정신과 의사를 만나는 거?"

"응."

"두 군데에 전화를 했어. 한군데는 6월은 돼야 예약이 된다고 하고, 다른 정신과 의사는 3월 말까지 바하마 제도에 가 있을 거래. 돌아오면 상담을 해주겠대."

"그 의사들 이름이 뭐야?"

"이름? 글쎄, 다시 찾아보고 말해줄게. 첫 번째 의사는 애덤스라고 했어. 니콜라스 애덤스였나—"

"바튼."

매리는 침울한 목소리였다.

"애런스였던 것 같기도 하고."

"바튼."

"알았어. 당신 믿고 싶은 대로 믿어. 뜻대로 해."

"바튼, 제발 좀—"

"선물은 어쩔 거야? 내가 전화한 건 선물 때문이지 정신과 의사 나부랭이 때문이 아니라고."

매리는 한숨을 쉬었다.

"금요일에 여기로 가져와 줄 수 있어? 내가—"

"그래, 그래야 당신 부모가 찰스 맨슨(미국의 사교집단 맨슨 패밀리의 두목이자 희대의 살인마—옮긴이)을 고용해서 나를 맞이하게 하겠네? 중립적인 장소에서 만나는 건 어때?"

"그날 부모님은 집에 안 계실 거야. 크리스마스를 보내러 조애나

아주머니댁에 가시기로 했어."

조애나라면 조애나 세인트 클레어를 말하는 듯했다. 장모인 진 캘로웨이의 사촌이며 미네소타에 산다는 할머니였다. 진과 조애나는 소녀 시절(1812년 미영전쟁과 남부 연합 결성 사이의 잠잠했던 시기를 의미)에 무척 가깝게 지냈는데, 지난 7월에 조애나가 뇌졸중으로 쓰러졌다. 조애나는 후유증을 극복하려 애쓰고 있었지만, 진은 의사에게 듣기로 조애나가 언제 세상을 떠날지 모르는 상태라 했다고 바튼과 매리에게 귀띔해주었다. 바튼은 그렇게 머릿속에 시한폭탄을 담고 사는 삶도 괜찮지 않나 싶었다. 어이, 폭탄아, 오늘 터질 거냐? 오늘은 터지지 말자. 빅토리아 홀트의 신작 로맨스 소설을 아직 다 못 읽었거든.

"바튼? 전화 안 끊었지?"

"어. 잠깐 생각 좀 하느라고."

"오후 1시 괜찮아?"

"그래."

"더 할 얘기 있어?"

"아니, 없어."

"그럼……"

"잘 지내, 매리."

"그럴게. 그럼 끊어, 바튼."

"어."

전화를 끊었다. 바튼은 술을 한 잔 만들려고 주방으로 향했다. 방금 그가 전화로 얘기를 나눈 여자는 한 달 전쯤 눈에 눈물을 그렁

그렁하게 매달고 거실에 앉아 있던 여자가 아니었다. 자신의 정돈된 삶, 20년 동안 공들여 가꿔온 인생을 휩쓸고 개펄에 작대기 몇 개만 남겨놓은 거대한 해일에 대해 해명해보라고 요구하던 여자가 아니었다. 놀라웠다. 그는 고개를 절레절레 흔들었다. 하늘에서 예수가 내려와 불 수레에 리처드 닉슨 대통령을 싣고 천국으로 올라갔다는 뉴스를 들으면 아마 그 정도로 놀라지 않을까. 매리는 마음을 잘 추스른 듯했다. 아니, 바튼도 잘 알지 못하는 사람으로 거듭난 듯했다. 바튼이 잘 기억하지 못하는 젊은 시절의 매리로. 그녀는 고고학자처럼 과거의 자신을 발굴해냈다. 오랜 세월 마음 안에 갇혀 지내다 보니 관절이 약간 뻣뻣하긴 했지만 여전히 사용 가능한 젊은 자아의 모습이었다. 뻣뻣한 관절도 시간이 지나면 부드러워지고 새로운 자아도 온전한 여인이 될 것이다. 매리는 갑작스러운 인생의 격변으로 인해 영혼에 생채기가 나기는 했지만 심각한 상처를 입지는 않았다. 바튼은 매리가 생각하는 것보다 그녀를 잘 알았다. 통화하면서 매리의 어조만 들어도 알 수 있었다. 이 여자가 이제 얼마 후에는 이혼을 생각하겠구나. 부목을 잘 대고 치료를 받아 절뚝거릴 일도 없으니…… 과거와 깨끗이 절연하겠구나. 매리는 서른여덟 살이었다. 아직 인생을 절반도 살지 않았다. 이 결혼이 깨지면 깊은 상처를 받아 영혼이 망가질 자식도 없었다. 바튼이 먼저 이혼 얘기를 꺼내지는 않겠지만 만약 매리가 이혼을 원하면 동의해줄 생각이었다. 새로운 사람이 되어 아름다워진 매리가 부러웠다. 그녀가 지난 10년간의 결혼 생활을 돌아보면서 드디어 길고 어두운 통로를 지나 햇빛으로 나아가게 되었다고 생각한다면, 진심으로 유감일 것 같았다. 하지만 매리를 탓할 수는 없었다. 그랬다. 절대 탓할 수는 없었다.

1973년 12월 21일

시계가 줄기차게 똑딱거리고 오물루 장식(로코코 시대를 대변하는 장식. 가구의 손잡이나 모서리, 닳기 쉬운 부분을 보호하기 위해 놋쇠로 덧붙인 것을 의미함—옮긴이)이 돋보이는 장모 진 캘로웨이의 거실에서 바튼은 매리에게 선물들을 건넸다. 그 후 그들은 부자연스럽고 어색하게 대화를 나눴다. 바튼은 이 거실에서 매리와 단 둘이 있었던 적이 없었다. 어쩐지 그녀를 껴안고 애무를 해야 할 것 같은 기분이 자꾸 들었다. 대학 시절의 자기 모습이 문득 떠오르자 바튼은 저도 모르게 움찔했다.

"머리를 옅게 염색했네?"

그가 물었다.

"살짝만."

매리는 어깨를 약간 으쓱했다.

"보기 좋아. 젊어 보여."

"당신은 관자놀이 주변이 희끗희끗해졌어, 바튼. 나름 기품 있어 보이기도 해."

"말도 안 돼. 추레해 보이겠지."

매리는 지나치게 높은 톤으로 웃더니 작은 사이드 테이블에 놓인 선물들을 돌아보았다. 바튼은 부엉이 핀만 포장을 했고 나머지 장난감과 체스 세트는 매리가 직접 포장하도록 그냥 가져왔다. 인형들은 어린 소녀의 손길로 생명을 얻길 기다리며 멍하니 천장만 올려다보고 있었다.

바튼은 매리를 바라보았다. 그들은 잠시 진지하게 서로를 마주 보았다. 이러다 매리의 입에서 돌이킬 수 없는 말이 나올까 봐 그는 두려웠다. 그 순간 뻐꾸기시계가 튀어나와 오후 1시 30분임을 알렸다. 두 사람은 깜짝 놀랐다가 소리 내어 웃었다. 웃음꽃이 핀 순간은 곧 지나갔다. 그는 다시 어색해지고 싶지 않아 그만 일어섰다. 뻐꾸기 덕을 봤으니, 이만하면 되었다.

"갈게."

"약속 있어?"

"면접 보러 가야 해."

"정말?" 매리는 표정이 밝아졌다. "어디야? 누굴 만나? 급료는 얼마나 준대?"

바튼은 웃으며 고개를 저었다.

"나랑 조건이 비슷한 지원자들이 열 명도 넘어. 되면 말해줄게."

"자신감을 가져."

"그래야지."

"바튼, 크리스마스 때 뭐해?"

걱정스럽기도 하고 진지하기도 한 표정이었다. 어쩌면 매리가 오늘 그에게 하려던 말은 내년에 이혼을 위해 법정에서 보자는 게 아니라 크리스마스 만찬에 초대하고 싶다는 말인지도 모른다는 생각이 들었다. 다행이었다! 그는 마음이 놓여 웃음이 터질 뻔했다.

"집에서 저녁 먹으려고."

"여기로 와. 우리 둘밖에 없을 거야."

"아니." 그는 생각 끝에 좀 더 확고하게 말했다. "안 그러는 게 좋 겠어. 휴가 기간에는 아무래도 감정이 격해지잖아. 다음에 먹자."

매리도 생각에 잠긴 표정으로 고개를 끄덕였다.

바튼이 물었다.

"혼자 먹어?"

"밥과 재닛의 집으로 갈 수도 있어. 당신 정말 안 올 거야?"

"어."

"그래……"

매리는 어쩐지 안도한 표정이었다.

그들은 현관문 앞으로 걸어가 온기 없는 입맞춤을 나눴다.

"전화할게." 바튼이 말했다.

"꼭 해."

"밥한테 안부 전해 줘."

"응."

차를 세워둔 곳까지 진입로를 절반쯤 내려갔을 때 매리가 그를 불렀다.

"바튼! 바튼, 잠깐만!" 그는 두려워하며 돌아섰다. "내가 깜빡했 는데, 월터 햄너 씨가 전화해서 우리를 신년 파티에 초대했어. 내가 우리 둘 다 갈 거라고 했거든. 당신이 가고 싶지 않다고 하면—"

"월터?" 바튼은 인상을 찌푸렸다. 이 도시에서 그들 부부가 거의 유일하게 친하게 지내는 친구인데, 이 지역 광고 회사에 다녔다.

"우리가 별거 중인 거 그 친구는 몰라?"

"알아, 하지만 월터가 어떤 사람인지 알잖아. 그런 거로는 눈 하나 깜짝 안 할걸."

정말 그랬다. 월터를 생각만 해도 바튼의 얼굴에 미소가 떠올랐다. 월터는 걸핏하면 고급 트러스(지붕이나 교량 따위를 버티기 위해 떠받치는 구조물—옮긴이) 설계 일을 하고 싶다며 지금 하는 광고 일을 때려치워야겠다고 말하곤 했다. 외설스러운 5행 희시(예전에 아일랜드에서 유행한 약약강격(弱弱强格) 5행의 희시—옮긴이)를 짓거나 유행가를 음란한 패러디 노래로 만드는 걸 즐겨 했다. 두 번 이혼했는데 두 번 다 쉽지 않은 과정이었다. 소문에 따르면 발기불능이 됐다는데, 아무래도 그 소문이 사실인 것 같았다. 월터를 본 지가 얼마나 됐더라? 4개월? 6개월? 너무 오래되긴 했다.

"파티라니 재미있겠네."

바튼은 문득 괜히 갔다가 어색할 수도 있겠다는 생각을 했다.

예전처럼 그의 표정을 보고 생각을 읽은 매리가 말했다.

"세탁회사 사람들은 안 올 거야."

"월터와 스티브 오드너가 아는 사이인데."

"그렇긴 하지, 그 사람이……"

메리는 오드너가 파티에 올 가능성은 별로 없다는 뜻으로 어깨를 으쓱해 보였는데, 몸이 떨리자 얼른 팔꿈치를 손으로 잡았다. 바깥 기온은 겨우 영하 4도였다.

"들어가. 춥잖아. 바보 같긴."

"파티에 올 거야?"

"모르겠어. 생각해볼게."

바튼은 매리에게 다시 입을 맞췄다. 이번에는 아까보다 좀 더 힘이 들어간 키스였다. 매리도 화답했다. 보통 이런 순간이면 모든 걸 후회하겠지만 바튼에게 후회는 이미 딴 세상 얘기였다.

"메리 크리스마스, 바튼."

아내는 살짝 울먹이고 있었다.

"내년에는 좀 더 나아질 거야." 위로의 말일 뿐 분명한 의미 따위 없었다. "폐렴 걸리기 전에 어서 들어가."

매리는 집으로 들어갔고 바튼은 월터 햄너의 신년 전야 파티를 생각하며 차를 출발시켰다. 아무래도 그 파티에 가야 할 듯했다.

1973년 12월 24일

바튼은 노튼 지역에 있는 작은 차량 정비소를 찾아갔다. 그 정비소에서 깨진 뒷유리를 90달러에 갈아주겠다고 했다. 크리스마스 전날에 문을 여느냐고 물었더니 정비공은 "그럼요. 문 여니까 오시라고 했죠."라고 대답했다.

가는 길에 노튼 지역의 유워시잇(U-Wash-It) 빨래방에 들러 세탁기 두 개에 옷을 나눠 넣었다. 그는 어떤 모양의 스프링 드라이브를 쓰는지 확인하고 싶어 교반기를 돌려보았다. 그리고 과적으로 인한 덜컹거림 없이 탈수(빨래방에서는 이런 방식을 '회전식 탈수'라고 불

렀다.)가 되도록 조심스럽게 세탁조 안에 옷을 집어넣었다. 잠시 멈
칫하며 미소를 지었다. 세탁회사에서 쫓겨났는데도 세탁기만 보면
이런 반응을 하는구나. 그렇지 프레디? 프레디? 엿이나 먹어.

"아주 작살났네요."
정비공은 거미줄처럼 금이 쭉쭉 간 뒷유리를 보며 말했다.
"애가 돌맹이를 넣고 눈덩이를 뭉쳐 던진 바람에요."
"그럼요. 당연히 깨지죠."

뒷유리를 갈고 나서 그는 유워시잇 빨래방으로 돌아가 건조기에
옷을 집어넣었다. 온도를 '중온'으로 맞추고 30센트를 넣었다. 의자
에 앉아 누군가 읽다 두고 간 신문을 집어 들었다. 빨래방에 다른
손님은 지친 표정의 젊은 여자와 그 여자의 딸뿐이었다. 금속 테 안
경을 낀 여자는 긴 적갈색 머리카락에 금색 줄무늬 염색을 했다. 여
자의 어린 딸은 제 엄마에게 떼를 쓰고 있었다.
"내 물병 줘!"
"제기랄, 레이철—"
"물병!"
"집에 가면 아빠한테 맞을 줄 알아." 여자는 엄한 표정으로 말했
다. "자기 전에 간식도 없어."
"무우우울병!"
저렇게 젊은 여자가 왜 머리카락에 줄무늬 염색을 했을까? 그는
의아해하며 신문을 들여다보았다. 1면의 주요 뉴스 제목은 이러했다.

베들레헴에 소규모 군중 집결

순례자들 두려움에 휩싸여

1면 하단에 있는 단신 뉴스가 눈에 들어와 신중히 읽어보았다.

윈터버거, 공공기물 파손행위

절대 용납할 수 없어

(지역 뉴스) 지난달 자동차 사고로 사망한 고(故人) 도널드 P. 나이시 의원의 자리에 출마한 민주당 후보 빅터 윈터버거는 지난 수요일 새벽 784번 고속도로 공사 현장에서 10만 달러에 달하는 손해를 발생시킨 공공기물 파손행위 같은 짓은 '교양 있는 미국 도시'에서 절대 일어나서는 안 되는 행위라고 어제 힘주어 말했다. 윈터버거는 미국 재향 군인회 만찬에서 이와 같은 발언을 해 참석자들로부터 기립박수를 받았다.

윈터버거는 "우리는 다른 도시에서 어떤 일이 일어났는지 충분히 보아왔다. 뉴욕시에서 발생한 버스·지하철·건물 파괴 행위, 디트로이트 및 샌프란시스코에서 일어난 창문 파괴와 무분별한 학교 파손, 공공시설·박물관·미술관 파괴 행위 등이 바로 그것이다. 세계에서 가장 위대한 나라인 미국을 야만인들이 짓밟도록 허락해서는 안 된다."고 목소리를 높였다.

경찰은 여러 건의 화재 및 폭발이 목격된 그랜드가 지역의 공사 현장으로 출동했다.

(5페이지 2번째 칸에서 계속)

바튼은 신문을 접어 낡은 잡지 더미에 올려두었다. 세탁기가 졸음을 유발하는 낮은 소리를 내며 위잉, 위잉 돌아갔다. 야만인들이

라. 저들이야말로 야만인이었다. 정부 놈들은 사람들을 집에서 내쫓고 물어뜯고 삶을 파괴했다. 어린 소년이 재미삼아 개미집을 걷어차듯이 남의 인생을 박살 내 놓았다……

젊은 여자는 물병을 달라고 악쓰는 딸을 빨래방 밖으로 끌고 나갔다. 바튼은 탈수가 끝나기를 기다리며 눈을 감고 꾸벅꾸벅 졸았다. 몇 분 뒤 화재 경보음이 들린 것 같아 화들짝 잠에서 깼는데, 알고 보니 저 앞 길모퉁이에 서 있는 구세군 산타의 종소리였다. 옷이 담긴 바구니를 들고 빨래방을 나오면서 바튼은 갖고 있던 잔돈을 전부 구세군 냄비에 집어넣었다.

산타가 말했다.

"복 받으세요."

1973년 12월 25일

아침 10시경, 전화벨 소리에 잠을 깼다. 침대 옆 탁자에 놓인 내선 전화기를 향해 더듬더듬 손을 뻗었다. 수화기를 귀에 갖다 대는데 잠에 취한 그의 귓속으로 교환수의 활기찬 목소리가 파고들었다.

"올리비아 브레너 씨의 수신자 부담 전화를 받으시겠습니까?"

그는 멍하니 횡설수설했다.

"뭐라고요? 누구? 자는 중인데."

멀리서 조그맣게 익숙한 목소리가 들려왔다.

"아, 제기랄."

그는 그제야 누구 전화인지 알아챘다.

"예. 받겠습니다."

올리비아가 전화를 끊었을까? 그는 한쪽 팔꿈치를 세우고 그녀를 불렀다.

"올리비아? 거기 있어?"

"그럼 말씀 나누세요."

교환수가 그의 말을 씹으며 고정된 멘트를 날렸다.

"올리비아, 거기 있냐고?"

"있어요."

치직 소리도 나고 목소리 감이 멀게 느껴졌다.

"전화해 줘서 고마워."

"안 받으실 줄 알았어요."

"방금 깨서 그래. 도착했어? 라스베이거스에?"

"네."

그녀는 차분한 목소리였다. '네'라는 대답을 칙칙하고 무겁게 내뱉었다. 시멘트 바닥에 떨어진 널빤지처럼.

"그래, 어떻게 지내? 잘 지내고 있지?"

그녀는 눈물 없이 흐느끼듯, 씁쓸한 한숨을 내쉬었다.

"별로 안 좋아요."

"안 좋아?"

"여기 온 지 두 번째 날…… 아니 세 번째 날에…… 어떤 남자를 만났거든요. 파티에 따라갔다가 완전 엉망진창이 됐어요—"

"마약 했어?"

그는 신중하게 물었다. 장거리 전화라 정부 놈들이 사방에서 도청하고 있을지도 몰랐다.

"마약이요?" 올리비아는 날카롭게 응수했다. "당연히 마약이겠죠. 젠장, 덱스(덱스트로암페타민. 각성제 및 식욕 억제약으로 사용됨—옮긴이) 같은 약을 먹었는데…… 강간당한 것 같아요."

말끝이 흐려져 잘 들리지 않자 그는 물었다.

"뭘 했다고?"

"강간당했다고요!" 올리비아가 빽 소리를 지른 바람에 수화기가 움찔한 듯했다. "어떤 멍청한 새끼가 금요일 밤에 나가 노는 히피처럼 내 옆에 들러붙더니 내 안에 제 성기를 집어넣었어요. 나는 완전히 머리가 맛이 간 상태였고요! 강간이라고요. 강간이 뭔지 알기는 해요?"

"알아."

"젠장, 알긴 아네요."

"돈 필요해?"

"그런 걸 왜 물어요? 돈 받고 아저씨한테 전화 섹스를 해줄 수도 없고 손으로 만져줄 수도 없는데."

"나한테 돈이 좀 있어. 보내줄게. 그래서 물은 거야. 그게 다야."

그는 굳이 진정시키려는 말투는 아니었지만 본능적으로 부드럽게 목소리를 냈다. 그래야 올리비아가 진정하고 그의 말을 들을 것 같아서였다.

"네, 네."

"주소 있지?"

"유치 우편(발신인의 청구에 의해 지정 우체국에 유치해 두었다가 수취인이 직접 받아 가는 우편 제도—옮긴이)밖에 안 돼요."

"숙소도 없어?"

"있기는 해요. 무능력한 친구랑 같이 방을 얻기는 했는데 우편함이 다 망가져 있어요. 신경 쓰지 마요. 돈 보낼 생각도 말고요. 나도 여기서 일자리를 얻었어요. 제기랄, 그만두고 돌아갈까 봐요. 메리 크리스마스라고 말해주세요."

"무슨 일을 하는데?"

"패스트푸드점에서 햄버거 서빙 하는 일이요. 로비에 슬롯머신이 있는데 사람들이 밤새 슬롯머신 게임을 하면서 햄버거를 먹는다니까요. *믿어져요?* 교대 근무가 끝날 때쯤 마지막으로 해야 하는 일이 슬롯머신의 손잡이를 전부 닦는 거예요. 머스터드와 마요네즈, 케첩이 온통 묻어 있거든요. 여기서 그러고 사는 *사람들*을 와서 한 번 봐요. 전부 뚱뚱해요. 피부는 햇볕에 그을렸거나 화상을 입었거나 둘 중 하나고요. 사람을 섹스 대상 아니면 가구 취급해요. 난 여기서 남자, 여자한테 모두 섹스를 하자는 제안을 받았어요. 내 룸메이트가 목석같은 사람이라 천만다행이죠. 내가…… 왜 이런 얘길 주절거리고 있을까요? 왜 아저씨한테 전화를 걸었는지도 모르겠어요. 주말에 급료를 받으면 히치하이킹을 해서 여길 떠날 거예요."

바튼은 자신도 모르게 조언을 했다.

"한 달만 더 버텨 봐."

"*뭐라고요?*"

"헛짓거리하고 돌아다니지 말고 좀 더 버티라고. 지금 떠나면, 애초에 내가 거길 뭐하러 갔었나 하는 생각을 계속하게 돼."

"고등학교 때 풋볼 했어요? 말하는 거 보니 했을 것 같은데요."

"풋볼 선수들 물 심부름꾼 노릇도 안 해봤어."

"그럼 아저씨도 아무것도 모르잖아요?"

"난 자살할 생각이야."

"아저씨도 아는 거라곤…… 지금 뭐라고 했어요?"

"자살할 생각이라고."

그는 차분하게 말했다. 장거리 전화라 벨 아줌마(미국의 전화 전신 회사 AT& T의 애칭—옮긴이)라든지 CIA(중앙정보부), FBI(연방수사국) 소속의 누군가가 재미로 그들의 대화를 엿듣고 있을지 모른다는 생각은 더 이상 하지 않았다.

"이것저것 시도하고 있는데 전부 잘 되질 않네. 뭔가를 해보기엔 내가 너무 늙어서 그런가. 몇 년 전에도 일이 틀어진 적이 있는데, 상황이 안 좋아지긴 했어도 삶을 흔들어놓을 정도는 아니었어. 어차피 일은 벌어졌고 잘 극복하자 라는 마음으로 살았지. 그런데 내면이 차츰 무너져 내리는 게 느껴져. 넌덜머리가 나. 계속 그래."

올리비아가 나지막하게 물었다.

"암 걸렸어요?"

"그런 것 같아."

"그럼 병원에 가서―"

"영혼의 암."

"자기도취가 심하시네요."

"그럴지도 모르지. 그런 건 아무래도 상관없어. 어느 쪽이든 방향은 정해졌고 결국 그대로 진행이 될 거야. 한 가지 신경 쓰이는 게 있는데, 가끔 내가 어느 형편없는 작가의 소설에 나오는 등장인물인 것 같단 말이야. 작가는 상황이 어떻게 될 것인지, 그 이유가 무엇인지를 이미 정해놓은 거야. 신을 원망하는 것보다는 그렇게 생각하는 게 마음이 편해. 신이 나를 위해 지금까지 뭘 해줬지? 내 생각엔 이게 다 형편없는 작가 때문이야. 전부 작가 잘못이야. 작가가 내 아들을 뇌종양에 걸려 죽게 만들었어. 그게 소설의 제1장에 담긴 내용인 거지. 자살이든 아니든, 에필로그 전에는 어차피 내용이 끝나게 되어 있어. 멍청한 스토리지."

올리비아는 불안해하는 목소리였다.

"저기, 그 동네 자살 예방 상담 센터에라도 전화를 해보는 게—"

"그들은 나한테 아무 도움도 안 돼. 그런 건 중요하지 않아. 널 도와주고 싶어. 그러니까 허튼짓하기 전에 주변을 둘러봐. 아까 네가 말했던 것처럼 마약은 건드리지도 말고. 다음번에 또 이렇게 주변을 둘러볼 일이 생길 땐 네 나이가 마흔은 되어 있을 테고, 그때는 고를 수 있는 선택지가 거의 없을 거야."

"아뇨, 도저히 못 참겠어요. 다른 데 가서—"

"마음가짐이 안 바뀌면 어딜 가든 마찬가지야. 네 마음을 올바르게 해주는 마법의 장소 같은 건 없어. 네 기분이 엿 같으면 눈에 보이는 모든 게 엿 같은 거야. 난 잘 알아. 신문의 표제만 봐도 징조가 보여. 다들 이렇게 말하지. 그래, 맞아, 조지. 플러그를 뽑아. 그래야 새를 잡아먹지."

"저기, 내 말 좀—"

"아니, 너야말로 내 말 잘 들어. 정신 바짝 차리고. 나이를 먹는다는 건 차를 몰고 점점 깊어지는 눈 더미 사이로 달리는 거나 마찬가지야. 차의 휠캡이 눈 더미에 묻히면 그 자리에서 공회전만 하게돼. 그게 인생이야. 어디서 쟁기가 나타나 널 꺼내주지 않아. 널 구해줄 배 따위는 오지 않아. 누구한테나 마찬가지야. 넌 어차피 인생이라는 대회에서 승리하지 못해. 널 쫓아다니면서 찍는 카메라도 없고 고군분투하는 네 모습을 지켜볼 시청자도 없어. 이게 다야. 이게 전부야. 다른 건 없어."

"여기서 사는 게 어떤 건지 아저씨는 모르잖아요!"

"그래 몰라. 하지만 여기 사는 게 어떤 건지는 알아."

"아저씨가 내 인생을 책임져 줄 것도 아니면서."

"500달러를 보내줄게. 라스베이거스의 유치 우편을 통해 올리비아 브레너 앞으로."

"난 여기 안 있을 거예요. 반송될걸요."

"반송 못 시켜. 내가 발송인 주소를 안 적어놓을 거니까."

"그럼 그냥 내다 버려요."

"좀 더 나은 일자리를 얻는 데 써."

"싫어요."

"그럼 똥 닦는 휴지로 쓰든가."

바튼은 전화를 확 끊어버렸다. 두 손이 부들부들 떨렸다.

5분 후에 전화벨이 울리고 교환수가 말했다.

"수신자 부담—"

"안 받습니다."

그는 전화를 끊었다.

그날 두 번 더 전화벨이 울렸다. 두 번 다 올리비아는 아니었다.

오후 2시경, 밥과 재닛 프레스턴 부부의 집에서 매리가 전화를 걸어왔다. 밥과 재닛은, 본인들이 좋아하든 싫어하든 간에, 프레드 플린스톤과 윌마 플린스톤(「고인돌 가족 플린스톤」이라는 애니메이션 속 부부—옮긴이)을 쏙 빼닮았다. 바튼은 어떻게 지내요? 잘 지내죠. 거짓 말. 크리스마스 만찬 때 뭐 한답니까? 칠면조랑 곁들임 음식을 먹으러 오늘 저녁에 올드 커스텀하우스에 간대요. 거짓말. 그냥 여기로 오라고 하지 그래요? 재닛이 온갖 종류의 음식을 잔뜩 해놔서, 같이 먹으면 좋을 것 같은데. 아뇨, 그 사람은 지금 배가 별로 고프지 않을 거예요. 진실. 뭔가 한마디 해야 할 것 같은 기분에 사로잡힌 그는 월터의 신년 파티에 가겠다고 충동적으로 말했다. 매리는 기뻐하는 목소리였다. 각자 마실 술을 가져오는 파티인 건 알지? 월터 햄너가 여는 파티가 안 그런 적 있었어? 그의 말에 매리는 웃었다. 전화를 끊은 바튼은 술잔을 들고 텔레비전 앞으로 다시 가 앉았다.

저녁 7시 반 즈음에 전화벨이 다시 울렸다. 그는 잔뜩 취한 터라 점잖게 통화를 할 수 있는 상태가 아니었다.

"여보세에에요?"

"도스?"

"내가 도슨데 누구지?"

"매글리오리다, 도스. 살리 매글리오리."

바튼은 눈을 껌벅거리며 술잔을 들여다보았다. 그리고 제니스 컬러텔레비전을 멍하니 쳐다보았다. 조금 전까지 그는 「홈 포 더 홀리데이(Home for the Holidays)」라는 영화를 보고 있던 참이었다. 크리스마스이브에 가족들이 죽어가는 아버지의 집에 모였는데 누군가가 그들을 한 명씩 살해하는 내용으로, 크리스마스 분위기가 더럽게도 물씬 풍기는 영화였다.

바튼은 발음을 제대로 하려 애썼다.

"매글리오리 씨. 메리 크리스마스! 새해에 복 많이 받으시고요!"

"아, 내가 1974년을 얼마나 두려워하는지 알면 그렇게 말 못 할 텐데." 매글리오리는 울적한 목소리였다. "1974년에는 석유 재벌들이 이 나라를 집어삼키게 될 거란 말이야, 도스. 안 그러는가 두고 봐. 내 말 못 믿겠으면 여기 와서 내 가게 12월 매출 집계표를 봐 보든가. 며칠 전에 1971년식 쉐보레 임팔라를 한 대 팔았거든. 아주 깔끔한 차였단 말이야. 그런데 겨우 천 달러 받았어. *천 달러!* 믿어져? 일 년 만에 차 값이 무려 45퍼센트나 깎였다고. 1971년식 쉐보레 베가 같은 경우는 들어오는 대로 다 파는데 천오백 달러나 천육백 달러를 받아. 그게 어떤 차들이겠어?"

"작은 차들인가요?"

바튼은 조심스럽게 되물었다.

"빌어먹을 맥스웰하우스 커피 캔 같은 차들이야. 그런 차들이라고!" 매글리오리는 목소리를 높였다. "짭짤한 크래커 상자 밑에 바퀴를 달아놓은 거나 다름없는 차! 그 빌어먹을 차들을 사시 눈깔로 들여다보면서 요상한 주문을 외우면 엔진이 괴상한 소리를 내거나 배기 장치가 맛이 가거나 조향 연결 장치가 떨어져 나가. 핀토, 베가, 그렘린 같은 차들도 마찬가지야. 자살하고 싶어 환장한 놈들은 그 조그만 상자 같은 차들을 타면 돼. 그래서 난 그런 차들을 최대한 빨리 팔아치우지. 하지만 그 멋진 쉐보레 임팔라는 아무렇게나 팔아치울 차가 아니란 말이야. 그런데 당신은 나더러 새해에 복을 많이 받으라네. 젠장! 빌어먹을! 내가 아주 환장해!"

"요즘 다들 하는 인사일 뿐인데요."

"그딴 인사나 듣자고 전화한 게 아니야. 축하해주려고 전화했어."

"무슨 축하요?"

바튼은 당황했다.

"알잖아. 우르르 쾅 쾅."

"아, 혹시—"

"쉬잇. 전화로 할 얘기는 아니지. 진정해, 도스."

"그럼요. 우르르 쾅 쾅이니까요. 그래야죠."

바튼은 키득거렸다.

"그거 당신 맞지, 도스?"

"사장님한테는 제 중간 이름을 절대 알려드리지 말아야겠네요."

매글리오리는 껄껄 웃었다.

"그래야지. 좋은 태도야, 도스. 당신은 미치긴 했는데 똑똑하게 미쳤어. 대단해."

"고맙습니다."

바튼은 잔에 남은 술을 마저 들이켰다.

"저들이 일정대로 작업을 착착 진행할 거란 얘길 해주고 싶었어. 열심히 다시 진행할 거야."

"*뭐라고요?*"

바튼은 들고 있던 술잔을 놓치고 말았다. 술잔이 깔개 위로 데굴데굴 굴러갔다.

"그들은 준비를 다 해놨어, 도스. 거의 다. 물론 장부 정리가 될 때까지는 현찰로 대금 지불을 하겠지만, 그 외에 모든 작업은 순조롭게 이루어질 거야."

"미쳤군요."

"아니. 알려줘야 할 것 같아서. 말했잖아, 도스. 없애는 게 불가능한 것들도 있다니까."

"진짜 못됐네요. 거짓말이나 해대고. 크리스마스 날 밤에 전화를 해서 거짓말이나 하고 있습니까?"

"거짓말 아니야. 당신 혼자 뻘짓 한 거야, 도스. 원래부터 늘 그랬지만."

"안 믿습니다."

"불쌍한 놈." 진심으로 유감스러워하는 목소리라 더욱 꺼림칙했다. "당신은 행복한 새해를 맞이하지 못할 것 같구먼." 그러고는 전화를 끊었다.

이날은 크리스마스였다.

1973년 12월 26일

매글리오리의 말을 확인시켜주듯, 우편함에 그들이 보낸 편지가 와있었다. (바튼은 이제부터 도심의 익명의 사람들을 그런 식으로 표현하기로 했다. '그들'이라는 인칭 대명사로. 이텔릭체로 기울여서. 호러 영화 포스터에 박혀 있는 불길하게 흘려 쓴 글자처럼.)

빳빳한 흰색 상용 봉투를 손에 쥐고 내려다보았다. 절망, 증오, 두려움, 분노, 상실감 등 인간이 느낄 수 있는 거의 모든 부정적인 감정이 가슴에 들어찼다. 봉투를 갈기갈기 찢어 집 옆의 눈 더미에 던져버리고 싶었지만 그럴 수는 없었다. 봉투를 반으로 찢다시피 하며 연 순간 속았다, 농락당했다, 놀아났다는 느낌부터 들었다. 바튼은 그들의 중장비와 기록을 파괴했는데 그들은 아무렇지 않게 그 자리를 대체물로 채워버렸다. 마치 끝없이 밀려오는 중국군을 홀로 상대하는 기분이었다.

'*당신 혼자 뻘짓 한 거야, 도스. 원래부터 늘 그랬지만.*'

다른 우편물 중에 고속도로 관리청에서 보낸 안내서가 있었다. '안녕하십니까, 조만간 대형 크레인이 귀하의 집으로 찾아갈 것입니다. 저희는 귀하의 도시를 개선하고 있으니 이 멋진 행사를 지켜봐 주시기 바랍니다!'

시위원회가 보내온 개인적인 편지도 있었다. 그 내용은 이러했다.

1973년 12월 20일

받는 사람:

웨스트 지역 크레스탈린가 1241번지

바튼 조지 도스 씨

안녕하십니까, 도스 씨.

귀하는 서부 지역 크레스탈린가에서 아직까지 이주하지 않고 남아 있는 유일한 주민이십니다. 이주와 관련해 큰 문제가 없으시리라 믿고 있습니다. 저희는 19642-A 양식 서류(도시 도로 프로젝트 6983-426-73-74-HC)는 갖고 있습니다만, 아직 귀하의 이주 확인 서류(6983-426-73-74-HC-9004. 파란색 폴더)는 받지 못했습니다. 아시다시피 이 양식의 서류가 없으면 귀하께 보상금을 내드리는 절차를 진행할 수가 없습니다. 1973년 과세 평가 자료에 따르면 서부 지역 크레스탈린가 1241번지 토지의 가격은 63,500달러입니다. 귀하께서도 급박한 상황임을 인지하고 계시리라 생각합니다. 법에 따라 귀하는 서부 지역 크레스탈린가의 철거 시작 예정일인 1974년 1월 20일 전까지 다른 곳으로 이주하셔야 합니다.

　수용권에 관한 주 법률(S.L. 19452-36)에 따라 다시 한번 말씀드리겠습니다. 1974년 1월 19일 자정 이후에도 현 거주지에 계속 남아 있으시면 귀하는 법을 위반하게 됩니다. 이점을 잘 알고 계시리라 믿지만, 공식적으로 알려드렸음을 분명히 하기 위해 다시 한번 말씀드립니다.

　이주와 관련해 어려움이 있으시면 업무 시간에 저에게 전화해 주십시오. 제 사무실에 들러 상황을 의논해주시면 더 좋겠습니다. 문제를 잘 해결할 수 있을 것입니다. 저희는 문제 해결을 위해 적극적으로 협조할 의향이 있습니다. 즐거운 크리스마스 보내시고 풍성한 새해를 맞이하시길 바랍니다.

감사합니다.

시위원회

JTG/tk 드림

"아니. 어림없어. 꿈도 꾸지 마."

바튼은 중얼거리며 그 편지를 박박 찢어서 쓰레기통에 던져 넣었다.

그날 저녁 제니스 텔레비전 앞에 앉아 있던 바튼은 예전 일을 떠올렸다. 42개월 전 그와 매리는 하느님이 그들의 아들 찰리의 뇌에 작은 공사를 진행하고 있음을 알게 됐다.

찰리의 병을 진단한 의사의 이름은 '영거'였다. 영거 박사의 사무실 벽은 따뜻한 색감의 패널로 장식돼 있었고, 액자에 담긴 학위증마다 이름 뒤에 기다랗게 학위 명칭이 적혀 있었다. 바튼이 확실히 이해한 것은 영거가 신경과의사이며 뇌 질병에 관한 한 꽤 실력이 있으리라는 것이었다.

찰리를 닥터스 병원에 입원시키고 19일째 되던 어느 6월의 따뜻한 오후에 바튼과 매리는 영거의 요청으로 면담을 하러 갔다. 영거는 40대 중반쯤 되어 보이는 잘생긴 외모의 남성으로, 전기 골프

카트 없이 골프를 많이 치고 다니는지 체력이 좋아 보였고, 피부 역시 진한 코도반 가죽 색깔로 선탠이 되어 있었다. 바튼은 무엇보다 그 의사의 손에 매료되었다. 손이 큼직해서 얼핏 어설퍼 보였지만 펜을 집고, 예약 수첩을 휘리릭 넘기고, 은으로 상감 처리한 종이 누르개 표면을 만지작거리는 등 책상 위에서 왔다 갔다 하는 두 손의 움직임이 역겨울 정도로 우아했다.

"아드님은 뇌종양입니다."

억양이 거의 없는 차분한 말투였으나 영거의 두 눈은 까다로운 폭파 장치를 다루듯 바튼과 매리를 주의 깊게 바라보았다.

"종양이라고요." 매리는 멍하니, 힘 빠진 목소리로 중얼거렸다.

"상태가 얼마나 안 좋습니까?" 바튼이 의사에게 물었다.

찰리의 증상은 이미 8개월 동안 꾸준히 진행됐다. 제일 먼저 나타난 증상은 두통이었는데, 처음에는 어쩌다 한 번씩이었지만 점점 잦아졌다. 그 다음은 특히 운동을 한 후 나타났다 사라지곤 하던 복시 증상이었다. 그리고 찰리는 급기야 참담하게도 자다가 침대에 오줌을 쌌다. 하지만 바튼과 매리는 찰리의 왼쪽 눈이 일시적인 실명 증상을 나타낸 후에야 찰리를 가족 주치의에게 데려갔다. 찰리의 푸르던 눈동자는 일몰의 하늘처럼 붉게 변했다. 주치의는 몇 가지 검사를 진행하겠다며 찰리를 입원시켰고, 그 후 다른 증상들이 나타났다. 오렌지와 연필 깎은 부스러기 냄새가 난다고 호소하고, 왼손에 종종 마비 증상이 나타나며, 터무니없고 유치하며 외설적인 말을 한 번씩 내뱉는 증상이었다.

"꽤 안 좋네요. 최악의 경우가 될 수 있으니 마음의 준비를 하셔

314

야겠습니다. 수술도 불가능합니다."

수술 불가능.

그 후 수년 동안 '수술 불가능'이라는 단어는 그의 뇌리를 떠나지 않았다. 단어에서 어떤 맛이 난다는 생각을 안 해봤는데 그 단어에서는 맛이 느껴졌다. 살짝 구워낸 썩은 햄버거 고기처럼 고약하면서도 즙이 풍부한 맛.

수술 불가능.

영거의 설명에 따르면 찰리의 뇌 깊숙한 곳 어딘가에 호두만 한 크기의 불량 세포들이 뭉쳐 있다고 했다. 탁자 위에 그런 불량 세포 덩어리가 있으면 세게 내리쳐 으깨버릴 수 있겠지만, 이 종양 덩어리는 탁자 위가 아니라 찰리의 머릿속 깊숙한 곳에 자리 잡고 있었다. 그리고 점점 덩치를 키워가며 온갖 괴상한 증상을 나타나게 했다.

찰리가 입원하고 얼마 되지 않은 어느 날, 바튼은 점심시간에 찰리를 만나러 병원에 갔다. 이 도시 소속 팀이 승리하면 아메리칸 어린이 야구 플레이오프 경기를 같이 보러 갈 것인지를 의논하기 위해서였다.

그때 찰리가 말했다.

"거기 투수 으으으으음 으으으음 으으으음 투수진이 버텨주면 으으으으음 으으 으으으음 투수 으으으음……"

바튼은 앞으로 몸을 기울였다.

"뭐라고 했니, 프레디(찰리 프레드릭 도스의 중간 이름 '프레드릭'의 약칭―옮긴이)? 못 알아들었어."

별안간 찰리가 눈알을 사납게 굴렸다.

조지(바튼의 중간 이름—옮긴이)는 나지막하게 아들을 불렀다.

"프레디? 프레디—?"

"*씨발 놈아 으으으으 엿이나 처먹어!*" 깔끔하고 하얀 병상에서 아들이 악을 썼다. "*제기랄 아무데나 좆 대가리를 문지르는 더러운 새끼—*"

그대로 찰리는 기절했고 바튼은 소리쳤다.

"*간호사! 아, 맙소사. 간호사!*"

아들이 거친 욕을 쏟아내게 만든 건 바로 그 불량 세포 덩어리였다. 평균적으로 호두만 한 크기의 조그마한 불량 세포 덩어리. 야간 담당 간호사는 일전에 찰리가 '쓸모없는 대공사'라는 말을 5분 가까이 반복해서 외쳐댔다고 했다. 그것도 다 불량 세포 덩어리 때문이었다. 흔해빠진 호두만 한 크기의 종양 덩어리. 그것은 찰리가 정신 나간 부두 부랑자처럼 욕설을 하게 했고, 무더운 7월 첫째 주에 왼손을 움직이지 못하게 만들었다.

골프 치러 나가기 좋은 화창한 6월의 그 날, 영거 박사는 "이걸 보시죠."라며 기다란 두루마리 종이를 펼쳤다. 찰리의 뇌파가 기록된 종이였다. 그 옆에 건강한 사람의 뇌파 기록지를 비교하기 위해 나란히 놓았는데 굳이 그럴 필요도 없었다.

바튼은 아들의 뇌파가 기록된 종이를 내려다보면서 다시금 입안에 썩은 육즙 맛을 느꼈다. 그 종이에는 단검으로 삐쭉 빼쭉하게 그어놓은 자국처럼, 불규칙하고 급격하게 치솟았다 내려가는 뇌파가 기록돼 있었다.

수술 불가능.

만약 그 호두만 한 크기의 불량 세포 덩어리가 찰리의 뇌 바깥 면에서 자랐다면 간단한 수술로 곧장 제거할 수 있었을 것이다. 애들 말로, 힘들여 고생할 필요 없이, 뇌에 고통을 줄 필요 없이. 하지만 그 종양은 찰리의 뇌 깊숙한 곳에서 매일 점점 더 커지고 있었다. 섣불리 칼이나 레이저를 갖다 대거나 냉동 수술을 시도할 경우 멀쩡하고 건강하며 살아 있는 뇌까지 건드릴 우려가 있었다. 그렇다고 아무것도 시도하지 않았다간 머잖아 아들을 관에 눕혀야 할 판이었다.

영거 박사는 일반론적인 설명을 쭉 해주었지만, 어떤 의학 용어로도 부모의 타는 속을 달래줄 수는 없었다. 매리는 어쩔 줄 몰라 하며 연신 고개를 가로저었고, 바튼은 의사의 말을 전부 정확하고 완벽하게 알아들었다. 처음 분명히 들었던 생각은 '내가 아니어서 다행이다.'였다. 그는 그런 생각을 했던 자신을 결코 용서할 수 없었다. 아들을 생각하며 가슴을 쥐어뜯는데 입안에 괴상한 맛이 돌았다.

오늘은 호두만 한 종양이지만 내일은 세상이 끝장날 슬픔이 아닐까. 소름끼치는 미지의 공포. 아들이 죽어가고 있다는 도저히 믿기지 않는 사실. 대체 무엇을 어떻게 이해해야 할까?

찰리는 10월에 세상을 떠났다. 드라마에서 보는 감정적인 유언 같은 건 없었다. 아들은 죽기 전 3주 동안 혼수상태였다.

바튼은 한숨을 쉬며 주방으로 나가 혼합주를 만들었다. 까만 밤의 어둠이 모든 창문을 통해 꾹꾹 밀려들었다. 이 집이 너무 텅 비어서 매리도 떠나버린 걸까. 한 걸음 옮길 때마다 이 집에 남은 자신의 소소한 파편들이 그를 붙들었다. 스냅 사진들, 위층 옷장에 넣어둔 그의 낡은 운동복, 서랍장 밑에서 찾은 오래된 슬리퍼. 계속 이렇게 살아가는 건 끔찍한, 너무나도 끔찍한 일이었다.

찰리가 세상을 떠난 후 바튼은 한 번도 찰리를 생각하며 운 적이 없었다. 장례식 때도 울지 않았다. 반면에 매리는 실컷 울었다. 거의 수 주일을 울어 눈이 줄곧 충혈된 채로 다녔다. 하지만 시간이 흐르며 매리의 상처는 차츰 치유됐다.

찰리의 죽음이 매리에게 상처를 남긴 건 부정할 수 없는 사실이었다. 그녀의 상처는 겉으로도 표가 났다. 찰리의 죽음을 기점으로 전과 후가 확연히 달랐다. 전에는 바튼의 경력에 도움이 될 것 같다는 판단이 서지 않으면 술을 입에도 대지 않던 사람이었다. 파티에서 어쩔 수 없이 술을 마셔야 할 상황이면 약한 스크루드라이버 칵테일을 한 잔 받아서 저녁 내내 들고 다녔다. 기침 감기가 심할 때면 잠자리에 들기 전에 럼 토디(독한 럼주에 설탕과 뜨거운 물을 넣고 때로는 향신료도 넣어 만드는 술—옮긴이)를 마시기도 했는데 그게 전부였다. 하지만 찰리가 죽은 후 매리는 늦은 오후 바튼이 집에 돌아오면 함께 칵테일을 마셨고 잠자기 전에도 늘 술을 마셨다. 일반적인 기준에서 볼 때 폭음을 아니었고 토할 때까지 마시지도 않았지만 찰리가 죽기 전과 비교하면 확실히 술이 늘었다. 의사의 처방도 있었을 것이다. 전에는 사소한 일로 울지 않던 사람이 찰리가 죽은 후로는 별것 아닌 일로도 혼자 흐느끼곤 했다. 저녁 요리를 태웠을 때

나 차 타이어에 펑크가 났을 때도 눈물을 흘렸다. 지하실에 물이 차고 배출 펌프가 얼어붙고 보일러가 고장 났을 때도 그랬다. 전에는 반 롱크, 개리 데이비스, 탐 러쉬, 탐 팩스턴, 스파이더 존 커너 같은 백인 가수들의 포크 음악과 블루스 음악을 좋아했다. 찰리가 떠난 후로는 어떤 음악에도 딱히 흥미를 갖지 않았다. 속으로 생각을 곱씹고 한탄하며 자기만의 블루스를 흥얼거릴 뿐이었다. 언젠가 바튼이 한 직급 더 승진하면 함께 영국 여행을 가자는 얘기도 더 이상 하지 않았다. 머리 손질도 집에서 하기 시작했다. 머리카락에 롤러를 말고 텔레비전 앞에 넋 놓고 앉아 있는 모습을 보는 것도 흔해졌다. 매리의 친구들은 그런 매리를 안타까워했다. 바튼은 차라리 자신을 동정하고 싶었고 실제로 그리 했지만 겉으로는 표를 내지 않았다. 매리는 본인이 필요로 하는 것을 받았고 그것을 이용했으며 결과적으로 그것이 그녀의 삶을 구원했다. 바튼이 아들의 죽음을 지독하게 곱씹으며 무수한 밤을 뜬눈으로 지새우는 동안 매리는 술을 마시고 잠에 빠져들었다. 그렇게 매리가 잠을 자는 동안 바튼은 호두만 한 크기의 자그마한 세포 덩어리가 아들의 목숨을 앗아가 영원히 이별하게 만들 수 있다는 사실을 수없이 되새김질했다.

바튼은 매리가 치유된 것 때문에, 다른 여자들이 매리에게 치유될 권리를 부여한 것 때문에 매리를 증오하지는 않았다. 그 여자들은 젊은 석유 기업가가 손이며 등, 뺨이 분홍빛 화상 흔적으로 반질반질하게 일그러진 베테랑 석유 기업가를 바라보듯, 매리를 바라보았다. 한 번도 상처 입지 않은 자들은 상처를 입었다가 회복된 매리를 우러러보았다. 매리가 찰리의 죽음으로 지옥 같은 나날을 보냈음을 다른 여자들은 잘 알고 있었다. 매리는 고통을 겪었지만 살아 나왔다. 찰리의 죽음 이전과 그 후의 지옥 같은 삶, 그 다음, 그 다음 다음의 삶을 살아냈다. 매리는 아들이 죽기 전 활동했던 동호회 네 곳 중 두 곳의 활동을 재개했고, 매듭 공예(바튼은 일 년 전 매리가 매듭 공예로 만든 허리띠를 아직도 갖고 있었다. 그의 이름 앞 글자인 '바 조도'의 합일 문자가 묵직한 은색 버클에 새겨진, 밧줄 모양으로 꼬아 만든 아름다운 허리띠였다.)를 시작했으며, 오후 시간은 텔레비전 시청으로 보냈다. 드라마, 그리고 머브 그리핀이 유명인사들과 수다 떠는 프로그램을 주로 보았다.

바튼은 거실로 돌아가며 다시금 물었다. 지금은? 매리는 그 다음 다음 다음의 삶도 잘 살아내고 있는 건가? 그런 것 같았다. 매리는 바튼이 투박하게 휘저어놓은 불탄 재에서 새로운 여자, 온전한 여자로 걸어 나왔다. 불에 덴 자리에 피부 이식 수술을 받은 베테랑 석유 기업가처럼, 연륜이 있지만 새로운 모습으로. 외모는 그저 피부만큼의 깊이라고? 그렇지 않았다. 외모는 보는 사람의 눈에 달린 거였다. 피부만큼이 아니라 수 킬로만큼의 깊이일 수도 있었다.

바튼의 상처는 온통 내면에 새겨져 있었다. 찰리가 죽은 후로 그는 상처들을 하나씩 들여다보며 긴긴밤을 보냈다. 피의 흔적을 찾아 자신의 변을 들여다보는 남자처럼 내면의 상처에 병적으로 집착하며 하나하나 들이 팠다. 그는 어린이 야구팀에서 야구를 하는 찰리를 보고 싶었다. 찰리의 성적표를 받아 들고 혼도 내보고 싶었다. 방 청소를 하라고 몇 번이고 잔소리도 하고 싶었다. 찰리가 만

나는 여자애들, 찰리가 고른 친구들, 소년 찰리의 심리 상태에 대해 걱정도 해보고 싶었다. 아들이 어떤 사람으로 성장하는지 지켜보고 싶었고, 호두만 한 불량 세포 덩어리가 어둡고 탐욕스러운 여자처럼 그들 부자 사이로 파고든 후에도 그 전처럼 여전히 서로를 아끼고 사랑하며 살 수 있을지도 궁금했다.

매리는 이렇게 말했다. '그 애는 당신을 꼭 빼닮았어.'

그랬다. 그들 부자는 너무나도 죽이 잘 맞아서 서로 다른 이름으로 불리는 것조차 이상할 정도였다. 그래서 그들은 서로의 중간 이름인 조지와 프레디가 되기로 했다. 세상 누구보다 합이 잘 맞는 소극장의 두 배우처럼.

호두만 한 크기의 불량 세포 덩어리가 그 모든 기억들을 파괴할 수 있다면, 너무도 개인적인 기억이라 제대로 표현하기 어렵고 스스로 인정하기도 어려운 기억들을 파괴해버린다면, 삶에는 대체 무엇이 남을까? 그런 일을 겪은 후에도 삶에 대한 믿음을 회복할 수 있을까? 삶을 토요일 밤의 자동차 파괴 경기(운전자들이 서로의 오래된 자동차를 들이박고 파괴하는 기술을 선보이며 끝까지 달리는 차가 우승하는 대회─옮긴이)보다 의미 있는 것으로 바라볼 수 있을까?

그 모든 기억은 그의 내면에 담겨 있었다. 하지만 그 기억이 생각을 너무도 깊게, 돌이킬 수 없을 정도로 바꿔버릴 수 있을 줄은 몰랐다. 그 기억은 이제 커피 테이블에 토해놓은 역겨운 토사물처럼 외부로 표출되었다. 위액 냄새를 풍기고 소화되지 못한 덩어리들이 가득한 토사물 말이다. 삶이라는 게 자동차 파괴 경기에 불과하다면, 자동차에서 그만 내려버리는 것도 정당화될 수 있지 않을까?

하지만 그 다음에는? 삶이란 그저 지옥으로 가기 전의 준비 장소에 불과한 것인가.

어느새 그는 들고 있던 술을 주방에서 다 마셔버렸다. 거실로 나온 그의 손에는 빈 잔이 들려 있었다.

1973년 12월 31일

월터 햄너의 집을 두 블록 앞두고 바튼은 캐나다 민트 사탕이 있는지 확인하려 주머니에 손을 넣었다. 사탕은 없고, LTD 스테이션 왜건의 초록색 계기판 등에 흐릿하게 빛나는 작고 네모난 알루미늄 포일만 한 장 손가락에 잡혀 나왔다. 멍하니 의아한 눈빛으로 그걸 바라보다가 재떨이에 던져 넣으려는 순간, 그 포일의 정체가 생각났다.

머릿속에서 올리비아의 목소리가 들렸다. '4번 제품이라고도 불리는 합성 메스칼린이에요. 아주 독한 물질이죠.' 지금까지 이 물건에 대해 까맣게 잊고 있었다.

포일 꾸러미를 외투 주머니에 집어넣고 월터가 쪽으로 방향을 돌렸다. 양쪽 차선에 블록 절반 정도에 걸쳐 차들이 줄지어 세워져 있었다. 월터다웠다. 앞바다에서 혼음 파티를 할 수 있는 상황이면 절대로 소박한 파티를 열 리 없는 사람이었다. 월터는 그런 걸 '쾌락 추구의 원칙'이라고 불렀다. 언젠가 그 아이디어를 특허 내서 활용법에 관한 지침서를 출간하겠다고 말하기도 했다. 월터 햄너의 주장대로라면, 적당한 인원수만 충족되면 쾌락을 추구하는 모임으로 이끌어갈 수 있었다. 예전에 월터가 술집에서 그 이론을 설파했을 때 바튼은 재미삼아 폭력을 자행하는 패거리를 한 예로 거론했다. 그러자 월터는 차분하게 말했다. "역시, 바튼이 내 이론을 입증해주는구먼."

올리비아는 지금 뭘 하고 있을까. 그녀는 그 후 다시 전화를 걸어오지 않았다. 만약 그녀에게 전화가 왔으면 바튼은 마음이 약해져서 아마 받았을 것이다. 어쩌면 올리비아는 라스베이거스에 머물다가 바튼이 보낸 돈을 받아서 어딘가로 떠나는 버스를 탔을 수도 있었다……. 어디로 갔을까? 메인주? 한겨울에 굳이 따뜻한 라스베이거스를 떠나서 추운 꿈속으로 가는 사람이 있을까? 아마 없을 것이다.

'4번 제품이라고도 불렸어요. 아주 독한 물질이죠.'

빨간색 바탕에 레이싱 스트라이프 무늬가 들어간 날렵한 플리머스 GTX 뒤로 다가가 연석 가까이에 LTD 스테이션 왜건을 바짝 붙여 세웠다. 차에서 내리자 새해 전날 저녁의 맑고 매섭게 추운 공기가 피부에 확 와 닿았다. 머리 위 하늘에는 어린아이가 종이로 오려 붙인 것 같은 달이 바짝 얼었고, 그 주변에 흩뿌려진 별들이 반짝거렸다. 콧물이 반지르르하게 얼어붙었다가 그가 콧구멍을 벌름거리자 파사삭 부서졌다. 어두운 공기 중에 입김이 부옇게 뿜어 나왔다.

월터의 집에서 세 집 떨어진 곳에서부터 스테레오의 베이스라인이 들리기 시작했다. 정말이지 요란하게도 스테레오를 켜놓은 모양이었다. 쾌락 추구의 원칙이든 뭐든, 벌써부터 월터의 파티 특유의 분위기가 나기는 했다. 처음엔 잠깐 들렀다 나가야지 생각했던 이들도 그 집에 머물다 보면 가벼운 은 종소리가 묵직한 교회 종소리로 바뀔 때까지 머리를 맞대고 술을 마시다 날이 새게 마련이었다. 록음악을 지독하게 싫어하는 이들도 그 집 거실에서 흥청대다 보면 월터가 끝없이 풀어놓는 우스갯소리에 취하곤 했다. 월터는 손님들이 인사불성으로 취하면 그들이 제일 안정된 시절을 보냈던 50년대 후반에서 60년대 초반까지의 이런저런 재미난 일화들을 들려주었다. 그들은 술에 취해 수다를 떨었고 몸을 좀 흔들다기 다시 또 술을 마셨다. 그리고 점점 7월 4일(미국 독립 선언 기념일—옮긴이)을 맞이한 작은 노란 개들처럼 흥분해 헥헥거렸다. 각양각색의 성인들이 주방에서 키스를 나누고, 서로의 몸을 속속들이 쓰다듬었다. 그 움직임에 뻣뻣이 서 있던 아웃사이더들은 움찔거렸고, 멀쩡한 정신을 유지하고 있던 이들도 새해 첫날부터 숙취에 절어 눈을 떴다. 그리고 램프 갓을 머리에 쓰고 돌아다니거나 상관에게 대놓고 할 말을 내뱉는 등 어제 자신이 한 짓거리가 차츰 생생하게 떠오르는 것이다. 월터는 의식적인 노력이 아니라 존재 자체만으로 그런 분위기를 고조시켰다. 그런 분위기를 만드는 데 있어서 새해 전야 파티만 한 게 또 없었다.

바튼은 주차된 차들 중에 스티브 오드너의 암녹색 델타 88이 있는지 둘러보았다. 그 차는 보이지 않았다.

집 가까이 갈수록 록밴드의 나머지 악기들이 끈덕지게 이어지는 베이스라인에 합해지고 믹 재거가 괴성을 질러댔다.

오오오오, 아이들—

그냥 키스로 달래주는 거야.

그냥 키스로, 달래주는 거야……

에너지 위기고 나발이고 알 바 없다는 듯, 집 안에 불이 훤하게 켜져 있었다. 사람들이 느릿한 노래에 맞춰 서로의 성기를 문질러대고 있는 중인 거실만은 예외였다. 마치 방금 전에 바벨탑이 무너지기라도 한 듯, 스피커로 증폭돼 나오는 노래 너머로 백여 명의 목소리가 오십 개의 다른 대화를 지껄여댔다.

지금이 여름이면 (적어도 가을이면), 밖에 서서 이 서커스 같은 꼬락서니를 구경하고, 절정에 이르렀다가 차츰 하락하는 과정을 기록하는 게 더 재미있겠다는 생각을 했다. 문득 월터 햄너의 잔디밭에 서 있는 자신의 모습이 보여 바튼은 소스라치게 놀라고 두려움을 느꼈다. 환영 속 자신은 손에 두루마리처럼 말린 뇌전도 그래프 종이를 들고 있었다. 망가진 뇌 기능을 나타내는 불규칙적으로 들쭉날쭉한 선이 그려진 종이였다. 종양이 자리 잡은 거대한 파티장이라는 뇌의 뇌전도를 기록한 종이. 바튼은 몸이 떨려와 온기를 찾아 외투 주머니에 두 손을 집어넣었다.

오른손에 잡힌 조그마한 알루미늄 포일 꾸러미를 주머니 밖으로 꺼냈다. 궁금증이 생긴 그는 손가락 끝을 무딘 이빨로 물어뜯는 것 같은 한기에도 불구하고 굳이 그 자리에서 그 꾸러미를 열어보았다. 포일 안에는 작은 보라색 알약이 하나 들어 있었다. 굳이 손으로 잡을 필요도 없이 새끼손가락의 손톱 위에 올려놓을 수 있을 만큼 작았다. 호두보다 훨씬 작은 크기였다. 이렇게 작은 알약이 그를 임상적으로 정신이 이상한 자로 만들 수 있을까? 실재하지 않는 것들을 보게 하고, 평소와 완전히 다른 방향으로 생각이 흘러가게끔 만들 수 있을까? 아들이 앓았던 치명적인 병의 증상을 고스란히 느낄 수 있게 해줄 수 있을까?

그는 태연하고도 무심하게 그 알약을 입에 털어 넣었다. 아무 맛도 나지 않았다. 그대로 꿀꺽 삼켰다.

여자가 소리쳤다.

"바튼! 바튼 도스!"

검은색 오프 더 숄더 이브닝 드레스를 입고 한 손에 마티니 잔을 든 여자였다. 검은 머리카락을 위로 말아 올리고 모조 다이아몬드가 박힌 반짝이는 끈으로 고정시켰다.

바튼은 문 너머 주방 안으로 걸어 들어갔다. 주방 안은 사람들로 붐비고 있었다. 아직 저녁 8시 반이라 물살 효과는 시작되지 않은 듯했다. 물살 효과는 월터가 주장하는 또 다른 이론 중 하나로, 파티가 진행될수록 사람들은 점차 파티장의 네 귀퉁이로 자리를 옮겨간다는 내용이었다. "사람들은 중앙에서 계속 버텨내질 못해."라고 월터는 현자인 양 눈을 껌벅이며 말하곤 했다. "T. S. 엘리엇이 한 말이야." 예전에 월터는 파티가 끝나고 18시간이 지난 후에 다락방까지 밀려나 거기서 서성이는 남자를 발견한 적도 있다고 했다.

검은 드레스를 입은 여자는 바튼의 입술에 따스하게 입을 맞췄다. 그녀의 풍만한 가슴이 바튼의 가슴팍을 지그시 눌렀다. 그녀가 들고 있던 잔에서 흘러내린 마티니가 둘 사이의 바닥으로 떨어졌다.

"안녕하세요. 그런데 누구신지?"

"나, 티나 하워드야, 바튼. 수학여행 기억 안 나?" 여자는 삽 모양으로 다듬은 긴 손톱을 그의 코 밑에 대고 흔들었다. *"못됐네!"*

"그 티나? 맙소사, 너구나!" 바튼의 입에 먹먹한 웃음이 번졌다. 월터가 주최하는 파티의 또 다른 특징이 바로 이것이었다. 과거에 연이 닿았던 사람들이 마치 오래된 사진처럼 그 모습을 드러낸다는 것. 30년 전에 한동네에 살았던 절친, 대학 시절 같이 잘 뻔했던 여자, 18년 전 여름 한 달 동안 같이 일했던 남자 등등.

"지금은 결혼해서 티나 하워드 월리스가 됐어. 우리 남편이 여기 어디…… 있을 텐데……." 티나는 막연히 주변을 둘러보다가 잔에 담긴 술을 조금 더 흘리더니 더 흐르기 전에 잔을 비웠다. "미치겠다. 어디로 갔는지 안 보이네."

티나는 따뜻하게, 그러나 뭔가를 가늠해보는 듯한 눈빛으로 바튼을 바라보았다. 바튼은 이 여자가 자신의 첫 경험 상대였다는 사실이 믿기지 않았다. 그로버 클리블랜드 고등학교 10학년 때 수학여행에서 있었던 일이니 까마득한 옛날이긴 했다. 그녀의 하얀색 면 세일러 블라우스 위로 가슴을 더듬었던 기억이 떠올랐다. 그 장소가…….

바튼은 그 장소를 입 밖에 냈다.

"코터스 개울 옆이었지."

티나는 얼굴을 붉히며 웃었다.

"기억하는구나."

바튼은 자기도 모르게 거의 반사적으로 그녀의 드레스 앞쪽으로 시선을 떨궜다. 그러자 그녀는 높은 소리로 웃음을 터뜨렸다. 바튼은 어쩔 수 없다는 듯 싱긋 웃으며 말했다.

"세월이 정말 빠르구나……."

그때 시끌벅적한 파티 참석자들 너머로 월터 햄너의 우렁찬 목소리가 들렸다.

"바튼! 어이 친구. 와줘서 정말 좋다야!"

월터는 특허를 낼 예정이라고 하는 '월터 햄너 파티용 지그재그 걸음'으로 주방을 가로질러 그들 쪽으로 다가왔다. 마른 체격에 머리가 거의 다 벗겨진 월터는 완벽한 1962년 빈티지 스타일의 가느다란 세로줄 무늬 셔츠를 입었고 뿔테 안경을 꼈다. 바튼은 월터가 내민 손을 잡고 악수를 나눴다. 월터의 손아귀 힘은 여전히 좋았다.

"티나 윌리스를 만났네."

"그러게. 옛날 생각나더라."

바튼은 이렇게 말하며 티나를 향해 어색한 미소를 지었다.

티나가 깔깔 웃었다.

"우리 남편한테는 입 닫고 있어, 이 못된 자식아. 그럼 이만 실례할게. 나중에 보자, 바튼."

"그래."

티나는 간식거리가 쌓여 있는 탁자 옆을 지나 거실로 들어가 모습을 감췄다. 그 탁자 옆에는 사람들이 한 무더기 모여 있었다. 바튼은 티나의 뒤통수를 향해 고갯짓하며 물었다.

"어떻게 알고 파티에 부른 거야, 월터? 저 여자는 내 첫 경험 상대였잖아. 꼭 무슨 「이건 당신의 인생(*This Is Your Life*)」이라는 드라마를 보는 것 같네."

월터는 별일 아니라는 듯 어깨를 으쓱했다.

"다 쾌락 추구의 원칙 덕분이라네, 바튼 군." 월터는 바튼이 팔 밑에 끼고 있는 종이봉투를 턱 끝으로 가리키며 물었다. "그 평범한 갈색 봉투에는 뭐가 들었지?"

"서던 컴포트. 집에 진저에일 있지?"

"당연하지." 월터는 이내 미간을 찌푸렸다. "설마 옛날 방식으로 혼합한 술을 만들어 마실 생각은 아니지? 넌 스카치위스키 파잖아."

"원래 남들 모르게 서던 컴포트와 진저에일을 섞어 마시는 파였어. 이제 남 눈치 안 보고 살기로 했어."

월터는 씨익 웃었다.

"매리가 근처 어디 있을 거야. 매리가 널 계속 찾는 눈치던데. 술 한 잔 마시고 나서 같이 찾으러 가자."

"그러든지."

바튼은 주방을 가로질러 가면서 얕게 아는 지인들, 그를 전혀 모르는 사람들에게 대충 인사를 건네고 인사를 받기도 했다. 그에게 먼저 인사를 한 사람들도 있었지만 누구인지는 기억나지 않았다. 주방 안에는 담배 연기가 위풍당당하게 떠다녔다. 늦은 밤 AM 라디오 방송 채널의 전파처럼 유쾌하지만 의미 없는 대화가 희미하게 오고 갔다.

…… *프레디랑 짐이 근무시간 기록표를 갖고 있지 않아서 내가*

······ 어머니가 최근에 돌아가셔서인지 그는 과음만 했다 하면 계속 울어대는 거야

······ 페인트를 벗겨냈더니 미국 독립 전쟁 이전의 멀쩡한 물건 이 나타난 거지

······ 그 조그만 유대인 놈이 백과사전을 팔겠다고 찾아와서는

······ 엉망이야. 그 남자는 애들 때문에라도 부인이랑 이혼 못 할 걸. 술만 퍼마시지.

······ 엄청 멋진 드레스네

······ 술을 오지게 마시더니 계산을 하면서 안주인한테 온통 토를 해놨어

가스레인지와 싱크대 앞에 포마이카 상판으로 된 긴 탁자가 놓여 있었다. 그 탁자에는 열어놓은 술병들, 크기가 다양한 잔들, 다양한 도수의 술들이 그득했다. 재떨이마다 필터로 넘쳐났다. 각 얼음으로 채워진 통들이 싱크볼 안에 담겨 있었다. 가스레인지 앞에는 이어폰을 낀 리처드 닉슨의 대형 포스터가 붙어 있었다. 이어폰 줄은 포스터 가장자리에 서 있는 당나귀의 항문에 꽂혀 그 끝이 보이지 않았다. 포스터에 적힌 문구는 이러했다.

저희가 더 잘 듣습니다!

밑단이 넓은 나팔바지를 입고 양손에 술을 한 잔씩(위스키가 담긴 물잔 하나 그리고 맥주가 담긴 커다란 맥주잔 하나) 든 남자가 왼쪽에 서 있었다. 그 남자는 모여 있는 사람들에게 농담을 하는 중이었다. "이

남자가 술집에 들어왔는데 옆자리 스툴에 원숭이가 앉아 있더란 말이죠. 남자는 맥주를 주문했고 바텐더가 맥주를 내왔습니다. 남자가 물었죠. '이 원숭이 주인은 누굽니까? 귀엽네요.' 그러자 바텐더가 대답했죠. '아, 피아노 연주자의 원숭이입니다.' 남자는 고개를 돌려서⋯⋯"

바튼은 혼합주를 만들어 들고 월터를 찾아 주변을 둘러보았다. 하지만 월터는 이미 현관문 쪽으로 걸어가 다른 손님들을 맞이하는 중이었다. 젊은 커플인데, 남자는 커다란 드라이빙 캡 모자에 고글을 썼고, 구식 방수 외투를 입었다. 외투 앞쪽에는 이런 문구가 적혀 있었다.

끝까지 해냅시다

그때 옆에서 몇몇 사람들이 시끌벅적하게 웃음을 터뜨렸고 월터는 저쪽에서 무어라 말을 하고 있었다. 무슨 농담인지 몰라도 한참 전부터 들었어야 그 내용을 이해했을 것이다.

"⋯⋯ 그래서 그 남자는 피아노 연주자에게 다가가 말했답니다. '당신 원숭이가 내 맥주에 오줌을 싼 거 아세요?' 그러자 피아노 연주자가 말했죠. '아뇨, 술집을 몇 군데 돌아다니다 보면 나도 비슷한 짓을 할 것 같은데요.'" 그러자 적당한 웃음이 또 터져 나왔다. 나팔바지를 입은 남자는 위스키를 한 모금 마신 뒤 맥주를 꿀꺽꿀꺽 들이켜 위스키로 타오른 목구멍을 식혔다.

바튼은 술잔을 들고 천천히 어둑한 거실로 걸어갔다. 티나 하워드 윌리스의 눈에 띄기 전에 그 뒤로 슬그머니 돌아 들어갔다. 티나에게 붙잡혔다간 '그들은 지금 어디 있지'라는 지루한 게임에 끌려들어갈 것 같았다. 보아하니 티나는 일이 잘 풀린 동창에게는 별 관심이 없고 이혼, 신경쇠약, 범죄 등으로 인생이 꼬여버린 옛 동창생의 인생 역정을 귀담아 들어뒀다가 재미삼아 배설해버릴 부류 같았다.

누군가 50년대 로큰롤 음악 앨범을 틀어놓았다. 열다섯 쌍 정도 되는 커플들이 그 음악에 맞춰 유쾌하면서도 우스꽝스럽게 지르박을 추고 있었다. 매리 역시 키 크고 마른 남자와 춤을 추고 있었는데, 바튼은 그 남자를 본 적은 있지만 누구인지는 정확히 알지 못했다. 잭인가? 존? 제이슨? 바튼은 고개를 가로저었다. 생각나지 않았다. 매리는 처음 보는 파티용 드레스 차림이었다. 드레스 한쪽 측면에 단추가 쭉 붙어 있었는데, 섹시하게 벌어진 틈새로 나일론 스타킹을 신은 무릎이 약간 윗부분까지 들여다보였다. 바튼은 질투나 상실감, 하다못해 습관적인 욕구 같은 강렬한 감정이 치솟아 오르길 기다렸지만 그런 감정은 올라오지 않았다. 그는 조용히 술을 한 모금 마셨다.

고개를 돌린 매리가 바튼을 바라보았다. 바튼은 애매하게 손가락을 들어 올렸다. '그냥 추던 춤을 마저 춰.'라는 뜻이었다. 하지만 매리는 굳이 춤을 중단하고 파트너와 함께 바튼 쪽으로 걸어왔다.

"와줘서 기뻐, 바튼." 요란한 웃음소리와 대화, 스테레오에서 흘러나오는 음악 소리 때문에 매리는 목소리를 평소보다 높여야 했다. "딕 잭슨 기억하지?"

바튼이 손을 내밀자 날렵한 체격의 남자는 그의 손을 잡았다.

"5년…… 아니, 7년 전엔가 부인이랑 우리 동네에서 살았죠?"

바튼의 물음에 잭슨은 고개를 끄덕였다.

"지금은 윌우드에서 살고 있습니다."

'주택 단지에서 사는구나.' 바튼은 속으로 생각했다. 요즘 그는 도시의 지리와 주택 계획에 상당히 민감해져 있었다.

"그렇군요. 요즘도 피얼스 사에서 일해요?"

"아뇨, 이제 내 사업을 하고 있습니다. 트럭 두 대를 굴리고 있죠. 3개 주에 인접한 트럭 운송 회사입니다. 선생네 세탁회사가 혹시 화학약품 같은 걸 운반한 일이 있으면……."

"회사 그만뒀습니다."

바튼의 대답에 매리는 마치 누군가가 멍이 든 그녀의 상처 부위를 주먹으로 가격한 것처럼 움찔했다.

"그래요? 요즘은 뭐 하고 사십니까?"

"자영업을 하고 있죠." 바튼은 미소를 지으며 물었다. "독립 트럭 운전사 파업에 동참하셨습니까?"

술에 절어 어두운 잭슨의 피부색이 한층 더 어두워졌다.

"그럼요. 파업에 동의하지 않는 사람을 개인적으로 설득하기도 했죠. 빌어먹을 오하이오주 새끼들이 경유 값을 얼마나 받아 처먹고 있는지 아십니까? 31.9달러나 됩니다! 내 마진이 12퍼센트에서 9퍼센트까지 까졌어요. 그 9퍼센트에서 트럭 유지보수 비용도 제해야 됩니다. 망할 놈의 고속도로 속도 제한은 말할 것도 없고요—"

잭슨은 갑작스레 심각한 에너지 위기를 겪고 있는 이 나라에서 독립 트럭 사업자가 떠안은 위험성에 대해 주절거렸다. 바튼은 그의 얘기를 들으며 적당히 고갯짓하고 술을 홀짝였다. 매리는 잠시 실례하겠다며, 펀치(물, 과일즙, 향료에 보통 포도주나 다른 술을 넣어 만든 음료—옮긴이)를 가지러 주방에 갔다. 방수 외투를 입은 남자가 에벌리 브라더스(1954년에 결성한 형제 2인조 컨트리 록 그룹—옮긴이)의 오래된 곡에 맞춰 기타 연주자 찰스턴 흉내를 과장해서 내자 사람들은 박장대소를 했다.

잭슨의 아내가 그들 쪽으로 다가와 인사를 했다. 붉은 머리카락에 가슴이 크고 근육질인 여자였다. 그녀는 술에 취해 비틀거리기 직전처럼 보였다. 두 눈은 꼭 핀볼 놀이 기계의 틸트처럼 생겼다. 그녀는 바튼과 악수를 하면서 멀젖게 미소를 짓다가 딕 잭슨에게 말했다. "여보, 볼일 보러 가야겠어. 화장실이 어디야?"

잭슨은 아내를 데리고 그 자리를 떠났다. 댄스 플로어 가장자리를 빙 둘러 걸어간 바튼은 벽에 기대어 놓은 의자 하나를 차지하고 앉아 술을 마저 마셨다. 매리가 그의 곁으로 돌아오려면 시간이 걸릴 듯했다. 누군가 매리를 붙잡아 대화에 끌어들인 모양이었다.

안쪽 주머니에서 담뱃갑을 꺼내 담배에 불을 붙였다. 요즘 이런 파티에 와도 그는 담배만 피우곤 했다. 몇 년 전까지만 해도 암에 걸리고 싶어 환장한 놈처럼 하루에 3갑은 피웠는데 이 정도면 많이 줄인 거였다.

담배를 반쯤 태우면서 매리를 기다리며 주방 문 쪽을 보고 있다가 문득 자신의 손가락을 내려다보았다. 흥미롭다는 생각이 들었다. 마치 평생 담배를 피워온 손가락처럼, 오른손 엄지와 검지는 익숙하게 담배를 잡고 있었다.

그런 생각을 하는 것 자체가 우스워서 입가에 웃음이 걸렸다.

손가락을 한참 들여다보는데 입에서 다른 맛이 느껴졌다. 나쁘지는 않지만 익숙하지 않은 맛이었다. 침도 걸쭉해졌다. 그리고 다리가…… 다리가 슬금슬금 흔들렸다. 음악에 맞춰 박자를 따라 바닥을 톡톡 두드리고 싶은 것처럼. 음악 소리에 맞춰 바닥을 톡톡 두드리면 다리의 떨림이 멈출 것도 같았다. 다리가 멋지게 제구실을 할 것 같았다…….

그런 생각 자체가 낯설어 움찔하는데, 생각의 꼬리는 아무렇지 않게 완전히 새로운 방향으로 나아가기 시작했다. 그는 마치 커다란 집 안에서 길을 잃고 높디높은 크리이이이이스털 계단을 올라가는 남자가 된 것 같았다…….

아무래도 아까 먹은 알약 때문인 듯했다. 올리비아가 준 알약. 조금 전 크리스털을 희한하게 길게 늘여 발음하지 않았나? 크리이이이이스털, 이라고. 스트리퍼의 의상에 붙은, 얇고 달그락달그락 소리가 나는 장식처럼.

바튼은 늠실늠실 웃으며 담배를 내려다보았다. 담배는 놀라울 정도로 *희*었고 어이없을 정도로 둥글었다. 미국이라는 나라의 속과 부유함을 나타내는 상징 같기도 했다. 오직 미국에서만 담배 맛이 별나게 좋았다. 한 모금 쭉 빨았다. 너무 좋았다. 그는 윈스턴-세일럼시의 생산라인에서 쏟아져 나오는 미국 담배들을 생각했다. 끝없이 생산되어 나오는 깔끔하고 하얗고 풍성한 담배들. 메스칼린 때문일까. 환각이 보이기 시작했다. 지금 '크리스털(즉, 크리이이이이스털)'이라는 단어를 놓고 그가 머릿속으로 무슨 생각을 하는지 사람들이 안다면 그들 역시 고개를 끄덕이면서 박자를 맞출 것이다. 그래, 저놈은 미쳤어. 그렇다니까. 머리가 돈 놈이라니까. 머리가 돈 놈, 딱 맞는 표현이었다. 살리 매글리오리가 여기 같이 있으면 좋겠다는 생각이 들었다. 여기서 조직의 사업에 관해 여러모로 토론이라도 벌이면 좋을 텐데. 늙은 창녀와 총격에 대한 얘기도 하고. 머릿속에서 바튼은 애꾸눈 살리와 함께 어느 조그마한 이탈리아 식당에서 링귀니를 먹고 있었다. 어두운 색깔의 벽, 여기저기 홈이 난 나무 식탁, 그리고 영화 「대부」의 선율이 배경음악으로 나오는 식당 말이다. 그는 총천연색의 화려한 환각 속으로 빠져들어 거품 목욕을 하고 있었다.

"크리이이이이이스털."

그는 나지막하게 중얼거리며 피식 웃었다. 여기 앉아서 이런저런 생각을 하며 꽤 오랜 시간을 보낸 것 같은데 담배 끝의 재는 별로 길어지지 않았다. 경악스러웠다. 담배를 한 모금 더 빨았다.

"바튼?"

고개를 들었다. 매리였다. 그녀는 그에게 줄 카나페를 가져왔다. 바튼은 미소를 지으며 말했다.

"앉아. 나 주려고?"

"응."

매리는 카나페를 내밀었다. 가운데에 분홍색 속을 넣고 삼각형으로 자른 조그마한 샌드위치였다. 문득 지금 그가 환각 체험을 하고 있다는 걸 알면 매리가 놀라고 무서워하겠다는 생각이 들었다. 당장 구급대나 경찰에 연락할지도 몰랐다. 일이 커지지 않게 하려면 평소와 다름이 없는 척해야 했다. 평소처럼 행동해야 한다는 생각을 하니 어쩐지 더 어색해지는 기분이었다.

"이따가 먹을게."

그는 이렇게 말하며 샌드위치를 셔츠 주머니에 집어넣었다.

"바튼, 취했어?"

"약간."

매리의 얼굴을 보는데 땀구멍 하나하나가 다 보였다. 이렇게 또렷하게 보이는 건 처음이었다. 마치 신이 요리사이고 매리는 파이 껍질인 것처럼 얼굴에 작은 구멍이 뿡뿡 뚫려 있었다. 바튼이 낄낄 웃자 매리의 얼굴에 주름이 깊어졌다. 바튼이 말했다.

"저기, 아무 말도 하지 마."

"무슨 소리야?"

메리는 의아해하며 인상을 썼다.

"4번 제품에 대해 말하지 말라고."

"바튼, 당신 대체 왜 이래······."

"화장실에 갔다 올게."

바튼은 벌떡 일어나 뒤도 돌아보지 않고 걸어갔다. 매리의 얼굴에서 마치 전자레인지의 열파처럼 주름이 파동이 되어 퍼져나가는 게 느껴졌다. 그가 뒤돌아보지 않으면 매리는 알아채지 못할 것이다. 이 모든 게 가능한 세상이라 불가능한 게 없었다. 크리이이이이스털 계단도 있었다. 그는 헛헛하게 웃었다. 그 단어가 오랜 친구처럼 느껴졌다.

화장실까지 가는 길은 긴 여정이었다. 거의 사파리 여행(특히 아프리카 동부·남부에서 야생 동물들을 구경하거나 사냥하는 여행—옮긴이)에 가까웠다. 파티 소음은 주기적으로 커졌다가 줄어들었다. 세 음절로 나눠서 소리가 커졌다가 줄어들었다가, 스테레오 음악이 켜졌다가 꺼졌다가 했다. 화장실로 가는 길에 그는 아는 얼굴인 것 같은 사람들에게 웅얼대며 말을 걸었지만 상대가 던지는 대화의 맥락은 한 마디도 알아듣지 못했다. 그는 사타구니를 손으로 가리키며 미소 짓고는 가던 길을 계속 갔다. 다들 의아해하는 얼굴이었다. 낯선 사람들만 참석하는 파티면 좋을 텐데, 왜 필요할 땐 그런 파티가 없는 걸까? 그는 수상쩍게 군 자신을 나무랐다.

화장실 안에 누가 들어가 있었다. 문밖에서 기다리는 시간이 수 시간처럼 느껴졌다. 마침내 문이 열리고 화장실에 들어갔지만 쥐어짜도 소변이 나오지 않았다. 변기 수조 위쪽의 벽을 보고 있는데 벽이 주기적으로, 3박자 리듬에 맞춰 불룩해졌다가 가라앉았다가를 되풀이했다. 소변을 누지도 않았지만 밖에서 누가 듣고 있을까 싶어 변기의 물을 내렸다. 변기에서 물이 쓸려 내려가는 모양새를 가만히 바라보았다. 변기 안쪽이 분홍색이라 불길하게 느껴졌다. 바로 전에 이 변기를 사용한 사람이 여기로 피를 흘려보낸 건가. 불안했다.

화장실을 나서자 파티 소음이 또다시 밀려들었다. 사람들의 얼굴이 떠다니는 풍선처럼 가까이 밀려들었다가 물러갔다. 음악은 좋았다. 엘비스 프레슬리가 계속 노래를 부르고 있었다. 친숙하고 오래된 엘비스의 노래. 즐기자, 엘비스, 마음껏 즐기자.

어느새 매리의 얼굴이 눈앞에 어른거렸다. 걱정스러운 표정으로 그의 앞에서 서성이고 있었다.

"바튼, 무슨 일 있어?"

"일? 없어 그런 거." 바튼은 어안이 벙벙했고 당황스러웠다. 그가 입 밖에 낸 단어들이 마치 악보처럼 음표가 되어 흘러나오고 있었다. "환영을 보고 있을 뿐이야."

분명 크게 소리 내어 말했는데 속으로 웅얼거린 것처럼 들렸다.

"바튼, 뭘 먹은 거야?"

매리는 경악한 표정이었다.

"메스칼린."

"맙소사, 바튼. 마약을 했어? 왜?"

"왜 하면 안 되는데?"

바튼은 날카롭게 받아쳤다. 화가 나서가 아니라 당장 생각나는 말이 그것뿐이어서였다. 단어는 음표가 되어 나왔다. 이제 음표에 꼬리까지 붙었다.

"의사한테 데려다줘?"

바튼은 놀란 눈으로 매리를 바라보다가, 그 질문에 숨겨진 의미가 있는 것은 아닌지 속으로 곱씹어보았다. 정신병원에나 가보라는 속마음이 은연중에 표출된 것 아닌가. 낄낄 웃음이 나왔다. 낄낄 소리가 눈앞에서 음악이 되어, 크리이이이이스털 같은 선과 공간, 마디와 쉼표가 되어 입 밖으로 흘러나왔다.

"내가 왜 의사를 만나야 하지?" 바튼은 신중하게 단어를 골랐다.

물음표는 4분음표가 되어 눈앞에 떠다녔다. "그 여자도 그렇게 말했어. 그다지 좋은 뜻은 아니었지만 나쁜 뜻도 아니었어. 하지만 흥미로웠지."

"누구? 누가 당신한테 말했는데? 마약은 어디서 났어?"

아내의 얼굴이 두건을 내려쓴 파충류처럼 변해갔다. 매리는 싸구려 미스터리 영화의 형사처럼 용의자의 눈을 빤히 들여다보고 있었다. *어디 골라 봐, 맥고니걸, 부드럽게 파헤쳐줄까 아니면 세게 파헤쳐줄까.* 매리를 보고 있자니 어렸을 때 읽은 H. P. 러브크래프트의 소설 속 크툴루 신화가 떠올랐다. 완벽하게 정상적인 인간의 형상을 하고 있던 자들이 고대 존재들의 재촉을 받아 생선 냄새를 풍기며 기어 다니는 존재들로 변한 이야기. 매리의 얼굴이 점점 장어처럼 변하면서 비늘이 돋기 시작했다.

바튼은 질겁했다.

"신경 쓰지 마. 나 좀 혼자 있게 내버려 둘래? 그만 좀 괴롭혀. 나도 당신 성가시게 안 할 테니까."

매리의 얼굴이 움츠러들면서 원래의 얼굴로 돌아왔다. 그녀가 도저히 믿기지 않는 듯, 상처받은 표정이라 바튼은 마음이 좋지 않았다. 그들 주변에서 파티 음악이 쿵쿵대며 빙빙 돌았다. 매리가 나지막하게 말했다.

"알았어, 바튼. 자해를 하든 말든 마음대로 해. 하지만 나를 곤란하게 만들지는 마. 그 정도는 부탁해도 되지?"

"그거야 당연히—"

매리는 그의 대답을 듣지도 않고 그 자리를 떠났다. 뒤도 돌아보지 않고 서둘러 주방으로 들어가 버렸다. 바튼은 미안하면서 한편으로는 안심이 됐다. 하지만 또 누군가 다가와 말을 걸려고 하지 않을까? 그렇게 되면 남들도 알게 될 것이다. 이대로라면 정상적인 대화는 불가능했다. 단순히 술에 취한 것으로 속일 수도 없을 것이다.

"알랄랄랄랄라."

그는 입천장에 대고 'ㄹ' 발음을 가볍게 떨어주었다. 그러자 음표들이 입에서 직선으로 뻗어 나왔다. 하나같이 꼬리를 달고 빠르게 튀어나왔다. 밤새 음표를 만들어내면서 기분 좋게 시간을 보낼 수 있을 것 같았다. 하지만 여기서 그러면 안 되었다. 당장이라도 누군가 다가와 말을 걸지도 몰랐다. 머릿속 생각에 귀 기울일 수 있는 혼자만의 공간이 필요했다. 파티장 안에 있자니 거대한 폭포 뒤에 서 있는 기분이었다. 파티 소음 때문에 생각을 제대로 할 수가 없었다. 조용하고 후미진 곳을 찾아봐야 할 듯했다. 혼자 라디오나 들을 수 있는 곳. 음악을 듣고 있으면 생각의 흐름을 바르게 하는 데 도움이 될 것이다. 생각할 게 많았다. 엄청.

어느새 사람들이 그를 흘끔흘끔 쳐다보고 있는 느낌이 들었다. 매리가 벌써 소문을 퍼뜨린 걸까. '걱정돼. 바튼이 메스칼린을 했어.' 그 소문은 이 입에서 저 입으로 퍼져나갈 것이다. 그들은 알면서도 모르는 척 춤을 출 것이다. 술을 마시고 대화를 나누는 척할 것이다. 하지만 손으로 입을 가린 채 그에 대한 소문을 속닥거리며 슬금슬금 그를 관찰할 것이다. 틀림없었다. 크리이이이이스털처럼 분명했다.

한 남자가 아주 길쭉한 술잔을 손에 들고 살짝 몸을 비틀어 그의 옆을 지나갔다. 바튼은 그 남자의 스포츠 재킷을 잡아당기며 거친 목소리로 나지막하게 물었다.

"저들이 나에 대해 뭐라고 떠들고 있습니까?"

남자는 뜨악한 미소를 짓더니 스카치위스키 냄새가 풍기는 따뜻한 입김을 그에게 뿜었다.

"듣게 되면 종이에 적어드리죠." 그러고는 저만치 걸어가 버렸다.

마침내 바튼은 월터 햄너의 서재로 들어갔다. (시간이 얼마나 흘렀는 지는 알 수 없었다.) 등 뒤로 문을 닫자 다행히 파티 소음이 확연히 줄어들었다. 두려움이 엄습했다. 알약의 효과는 아직 최고조에 이르지 않았다. 앞으로 계속 점점 더 세게 나타날 것이다. 눈을 한 번 껌벅였을 뿐인데 그는 거실의 이쪽 끝에서 저쪽 끝에 가 있었다. 또다시 눈을 한 번 껌벅이자 그는 외투들을 보관해둔 어둑한 침실을 지나갔다. 세 번째로 눈을 감았다 뜨니 복도였다. 의식이 깨어 있는 순간들이 산산이 조각나고, 현실의 단편들이 구슬처럼 사방으로 퍼져나갔다. 연속성은 와해되었다. 시간 감각도 파괴됐다. 알약의 효과가 영원히 줄어들지 않으면 어쩌지? 영원히 이런 상태면? 당황스러웠다. 잠을 통해 떨쳐낼 수 있을까. 가능할지조차 알 수 없었다. 만약 잠이 들면 어떤 꿈을 꾸게 될지도 알 수 없으니 더욱 두려웠다. 즉흥적으로 가볍게 한 번 알약을 먹어본 것뿐인데 오싹하게 질려버렸다. 술에 취한 것과는 완전히 다른 상태였다. 술 취했을 땐 머릿속 깊숙한 곳에서 눈을 껌벅이는 약간의 제정신이라는 게 남아 있는데, 이건 그렇지가 않았다. 맨정신이 아예 남아 있질 않았다. 완전히 괴상한 상태가 되어버렸다.

그나마 서재에 혼자 있으니 다행이었다. 혼자 있다 보면 점점 자신을 제어할 수 있게 되지 않을까. 환영을 계속 보더라도 남들 눈에 띄지 않으면—

"어이 거기."

깜짝 놀란 바튼은 소리가 들려온 서재 한쪽 구석을 바라보았다. 한 남자가 월터의 책장 옆에 있는 등받이 높은 의자에 앉아 있었다. 남자의 무릎에는 책 한 권이 펼쳐져 있었다. 남자가 맞나? 방 안에 조명은 하나뿐이었다. 방금 그에게 말을 건 자의 왼편, 작고 동그란 탁자 위에 놓인 램프의 불빛이었다. 램프 빛이 남자의 얼굴에 그림자를 드리웠다. 그림자가 길었다. 남자의 두 눈은 어두운 동굴 같았다. 뺨의 선은 냉소적이고 사악하게 느껴졌다. 월터 햄너의 서재에 앉아 있는 사탄을 마주하게 된 걸까. 남자가 일어섰다. 가만히 보니 사탄이 아니라 노인이었다. 평범한 노인. 키가 컸고 나이는 예순 살쯤 되어 보였다. 푸른 눈동자. 코는 싸움질을 하며 술병으로 숱하게 맞은 듯한 흔적이 역력했다. 하지만 노인은 술잔을 들고 있지 않았고 탁자에도 술은 없었다.

"또 다른 방랑자시군요." 노인이 입을 열더니 손을 내밀었다. "필 드레이크라고 합니다."

"바튼 도스입니다." 바튼은 여전히 두려움을 떨쳐내지 못한 채 그와 악수를 했다. 드레이크의 손에는 오래된 상처가 있었다. 피부가 오그라든 상처인 것으로 보아 화상 자국인 듯했다. 하지만 바튼은 그런 것 때문에 악수가 꺼려지지는 않았다. 드레이크. 익숙한 이름인데 전에 어디서 들었는지 기억이 나질 않았다.

드레이크가 물었다.

"괜찮아요? 상태가 좀⋯⋯."

"약에 취해서 그렇습니다. 메스칼린을 먹었더니. 어휴, 확 올라오네요."

바튼은 책장들을 흘끗 쳐다보았다. 책장들이 앞으로 갔다 뒤로 갔다 하며 일렁거려서 기분이 좋지 않았다. 마치 거인의 심장 박동을 보는 듯했다. 이런 건 이제 그만 보고 싶었다.

"그렇군요. 앉아요. 지금 상태가 어떤지 말해 봐요."

의아한 눈으로 드레이크를 바라보던 바튼은 안도감이 밀려들자 의자에 가 앉았다.

"메스칼린에 대해 아십니까?"

"아, 조금. 약간 압니다. 시내에서 커피점을 운영하고 있는데, 약에 취해 돌아다니는 아이들을 자주 봅니다⋯⋯ 약에 취하니 기분이 좋은가요?"

드레이크가 정중하게 물었다.

"좋기도 하고 나쁘기도 하네요. 좀⋯⋯ 독한 편이에요. 괜찮은 표현이지요. 이런 약을 취급하는 사람들이 쓰는 용어이기도 하고요."

"맞습니다."

"조금씩 겁이 나요."

바튼은 창밖을 내다보았다. 시커먼 반구형의 하늘에 고속도로처럼 길게 뻗어나간 별들이 보였다. 그는 태연하게 시선을 돌렸지만 혀로 입술을 핥으며 초조하게 물었다.

"저기…… 이런 증상이 얼마나 오래 갈까요?"

"언제 했습니까?"

"하다뇨?"

바튼의 입에서 흘러나온 단어가 카펫으로 뚝 떨어지더니 녹아 사라졌다.

"약을 언제 먹었습니까?"

"아…… 8시 반쯤에요."

"지금이……" 드레이크가 손목시계를 들여다보았다. "9시 45분 이니까……"

"9시 45분이라고요? 그것밖에 안 됐습니까?"

드레이크는 미소를 지었다.

"시간 감각이 고무처럼 길게 늘어지죠? 아마 새벽 1시 반은 되어 야 약효가 좀 떨어질 겁니다."

"그래요?"

"그렇지요. 그럴 겁니다. 정점으로 가고 있는 것으로 보이는군요. 환시 효과가 강한 약인가 봅니다?"

"그러게요. 환시 효과가 좀 세네요."

"인간의 눈으로 볼 수 없는 것들이 많이 보일 테지요."

드레이크는 묘하게 일그러진 미소를 지었다.

"그렇네요. 정말 그래요." 드레이크와 함께 있으니 점점 더 마음 이 놓였다. 구원이라도 받은 기분이었다. "토끼 굴에 떨어진 중년 남자와 얘기하는 것 말고 무슨 일을 하시는 분입니까?"

드레이크는 미소를 지었다.

"상태는 괜찮은 것 같군요. 메스칼린이나 엘에스디를 한 사람들은 보통 말이 어눌해지고 가끔 앞뒤가 맞지 않는 소리도 하지요. 저녁때는 거의 자살 예방 상담 센터에서 시간을 보냅니다. 주말 오후에는 아까 말한 커피점에서 일을 합니다. '드롭 다운 마마'라는 커피점이요. 손님들은 대부분 술주정뱅이와 부랑자들이에요. 아침마다 거리로 나서서 내 교구 주민들이 깨어 있으면 다가가 말을 겁니다. 중간에 비는 시간에는 카운티 교도소에서 잡일을 해주고 있고요."

"신부님입니까?"

"사람들이 나를 거리의 신부라고 부르기도 합니다. 낭만적인 호칭이에요. 말콤 보이드 같은 부류로 취급하는 것이지요. 나도 한때는 진짜 신부였습니다."

"지금은 아닌가요?"

"모교회를 떠났습니다."

드레이크의 말투는 부드러웠지만 단어 하나하나를 단호하게 내뱉었다. 마치 영원히 닫혀버린 철문 같았다.

"왜 그러셨죠?"

드레이크는 어깨를 으쓱했다.

"별로 중요한 이유는 아닙니다. 선생은요? 어쩌다가 메스칼린을 하게 된 겁니까?"

"라스베이거스로 가는 여자한테서 얻었습니다. 좋은 여자였어요. 크리스마스에 저한테 전화도 해줬어요."

"도와달라는 전화였나요?"

"그런 것 같았어요."

"도와줬습니까?"

"모르겠네요." 바튼은 능실거리며 웃었다. "신부님, 제 불멸의 영혼에 대해 얘기 좀 해주시죠."

드레이크는 움찔했다.

"나는 신부가 아닙니다."

"호칭은 신경 쓰지 마시고요."

"당신의 '영혼'에 대해 뭐가 알고 싶은 건가요?"

바튼은 손가락을 내려다보았다. 지금 그는 손가락 끝에서 언제든 번쩍이는 번개를 뿜어낼 수 있었다. 술에 취했을 때처럼, 뭐든 할 수 있을 것 같은 의기양양한 기분이었다.

"자살을 하면 제 영혼은 어떻게 되는지 알고 싶어요."

드레이크는 불안한 표정으로 자세를 바꿔 앉았다.

"약에 취한 상태일 때는 자살 생각을 하지 않는 게 좋습니다. 그때 머릿속에서 들리는 말은 본인이 아니라 약이 하는 말이에요."

"이건 제가 하는 질문이니까, 대답해주세요."

"글쎄요. 자살을 하면 선생의 영혼에 무슨 일이 일어나는지 나도 모릅니다. 선생의 몸에 무슨 일이 일어날지는 잘 알지만요. 몸은 썩겠지요."

그 말에 놀란 바튼은 두 손을 다시 내려다보았다. 맞장구를 치듯 그의 손은 갈라지고 썩어 허물어졌다. 에드거 앨런 포의 소설들 중 '발데마르의 괴상한 사건'을 다룬 소설이 떠올랐다. 캄캄한 밤. 포와 러브크래프트. '아서 고든 핌'에 관한 이야기는 어떤가? 미친 아랍인 '압둘 알하자르' 이야기는? 바튼은 살짝 어리벙벙한 눈을 들어 드레이크를 바라보았지만 기가 죽지는 않았다.

드레이크가 물었다.

"몸은 어떻습니까?"

"예?"

바튼은 인상을 써가며 질문의 의미를 해석하려 애썼다.

"두 가지 환각이 있습니다. 머리의 환각과 몸의 환각. 메스껍습니까? 아파요? 속이 울렁울렁합니까?"

바튼은 몸 상태를 짚어보았다.

"아뇨. 그냥 좀…… 분주한 느낌이에요."

바튼이 단어가 우스워 웃음을 터뜨리자 드레이크도 미소를 지었다. 지금 자신의 상태를 적합하게 표현한 단어인 듯했다. 가만히 있는데 그의 몸은 대단히 활발한 상태인 듯했다. 가볍지만 공기처럼 가볍지는 않았다. 사실, 이 정도로 육신을 *예민하게* 느껴본 적이 없었다. 영혼과 육신이 연결된 방식까지도 의식할 수 있을 정도였다. 그 두 가지는 떼어낼 수 없게 되어 있었다. 육신에서 영혼을 벗겨낼 수는 없었다. 영혼은 육신 안에 꽉 잡혀 있었다. 통합된 하나의 덩어리였다. 엔트로피(열역학적 상태함수의 하나로서, 열역학적 계에서 일로 전환될 수 없는, 즉 유용하지 않은 에너지를 기술할 때 이용됨. 무질서도라고 표현하기도 함—옮긴이)였다. 열대 지방의 *빠른* 일출처럼 생각이 솟구쳐 올라왔다. 그는 현재 자신이 처한 상황에 비추어 개념을 곱씹었다. 패턴이라는 게 있다면 알아내고 싶어 안간힘을 썼다. 하지만…….

바튼은 뜬금없이 말했다.

"하지만 영혼은 있습니다."

"영혼이요?"

드레이크는 유쾌한 목소리로 물었다. 바튼이 느긋하게 대답했다.

"뇌를 죽이면 육신을 죽이는 거죠." 바튼은 천천히 말을 이었다.
"그 반대도 마찬가지고요. 하지만 영혼은 어떻게 될까요? 와일드카
드라는 것도 있잖습니까. 신부님…… 아니, 드레이크 씨."

"'죽음의 잠 속에서 무슨 꿈을 꾸게 될까?'『햄릿』에 나오는 대사
입니다, 도스 씨."

"육신이 죽은 뒤에도 영혼은 여전히 살아 있을까요? 살아남을까
요?"

드레이크의 눈빛이 흐릿해졌다.

"그럼요. 어떤 형태로든…… 살아남는다고 생각합니다."

"자살은 영혼을 지옥으로 보내는 대죄라고 생각하십니까?"

드레이크는 한참 동안 말이 없다가 입을 열었다.

"자살은 잘못입니다. 그렇다고 온 마음으로 믿고 있어요."

"그건 제 질문에 대한 답이 아닌데요."

드레이크가 일어섰다.

"대답하고 싶지 않군요. 더 이상 형이상학적 논의를 하고 싶지도
않고요. 나는 평범한 사람입니다. 그만 파티장으로 돌아가는 게 어
떨까요?"

파티장의 소음과 혼란스러운 분위기를 떠올린 바튼은 고개를 절
레절레 흔들었다.

"그럼 집으로 갈래요?"

"운전을 할 수 있는 상태가 아니라서요. 무서워서 못 하겠습니다."

"그럼 내가 운전해서 태워다 드리지요."

"드레이크 씨가요? 다시 여기로 어떻게 돌아오시려고?"

"선생을 집에 데려다주고 그 집에서 택시를 부르면 되겠지요. 새해 전날이니 택시들은 늦게까지 영업을 할 겁니다."

"그래주시면 저야 고맙지만. 사실 혼자 있고 싶습니다. 텔레비전이나 보면서 혼자 있고 싶어요."

"상태가 그런데 혼자 있어도 안전하겠습니까?"

드레이크가 엄숙한 목소리로 물었다.

"혼자 있을 때 완전히 안전한 사람은 없겠지요."

바튼은 똑같이 엄숙하게 대답했다. 두 사람은 웃음을 터뜨렸다.

"알겠습니다. 인사하고 갈 사람 있어요?"

"아뇨. 이 집에 뒷문이 있을까요?"

"찾아보면 있을 겁니다."

집으로 가는 길에 그는 별로 말이 없었다. 차창 밖으로 스쳐 지나가는 가로등 불빛을 보는 것만으로도 흥분이 돼서 겨우 참고 있었다. 고속도로 확장 공사 현장을 지나가면서 바튼이 이 공사에 대해 어떻게 생각하는지 묻자, 드레이크는 간단하게 의견을 내놓았다.

"이 도시 아이들은 굶주리고 있는데 정부는 에너지나 빨아먹는 거대 기업들을 위해 새로운 도로를 건설하고 있는 것이지요. 어떻게 생각하냐고요? 빌어먹을 범죄라고 생각합니다."

바튼은 드레이크에게 화염병, 불타는 크레인, 불붙은 현장 사무소에 대해 말하고 싶어 입이 근질거렸지만 하지 않았다. 드레이크가 환각일 뿐이라고 생각할까 봐, 혹은 그 말을 진실로 여길까 봐할 수가 없었다.

그날 밤의 나머지 기억은 그다지 명료하지 않았다. 바튼은 드레이크에게 그의 집으로 가는 길을 일러주었다. 집 앞에 도착한 드레이크는 이 동네 사람들은 전부 파티를 하러 나갔거나 일찍 잠이 든 모양이라고 말했다. 바튼은 대꾸하지 않았다. 드레이크는 전화로 택시를 불러놓고 바튼과 함께 말없이 텔레비전을 보았다. 월도프 아스토리아 호텔('뉴욕의 왕궁'이라는 별칭을 가진 미국 최고급 호텔—옮긴이)에서 지내고 있는 가이 롬바르도가 이 세상에서 가장 감미로운 노래를 만들고 있다는 소식이었다. 바튼의 눈에 가이 롬바르도는 무언가에 취해 몽롱해 보이는 상태였다.

11시 45분에 택시가 왔다. 드레이크는 바튼에게 정말 괜찮은지 재차 물었다.

"괜찮습니다. 진정되고 있는 것 같아요."

그 말은 사실이었다. 환각의 기운이 머리 뒤쪽으로 흘러내려가는 기분이었다.

드레이크는 현관문을 열고 목깃을 세우며 말했다.

"자살 생각은 그만 해요. 어리석은 짓입니다."

바튼은 웃으며 미소를 지을 뿐, 드레이크의 충고를 받아들이지도 거부하지도 않았다. 요즘 늘 그렇듯 그저 상담 한 번 한 거라고

만 여겼다.

"새해 복 많이 받으세요."

"도스 씨도요."

집 앞에서 택시가 얼른 타라며 경적을 울려댔다.

드레이크는 진입로를 따라 내려갔다. 잠시 후 그를 태운 택시는 지붕에 노란 불을 깜박이며 저만치 사라져갔다.

바튼은 거실로 도로 들어가 텔레비전 앞에 앉았다. 가이 롬바르도는 어디로 가고 텔레비전 화면에는 타임스 광장이 나오고 있었다. 앨리스-차머스 빌딩 꼭대기에 설치된 반짝이는 공이 1974년을 향해 내려올 차례였다. 바튼은 기운이 쭉 빠지고 지쳤다. 잠이 솔솔 오고 있었다. 곧 저 공은 아래로 내려올 것이고 바튼의 인생은 새해로 넘어가게 될 것이다. 그리고 이 나라 어딘가에서 새해의 아기가 몸이 짓눌리고 태반을 뒤집어쓴 채 제 엄마의 자궁 밖으로, 온갖 가능성을 가진 최고의 세상 속으로 기어 나오고 있을 것이다. 월터 햄너의 파티에서 사람들은 술잔을 높이 들고 새해를 향해 카운트다운을 외치겠지. 여기저기서 새해의 결심을 세울 것이다. 그 결심들 중 대부분은 젖은 키친타월만큼이나 금방 힘이 빠질 테지만. 바튼도 즉석에서 새해 결심을 하며 지친 몸을 일으켜 세웠다. 몸이 여기저기 아프고 등뼈가 유리로 된 것처럼 느껴졌다. 약 후유증일 것이다. 주방으로 들어가 주방 선반에 있던 망치를 집어 들었다. 망치를 거실로 가지고 들어와 보니, 텔레비전 화면 속에서 반짝이는 공이 기둥을 타고 내려오고 있었다. 화면이 절반으로 나뉘었다. 오른쪽 화면에는 아래로 내려오는 반짝이 공이, 왼쪽 화면에는 월도프 아스토리아 호텔에 모여 카운트다운을 하는 사람들이 보였다. 사람들이 구호처럼 숫자를 외쳤다. "팔…… 칠…… 육…… 오……" 어떤 뚱뚱한 귀부인은 화면에 자기 얼굴이 잡히자 처음엔 놀란 얼굴이더니 이내 전국의 시청자들에게 손을 흔들었다.

해가 바뀌는구나. 이런 생각을 하는데 터무니없게도 팔뚝에 소름이 돋았다.

반짝이 공이 바닥까지 내려오자 앨리스-차머스 빌딩 꼭대기의 표시판에 조명이 비췄다. 표시판에 적힌 내용은 이러했다.

1974년

그 순간 바튼은 망치를 던졌고 텔레비전 화면이 폭발했다. 깨진 유리가 카펫으로 쏟아졌다. 뜨겁게 달궈진 전선들이 쉬이익 소리를 냈지만 불이 붙지는 않았다. 밤중에 복수심에 불타는 텔레비전이 그를 통구이로 만들지 않도록, 바튼은 발로 코드를 걸어차 뽑았다.

"새해 복 많이 받아라."

바튼은 나지막하게 내뱉고는 망치를 카펫에 떨어뜨렸다.

소파에 누운 바튼은 거의 곧바로 잠이 들었다. 불을 켜 놓은 채, 꿈도 꾸지 않고 내리 잤다.

353

제3부

1월

피난처를 찾지 못한다면
난 이대로 사라질 거야…….

— 롤링 스톤스

1974년 1월 5일

그날 샵엔세이브 슈퍼마켓에서 일어난 일은 바튼이 평생 처음으로, 되는 대로가 아니라 의식적으로 계획한 일이었다. 마치 보이지 않는 손가락이 바튼이 읽기 쉽도록 동료 인간의 몸에 계획을 적어 놓은 것 같았다.

바튼은 쇼핑을 즐겼다. 쇼핑을 하다 보면 마음이 진정되고 제정신을 유지하는 기분이었다. 메스칼린 때문에 한바탕 난리를 치르고 났더니 정상적인 활동을 즐기게 됐다. 새해 첫날, 오후 느지막이 눈을 뜬 바튼은 집 주변에서 괜히 이리저리 서성이면서, 멍하니 괴상한 기분으로 남은 하루를 보냈다. 바닥에 떨어진 물건들을 집어 들고 들여다보고 있자니 요릭(『햄릿』에 등장하는 왕의 어릿광대—옮긴이)의 해골을 들여다보는 햄릿이 된 기분이었다. 정도는 낮아졌지만 그 기분은 다음날, 그다음 날까지도 지속됐다. 다음다음 날에는

확연히 나아졌다. 마치 머릿속이 깨끗이 청소된 기분이었다. 편집
광적으로 활기찬 내면의 청소부가 머리를 거꾸로 뒤집어 박박 문
지르고 광택까지 낸 것 같았다. 그는 술에 취하지 않았고 울지도 않
았다. 매리가 저녁 7시쯤에 조심스럽게 전화를 걸어왔을 때 바튼은
침착하고 이성적으로 통화를 했다. 그들의 위치는 크게 달라진 것
같지 않았다. 그들은 상대방이 먼저 움직이길 기다리면서, 일종의
사회적 지위 놀이를 하고 있었다. 그러다 매리가 먼저 한 발 나서며
이혼을 입에 올렸다. 물론 손가락을 살짝 움찔하듯 가능성만 언급
한 것이었다. 하지만 메스칼린 후유증에 시달리던 바튼을 진심으
로 뒤흔들어놓은 것은 따로 있었다. 바로 박살 난 제니스 컬러텔레
비전 렌즈였다. 그는 자신이 왜 이런 짓을 했는지 이해할 수가 없었
다. 좋아하는 프로그램이라고 해봐야 흑백으로 찍은 오래된 영화
들뿐이었지만, 그래도 몇 년 동안이나 벼렀다가 산 텔레비전인데.
텔레비전을 망가뜨린 자신의 행동 못지않게 바닥에 널브러진 증거
들―부서진 유리, 노출된 전선―이 그를 고통스럽게 했다. 파괴의
증거들이 그를 비난하는 듯했다. *왜 이런 짓을 했지? 난 당신을 충
실하게 섬겼는데 당신은 나를 부숴놨어. 당신한테 해를 끼친 적도
없는데 나를 박살냈어.* 끔찍하게도 그 증거들은 정부가 그의 집에
하려는 짓을 떠올리게 했다. 보다 못한 바튼은 낡은 누비이불을 가
져와 텔레비전 앞쪽을 덮어버렸다. 그렇게 해놓으니 더 나은 것도
같고 아닌 것도 같았다. 망가진 꼴을 보지 않아 좋았지만 집 안에
널브러진 시체를 이불로 덮어 가린 것 같아 꺼림칙하기도 했다. 그
는 살인 무기를 치우듯 망치를 멀찍이 던져버렸다.

집에서 그러고 있다가 쇼핑을 가니 기분이 좋았다. '벤지스 그릴'에서 커피를 마시거나 '클린 리빙 세차장'에서 LTD를 세차하거나 시내의 '헨리스' 가게 가판대에서 《타임》 잡지를 살 때처럼 마음이 가벼웠다. 샵앤세이브 슈퍼마켓은 규모가 대단히 큰 편이었다. 천장에 길쭉한 형광등들이 불을 밝힌 슈퍼마켓 안에는 카트를 밀면서 아이들에게 잔소리를 하고 손님들이 멋대로 쥐어볼 수 없도록 비닐 포장을 해놓은 토마토를 향해 인상을 찌푸리는 부인들로 차고 넘쳤다. 머리 위쪽에 신중하게 설치된 스피커 그릴에서 은은한 배경음악이 흘러나와 사람들의 귓속으로 스며들었다.

토요일인 1월 5일은 주말 쇼핑객들로 붐비고 있었다. 평소보다 많은 남자들이 아내를 대동하고 매장 안을 돌아다니며 철딱서니 없는 제안으로 아내의 화를 돋우고 있었다. 바튼은 남편과 아내, 그들의 다양한 관계를 온화한 시선으로 바라보았다. 날이 좋아서 매장의 커다란 전면 창으로 햇살이 쏟아져 들어오고, 화려한 사각형의 햇빛이 계산대에 드리워졌다. 한 번씩 어떤 여자의 머리카락에 빛이 닿아 광환(光環)을 만들어내기도 했다. 이런 낮에는 분위기가 그리 심각해 보이지 않았지만 밤이 되면 또 달랐다.

바튼의 카트에는 어쩔 수 없이 혼자 살게 된 남자들이 주로 사는 물건들이 담겼다. 스파게티, 유리병에 담긴 미트소스, 냉동식품 14개, 계란 12개, 버터. 괴혈병 방지를 위해 네이블오렌지(껍질에 배꼽 모양의 돌기가 있는, 씨 없는 오렌지—옮긴이) 한 봉지도 카트에 담았다.

중앙 통로를 따라 계산대 앞으로 가고 있는데 신의 계시가 있었다. 그의 앞에 연청색 바지에 군청색 밧줄무늬 스웨터를 입은 여자가 먼저 와 줄 서 있었다. 샛노란 머리카락, 나이는 서른다섯 살 정도, 적극적이고 기민해 보이는 인상을 가진 미모의 여성이었다. 그런데 여자는 별안간 목구멍으로 괴상하게 꼬르륵 꺽꺽 소리를 내면서 비틀거렸다. 여자가 손에 쥐고 있던, 눌러 짜는 방식의 머스터드 병이 바닥으로 떨어져 작고 빨간 홍보용 깃발과 '프랑스제'라는 문구를 내보이면서 데굴데굴 굴러갔다.

바튼이 조심스럽게 물었다.

"저기요? 괜찮습니까?"

여자는 뒤로 넘어가면서 균형을 잡으려 왼손을 뻗었는데, 왼손이 커피 캔 수십 개를 후려쳐 바닥으로 떨어뜨렸다. 캔마다 적힌 문구는 이러했다.

맥스웰 하우스

마지막 한 방울까지 맛있습니다.

순식간에 벌어진 일이라 —게다가 본인이 당한 일도 아니라서— 바튼은 겁먹을 겨를도 없었다. 하지만 당장은 충격이 없어도 나중에 그 충격이 밀려와 꿈자리가 사나워질 수 있음을 그는 잘 알고 있었다. 여자의 두 눈이 뒤로 훌렁 넘어갔는데, 예전에 찰리가 발작하던 모습과 비슷했다.

여자는 바닥에 쓰러져 힘없이 커억 소리를 냈다. 여자가 신은 가죽 부츠 밑창 가장자리에 소금 같은 허연 서리가 묻어 있었다. 여자는 부츠 밑창으로 타일 바닥을 연신 두드렸다. 바튼 바로 뒤에 있던 여자는 놀라 조그맣게 비명을 내질렀다. 수프 캔을 계산 중이던 남자 계산원이 스탬퍼를 내려놓고 통로를 달려왔다. 여자 계산원 두 명도 통로 끝으로 다가와 눈을 휘둥그렇게 뜨고 쓰러진 여자를 바라보았다.

바튼의 입에서 자기도 모르게 말이 나왔다.

"간질 발작이 아닐까 싶은데."

하지만 간질 발작은 아니었다. 일종의 뇌출혈이었고, 마침 아내와 함께 장을 보러 온 젊은 의사가 그 여자를 진단하고 사망 판정을 내렸다. 의사는 그 직업을 가진 이상 이런 상황을 앞으로 수도 없이 겪게 될 것임을 깨달았는지 두려움으로 표정이 어두워졌다. 의사라는 직업은 복수심에 불타는 괴물처럼 그를 평생 괴롭힐 수도 있을 것이다. 의사가 쓰러진 여자의 상태를 마저 확인했을 무렵, 중간 크기 정도의 구경꾼들이 커피 캔 사이에 쓰러진 젊은 여자를 에워쌌다. 커피 캔은 여자가 살아생전에 건드린 마지막 물건이 되었다. 이제 여자는 저 세상의 일부가 되어 영혼들 사이에 자리 잡았을 것이다. 죽은 여자의 카트에는 일주일 치 생존을 위한 식량이 반쯤 담겨 있었다. 바닥에 널브러진 캔, 상자, 포장된 고기 등을 보자 바튼은 고통스러울 정도로 날카로운 공포를 느꼈다.

죽은 여자의 카트를 들여다보던 바튼은 직원들이 이 카트의 상품들을 어떻게 처리할지 궁금해졌다. 다시 선반에 가져다 둘까? 아니면 이 젊은 주부가 가정을 돌보다 사망했다는 증거로 삼기 위해, 매니저의 사무실 옆에 놓아두었다가 나중에 현금 처리를 할까?

누가 경찰을 불렀는지 남자 경찰 한 명이 계산대 쪽에 모여 선 사람들 사이를 헤치고 다가왔다.

"비켜 봐요. 숨 좀 쉬게 해줘야지."

마치 구경꾼들이 비켜서면 죽은 여자가 숨을 쉴 것처럼 경찰은 으스대며 말했다.

바튼은 돌아서서 사람들 사이를 헤치고 어깨로 밀쳐가며 그 자리를 빠져나갔다. 지난 닷새 동안의 평온함이 박살이 났다. 어쩌면 평온의 시간은 영원히 끝나버렸는지도 몰랐다. 이보다 더 확실한 징조가 있을까? 너무나도 분명했다. 그렇다면 무엇일까? 이 징조의 의미는?

집으로 돌아온 바튼은 냉동식품들을 냉동실에 쑤셔 넣고 진하게 술을 탔다. 가슴 속에서 심장이 쿵쾅거렸다. 슈퍼마켓에서 집으로 돌아오는 내내 그는 찰리의 옷을 어떻게 처리했는지 기억해내려 안간힘을 썼다.

바튼과 매리는 찰리의 장난감들을 노튼 지역에 있는 굿윌 샵에 가져다주었다. 찰리의 은행 계좌에 들어 있던 1000달러(대학 등록금으로 쓰기 위해 모아둔 돈이었다. 찰리가 생일과 크리스마스 때마다 친척들에게 받은 돈의 절반을, 그들은 찰리가 울며불며 항의해도 무조건 이 계좌에 넣었다.)는 부부 공동 계좌로 옮겼다. 장모의 조언에 따라 찰리가 쓰던 침구는 불에 태웠다. 바튼은 그 조언을 이해할 수 없었지만 항의할 기력이 없었다. 아들이 죽고 모든 게 무너졌는데 고작 매트리스와 침대의 박스 스프링을 태우지 말자고 하는 게 무슨 소용일까? 하지만 찰리의 옷은 다른 문제였다. 그들은 찰리의 옷을 어떻게 처리했을까?

오후 내내 그 질문에 대한 답을 찾으려 머리를 쥐어뜯었다. 속을 끓이다가 하마터면 매리에게 전화해 물어볼 뻔했다. 하지만 그랬다간 마지막 결정타가 되지 않을까? 매리는 그가 더 이상 제정신이 아니라고 확신하게 될 것이다.

해넘이 직전에 바튼은 다락이라고 부르기도 애매한, 안방 벽장의 천장에 있는 작은 문 너머 좁은 공간으로 기어 올라갔다. 의자를 밟고 서서 문 위로 몸을 간신히 끌어 올렸다. 다락에는 무척 오랜만에 올라왔는데 100와트짜리 알전구는 여전히 잘 작동했다. 먼지와 거미줄로 뒤덮여 있긴 했지만.

손에 잡히는 대로 먼지투성이 상자 하나를 열어보았다. 고등학교와 대학교 졸업앨범이 깔끔하게 보관돼 있었다. 고등학교 졸업앨범 표지에는 이런 문구가 돋을새김 되어 있었다.

센투리온
베이 고등학교……

(더 묵직하고 호화롭게 제본된) 대학교 졸업앨범 표지에 적힌 문구는 이러했다.

프리즘
되새기자……

고등학교 졸업앨범을 펼치고 서명이 들어간 맨 끝 페이지로 휘리릭 넘겼다. ("시 외곽과 시내, 마을 전체를 통틀어서 / 네 졸업앨범을 망가뜨린 사람은 바로 나다. / 이 글을 쓴 사람—A.F.A., 코니") 책상을 앞에, 칠판을 뒤에 두고 얼어붙은 것처럼 뻣뻣하게 서서 희미한 미소를 짓고 있는 오래전 선생님들의 사진, 기억도 잘 나지 않는 급우들의 사진과 소속 동호회 명(FHA 1, 2. 학급 위원회 2, 3, 4. 포 연구회, 4) 그리고 그 아래 적힌 별명과 짧은 구호. 그 중 몇몇의 인생이 어떻게 풀렸는지는 알고 있었지만 (군에 입대한 이도 있고, 차 사고로 사망한 이도 있고, 부지점장이 된 이도 있었다.) 대부분은 어딘가로 떠나버렸기에 그 역시 알지 못했다.

고등학교 졸업앨범에서 앳된 얼굴의 바튼 조지 도스의 사진을 발견했다. 크레시 스튜디오에서 촬영하고 수정한 사진인데, 마치 미래를 꿈꾸는 듯한 시선이었다. 이 소년이 다가올 미래를 거의 알지 못하고 있다는 것, 그가 지금 흔적을 찾고 있는 아들의 모습과 너무나도 닮아 있다는 것이 경악스러웠다. 사진 속 소년은 훗날 찰리의 절반을 형성하게 될 정자를 아직 만들지도 못한 나이였다. 그 사진 아래에 적힌 문구는 이러했다.

바튼 조지 도스
'굉장한 매력남'
(여행 동호회, 1, 2, 3, 4. 포 연구회, 3, 4)

베이 고등학교
바튼. 우리의 짐을 가볍게 해준, 장난기 많은 친구!

졸업앨범들을 대충 상자에 다시 집어넣고 계속 찾아보았다. 5년 전에 매리가 걷어서 치워둔 커튼. 팔걸이가 부러진 낡은 안락의자. 망가진 시계 라디오. 들여다보기가 겁나는 결혼식 사진 앨범. 잡지 더미들. 바튼은 그걸 보며 생각했다. 꺼내서 치워 버려야지. 여름에 불이라도 붙으면 어째. 손보려고 공장에서 집으로 가지고 왔지만 결국 고치지 못했던 세탁기 모터. 그리고 찰리의 옷이 보였다.

판지 상자 세 개에 나눠 담긴 찰리의 옷에서 좀약 냄새가 풍겼다. 찰리의 셔츠와 바지, 스웨터 그리고 속옷. 바튼은 하나씩 꺼내 세심하게 들여다보았다. 그 옷들을 입고 움직이면서 세상의 소소한 부분들을 재조정하는 찰리의 모습을 상상했다. 하지만 결국 좀약 냄새 때문에 골이 아파 고개를 절레절레 흔들고 인상을 쓰면서, 술이나 마셔야겠다 싶어 다락에서 내려갔다. 그것은 수년 동안 소리 없이, 아무 쓸모없이 존재해온 것들의 냄새, 오직 상처를 줄 목적만 갖고 있는 것들의 냄새였다. 그는 저녁 내내 그것들을 생각했다. 술기운이 생각할 능력을 마비시킬 때까지.

1974년 1월 7일

오전 10시 15분, 초인종이 울렸다. 현관문을 열자 정장에 외투를 입은 남자가 문 앞에 서 있었다. 자세가 구부정했고 약간 절름발이 같았으며 인상은 좋아 보였다. 깔끔하게 면도와 이발을 했고 손에는 얇은 서류 가방을 들었다. 처음에는 이런저런 샘플이 담긴 가방을 들고 찾아온 방문 판매원인 줄 알았다. 암웨이(Amway)나 잡지 구독 혹은 강도나 다름없는 스와이프 카드를 권유하는 사람들 말이다. 바튼은 그 남자를 기꺼이 집 안으로 들여 홍보에 귀를 기울이고 질문을 하고 심지어 물건을 살 의향도 있었다. 그 남자는 5주일쯤 전에 매리가 떠난 후, 올리비아를 제외하고 처음으로 이 집을 찾아온 방문객이었다.

하지만 알고 보니 남자는 판매원이 아니라 변호사였다. 이름은 필립 T. 페너. 시위원회를 고객으로 둔 변호사였다. 그 남자는 소심해 보이는 미소를 지으며 다정하게 바튼의 손을 잡고 자기소개를 늘어놓았다.

"들어오시죠."

바튼은 한숨을 쉬었다. 꼬아서 생각해보면 이 남자도 판매원의 일종이지 않을까. 스와이프 카드를 홍보하는 것과 비슷한 일을 하고 있으니.

페너는 쉴 새 없이 지껄여댔다.

"집이 참 예쁘네요. 정말 멋져요. 늘 세심하게 관리를 해온 티가 납니다. 시간을 많이 빼앗지는 않겠습니다, 도스 씨. 바쁘신 분인 줄 알지만, 잭 고든 씨가 저더러 일 보러 가는 길에 여기 들러서 이주 관련 서류를 전달하라고 하셨거든요. 선생께서 우편으로 이미 서류를 보냈을 수도 있다고 생각했지만 크리스마스 때라 우편물이 많아 분실될 수도 있으니까요. 궁금해하시는 부분에 대해 답변을 드리고 싶기도 해서 겸사겸사 왔습니다."

"궁금한 게 있기는 합니다."

바튼이 냉정하게 말했다.

방문객의 쾌활한 가면이 사라지고 그 뒤에 도사린 펄서 시계처럼 차갑고 인정머리 없는 본연의 모습이 드러났다.

"어떤 게 궁금하십니까, 도스 씨?"

바튼은 슬쩍 미소를 지었다.

"커피 한잔하실래요?"

페너는 시위원회의 유쾌한 심부름꾼 같은 표정으로 다시 미소 지었다.

"아, 주시면 고맙죠. 너무 성가시게 해드리는 건 아닌지 모르겠습니다. 바깥이 영하 8도라서 좀 쌀쌀하긴 하죠. 매년 겨울이 점점 추워지는 것 같지 않습니까?"

"그러게요." 아침에 커피를 마시느라 끓여놨던 물이 아직 뜨끈했다. "인스턴트커피라 괜찮으실까 모르겠네요. 아내가 친정에 잠시 가 있어서 대충 살고 있습니다."

페너는 짐짓 온화하게 웃었으나 바튼은 페너가 이 집 상황을 정확히 알고 있다는 느낌을 받았다. 바튼과 매리 사이뿐만 아니라 바튼과 다른 사람, 그리고 기관(스티브 오드너나 비니 메이슨, 회사, 하느님)과의 문제까지도.

"괜찮습니다. 인스턴트도 좋죠. 저는 늘 인스턴트를 마십니다. 솔직히 원두커피와 무슨 차이가 있는지도 모르겠어요. 탁자에 서류를 좀 올려놔도 되겠습니까?"

"그러세요. 크림은?"

"아뇨. 블랙으로 마시겠습니다. 블랙이면 됩니다."

페너는 외투의 단추를 풀기만 하고 벗지는 않았다. 엉덩이 아래쪽을 손으로 한 번 쓸고 나서 의자에 앉는 모습이었다. 마치 여자들이 치마에 구김이 갈까 봐 치마 아래쪽을 손으로 쓸고 앉는 것처럼. 남자가 그렇게 행동을 하니 지나치게 깔끔 떠는 것으로 보였다. 페너는 서류 가방을 열고 스테이플러로 찍은 서류 한 묶음을 꺼냈다. 소득세 신고서처럼 생긴 서류였다. 바튼은 잔에 커피를 따라서 페너에게 건넸다.

"고맙습니다. 정말 고마워요. 같이 안 드세요?"

"난 술을 마시려고요."

"아, 예." 페너는 온화한 미소를 지으며 커피를 한 모금 마셨다. "맛이 좋네요. 아주 좋아요. 딱이에요."

바튼은 톨 드링크(알코올음료에 소다·과즙·얼음 등을 넣어 운두가 높은 잔에 마시는 칵테일—옮긴이)를 만들었다.

"잠시 실례하겠습니다, 페너 씨. 전화를 한 통 하고 오겠습니다."

"예, 그러십쇼."

페너는 커피를 한 모금 더 마신 후 혀로 입술을 핥았다.

바튼은 현관 복도에 있는 전화기 앞으로 가면서 등 뒤로 문을 열어두었다. 처가로 전화를 걸자 장모가 받았다.

"바튼입니다. 매리 집에 있습니까, 장모님?"

"자고 있어."

장모의 목소리가 얼음장처럼 차가웠다.

"좀 깨워주시겠습니까. 아주 중요한 일이라서요."

"그렇겠지. 그래야 할 거야. 요전 날 밤에 레스터한테, 아무래도 우리 집에 수신 거부 기능이 있는 전화기를 들여야겠다고 했더니 레스터도 같은 생각이라고 했어. 우리가 보기에 자네는 아주 정신이 나갔어, 바튼 도스. 빤히 보이는 명확한 진실이야."

"그렇게 말씀하시니 유감이네요. 제가 급해서 그러는데—"

그때 위층 내선 전화의 수화기를 집어 든 매리의 목소리가 들렸다.

"바튼?"

"어. 매리, 페너라는 변호사가 당신을 만나러 간 적 있어? 말이 번지르르하고 배우 지미 스튜어트처럼 행동하는 남자인데?"

"아니." *젠장, 최악이네.* 잠시 후 매리가 덧붙였다. "전화를 하긴 했어." *그럼 그렇지!* 페너는 커피를 들고 문간에 서서 조금씩 마시고 있었다. 보는 사람이 없다고 생각했는지, 약간 소심하면서도 유쾌한 척을 하던 가면을 또다시 벗었다. 가면 안쪽의 얼굴에는 짜증이 묻어 있었다.

"엄마, 그쪽 수화기 내려놔요."

매리의 말에 장모가 씁쓸하게 콧방귀를 뀌며 수화기를 내려놓는 소리가 났다.

"그 변호사가 나에 대해 물었어?"

"응."

"파티가 끝나고 나서 당신한테 전화를 건 거야?"

"맞아. 하지만…… 별 얘기를 한 것도 없어."

"당신도 모르게 이런저런 얘기를 했을 수도 있지. 이 변호사가 인상은 나른한 사냥개 같은데 가만 보니까 시위원회에서 나를 해치우라고 보낸 칼인 것 같아." 바튼은 이렇게 말하며 페너를 향해 미소를 지어보였다. 페너도 슬쩍 웃어 보였다. "이 사람이랑 만나기로 약속을 잡았어?"

"으…… 응." 매리는 놀란 목소리였다. "하지만 그 사람은 집에 대한 얘기만 하려는 것 같던데―"

"그런 척했겠지. 실제로는 나에 대해 캐내려는 거야. 시위원회 쪽에서 나를 데려다가 정신상태 적격성 심리를 받게 할 작정인 것 같아."

"뭐라고…… 그게 무슨……?"

매리는 어리둥절해 하는 말투였다.

"내가 시위원회에서 주겠다는 보상금을 아직 안 받았잖아. 그러니 날 미친 사람으로 만들어야 자기네한테 유리하겠지. 매리, 우리가 핸디 앤디 식당에서 했던 얘기 기억하지?"

"바튼, 지금 페너 씨가 집에 와 있어?"

"어."

"우리가 정신과 의사 얘기를 하긴 했지." 매리는 답답한 소리를 했다. "그날 그 식당에서, 당신은 정신과 의사를 만나보겠다고 말했어…… 아, 바튼, 정말 유감이야."

"유감일 거 없어." 그는 나지막하게 대꾸했다. 진심이었다. "다 괜찮을 거야, 매리. 내가 보증해. 나중엔 몰라도 이번엔 별일 없을 거야."

바튼은 전화를 끊고 페너를 향해 돌아섰다.

"내가 스테판 오드너한테 전화를 할까요? 아니면 비니 메이슨? 론 스톤이나 톰 그레인저까지 성가시게 하고 싶진 않네요. 그 친구들은 댁이 서류 가방을 열기도 전에 댁이 싸구려라는 걸 알아차리겠지만, 비니는 눈치를 못 챌 겁니다. 오드너는 쌍수를 들어 댁을 환영할 테고요. 오드너는 어떻게든 나에 대해 꼬투리를 잡으려고 하는 중이니까."

"그러실 필요 없습니다. 저에 대해 오해를 하시는 것 같군요, 도스 씨. 제 고객에 대해서도 오해하시는 듯하고요. 이 일을 하면서 개인적인 감정은 전혀 없습니다. 도스 씨를 곤경에 빠뜨리려는 것도 아니에요. 다만 도스 씨가 784번 고속도로 확장 공사에 대해 반감을 갖고 계신 건 저희도 *인지*하고 있습니다. 작년 8월에는 신문사에 편지도 보내셨죠―"

"작년 8월이라. 그쪽 사람들은 신문 기사까지 오려서 모아 둡니까?"

"그럼요."

두려움을 느낀 바튼은 당황해 눈을 이리저리 굴리다가 쭈그려 앉았다.

"신문 기사를 더 많이 오려 둬! 변호사도 더 많이 불러! 론, 나가서 기자들을 설득해 봐! 사방에 적이야, 메이비스. 내 약 가져 와!" 바튼은 허리를 펴고 일어서며 말을 이었다. "이런 게 피해망상 아닙니까? 맙소사, 가만 보니 내 증상이 참 심각하네요."

페너의 표정이 굳어졌다.

"저희 쪽에 홍보 담당 직원이 하는 일 중 하나일 뿐입니다. 저는 푼돈 때문에 찾아온 게 아니에요, 도스 씨. 자그마치 천만 달러짜리 프로젝트 때문에 온 겁니다."

바튼은 넌더리를 내며 고개를 가로저었다.

"내가 아니라, 도로 공사 관계자들이야말로 정신상태 적격성 심리를 받아야 되겠어요."

"협상 테이블에 제가 가진 카드를 전부 올려놓고 말씀드리는 겁니다, 도스 씨."

"이보세요. 지금까지 살아온 경험에 비춰볼 때 누가 사소한 거짓말은 안 한다고 큰소리를 친다면 그건 앞으로 새빨간 거짓말을 하겠다는 뜻입니다."

페너는 분노가 치미는지 얼굴이 달아올랐다.

"선생께선 신문사에 편지를 보내셨습니다. 그리고 블루 리본 세탁회사의 새 공장 부지를 찾는 일을 뭉개고 있다가 회사에서 잘리셨죠—"

"그건 아니고, 잘리기 30분 전에 그만두고 나왔습니다."

"…… 이 집과 관련해 그동안 저희 연락을 쭉 무시하셨는데 1월 20일이 되면 언론에 호소할 생각이시겠죠. 신문사, 방송사에 전화해서 집 앞으로 오라고 하시겠네요. 자기 집을 지키려는 영웅이 게슈타포 같은 시 직원들에게 붙잡혀 발버둥 치고 악을 쓰면서 집에서 끌려 나가는 모습을 보여주시려고 말이죠."

"그래서 신경이 쓰입니까?"

"당연히 신경 쓰이죠! 여론이라는 게 워낙 풍향계처럼 변덕스러워서—"

"댁이 모시는 고객은 선출직 공무원들이라 더 신경이 쓰이겠군요."

그 말에 페너는 무표정하게 그를 바라보기만 했다.

바튼이 물었다.

"그래서 어쩔 생각입니까? 내가 거절할 수 없는 제안이라도 해볼 건가요?"

페너는 한숨을 쉬었다.

"지금 우리가 무슨 논쟁을 하고 있는 건지도 모르겠네요, 도스 씨. 시위원회는 선생께 보상금으로 6만 달러를 드리기로 제안—"

"6만 3500달러죠."

"예, 맞습니다. 시위원회에서는 이 집과 토지에 대한 보상금으로 그 금액을 드리겠다고 했습니다. 사실, 훨씬 적게 받은 분들도 계세요. 도스 씨는 별로 한 것도 없이 남들보다 더 받으시는 겁니다. 귀찮고 성가시고 열 받는 일을 하실 필요도 없이요. 이 집과 땅을 구매하면서 돈을 쓰셨고 이미 나라에 세금을 납부했으니 그 금액만큼 면세 처리될 겁니다. 보상금으로 더 받는 금액에 대한 세금만 납부하시면 돼요. 이 정도면 공정하게 처리해드리는 것 아닌가요?"

"공정하네요." 바튼은 찰리 생각을 했다. "돈으로만 따지면 공정하죠. 대출금도 있으니 내가 직접 이 집을 파는 것보다 더 받는 거라고도 볼 수 있을 테고요."

"그럼 더 길게 논의할 게 있나요?"

"없죠." 바튼은 술을 한 모금 마셨다. 그랬다. 이 변호사는 드디어 그의 얘기에 귀를 기울일 준비가 된 것 같았다. "집이 있습니까, 페너 씨?"

페너는 즉각 대답했다.

"있죠. 그린우드에 꽤 괜찮은 집이 있습니다. 입장 바꿔 당신이라면 어떻게 하겠느냐, 기분이 어떻겠느냐고 묻는다면 솔직하게 답변해드릴 수 있습니다. 저라면 시 당국을 실컷 골탕 먹였으니 이제 그만 웃으면서 돈이나 찾으러 은행에 가겠습니다."

"그래요, 물론 그렇겠죠." 바튼은 웃으며 던 타킹턴과 레이 타킹턴을 떠올렸다. 그 두 사람이라면 시 당국을 골탕 먹인 것으로 모자라 법원의 깃대를 시 당국의 똥구멍에 쑤셔 넣을 것이다. "그쪽 사람들은 나를 실성한 놈으로 취급하고 있겠네요?"

페너가 사려 깊게 대답했다.

"그런 것 같지는 않습니다만, 세탁 공장 이주 문제와 관련한 선생님의 대처가 일반적이지 않다고는 보고 있죠."

"음, 내 얘기 잘 들어요. 나도 이쯤 되면 토지 수용권 법에 반감을 가진 변호사를 고용해야겠다는 생각 정도는 할 줄 압니다. '사람에게 집은 성(城)과 같다.'는 오래된 격언을 여전히 믿는 변호사 말입니다. 변호사가 금지 명령을 받아주면 우린 한 달이나 두 달 동안 당신네가 일을 못 하게 만들 수 있어요. 운이 따라 주고 판사님들이 제대로 판결을 내려준다면 내년 9월까지도 작업을 못 하게 만들 수 있겠죠."

바튼이 보기에 페너는 전혀 당황하지 않고 있었다. 오히려 만족스러운 표정이었다. 페너는 잠시 생각에 잠겼다. 이제부터 낚시다, 프레디. 재미있지? 그러네요, 조지. 인정할게요.

페너가 물었다.

"원하는 게 뭡니까?"

"얼마를 더 줄 수 있죠?"

"가치 평가 금액을 5000달러 더 올려드릴 수 있습니다. 더 이상은 한 푼도 못 올립니다. 대신 여자에 대해서는 저희도 함구하겠습니다."

사고의 흐름이 멈췄다. 딱 끊겼다.

바튼은 목소리를 낮춰 물었다.

"뭐라고요?"

"그 여자 말입니다, 도스 씨. 얼마 전에 동침한 여자요. 12월 6일과 7일에 이 집에 같이 있었잖습니까."

몇 초 동안 여러 가지 생각이 한꺼번에 밀어닥쳐 머릿속에서 소용돌이쳤다. 그 중에는 대단히 합리적인 생각도 있었지만, 대부분은 잡다하게 겹친 생각이었다. 누르스름하고 얇은 녹청색 두려움이 더께로 앉아 신뢰가 가지는 않았다. 무엇보다 두려움과 합리적인 생각을 뒤덮을 정도로 시뻘겋게 분노가 치솟았다. 시계처럼 똑딱똑딱 떠들어대는 남자의 목을 조르고 싶었다. 남자의 귀 밖으로 클록 스프링이 튀어나올 때까지. 하지만 그러면 안 되었다. 절대로.

"번호 주고 가세요."

"번호라면—?"

"전화번호요. 이따가 오후에 전화해서 어떻게 결정했는지 말해드리죠."

"지금 바로 결정을 해주시면 훨씬 좋을 것 같은데요."

너나 좋겠지, 안 그래? 중재자, 이번 라운드를 30초 연장해줘. 이놈을 아주 궁지로 몰아버리게.

"아니, 그건 어렵고요. 그만 돌아가시죠."

페너는 무표정한 얼굴로 어깨를 한 번 올렸다 내렸다.

"제 명함입니다. 사무실 전화번호가 적혀 있어요. 오후 2시 반부터 4시 사이에는 거의 자리를 지키고 있습니다."

"전화 드리죠."

페너는 그의 집을 떠났다. 바튼은 현관문 옆으로 난 창문을 통해 페너가 진입로를 걸어 내려가는 모습을 바라보았다. 페너는 진청색 뷰익을 몰고 출발했다. 바튼은 주먹으로 벽을 세차게 쳤다.

혼합주를 한 잔 더 만든 뒤 주방 식탁 앞에 앉아 이 상황을 다시금 생각해보았다. 저들은 올리비아에 대해 알고 있었다. 뿐만 아니라 그 정보를 자기네에게 유리하게 이용할 생각도 갖고 있었다. 바튼을 자기네 뜻대로 움직이게 만들 작정인 것이다. 하지만 그다지 쓸모 있는 정보는 아니었다. 말을 듣지 않으면 결혼 생활을 끝장내주겠다고 위협할 생각이겠지만, 바튼의 결혼은 이미 상당히 곤란한 지경에 처해 있었다. 어쨌든 저들은 바튼을 염탐하고 있는 게 분명했다.

문제는 어떤 방법을 썼느냐였다.

만약 저들이 그를 줄곧 지켜보고 있었다면 이제 세계적으로 유명해진 우르르 쾅 쾅 화염병 쇼에 대해서도 알고 있을 공산이 컸다. 화염병에 대해 알고 있다면 그걸 협박 수단으로 쓰는 게 낫지 않나. 말 안 듣는 집주인을 방화죄로 교도소에 처넣을 수 있는데 뭐 하러 혼외정사 같은 사소한 약점을 붙잡고 늘어질까? 그렇다는 건 저들이 그를 도청하고 있다는 뜻이었다. 매글리오리와 통화하면서 술

김에 방화에 대한 얘기를 얼마나 했는지 기억을 더듬는데 피부에 식은땀이 송골송골 맺혔다. 다행히 매글리오리는 그가 전화로 더 길게 말하지 못하게 했었다. 우르르 쾅 쾅 이라는 말을 한 것만으로도 마음에 걸리기는 하지만.

결국 지금 이 집에는 도청 장치가 있다는 얘기였다. 그렇다면 페너의 제안, 그리고 페너의 고객들이 쓴 방법에 어떻게 대응할 것인가?

점심을 먹기 위해 냉동식품을 오븐에 집어넣고, 음식이 데워지는 동안 술 한 잔을 더 만들고 의자에 앉았다. 저들은 그를 감시하면서 돈으로 그를 매수하려 했다. 생각할수록 화가 치밀어 올랐다.

다 데워진 음식을 오븐에서 꺼내 먹었다. 집 안을 돌아다니며 여기저기 살펴보다가 좋은 생각이 떠올랐다.

오후 3시, 바튼은 페너에게 전화를 걸어 서류를 보내라고 일렀다. 그리고 논의한 대로 두 가지 사항을 페너가 처리해주면 서류에 서명을 하겠다고 말했다. 페너는 만족을 넘어 안도한 목소리로, 기꺼이 그 두 가지 사항을 처리할 것이며 내일까지 해당 서류를 받을 수 있게 해주겠다고 했다. 또한 합리적인 결정을 내려줘서 기쁘다고 덧붙였다.

"두 가지 조건이 있습니다."

"조건이라면."

페너는 순간적으로 경계하는 목소리였다.

"불안해할 필요 없습니다. 그쪽이 감당 못 할 조건도 아니니까."

"일단 들어보겠습니다. 그 전에 아셔야 할 게 있는데, 도스 씨는 이미 저희한테서 최대한으로 쥐어 짜내셨습니다."

"내일까지 이 집으로 서류를 보내요. 그럼 수요일까지 내가 그쪽 사무실로 가져다줄 테니까. 6만 8500달러를 수표로 준비해두세요. 자기앞수표로. 수표를 받고 이주 확인 서류를 건네드리죠."

"도스 씨, 저희는 그런 식으로 일을 하지는—"

"지금까지는 안 했지만 할 수 있는 일이잖습니까. 우리 집 전화기를 도청하면 안 되지만 해온 것처럼요. 도청 외에 또 무슨 짓을 했는지는 하느님만이 아시겠죠. 수표를 안 주면 서류도 못 드립니다. 대신 변호사를 준비시킬 겁니다."

페너는 잠시 말이 없었다. 페너가 머리를 굴리는 소리가 들리는 듯했다.

"알겠습니다. 다른 조건은요?"

"수요일 이후로는 아무 방해도 받고 싶지 않습니다. 20일부터 이 집은 당신네 것이고, 그 전까지는 내 것입니다."

"알겠습니다."

페너는 즉시 대답했다. 사실 조건이랄 것도 없었다. 법에 따라 이 집은 19일 자정까지는 바튼의 소유지만, 자정에서 1분만 지나도 시 당국의 소유로 넘어갈 테니까. 그 부분에 대해서는 이론의 여지조차 없었다. 바튼이 시 당국이 요구하는 이주 확인 서류에 서명을 하고 이주 보상금을 받으면 그 후 아무리 신문과 텔레비전 방송사에 억울함을 호소해봤자 동정여론을 불러일으킬 수 없었다.

"이게 답니다."

"좋습니다." 페너는 몹시 후련해하는 말투였다. "드디어 합리적으로 답을 찾게 돼서 기쁩니다, 도스 씨—"

"엿 먹어."

바튼은 전화를 끊어버렸다.

1974년 1월 8일

바튼이 집에 없는 동안 배달원이 우편함에 두툼한 갈색 봉투를 던져놓고 갔다. 봉투 안에는 6983-426-73-74-HC-9004 (파란색 폴더) 이주 확인 양식서가 들어 있었다. 바튼은 살리 매글리오리와 할 얘기가 있어 노튼 지역에서 제일 음침한 곳으로 외출을 나갔다. 매글리오리는 그를 보고 기뻐하진 않았지만 얘기를 나누는 동안 점점 말투가 따뜻해졌다.

그들 앞에 점심식사가 차려졌다. 스파게티와 송아지 고기, 갈로 레드와인 한 병. 훌륭한 식사였다. 바튼이 5000달러의 뇌물, 그리고 페너가 올리비아에 대해 알고 있더라는 얘기를 꺼내자 매글리오리가 손을 들어 중단시켰다. 그는 어디론가 전화를 해서 짧게 무어라 말하더니, 바튼이 살고 있는 크레스탈린가의 주소를 넘겼다. "밴 타고 가" 매글리오리는 이렇게 지시한 후 전화를 끊었다. 그리고 바튼이 얘기를 계속하는 동안 포크로 스파게티 면을 돌돌 말면서 탁자 너머로 고개를 끄덕거렸다.

바튼이 얘기를 마치자 매글리오리가 말했다.

"그놈들이 미행을 안 한 걸 다행으로 여겨야 해. 미행까지 붙었으면 당신은 벌써 관 뚜껑 덮었어."

바튼은 한 입도 더 먹을 수 없을 만큼 배가 불렀다. 이렇게 잘 먹어보는 건 5년 만이었다. 바튼이 요리를 칭찬하자 매글리오리는 미소 지었다.

"내 친구들 중에 몇몇은 더 이상 파스타를 먹지 않아. 고급스러운 이미지를 추구한다나 어쩐다나. 스테이크 전문 식당이나 프랑스 요리, 스웨덴 요리 같은 걸 파는 식당에서 먹더라고. 그 덕에 위궤양을 달고 살아. 웬 궤양이냐고? 사람의 본질이라는 건 쉽게 바뀌질 않거든."

매글리오리는 스파게티가 담겨 있던 종이 포장 그릇을 집어 들고 그 안에 남은 스파게티 소스를 한 귀퉁이로 모은 뒤 마늘빵 조각으로 쓱쓱 문질렀다. 그러다 우뚝 멈추고는 돋보기안경으로 확대된 괴상한 눈으로 탁자 너머를 건너다보았다.

"당신은 대죄를 저지르게 나더러 도와달라고 했어."

바튼은 놀란 속내를 감추지 못하고 우두커니 매글리오리를 바라보았다.

매글리오리는 짓궂게 웃었다.

"무슨 생각하는지 알아. 나 같은 일을 하는 사람이 죄를 입에 올리니 어울리지 않겠지. 일전에 내가 사람을 하나 죽였다고 얘기한 적 있는데, 실은 한둘이 아니야. 물론 죽여 마땅한 놈이 아니면 죽이지 않아. 나는 이 문제를 이렇게 봐. 신이 계획한 날짜 전에 죽은 놈은 우천으로 인해 야구 경기가 중단된 거랑 같은 거야. 그놈이 저

지른 죄는 계산에 넣으면 안 되는 것이지. 그놈은 신의 뜻에 따라 죄를 회개할 시간도 없이 죽어버렸으니까 신은 그놈을 무조건 천국에 넣어줘야 돼. 그러니까 사람을 죽이는 건 그 사람이 지옥에서 고통받지 않게 구해주는 거라 이 말이야. 그런 면에서 교황보다 내가 더 많은 사람들을 구원해줬다고 봐야지. 신도 그걸 잘 알 걸. 하지만 이 일은 내 분야가 아니야. 난 당신이 마음에 들어. 배짱도 두둑하고 말이지. 당신이 화염병으로 한 짓은 배짱 없으면 못 하거든. 그런데 이 일은, 이 일은 다른 문제야."

"제 의지에 반해서 일을 해달라고 요구하는 게 아닙니다. 순전히 제 의지예요."

매글리오리는 눈을 위로 굴렸다.

"맙소사! 젠장! 날 좀 그냥 내버려 두지그래?"

"제가 필요로 하는 걸 당신이 갖고 있지 않습니까."

"하필 왜 내가 그걸 가지고 있어가지고."

"도와주실 거죠?"

"글쎄."

"돈은 있습니다. 아니, 곧 들어올 거예요."

"돈이 문제가 아니야. 원칙의 문제지. 난 당신 같은 정신병자와는 거래한 적이 없어. 생각 좀 해보고 전화할게."

여기서 더 밀어붙였다간 부작용이 날 것 같아 바튼은 거기서 그치기로 했다.

바튼이 집에서 이주 확인 서류에 해당 내용을 기재하고 있는데 매글리오리의 부하들이 찾아왔다. 그들이 타고 온 흰색 포드 이코 노라인 밴의 측면에는 활짝 웃는 얼굴을 한 텔레비전 그림이 있었 고 그 밑에 '레이의 텔레비전 판매 및 서비스'라고 적혀 있었다. 집 으로 들어온 건 초록색 작업복을 입고 부피 큰 작업용 가방을 든 남자 둘이었다. 가방에는 진짜 텔레비전 수리 도구와 부품이 들어 있었고, 그 외에 잡다한 장비들도 있었다. 그들은 말 그대로 집 안 곳곳을 '청소'했는데 거의 한 시간 반이 소요됐다. 안방과 식당에 있는 전화기에서 도청장치가 나왔다. 다행히 차고에는 아무것도 없었다.

"개새끼들."

바튼은 손에 쥔 반짝이는 도청 장치들을 바닥에 떨구고 뒤꿈치 로 으스러뜨렸다.

일을 마치고 나가면서 한 남자가 어이없다는 투로 말했다.

"텔레비전을 아주 작살을 내셨네. 몇 번이나 두들겨 팬 겁니까?"

"한 번이요."

작업자들이 밴을 몰고 서늘한 늦은 오후의 햇살 속으로 떠난 후 바튼은 부서진 도청장치들을 쓰레받기에 담아 그 반짝이는 잔해들 을 주방 쓰레기통에 넣었다. 그리고 술을 한 잔 만들었다.

1974년 1월 9일

오후 2시 30분, 은행에는 사람이 별로 없었다. 바튼은 자기앞수표를 들고 객장 중앙에 있는 테이블 쪽으로 향했다. 수표책 뒤쪽에서 입금 의뢰서 한 장을 떼어내 34,250달러를 기재한 후, 창구로 가서 직원에게 입금 의뢰서와 수표를 내밀었다.

창구 직원은 젊은 여자였다. 새까만 머리카락에 짧은 보라색 원피스를 입었고 교황도 발기시킬 수 있을 만큼 매혹적인 나일론 스타킹을 신었다. 여직원은 당황스러운 표정으로 입금 의뢰서와 수표를 번갈아 쳐다보았다.

"뭐 잘못됐습니까?"

바튼은 기분 좋은 목소리로 물었다. 그는 지금 이 상황을 즐기고 있었다.

"아뇨, 그런데…… 34,250달러짜리 수표를 입금하신 후 34,250달러를 현금으로 찾으시는 게 맞나요?"

바튼은 고개를 끄덕였다.

"잠시만 기다려주세요, 손님."

바튼은 미소를 지으며 고개를 끄덕였다. 지점장의 자리로 걸어가는 여직원의 다리에 바짝 시선이 갔다. 지점장의 책상은 작은 나무 조각들로 만든 난간 너머에 있었고 유리로 막혀 있지는 않았다. 마치 지점장도 여러분이나 나와 다름없는 인간이라고…… 거의 같은 존재라고 말하는 듯했다. 지점장은 젊어 보이는 옷을 입은 중년 남자였다. 얼굴은 천국의 문만큼이나 좁았고, 보라색 원피스를 입은 직원(여직원)을 쳐다보며 눈썹을 위로 치뜨는 모습이었다.

그들은 수표와 입금 의뢰서, 그것이 이 은행과 연방 예금 시스템에 미칠 영향에 대해 논의했다. 여직원이 지점장의 책상 너머로 몸을 기울이자 치맛자락이 살짝 올라가면서 밑단에 레이스가 달린 연보라색 속옷이 보였다. '사랑, 사랑, 부주의한 사랑이여.' 나와 함께 집으로 가서 목숨이 끝나는 날까지 아니면 저들이 내 집을 부수는 날까지 사랑을 합시다. 이런 생각을 하며 그는 미소 지었다. 아래쪽이 슬그머니…… 절반쯤 단단해지기도 했다. 그는 여직원한테서 시선을 떼고 은행 안을 둘러보았다. 은퇴한 경찰 출신으로 보이는 경비원이 금고와 은행 정문 사이에 무표정하게 서 있었다. 파란색 사회 보장 수표에 열심히 서명하는 할머니도 보였다. 왼쪽 벽에 붙은 큼직한 포스터에는 우주에서 찍은 지구의 사진이 담겨 있었다. 검은 바탕에 파란색과 초록색을 품은 큼직한 보석이 박혀 있는 형상이었다. 지구의 이미지에 커다란 글씨로 이렇게 적혀 있었다. '떠나세요' 그리고 지구 이미지 밑에는 좀 더 작은 글씨로 이렇게 쓰여 있었다. '퍼스트 뱅크에서 휴가 대출을 받아서'

예쁘장한 여직원이 돌아왔다.

"500달러와 100달러 지폐를 기본으로 해서 드릴게요."

"그래요."

그녀는 입금 확인 영수증을 써주고 은행 금고로 들어갔다가 잠시 후 작은 가방을 들고 밖으로 나왔다. 그녀가 경비원에게 무어라 말하자 경비원이 따라 왔다. 경비원은 미심쩍은 눈빛으로 바튼을 바라보았다.

여직원은 세 덩어리로 된 지폐들을 세어 1만 달러씩임을 확인시켜준 뒤, 추가로 500달러 20장을 보여주었다. 지폐들을 다시 한 덩어리씩 모아서 밴드로 묶고, 금액을 계산한 종이를 밴드와 맨 위의 지폐 사이에 끼워 넣었다. 지폐 세 묶음에 끼워진 종이에는 이렇게 적혀 있었다.

10000달러

그녀는 오른손 검지로 지폐를 휘리릭 넘겨 순식간에 4200달러를 맞췄다. 그 위에 10달러짜리 지폐 5장을 더했다. 그 지폐들을 한데 모아 밴드로 묶은 뒤 금액을 적은 종이를 끼워 넣었다.

4250달러

지폐 묶음 4개가 나란히 놓였다. 경비원과 여직원, 지점장은 복잡한 생각이 담긴 눈으로 그 돈을 바라보았다. 그 정도 액수면 집이나 캐딜락 다섯 대, 파이퍼 컵 비행기, 담배 10만 보루를 살 수 있었다.

여자는 머뭇거리며 말했다.

"지퍼백이 필요하시면—"

"아뇨, 됐습니다."

바튼은 지폐 묶음들을 외투 주머니에 집어넣었다. 경비원은 자신의 존재 이유나 다름없는 돈을 무신경하게 쓸어 담는 바튼을 경멸이 담긴 차가운 눈빛으로 바라보았다. 예쁘장한 여직원은 돈에서 시선을 떼지 못했다. (그녀의 5년 치 연봉이 이 남자의 기성복 외투 주머니 속으로 들어갔는데 주머니는 크게 불룩해지지도 않았다.) 돈이 보이지 않는 숭배의 대상인 신과 다름없는 곳이 바로 은행이라서인지, 바튼을 바라보는 지점장의 눈빛에는 혐오감이 여실히 담겨 있었다.

"그럼." 바튼은 주머니에 담긴 1만 달러 지폐 뭉치 위에 수표책을 쑤셔 넣었다. "잘들 계세요."

그들은 은행을 나서는 바튼의 뒷모습을 바라보았다. 잠시 후 할머니가 예쁘장한 여직원에게 느릿느릿 걸어와 현금 지급을 위해 제대로 서명한 사회 보장 수표를 내밀었다. 여직원은 할머니에게 235달러 63센트를 내주었다.

집으로 돌아온 바튼은 주방 찬장 맨 위 선반의 먼지 낀 맥주 컵에 돈뭉치를 집어넣었다. 5년 전 매리가 그의 생일에 장난으로 준 선물이었다. 바튼은 맥주를 병째로 마시는 편이라서 그 맥주 컵을 특별히 아끼지는 않았다. 컵 측면에는 올림픽 성화 그림과 '미국 음주팀'이라는 글씨로 된 상징이 찍혀 있었다.

맥주 컵을 원래 있던 자리에 놓아두고 좀 더 센 술을 잔에 채웠다. 술잔을 들고 예전 찰리의 방으로 올라갔다. 지금은 서재로 사용 중이라 방에 그의 책상이 놓여 있었다. 책상 맨 아래 서랍을 뒤져 작은 마닐라 봉투를 찾아냈다. 책상 앞에 앉아 수표책 잔고를 확인했다. 총 35,053.49달러였다. 매리에게 보내기 위해 마닐라 봉투에 장인 장모의 집 주소를 적어 넣었다. 봉투 안에 수표책을 집어넣고 봉한 뒤 책상 안을 다시 뒤적여, 반쯤 쓰고 남은 우표 세트를 찾아냈다. 8센트짜리 우표 다섯 장을 봉투에 붙였다. 봉투를 잠시 바라보다가 주소를 쓴 자리 밑에 추가로 적어 넣었다.

속달 우편

봉투를 책상 위에 놓아두고 술을 한 잔 더 만들러 주방으로 내려
갔다.

1974년 1월 10일

느지막한 저녁, 눈이 내리고 있었다. 매글리오리는 전화를 걸어
오지 않았다. 바튼은 술잔을 들고 거실에 앉아 스테레오에서 흘러
나오는 음악을 듣고 있었다. 텔레비전은 여전히 전투력을 잃은 상
태였다. 그는 조금 전 맥주 컵에서 10달러 지폐 두 장을 빼 들고 밖
으로 나가 로큰롤 앨범 4장을 사왔다. 그 중 하나가 롤링 스톤스의
「피 흘리게 하라(*Let It Bleed*)」였다. 사람들이 파티에서 주로 트는 음
악인데 같이 사온 다른 앨범들보다 이 앨범이 더 좋았다. 나머지는
대체로 지나치게 감상적이었다. 그 중 하나는 '크로스비, 스틸스,
내쉬 앤 영(*Crosby, Stills, Nash and Young*)'이라는 그룹의 앨범인데 너무
질척대는 노래라 앨범을 무릎에 대고 쪼개버렸다. 그에 비해 「피
를 흘리게 하라」는 시끌벅적하면서도 은근하고 박자가 딱딱 떨어
졌다. 쿵쾅쿵쾅 쨍그렁 땡땡 하는 느낌이랄까. 무척 마음에 들었다.
몬티 홀(1960~70년대에 주로 활약한 미국 TV 게임 쇼 프로그램의 사회자—옮
긴이)이 사회를 맡은 「그 가격으로 합시다(*Let's Make a Deal*)」라는 가
족 오락 프로그램을 듣는 듯했다. 믹 재거(롤링 스톤스의 보컬—옮긴이)
가 노래를 했다.

누구나 기댈 수 있는 사람이 필요하잖아.

너도 필요하다면 내게 기대.

은행 벽에 붙어 있던 포스터가 생각났다.

지구 전체의 모습을 새로운 각도로 보여주던 포스터. 보는 이로 하여금 휴가를 떠나고 싶게 만드는 사진. 12월 31일에 했던 여행이 머릿속에 떠올랐다. 그날 그는 멀리 다녀왔다. 아주 멀리.

그는 그 여행을 즐기지 않았나?

그 생각에 그는 멈칫했다.

지난 두 달 동안 그는 반회전문 사이에 불알이 낀 개처럼 집 근처에서만 맴돌았다. 그러니 새해 전날의 여행은 자신에게 주는 보상에 가깝지 않았을까?

그는 한 번도 해본 적 없는 일을 했다. 차를 몰고 유료 고속도로로 나가 마치 철새가 이동하듯 아무 생각 없이 자유롭게 달렸다. 그리고 낯선 여자를 만나 섹스를 했다. 그녀의 가슴은 매리의 가슴과는 사뭇 다른 느낌이었다. 악한과 밀고 당기며 애기를 나눈 끝에 마침내 진지하게 받아들여졌다. 화염병을 던지는 불법적인 행위를 통해 지독히 흥분했고, 차를 타고 경사면을 올라가면서 도저히 그 끝에 다다르지 못할 것 같은 상황에 이르자 그대로 물에 빠져 죽을 것 같은 몽상적인 공포를 느꼈다. 그러는 와중에 그의 메마른 중산 계급 관리자의 영혼에서 심오한 감정들이 이끌려 나왔다. 암흑의 종교와 관련된 유물들이 고고학적 발굴 작업을 통해 출토되듯이. '살아 있다'는 게 어떤 느낌인지 확실히 알았다.

물론 안 좋은 일들도 있었다. 핸디 앤디 식당에서 자제력을 잃고 매리에게 고함을 지른 것도 그중 하나였다. 처음 2주 동안 그는 집에서 심한 고독감을 느꼈다. 회사를 위해 죽어라 뛰어온 그의 심장이 20년 만에 처음으로 느낀 고독감이었다. 백화점에서 비니에게, 하고 많은 사람 중에 하필 비니에게 주먹질을 당한 건 또 어떻고. 공사 현장에 불을 지르고 난 다음 날 아침, 끔찍한 두려움이 숙취처럼 몰려와 오전 내내 사라지지 않았다.

하지만 아무리 안 좋은 일이라고 해도 그에겐 생전 처음 겪는 짜릿한 일이었다. 자신이 이미 미쳤거나, 미쳐가고 있다는 생각도 마찬가지였다. 지난 두 달 동안 그는 천천히 (거의 기다시피 느릿느릿하게) 자신의 내면을 둘러보았다. 그렇게 탐색을 해보니 따분한 것도 있었고 끔찍하고 아름다운 것도 있었다.

생각의 흐름은 마지막으로 올리비아를 보았던 때로 흘러갔다. 무신경한 추위 속에서 '라스베이거스까지…… 못 가면 끝장이에요!'라고 적힌 종이를 당당하게 치켜들고 유료 고속도로 램프에 서 있던 그녀의 모습. 은행 벽에 붙어 있던 포스터도 떠올랐다. 떠나세요. 떠나면 안 될 이유라도 있나? 그를 여기 붙잡아 놓고 있는 것은 너저분한 집착이었다. 아내도 떠났고 남은 것은 아이의 유령뿐이었다. 일자리도 잃었다. 이 집도 열흘 안에 사라지고 말 것이다. 지금 그의 수중에는 현금과 언제든 자유롭게 타고 다닐 수 있는 자동차가 있었다. 차를 타고 그냥 여길 떠나버리면 되지 않을까?

격한 흥분에 사로잡혔다. 머릿속에서 그는 집 안의 전등을 모조리 끄고 주머니에 돈을 챙긴 뒤 LTD에 올라타 라스베이거스로 떠나고 있었다. 올리비아를 찾아서. 그리고 올리비아에게 이렇게 말하는 것이다. 떠나자. 캘리포니아로. 도착하면 차를 팔아치우고 남태평양으로 가는 배표를 예약할 것이다. 그다음은 홍콩으로. 이어서 사이공, 봄베이, 아테네, 마드리드, 파리, 런던, 뉴욕으로. 그러고는……

다시 여기로?

세상은 둥글었다. 끔찍한 진실이었다. 진절머리 나는 과거를 떨쳐버리기 위해 네바다주 라스베이거스로 떠난 올리비아처럼. 새로운 길이라고 해봐야 오래된 길과 다를 바 없으니, 새로운 길을 따라나서도 결국 약에 취해 강간을 당하고 만다. 오래된 길을 따라 계속 걷는 것과 마찬가지다. 이미 너무 깊게 들어가 있어 빠져나오지 못한다. 그러다 보면 어느 날 차고 문을 닫고 시동 장치를 켠 뒤 목숨이 끊어지길 기다리고…… 또 기다리는 시간이 닥쳐온다…….

저녁이 깊어갈수록 머릿속에서는 계속 같은 생각이 맴돌았다. 제 꼬리를 잡으려 맴을 도는 고양이처럼. 마침내 소파에서 잠든 그는 찰리 꿈을 꾸었다.

1974년 1월 11일

오후 1시 15분, 매글리오리가 전화를 걸어왔다.

"좋아. 거래해. 당신이랑 나. 비용은 9000달러. 이 정도 돈이 든다고 해서 당신이 마음을 바꿀 것 같진 않지만."

"현금으로요?"

"그게 무슨 말이야? 내가 자기앞수표라도 받을까?"

"하긴 그러네요. 미안합니다."

"내일 밤 10시에 레블 레인즈 볼링장으로 와. 어딘지 알지?"

"압니다. 7번 도로 앞에 있죠. 스카이뷰 쇼핑몰 바로 지나서."

"그래. 등판에 금실로 '말린 대로 부싯돌'이라고 수놓인 초록색 셔츠를 입은 남자 둘이 16번 레인에 있을 거야. 그들에게 합류해. 그중 한 명이 당신한테 필요한 걸 전부 설명해줄 거니까 볼링을 치면서 들어. 두세 판 치고 나서 자연스럽게 밖으로 나가. 그리고 차를 운전해서 타운 라인 술집으로 가는 거야. 어딘지는 알아?"

"아뇨."

"7번 도로를 타고 서쪽으로 쭉 가면, 볼링장에서 약 3킬로미터 떨어진 곳에 있는 술집이야. 같은 방향에 있어. 술집 뒤쪽에 차를 세우고 있으면 볼링장에서 만난 그 친구들이 당신 옆으로 다가와 차를 세울 거야. 그 친구들은 운전석을 주문 제작한 닷지 픽업트럭을 몰고 올 거야. 파란색 트럭이야. 그들이 트럭에서 상자를 꺼내서 당신 스테이션 왜건으로 옮겨 실어줄 거야. 그럼 그들에게 돈을 건네줘. 이거 아무래도 내가 미쳤나 보네. 돌았나 봐. 이러다 내 명줄이 끊어지지. 죽고 나면 왜 이런 엿 같은 짓을 했는지 두고두고 후회할지도 모르겠어."

"다음 주에 연락드릴게요. 개인적으로."

"아니. 절대 하지 마. 내가 당신 고해 성사를 해주는 신부도 아니고. 다시는 안 보고 싶어. 말도 섞고 싶지 않아. 솔직히 말하면, 신문에서 당신에 대한 기사를 보는 일도 없길 바라."

"단순한 투자 문제 때문에 연락드리려고 한 건데요."

매글리오리는 멈칫하다가 대답했다.

"하지 마."

"거스러미가 될 만한 일도 아닙니다. 그저…… 누군가를 위해 신탁 재산을 만들어두고 싶어서요."

"마누라를 위해서?"

"아뇨."

"화요일에 잠깐 들러. 만나줄게. 내가 제정신이 돌아오면 안 만나줄 수도 있어."

매글리오리는 전화를 끊었다.

거실로 돌아온 바튼은 올리비아와 삶에 대해 생각했다. 그의 머릿속에서 그 두 가지는 늘 밀접하게 연관되어 있었다. '떠나는 것'에 대해서도 다시금 생각했다. 찰리도 떠올려보았다. 스냅 사진 속의 모습 말고는 찰리의 얼굴이 잘 기억나지 않았다. 어떻게 이런 일이 있을 수 있을까?

돌연 결심이 선 바튼은 일어서서 전화기 앞으로 갔다. 업종별 전화번호부에서 '여행' 항목을 펼치고 들여다보다가 전화번호를 찾아 다이얼을 돌렸다. 하지만 상대편에서 친절한 여성의 목소리가 "아놀드 여행사입니다. 어떻게 도와드릴까요?"라고 말하자마자 그는 전화를 끊고 두 손을 비비며 전화기에서 재빨리 뒤로 물러섰다.

1974년 1월 12일

레블 레인즈 볼링장은 형광등 조명이 환하게 켜진 길쭉한 건물이었다. 스피커에서 나오는 배경음악, 주크박스의 노랫소리, 고함과 대화, 핀볼 놀이 기계의 따르르르 소리, 동전을 넣어 작동시키는 범퍼 포켓볼 게임의 덜그럭 소리, 연속해서 우르르르 쓰러지는 볼링핀 소리와 묵직하게 굴러와 부딪치는 커다란 검은색 볼링공 소리가 건물 곳곳에 울려 퍼지고 있었다.

카운터로 가서 빨간색과 흰색으로 된 볼링화 한 켤레를 받아 들었다. (볼링장 직원은 형식적으로 발 소독약을 볼링화에 한 번 쓱 뿌려주고는 알아서 신게 내버려 두었다.) 볼링화를 신고 16번 레인으로 걸어갔다. 남자 둘이 그곳에 이미 와 있었다. 볼링공을 굴릴 준비를 하고 서 있는 남자는 일전에 바튼이 매글리오리 중고차 매장에 처음 갔던 날 차에 머플러를 교체하고 있던 정비공이었다. 또 다른 남자는 텔레비전 밴을 타고 그의 집으로 찾아왔던 이들 중 하나였는데, 지금은 점수 기록 테이블 앞에 앉아 종이컵에 담긴 맥주를 마시고 있었다. 바튼이 다가가자 두 남자는 눈을 들어 그를 쳐다보았다.

"바튼입니다."

"난 레이요." 점수 기록 테이블 앞에 앉은 남자가 인사를 받았다. "저 사람은 앨런." 볼링공을 던지고 있는 정비공의 이름이었다.

앨런의 손에서 떠난 볼링공은 천둥 같은 소리를 내며 레인을 굴러갔다. 볼링 핀들이 폭발하는 것 같은 소리를 내는데 앨런은 마뜩잖아했다. 7-10 스플릿(나머지 핀들은 전부 쓰러지고 7번과 10번 핀만 남아 있는 형태. 가장 처리하기 힘든 스플릿─옮긴이)이었다. 앨런은 두 번째 공을 제대로 던져 남은 핀 두 개를 다 처리하려 했지만 공은 일찌감치 도랑으로 빠져버렸다. 핀 세터(볼링 핀을 자동 정렬시키는 기계─옮긴이)가 남은 핀들을 마저 쓰러뜨리자 앨런은 짜증이 솟구치는 소리를 냈다.

레이가 충고했다.

"하나만 노려. 늘 하나만 노리라고. 네가 뭐 볼링 선수 빌리 웰루라도 되는 줄 알아?"

"내가 공 던지기엔 영 소질이 없잖아. 하다 보면 잘 되겠지. 안녕하세요, 바튼."

"안녕하세요."

그들은 돌아가며 악수를 나눴다.

"잘 왔어요." 앨런은 바튼에게 말한 뒤 레이를 돌아보았다. "새로 게임을 시작하자. 바튼 씨도 같이 해. 이번 판에는 제대로 해볼 테니까 두고 봐."

"그러든지."

"자, 먼저 쳐요, 바튼."

바튼은 5년 만에 볼링공을 잡아보았다. 손가락이 편안하게 들어가는 12파운드짜리 공을 잡고 좌측 도랑 쪽으로 곧장 굴렸다. 공이 엉뚱하게 굴러가는 모습을 보고 있자니 멍청이가 된 기분이었다. 다음에 공을 던질 땐 좀 더 신중을 기했지만 공이 또 멋대로 구르면서 핀 세 개를 쓰러뜨리는 데 그쳤다. 레이는 스트라이크를 쳤다. 앨런은 핀 9개를 쓰러뜨렸고 남은 4번 핀을 마저 처리했다.

5프레임이 끝났을 때 레이는 89점, 앨런은 76점, 바튼은 40점이었다. 그래도 바튼은 등에 땀이 송송 배어나는 느낌, 평소에 쓰지 않던 근육에 힘이 들어가는 느낌이 좋았다.

게임에 한창 빠져든 탓에 그는 레이가 "우린 그걸 말글리나이트라고 부르죠."라고 말했을 때 곧장 의미를 알아듣지 못했다.

바튼은 익숙하지 않은 단어에 살짝 인상을 쓰면서 레이를 쳐다보다가 잠시 후에야 무슨 뜻인지 알아들었다. 앨런은 공을 쥐고 저 앞으로 나가 4번과 6번 핀을 뚫어져라 심각하게 바라보고 있었다.

"그렇군요."

"길이는 10센티미터쯤 됩니다. 40개예요. 하나당 폭발력이 다이너마이트의 60배나 돼요."

"아."

바튼은 별안간 속이 울렁거렸다. 공을 굴린 앨런은 남은 핀 두 개가 마저 쓰러지자 신나서 방방 뛰었다.

바튼은 공을 굴려 핀 7개를 쓰러뜨린 뒤 다시 자리에 앉았다. 레이는 스트라이크를 쳤다. 볼링공이 담긴 상자 쪽으로 걸어가 공을 집어 든 앨런은 공을 턱밑에 갖다 대고 반들거리는 레인 너머 핀들을 노려보았다. 그러더니 오른쪽에서 게임 중인 사람에게 양해를 구하고 4스텝으로 나아가 공을 던졌다.

"도화선의 길이가 120미터라 터뜨리려면 전기를 써야 합니다. 빨리 하겠다고 토치램프를 쓰면 녹아버려요. 아, 잘했어! 잘 쳤어, 앨런!"

앨런은 브루클린 스트라이크(1번 핀을 바깥쪽으로 비껴 때리며 발생하는 스트라이크─옮긴이)로 핀을 모조리 쓰러뜨렸다.

다음 차례인 바튼은 일어서서 공 두 개를 도랑으로 굴린 뒤 도로 앉았다. 레이는 스트라이크를 못 치고 스페어로 처리했다.

앨런이 다시 나설 차례가 되자 레이는 얘기를 계속했다.

"어쨌든 전기를 써야 합니다. 그러려면 축전지가 있어야 하는데, 갖고 있어요?"

"있습니다."

바튼은 자신의 점수를 확인했다. 47점. 그의 나이에 7을 보탠 숫자였다.

"도화선을 자르고 한데 모아 붙이면 동시에 폭발시킬 수 있습니다. 가능하겠어요?"

"그럼요."

앨런은 또다시 브루클린 스트라이크를 쳤다.

앨런이 히죽 웃으며 자리로 돌아오자 레이가 말했다.

"브루클린 스트라이크만 너무 믿지 마. 제대로 연습해서 극복해야지."

"멍청한 소리 하네. 난 못 해봤자 핀 여덟 개씩은 쓰러뜨리거든."

앨런은 공을 굴려 핀 여섯 개를 쓰러뜨린 뒤 자리에 앉았다. 레이는 스트라이크를 쳤다. 7프레임 끝에 레이가 얻은 점수는 116점이었다.

레이는 자리에 와 앉으며 바튼에게 물었다.

"물어볼 거 있어요?"

"아뇨. 이번 판 끝나면 여기서 나갈까요?"

"그러죠. 좀 더 연습해서 녹을 벗겨내고 나면 당신 볼링 실력도 꽤 쓸 만해질 겁니다. 공을 던질 때 손목을 틀던데, 그게 문제예요."

앨런은 스트라이크 두 번을 치고 나서 브루클린 포켓(스트라이크 코스지만 스트라이크 포켓과 반대로 오른손 볼러가 1번 핀과 2번 핀의 사이, 왼손 볼러가 1번 핀과 3번 핀의 사이로 진입하도록 컨트롤하는 위치―옮긴이)으로 공을 밀어 넣었다. 하지만 이번에는 7-10 스플릿이 되고 말자 인상을 쓰면서 자리로 돌아왔다. 바튼은 그걸 보며 생각했다. '내 처지 같구나.'

"브루클린 포켓만 너무 믿지 말라니까."

레이가 웃으며 말했다.

"짜증나네."

앨런은 미간을 찌푸리며 스페어를 처리하러 나갔지만 공은 또 도랑으로 굴러가 버리고 말았다.

레이가 웃으며 말했다.

"어떤 놈들은 아무리 가르쳐도 배우질 못한다니까. 도대체가 배우질 못해요."

에너지 위기 따위는 아랑곳하지 않는 듯, 타운 라인 술집에는 붉은빛을 내는 커다란 네온사인 간판이 붙어 있었다. 네온사인은 무심한 자신감으로 끝없이 깜박거렸다. 그 아래에 붙은 하얀 차양에는 이렇게 적혀 있었다.

오늘 저녁

보스턴에서 온
패뷸러스 오이스터즈 밴드가 공연합니다

술집 오른쪽에 대충 흙바닥을 정리해 만든 주차장이 있었다. 토요일 밤을 맞이해 주차장 앞쪽은 이미 차들로 꽉 차 있었다. 차를 타고 들어가면서 보니 L자 모양으로 굽어진 주차장 뒤쪽에는 빈자리가 몇 개 남아 있었다. 바튼은 옆에 빈자리를 하나 두고 차를 세운 뒤 시동을 끄고 차에서 내렸다.

인정사정없이 추운 밤이었다. 차 밖으로 나간 지 15초 만에 귀가 펌프 손잡이처럼 땡땡 얼어붙는, 그런 추위였다. 하늘에 뜬 수만 개의 별들은 평소보다 더 밝았다. 술집 뒷벽 너머로 패뷸러스 오이스터즈 밴드가 「자정 이후(*After Midnight*)」를 부르는 소리가 들렸다. 저 노래를 만든 사람은 J. J. 케일이었다. 이런 쓸데없는 정보를 어디서 주워 들었을까. 인간의 뇌가 쓰레기 같은 정보로 속을 채우는 방식은 참으로 놀라웠다. 「자정 이후」를 만든 사람이 누군지는 기억하면서도 죽은 아들의 얼굴은 잘 기억나지 않았다. 이건 너무 잔인하지 않은가.

운전석을 주문 제작한 닷지 픽업트럭이 그의 스테이션 왜건 바로 옆자리로 다가와 멈춰 섰다. 레이와 앨런이 차에서 내렸다. 두꺼운 장갑을 끼고 두툼한 군용 파카를 입은 것만 봐도 그들이 진지하게 일에 임하고 있음을 알 수 있었다.

"돈은 가져 왔겠죠."

레이가 말했다.

바튼은 외투에서 봉투를 꺼내 건네주었다. 레이는 봉투를 열어 그 안에 담긴 지폐들을 휘리릭 넘겨보았다. 꼼꼼하게 세기보다는 금액을 대충 어림짐작하는 모습이었다.

"됐습니다. 차 문 열어요."

바튼이 뒷문(포드 사의 안내 책자에 '마법의 문'이라고 적혀 있는 문)을 열자 레이와 앨런은 픽업트럭에서 묵직한 나무 상자를 끌어내 바튼의 차에 옮겨 실었다.

"도화선은 맨 밑바닥에 있어요." 레이는 하얀 콧김을 내뿜으며 말했다. "제대로 쓰려면 휘발유가 필요하다는 거 명심해요. 그게 아니면 생일 초로나 쓰시든가."

"명심하죠."

"볼링 연습도 좀 더 해요. 스윙은 아주 세고 좋던데."

트럭으로 돌아간 그들은 곧 그곳을 떠났다. 몇 분 후 바튼도 패뷸러스 오이스터즈의 노랫소리를 뒤로 하고 주차장을 나섰다. 차갑게 얼어붙은 귀가 히터의 열기에 녹으며 따끔거렸다.

집으로 돌아온 바튼은 나무 상자를 집안으로 들인 뒤 스크루드라이버로 뚜껑을 땄다. 그 안에 담긴 내용물은 레이가 말한 대로 밀랍으로 된 회색 초처럼 생겼다. 그 물건들 밑에 신문지가 한 장 깔렸고 그 아래에 두 묶음으로 말아놓은 통통하고 하얀 도화선이 있었다. 도화선을 흰색 비닐 끈으로 묶어 놓았는데, 그가 헤프티 쓰레기 봉지를 묶을 때 쓰는 비닐 끈과 똑같았다.

상자를 거실 벽장에 넣어 놓고 잊어버리려 애썼다. 하지만 벽장

에서 뿜어 나오는 사악한 기운이 온 집안을 뒤덮는 듯했다. 마치 수
년 전에 그곳에서 뭔가 끔찍한 일이 일어나 사방을 천천히 확실하
게 오염시키고 있는 것 같았다.

1974년 1월 13일

차를 몰고 랜딩 스트립 거리로 향했다. 천천히 거리를 오가며 드
레이크의 작업 구역을 찾아봤다. 공동 주택들이 어깨를 맞대고 다
닥다닥 붙어 있었는데 집들이 어찌나 노쇠하고 지쳐 보이는지 기
대어 선 건물을 하나라도 치우면 모조리 와르르 쓰러질 것 같아 보
였다. 건물 옥상마다 숲을 이룬 텔레비전 안테나들은 겁에 질린 머
리카락처럼 하늘을 배경으로 쭈뼛 서 있었다. 술집들은 정오는 되
어야 문을 열었다. 옆 골목 한가운데에 버려진 차 한 대가 있었다.
타이어도 헤드라이트도 크롬 부품도 다 뜯기고 없어서 데스 밸리
(캘리포니아주 남동부의 건조 분지─옮긴이) 한가운데에서 하얗게 말라가
는 소뼈처럼 보였다. 배수로에는 유리 조각들이 반짝였다. 전당포와
주류 판매점은 유리 진열장에 접이식 방범창을 달아놓았다. 8년 전
인종 폭동 때 사람들이 배운 게 바로 저것이었다. 비상사태가 벌어
졌을 때 내 가게의 약탈을 막는 방법. 베너 가(街)를 절반쯤 내려가
자 작은 가게 앞에 옛날 글씨체로 적힌 간판이 보였다.

드롭 다운 마마 커피점

주차를 하고 차문을 잠근 뒤 가게 안으로 들어갔다. 손님은 둘뿐이었다. 몸에 비해 지나치게 큰 피코트(길이가 짧은 외투─옮긴이)를 입고 꾸벅꾸벅 졸고 있는 흑인 청년 하나. 두꺼운 흰색 자기 컵에 담긴 커피를 홀짝이고 있는 늙은 백인 술꾼 하나. 늙은 술꾼은 컵을 입으로 가져갈 때마다 두 손을 맥없이 달달 떨었다. 피부는 누렇게 떴고 위로 치켜뜬 두 눈에는 빛에 대한 갈망이 담겨 있었다. 냄새 나는 육체의 감옥에 갇힌 저자의 영혼은 너무나 깊은 곳에 틀어박힌 나머지 도저히 빠져나올 수 없는 듯했다.

드레이크는 가게 끄트머리의 카운터 뒤에 앉아 있었다. 옆에는 화구 두 개짜리 핫플레이트가 있었다. 화구 위에는 각각 뜨거운 물과 블랙커피가 담긴 사일렉스 커피포트가 하나씩 놓였다. 카운터 위에는 잔돈이 약간 담긴 시거 상자가 있었고 판지에 크레용으로 쓴 안내판 두 개가 보였다.

메뉴

커피 15센트

차 15센트

탄산음료 25센트

볼로냐 햄 30센트

피비앤제이(땅콩 잼과 딸기 잼을 바른 샌드위치─옮긴이) 25센트

핫도그 35센트

또 다른 안내판에는 이렇게 적혀 있었다.

서빙 해드릴 테니 기다려주세요!

주문하고 기다려주시면 카운터에서 언제든 도와드리겠습니다.
손님이 직접 가져다 드시면
카운터를 보는 사람은 쓸모없는 바보가 된 기분을 느끼겠죠.
그러니 기다려주시고, 하느님은 여러분을 사랑한다는 사실도 기억해주세요!

잡지를 보고 있던 드레이크가 시선을 들었다. 낡아빠진《내셔널 램푼(National Rampoon)》잡지였다. 상대의 이름이 곧장 기억나지 않다가 머릿속에 딱 떠오른 사람처럼 눈빛이 흐려졌다가 곧 맑아졌다.

"아, 도스 씨, 잘 지냈습니까?"

"그럼요. 커피 한 잔 주시겠습니까?"

"그러죠." 드레이크는 뒤쪽에 피라미드처럼 쌓여 있는 두꺼운 컵 중 두 번째 줄에 있는 컵을 집어 들고 커피를 따랐다. "우유는요?"

"블랙으로 마시겠습니다." 바튼이 25센트 동전을 내밀자 드레이크가 시거 상자에서 10센트 동전을 꺼내 거슬러주었다. "지난번 저녁때 일로 감사도 드리고 기부도 할 겸 찾아왔습니다."

"감사는 무슨."

"감사드려야죠. 파티 때 못 볼 꼴을 보여드렸는데."

"약에 취하면 그럴 수 있지요. 늘 그런 것도 아니고 가끔인데. 작년 여름에 젊은 애들이 친구를 하나 데려왔습니다. 엘에스디에 취해 도시공원에서 날뛰었다고 하더군요. 비둘기들이 자기를 잡아먹으려고 쫓아온다면서 비명을 지르고 발작을 했어요.《리더스 다이제스트(*Reader's Digest*)》 잡지에 실린 공포 이야기 같지 않습니까?"

"저한테 메스칼린을 준 여자도 싱크대 배수구에서 남자의 손을 끄집어냈다고 말한 적이 있습니다. 그게 실제로 일어난 일인지 아닌지는 나중에도 알 수가 없더라고 했어요."

"뭐하는 여자인데요?"

"저도 잘 모릅니다. 어쨌든 이거 받으시죠."

바튼은 시거 상자 옆에 고무 밴드로 묶은 지폐 뭉치를 내려놓았다. 드레이크는 인상을 찌푸릴 뿐 지폐를 건드리지 않았다.

"여기 기부할 생각입니다."

돈을 왜 꺼내놨는지 드레이크도 짐작할 것 같은데 아무 말도 하지 않아서, 바튼은 답답한 침묵을 깨려 굳이 그 말을 했다.

드레이크는 왼손으로 지폐 뭉치를 집어 들더니 괴상한 상처가 난 오른손으로 고무 밴드를 풀었다. 고무 밴드를 옆에 내려놓고 천천히 돈을 셌다.

"5000달러네요."

"그렇습니다."

"이 돈이 어디서 났는지 물으면 기분이 나쁘실지 모르겠지만—"

"어디서 났냐고요? 기분 나쁠 거 없습니다. 시 당국에 내 집을 판 돈이에요. 시 당국이 내 집에 도로를 낼 예정이거든요."

"부인께서도 동의하셨습니까?"

"아내는 이 돈에 대해 말할 권리가 없습니다. 우리는 별거 중이고 조만간 이혼할 겁니다. 집 판 돈의 절반은 이미 아내 몫으로 해뒀습니다."

"그렇군요."

그들 뒤에서 늙은 술꾼이 흥얼거리기 시작했다. 노래는 아니고 그냥 막연한 흥얼거림이었다.

드레이크는 침울한 표정이었다. 그는 오른손 검지로 지폐들을 꾹 눌렀다. 돌돌 말아놨던 터라 지폐의 가장자리가 말려 있었다. 마침내 드레이크가 입을 열었다.

"이 돈은 못 받습니다."

"왜요?"

"지난번에 우리가 했던 얘기 기억 안 나십니까?"

그는 기억하고 있었다.

"저는 자살할 생각 없습니다."

"제 생각은 다른데요. 이 세상에 발을 굳건히 딛고 살아갈 사람은 자기 돈을 충동적으로 나눠주지 않습니다."

"이건 충동적인 결정이 아닙니다."

바튼이 단호하게 말했다.

드레이크는 날카로운 눈빛으로 그를 바라보았다.

"그럼 뭐라고 해야 할까요? 우연히 알게 된 지인에게 기부하는 것뿐이다?"

"일면식도 없는 사람들한테도 이미 기부했습니다. 암 연구원들. 아동 구호 기금. 보스턴에 있는 근육위축병 전문 병원. 저는 보스턴에 가본 적도 없는데 말이죠."

"이렇게 큰 금액을요?"

"그건 아니고요."

"게다가 현금이잖습니까, 도스 씨. 앞으로도 돈을 계속 사용하면 서 살 사람이면 굳이 이렇게 전 재산을 현찰로 가지고 다니지 않습 니다. 오히려 수표로 바꿔서 필요할 때 서명을 하면서 사용하지요. 푼돈으로 포커 게임을 하는 사람도 현금이 아니라 칩을 씁니다. 그 건 일종의 상징이에요. 우리 사회에서 돈을 쓸 일이 없는 사람이란 살아갈 계획도 없는 사람인 겁니다."

"그건 너무 물질주의적인 관점—"

"신부치고는 너무 물질주의적이라고요? 난 더 이상 신부가 아닙 니다. 이 일이 있은 후로 그만뒀어요." 그는 상처가 난 오른손을 들 어보였다. "내가 이 커피점을 운영하기 위해 어떻게 돈을 모으는지 말해줄까요? 우리가 여기 오기 전에 유나이티드 펀드나 도시 구호 기금 같은 쇼윈도 자선단체들이 이미 자리를 잡은 상태라 쉽지 않 았습니다. 여기서 일하는 사람들은 전부 은퇴한 노인들입니다. 이 곳을 찾는 젊은이들에 대해 잘 이해는 못 하지만, 3층 창문 밖으로 거리를 내려다보며 시간을 죽이는 것 말고 뭐라도 일을 해보고 싶 어서 온 사람들이지요. 그리고 나는 보호 관찰 중인 아이들을 시켜 금요일과 토요일에 여기서 무료로 공연할 밴드들을 찾아오라고 시 킵니다. 이제 막 시작한 밴드라 어떻게든 사람들 앞에 나설 기회를 찾는 밴드들이요. 공연이 끝나면 기부를 해달라고 손님들에게 모 자를 돌립니다. 하지만 대부분의 기부금은 부자들한테서 나옵니 다. 상류층이지요. 내가 여러 군데를 쭉 돌아다니는데 주로 상류층 부인들의 차 모임이에요. 그런 곳에 가서 마약이나 스터노에 취해 고가교 밑에서 잠을 자고 추위에 얼어 죽지 않으려 신문지에 불을 붙이는 아이들 얘기를 늘어놓습니다. 1971년부터 노숙 생활을 하다가 이곳을 찾아온 열다섯 살 난 소녀 얘기도 들려주지요. 그 소녀의 머리뿐만 아니라 음모에도 큼직하고 하얀 머릿니가 기어 다니더란 얘기도 함께요. 노튼 지역에 창궐한 성병 얘기도 들려줍니다. 가출한 소년들을 찾아 버스 터미널을 어슬렁거리면서 소년들을 남창으로 고용하려는 낚시꾼들 얘기도 합니다. 이 소년들은 결국 극장의 남자 화장실에서 10달러에 어느 놈의 성기를 빨아주고, 15달러에 그놈의 정액을 삼키는 일까지 하게 된다고 부인들에게 말해줍니다. 소년은 그렇게 번 돈을 포주와 절반씩 나눠 갖지요. 상류층 부인들은 처음엔 충격받은 눈빛이다가 이내 사르르 부드럽게 녹아내립니다. 사타구니 사이가 질편하게 젖으면서 기부금을 내는 겁니다. 중요한 건 바로 그거예요. 그 중에 한 명을 잘 구슬리면 10달러 이상의 기부금도 받아낼 수 있어요. 그렇게 기부금을 낸 부인은 저녁 식사를 함께 하자며 나를 크리센트 지역에 있는 자기네 집으로 데려갑니다. 가족들에게 나를 소개시키고, 가사도우미가 첫 번째 코스 요리를 내오면 식전 기도를 해달라고 요청하지요. 그럼 기도의 말이 입안에서 얼마나 역겹게 느껴지든 관계없이 나는 식전 기도를 지껄이고 그 집 아이의 머리도 쓰다듬어줍니다. 이런 가난한 동네에는 토끼마냥 애들을 잔뜩 싸질러놓는데 그런 여유 있는 집에 가보면 자식이 늘 하나예요. 딱 하나. 그 집 부인에게 정말 훌륭한 아드님 혹은 정말 예쁜 따님을 두셨군요, 하고 발라맞춥니다. 그러다 운이 아주 좋으면 그 집 부인이 친한 친구들이나 사교 모임 지인들을 초대해 사이드 쇼(서커스 등에서 손님을 끌기 위해 따로 보여주는

소규모의 공연—옮긴이) 괴물 같은 나를 소개해줍니다. 블랙 팬서(1960년
대 미국을 뒤흔들었던 좌파정당—옮긴이)나 알제리 자유당에 총기 밀매
를 할 것 같은 극단주의적인 외모를 가진 나지만, 그들 앞에서는 브
라운 신부(G. K. 체스터튼이 1910년에서 1936년까지 쓴 53편의 단편에 등장한
추리소설 속 탐정—옮긴이)처럼 굽신거리며 듣기 좋은 말을 해주고 입이 찢
어져라 미소를 지어줍니다. 그게 다 부자들한테서 기부금을 털어
내기 위한 수작이지요. 우아하기 그지없는 장소에서 그런 짓거리
를 하는 겁니다. 그리고 집으로 돌아올 때면 여지없이 비참한 기분
을 느낍니다. 시네마 41 영화관의 화장실 칸에서 무릎을 꿇고 어느
양성애 회사원 남자의 성기를 빨아주고 나온 기분이랄까요. 정말
엿 같지만 나는 그 일을 해야 합니다. 이런 표현이 거슬릴지 모르겠
지만 내가 해야 하는 '속죄'의 일부니까요. 그렇지만 나는 시체성
애증은 없습니다. 도스 씨가 나한테 내미는 돈은 마치 시체의 돈처
럼 느껴지는군요. 그래서 받지 않겠다는 겁니다."

"무엇에 대한 속죄인가요?"

드레이크는 비딱한 미소를 지었다.

"그건, 하느님과 나 사이의 비밀입니다."

"개인적으로 혐오스러워하면서도 그런 모금 방법을 고집하는 이
유가 있습니까? 그럴 거면 차라리—"

"이게 유일한 길이기 때문입니다. 다른 길로는 갈 수 없어요."

불현듯 지독한 절망감이 밀려왔다. 여길 찾아올 수밖에 없었던
이유, 그동안 온갖 일을 벌인 이유를 드레이크의 말을 통해 깨달은
것이다.

"괜찮아요, 도스 씨? 안색이—"

"괜찮습니다. 다른 곳으로 떠날 일은 없으시겠지만 그래도 어디서든 행운이 함께 하길 바랍니다."

"나는 삶에 환상 따윈 없습니다." 드레이크는 미소 지었다. "혹시…… 극단적인 일을 벌일 계획이라면 마음을 바꾸세요. 찾아보면 대안이 있을 겁니다."

"과연 있을까요?" 바튼도 미소 지었다. "이만 가게 문을 닫고 저랑 같이 나가서 일 얘기나 하시죠. 진지하게 제안드릴 게 있습니다."

"나를 놀리는군요."

"아뇨. 우릴 놀리는 자는 따로 있습니다."

바튼은 돌아서면서 지폐 뭉치를 손에 쥐고 다시 바짝 동그랗게 말았다. 흑인 청년은 계속 졸고 있었다. 늙은 술꾼은 반쯤 빈 컵을 테이블에 내려놓고 멍하니 컵 안을 응시하면서 여전히 무어라 흥얼거리고 있었다. 그 옆으로 지나가면서 바튼은 술꾼의 컵에 지폐 뭉치를 집어넣었다. 컵에 담긴 시커먼 커피가 테이블에 확 튀었다. 커피점을 나선 바튼은 연석 옆에 세워둔 차 문을 열었다. 마음 한 구석으로는 드레이크가 쓴소리를 더 해주기를, 그를 구원해주기를 바랐지만 드레이크는 따라 나오지 않았다. 어쩌면 그는 바튼이 커피점으로 돌아와 스스로를 구원하기를 바랐을 수도 있었다.

하지만 바튼은 차에 올라타 그곳을 떠났다.

1974년 1월 14일

도심으로 차를 달린 바튼은 시어즈 매장으로 들어가 자동차용 배터리와 점퍼 케이블을 샀다. 배터리 측면에는 제품 이름이 양각 플라스틱으로 인쇄돼 있었다.

다이하드

집에 도착한 그는 배터리와 점퍼 케이블을 거실 벽장에 집어넣었다. 전에 넣어둔 나무 상자와 함께였다. 경찰이 수색 영장을 가지고 이 집에 들이닥치면 어떻게 될까. 차고에는 총이, 거실에는 폭발물이, 주방에는 현금다발이 있는 집이라니. 자포자기한 혁명가 바튼 조지 도스. 입에 담기에도 끔찍한 어느 해외 카르텔에게 돈을 받고 일하는 비밀 요원 X-9. 그가 구독하는《리더스 다이제스트》잡지에는 십자군 전쟁, 금연, 포르노 반대, 범죄 박멸에 관한 끝도 없는 시리즈와 함께 허구한 날 그런 스파이 이야기가 실렸다. 교외 지역에 사는 와스프(WASP. 미국 사회의 주류를 이루는 지배 계급으로 여겨지는 앵글로색슨계 백인 신교도—옮긴이)가, 평범한 우리들 중 하나가 스파이로 밝혀지면 더욱 소름이 끼친다. 윌래메트 강 부근이나 디모인 시에 사는 KGB(1954년부터 1991년까지 존재했던 소련의 정보기관—옮긴이) 요원이 드럭스토어 순회도서관에서 아주 작은 엘에스디를 유통시키거나 자동차 극장에서 공화국의 폭력적 전복을 위한 계획을 세우거나 치아를 하나 뽑아 그 자리에 청산 독을 숨긴 채 빅맥(미국 맥도날드 체인의 대형 햄버거—옮긴이)을 우적우적 씹는 모습이 떠오르기 때문일 것이다.

그랬다. 수색 영장을 받아 이 집에 쳐들어온 경찰이 그를 처벌할지도 모른다. 하지만 두렵지 않았다. 두려워할 단계는 이미 지났다.

1974년 1월 15일

"원하는 걸 말해."

매글리오리는 지친 목소리로 말했다.

밖에는 진눈깨비가 내리고 있었다. 온통 회색인 오후는 우울하기 그지없었다. 회색 막으로 둘러싸인 것 같은 날씨 속에서 진창이된 눈을 대형 타이어로 마구 튀기며 휘청휘청 달려가는 도시 버스가 마치 조울병 환자의 환상처럼 보일 만큼, 살아 있는 행위 자체가미친 짓으로 느껴졌다.

"내 집이야? 내 차야? 내 마누라야? 대체 뭘 원하는지 말해, 도스. 그게 아니면 다 늙어가는 나를 그만 좀 내버려 둬."

바튼은 당혹스러웠다.

"저를 성가셔하는 건 잘 압니다."

"성가셔하는 걸 잘 안다네." 매글리오리는 벽에 대고 탄식하고는두 손을 들어 올렸다가 두툼한 허벅지에 털썩 내려놓았다. "알면서왜 멈추질 않지?"

"이게 마지막이에요."

매글리오리는 눈을 위로 굴렸다.

"그럼 정말 아름다운 얘기여야 할 거야. 뭔데?"

바튼은 지폐를 꺼내 놓으며 말했다.

"1만 8000달러입니다. 3000달러는 중개 수수료로 드리는 거고요."

"누굴 찾아 달라는 건데?"

"라스베이거스에 있는 여자요."

"1만 5000달러는 그 여자 건가?"

"예. 이 돈을 가지고 계시다가 괜찮은 사업을 하시게 되면 거기 투자해주세요. 그 여자에게 배당금을 지급해주시고요."

"합법적인 일을 하고 나온 수익을 나눠줘라?"

"최고로 높은 배당금을 줄 수 있는 일이면 됩니다. 판단을 믿겠습니다."

"내 판단을 믿겠다네." 매글리오리는 또다시 벽에 대고 탄식했다. "라스베이거스는 넓은 도시야, 도스. 게다가 사람들이 단기로만 머물다 떠나는 곳이라고."

"그곳에 연줄이 있지 않습니까?"

"연줄이야 있지. 하지만 당신이 찾겠다고 하는 그 어설픈 히피 여자는 어쩌면 벌써 샌프란시스코나 덴버로 떠났을 수도 있고—"

"그 여자는 올리비아 브레너라는 이름을 쓰고 있습니다. 제 생각에는 아직 라스베이거스에 있을 겁니다. 그 여자가 마지막으로 일한 곳은 패스트푸드점인데—"

"라스베이거스에는 패스트푸드점이 200만 개도 넘어. 제기랄!

염병! 미치겠네!"

"그 여자는 룸메이트 여자와 아파트에서 같이 산다고 했습니다. 마지막으로 통화했을 때 그렇게 말했어요. 어디 있는 아파트인지는 모르고요. 키는 172센티미터, 밤색 머리카락, 초록색 눈동자. 몸매가 좋아요. 스물한 살이라고 했습니다."

"그 여자를 내가 못 찾으면?"

"그 돈을 잘 투자해서 배당금을 가지세요. 성가신 일을 해준 것에 대한 대가로 생각하시고요."

"내가 돈을 뺑땅 칠 수도 있잖아?"

바튼은 지폐를 매글리오리의 책상에 놓아두고 일어섰다.

"그러시진 않을 겁니다. 정직한 얼굴을 하고 계시잖아요."

"그래, 난 당신 엉덩이를 물어뜯을 생각은 없어. 당신은 이미 딴데서 엉덩이를 실컷 물어뜯긴 사람 같거든. 하지만 영 찜찜해. 꼭 나를 유언 집행자 겸 증인으로 삼는 것 같단 말이지."

"싫으면 싫다고 하세요."

"그게 아니라, 내 말을 이해 못 하는구먼. 그 여자가 아직 라스베이거스에 있고 올리비아 브레너라는 이름을 쓰고 있다면 찾을 수는 있을 거야. 그 정도 일에 수수료 3000달러면 후한 편이지. 그 일을 하면서 내가 다칠 일도 없을 테고. 하지만 당신을 보면 뭔가 오금이 저려, 도스. 꼭 갈 길을 정해놓고 거기서 한 발자국도 안 벗어나려는 사람 같아."

"맞습니다."

매글리오리는 인상을 찌푸리고는 책상의 유리 상판 밑에 끼워둔, 자신과 아내, 아이들의 사진을 내려다보았다.

"알았어. 이번이 마지막이야. 더는 안 돼, 도스. 절대로. 또다시 당신 얼굴을 보게 되거나 전화로 목소리를 듣게 되는 날엔 그걸로 끝인 줄 알아. 진심이야. 이미 내 문제로도 머릿속이 복잡한데 당신 문제까지 끌어안고 싶지 않아."

"그 조건에 합의하겠습니다."

바튼은 손을 내밀어 악수를 청했다. 악수를 거절당할 수도 있겠다 싶었는데 매글리오리는 그의 손을 잡아주었다.

"당신은 보면 볼수록 이해가 안 되는 인간이야. 그런데 왜 나는 그런 당신이 마음에 들까?"

"무의미한 세상이니까요. 그게 아니라는 생각이 든다면 피아치 씨의 개를 떠올려보시든가요."

"그 개 생각은 안 그래도 자주 해."

1974년 1월 16일

수표책이 담긴 마닐라 봉투를 길모퉁이 우체통에 집어넣었다. 그리고 그날 저녁 '엑소시스트'라는 영화를 보러 갔다. 평소 흠모해 마지 않는 배우 막스 폰 시도우가 출연한 영화이기 때문이었다. 소녀가 천주교 신부의 얼굴에 대고 토악질을 하는 장면이 나오자 뒷줄에 앉은 관객 몇 명이 환호성을 올렸다.

1974년 1월 17일

매리가 전화를 걸어왔다. 어이없을 정도로 편안하고 밝은 목소리라, 수월하게 일을 진행할 수 있을 듯했다.

"집을 팔았나 봐."

"어."

"그런데 아직 그 집에 있네."

"토요일까지만 있을 거야. 시골에 큰 농가를 하나 빌려놨어. 거기 가서 지내면서 심신을 추스를 생각이야."

"아, 바튼. 정말 잘 됐어. 다행이야." 왜 그렇게 수월하게 느껴졌는지 그는 이제야 알아챘다. 매리는 기뻐하는 척하고 있었다. 실제로는 전혀 기뻐하는 속내가 아니었다. 그를 포기한 것이다. "그래서 수표책을 여기로 보냈구나……."

"그래."

"집을 판 돈을 반으로 나눴던데?"

"맞아. 금액이 맞는지 확인하고 싶으면 페너 씨한테 전화해서 물어봐."

"아니, 그런 뜻으로 한 말이 아니라." 수화기 너머에서 매리가 손사래를 치는 모습이 보이는 듯했다. "내 말은…… 당신이 돈을 반으로 나눈 건…… 그 의미가 혹시……."

매리는 알맞게 말끝을 흐렸다.

'아, 못된 년. 나한테 화살을 넘기겠다 이거지. 그래, 명중이다.'

"어, 맞아. 이혼하자."

"차분하게 생각해 본 거야?" 매리는 내키지 않는 척 물었다. "진심으로—"

"생각 많이 해봤어."

"나도. 이제 우리 사이에 남은 건 이혼뿐이겠더라. 당신 뜻을 거스를 생각은 없어, 바튼. 당신한테 화가 난 것도 아니야."

'맙소사, 그동안 소설책 나부랭이나 들여다보더니. 이제 다시 학교에 다니겠다는 말을 하겠군.'

신랄하게 비꼬는 자신의 속마음에 바튼은 놀랐다. 그런 쪽으로는 이미 감정이 정리된 줄 알았는데 아닌 모양이었다.

"이제 어쩔 생각이야?"

"학교에 다시 다니려고." 이번에는 꾸며내는 목소리가 아니었다. 흥분되고 신나는 목소리였다. "옛날에 받았던 성적표를 찾았거든. 엄마의 다락방에 내가 예전에 입던 옷들이랑 같이 있더라고. 24학점만 더 이수하면 졸업이더라? 바튼, 1년이면 충분히 이수할 수 있어!"

매리가 장모의 다락방에 올라가 기어 다니는 모습이 머릿속에 그려졌다. 그 이미지가 찰리의 옷더미 사이에 망연자실하게 앉아 있던 자신의 모습과 겹쳐졌다. 바튼은 그 생각을 떨쳐내려 애썼다.

"바튼? 아직 안 끊었지?"

"어. 다시 싱글이 되어서 윤택하게 잘 살 것 같으니 다행이네."

"바튼."

매리는 나무라는 투로 그의 이름을 불렀다.

여기서 날카롭게 받아칠 필요는 없었다. 그녀의 마음을 괴롭게 하거나 감정을 상하게 하고 싶지도 않았다. 이미 그럴 단계는 지났다. 피아치의 개에게 물어뜯긴 것처럼, 그냥 조용히 나아가면 되는 것이다. 그런데 별안간 우습다는 생각이 들어 그는 끅끅 웃었다.

"바튼, 당신 울어?"

매리의 목소리가 부드러워졌다. 진심은 담겨 있지 않았지만 부드러워지긴 했다.

"아니."

"바튼, 내가 도와줄 일 있어? 있으면 말해."

"없어. 난 괜찮을 거야. 당신이 다시 학교에 다니겠다니 나도 기쁘네. 이혼 청구는…… 누가 하는 게 좋을까? 당신이 할래, 아니면 내가 할까?"

"내가 하는 게 모양새가 나을 것 같아."

매리는 쭈뼛거리며 대답했다.

"그래. 알았어."

어색한 침묵이 흐르는데 갑자기 매리가 물었다. 자기도 모르게 튀어나온 말인 듯했다.

"내가 집을 나오고 나서, 다른 사람이랑 잔 적 있어?"

바튼은 그 질문에 대해, 어떻게 대답하는 게 좋을지 잠시 생각했다. 진실을 말할까, 거짓으로 둘러댈까, 밤새 잠을 못 자고 고민하도록 대충 얼버무릴까.

그는 신중하게 대답했다.

"없어. 당신은?"

"나야 당연히 없지."

매리는 그런 질문을 받아 놀랐다는 듯, 하지만 동시에 만족해하는 투로 대답했다.

"앞으론 있어야지."

"바튼, 우리 섹스 얘기는 하지 말자."

"그래."

그 주제를 먼저 꺼낸 건 매리였지만 바튼은 조용히 입을 다물었다. 매리에게 해줄 만한 얘기, 기억에 좋게 남길 만한 얘기가 없을지 잠시 고민했다. 하지만 딱히 떠오르는 게 없었다. 이렇게 된 마당에 그녀가 자신을 기억하길 바라야 할 이유도 찾지 못했다. 그들은 좋은 세월을 함께 했다. 텔레비전을 사기 위해 추가로 필요한 돈을 모으면서 내기를 했던 것 말고는 그다지 좋은 기억도 없었지만, 나쁘지 않은 세월이기는 했다.

바튼의 입에서 저도 모르게 말이 나왔다.

"찰리를 처음으로 유아원에 데리고 갔던 날 기억해?"

"응. 찰리가 울어서 당신은 찰리를 도로 데려가려고 했잖아. 당신은 찰리를 떼어놓고 가기 싫어했어, 바튼."

"당신은 떼어놓고 가려고 했지."

매리는 상처받은 것 같은 목소리로 항변했지만 바튼의 기억 속에 그 장면은 또렷이 남아 있었다. 유아원 원장의 이름은 리커 부인이었다. 주 정부에서 발행한 면허증을 가진 여자였는데 유아원 아이들에게 질 좋고 따뜻한 점심을 먹이고 나서 오후 1시면 귀가시켰다. 지하실을 개조해서 만든 유아원이라 원장이 찰리를 데리고 계단을 내려가려 하자 바튼은 배신자가 된 기분이었다. 아끼던 소를 쓰다듬어서 달래며 도살장으로 보내는 농부 같았다. 그의 아들 찰리는 아름다운 소년이었다. 나중에는 색깔이 짙어졌지만 그때까지만 해도 금발이었고, 주의 깊은 눈동자는 푸른색이었으며, 어린아이치고는 손도 야무졌다. 계단 맨 아래 칸까지 리커 부인에게 이끌려 내려간 찰리는 유아원 안에서 함성을 지르며 이리저리 뛰어다니고 종이에 색칠을 하고 끝이 뭉툭한 가위로 색종이를 자르고 노는 아이들을 가만히 서서 바라보았다. 그 아이들의 숫자는 너무 많았고, 그 아이들을 바라보고 있는 찰리는 너무나도 약해 보였다. 기쁨도 두려움도 없이, 오직 경계하는 눈빛이었다. 아웃사이더의 눈빛이었다. 바튼은 그때만큼 아들이 가깝게 느껴졌던 적이 없었다. 아들의 머릿속 생각의 흐름이 고스란히 읽혔다. 그런데 리커 부인은 창꼬치처럼 웃으며 아들에게 말했다. "들어가서 재미있게 놀자, 척." 바튼은 '그 애 이름은 척이 아니야!'라고 고함을 지르고 싶었다. 리커 부인이 손을 내밀었지만 찰리는 잡지 않고 빤히 쳐다보기만 했다. 그러자 리커 부인은 멋대로 찰리의 손을 잡더니 다른 아이들이 있는 쪽으로 끌어당겼다. 찰리는 두 걸음 떼고 나서 걸음을 멈추고는 바튼과 매리를 돌아보았다. 그러자 리커 부인이 속삭이듯 말했다. "얼른 가세요, 아이는 괜찮을 거예요." 그러자 매리는 바튼을 쿡 찌르며 말했다. "그만 가자, 바튼." 바튼은 그 자리에 얼어붙은 채 아들을 바라보았다. 아들의 눈빛은 '이 사람들이 저한테 이런 짓을 하게 내버려 두실 거예요, 조지?'라고 묻고 있었다. 바튼은 눈빛으로 답했다. '그래, 아무래도 그래야 될 것 같구나, 프레디.' 바튼과 매리는 찰리에게 등을 보이며 계단을 올라가기 시작했다. 어린

아이가 볼 수 있는 가장 두려운 것이 바로 부모의 등 아닐까. 찰리는 울음을 터뜨리고 말았다. 하지만 계단을 오르는 매리의 걸음은 확고했다. 바튼이 보기에 여자의 사랑은 괴상하고 잔인하며 늘 명확한 판단을 전제로 했다. 그렇게 속이 들여다보이는 사랑은 언제나 끔찍스러웠다. 하지만 매리는 아들을 두고 계단을 올라가는 게 옳다고 여겼고, 방귀를 뀌며 웃는다든가 놀다가 무릎이 까지는 것과 마찬가지로 아들의 울음 또한 성장 과정의 하나로 생각했다. 하지만 바튼은 가슴에 날카로운 통증을 느꼈다. 심적 고통이 몸에도 영향을 미쳐 이대로 심장 마비가 오지 않을까 싶을 정도였다. 그러다 고통이 사라지자 몸이 떨려왔고 그 상태를 어떻게 해석해야 할지 알 수 없었다. 지금 생각해보면, 그런 고통은 이별의 한 과정이었다. 세상에서 제일 무서운 것은 부모의 등이 아니었다. 아이가 부모의 등을 보고 난 후 놀이나 퍼즐, 새 친구, 심지어 죽음 같은 제일로 관심을 돌리는 속도였다. 이제야 그는 잔혹한 진실을 깨달았다. 찰리는 증상을 나타내기 한참 전부터 죽어가고 있었고, 증상을 나타냈을 땐 이미 막을 수 없는 상태였다.

"바튼? 아직 전화 안 끊었지?"

"안 끊었어."

"찰리 생각을 계속해서 당신한테 좋을 게 뭐가 있어? 속만 상하지. 당신은 꼭 찰리한테 붙잡혀 있는 죄수 같아."

"그러게. 당신은 풀려났는데."

"다음 주에 내가 변호사를 만날까?"

"그래. 그렇게 해."

"우리가 지저분하게 싸울 필요는 없겠지, 바튼?"

"어. 교양 있게 처리하자."

"도중에 생각을 바꾸거나 항소하진 않을 거지?"

"안 해."

"내가…… 다시 연락할게."

"당신은 찰리를 마음에서 놓아주어야 할 때인 걸 알았고, 그렇게 했어. 나도 그렇게 본능대로 살 수 있었으면 좋았을걸."

"뭐라고?"

"아무것도 아니야. 그만 끊을게, 매리. 사랑해."

마지막 말은 전화를 끊고 나서야 나왔다. 아무런 감정 없이, 입에 붙어 자동으로. 이 정도면 안 좋게 끝나지는 않았다. 전혀.

1974년 1월 18일

수화기 너머에서 비서가 말했다.

"누구라고 전해드릴까요?"

"바튼 도스입니다."

"잠시만 기다려주시겠어요?"

"그러죠."

비서는 그를 어중간한 상태로 남겨두었다. 바튼은 아무 소리도 들리지 않는 수화기를 귀에 댄 채 발로 바닥을 톡톡 두드리며 창문 너머로 유령 마을이나 다름없는 서부 지역 크레스탈린가를 내다보았다. 환한 대낮이지만 상당히 추웠다. 기온은 영하 12도였고 체감 온도는 더 낮았다. 날카로운 소리를 내며 거리를 가로지른 바람이 예전에 호버트 가족이 살았던 집을 향해 눈가루를 날렸다. 지금은 텅 빈 채 우울하게 서 있는 그 집은 레킹 볼을 기다리는 빈껍데기에 지나지 않았다. 호버트 가족은 이사를 하면서 집에 붙어 있던 덧문까지 떼어갔다.

딸깍 소리와 함께 수화기 너머에서 스티브 오드너의 목소리가 들렸다.

"바튼, 어떻게 지내고 있나?"

"잘 지냅니다."

"무슨 일로 전화했지?"

"세탁 공장에 대해 물어볼 게 있어서요. 공장을 어디로 이전하기로 했는지 궁금해서요."

오드너는 한숨을 쉬더니 쾌활하면서도 신중한 목소리로 말했다.

"그런 걸 묻기엔 너무 늦은 거 아닌가?"

"비난을 받으려고 전화한 게 아닙니다, 스티브."

"어째서? 자네는 다른 사람들을 죄다 곤란하게 만들었잖아. 뭐, 됐고. 이사회는 산업용 세탁 사업에서 손을 떼기로 결정했어. 빨래방 사업은 계속할 거고. 수익도 괜찮으니까. 체인 명을 '핸디 워시'로 바꿀 생각인데, 어때?"

"끔찍하네요. 그건 그렇고 비니 메이슨을 지금 자리에서 해고하시는 게 어떻습니까?"

오드너는 놀란 목소리였다.

421

"비니를? 비니는 일을 아주 잘하고 있는데. 우리 회사의 큰 인재로 거듭나고 있어. 자네가 그 친구를 이렇게 까내릴 줄은 몰랐는데—"

"왜 이러세요, 스티브. 지금 비니가 하는 일은 공동 주택의 통풍 시설만큼이나 장래성이라곤 없는 일이잖습니까. 좀 더 가치 있는 일을 하게 하든지 내보내든지 하세요."

"자네가 관여할 사항이 아니잖아, 바튼."

"당신은 지금 비니의 목에 죽은 닭을 걸어놨어요. 아직 그 닭이 썩지 않았으니 비니는 눈치도 못 채고 그저 저녁거리라고만 생각하겠죠."

"크리스마스 전에 비니가 자네한테 주먹질을 했다더니 그 이유를 알겠구먼."

"진실을 얘기해줬는데 비니가 못 받아들여서 그런 겁니다."

"진실이라는 건 원래 받아들여지기 힘든 거야, 바튼. 자네가 누구보다 잘 알 텐데. 나한테 그렇게 거짓말을 해댔으니."

"그것 때문에 아직까지 기분이 상해 있는 겁니까?"

"좋게 생각했던 사람이 알고 보니 똥 덩어리였다는 걸 알았으니 당연히 기분이 더럽지."

"기분이 더럽다고요. 이거 아십니까, 스티브? 내 앞에서 그런 말을 한 사람은 당신뿐입니다. 기분이 더럽다니. 스프레이 모기약이라도 뿌려드려야 될 것 같네요."

"다른 용건이 또 있나, 바튼?"

"아뇨, 없습니다. 비니를 그만 망쳐놓길 바랄 뿐입니다. 비니는 좋은 사람이에요. 당신은 비니를 망가뜨리고 있고요. 잘 아시지 않습니까."

"내가 왜 비니를 '망가뜨리고 있다'고 생각하지?"

"나를 밟아놓고 싶은데 그럴 수가 없으니 비니를 대신 밟는 거겠죠."

"피해망상이 점점 심해지는구먼, 바튼. 난 자네와 엮이고 싶은 마음이 눈곱만큼도 없어. 자네를 잊고 싶을 뿐이야."

"그래서 내가 개인적으로 회사 세탁기를 사용했는지 여부를 여기저기 확인하고 다니십니까? 모텔에서 뒷돈을 받아먹은 게 없는지? 당신이야말로 지난 5년 넘게 거래하는 업체한테서 현금 쿠폰을 받아 먹어놓고."

"누가 그런 말을 해?"

오드너가 버럭 소리 질렀다. 깜짝 놀라 평정심을 잃은 목소리였다.

"회사 내부에서 들은 얘기가 있습니다." 바튼은 재미있어하며 거짓말을 늘어놓았다. "당신을 마음에 들어 하지 않는 누군가가 그렇게 말하더군요. 다음번 임원회의 때 내가 나서서 고발해줄 거라 믿는 누군가요."

"그게 누군데?"

"이만 끊겠습니다, 스티브. 비니 메이슨에 대해 내가 한 얘기 잘 생각해보세요. 나도 당신의 비리를 누구한테 가서 털어놓을지 말지 고민해볼 테니까요."

"끊지 말아 봐! 잠깐만—"

바튼은 피식 웃으며 전화를 끊었다. 스티브 오드너도 약점이 있었다. 오드너는 누가 자기의 비리를 바튼에게 고해바쳤다고 생각할까? 어느 개자식. 식품 보관함에서 훔친 딸기 아이스크림. 소설가 허먼 오크. 퀵 함장(허먼 오크의 소설 『케인 호의 반란(*The Caine Mutiny*)』의 등장인물—옮긴이). 영화화된 '케인 호의 반란'에서 험프리 보가트가 퀵 함장 역할을 했었다. 바튼은 소리 내어 웃으며 노래를 불렀다.

"누구나 퀵 함장 같은 사람을 필요로 하지.
당신도 그렇다면 나더러 그 역할을 해달라고 부탁하지 그래?"

그래, 난 미쳤다, 라고 그는 웃으며 생각했다. 미쳐서 좋은 점도 있었다. 그가 생각한 광기의 가장 확실한 증거 중 하나는 텅 빈 집들뿐인 텅 빈 거리에서, 정적이 깔린 가운데 혼자 마구 웃어대는 것이었다. 그렇게 생각해도 웃음기는 잦아들지 않았고 그는 더 크게 웃었다. 전화기 옆에 서서 머리를 흔들고 활짝 입을 벌렸다.

1974년 1월 19일

해가 저물었다. 그는 차고로 들어가 총을 꺼냈다. 몇 번 빈 총을 쏘고 나서 설명서에 적힌 지침을 보며 조심스럽게 매그넘에 장전을 했다. 스테레오에서 롤링 스톤스의 「한밤중에 배회하는 자(*Midnight Rambler*)」가 흘러나왔다. 무어라 표현할 수 없을 만큼 훌륭한 앨범이었다. 지금 그는 약속을 잡아야만 방문하는, 한밤중에 배회하는 자 바튼 조지 도스였다.

460구경 웨더비 라이플총에는 탄약이 여덟 발 들어갔다. 총구멍이 어찌나 큰지 중형 곡사포탄도 들어갈 수 있을 듯했다. 장전을 해놓고 라이플을 들여다보며 생각에 잠겼다. 더티 해리 스위너튼이 주장한 것만큼 이 총이 그렇게 강력할까. 집 뒤로 가지고 가서 쏴보기로 마음먹었다. 크레스탈린가는 텅 비었는데 총성이 들린다고 신고할 사람이 누가 있을까?

재킷을 입고 주방을 지나 뒷문으로 나가려다가 거실로 되돌아가 소파에 놓인 쿠션 하나를 집어 들었다. 밖으로 나가 20와트짜리 뒷마당 전등에 불을 켰다. 그와 매리가 여름에 뒷마당에서 바비큐를 해먹을 때 켜놓곤 했던 전등이었다. 뒷마당에는 일주일 전보다 눈이 더 많이 쌓였다. 아무도 손대지 않은 무결하고 순결한 눈. 아직 아무도 이 눈을 밟지 않았다. 지난 몇 년 동안은 던 업슬링어의 아들 케니 업슬링어가 친구인 로니의 집으로 빨리 가려고 이 뒷마당을 가로지르곤 했다. 매리는 바튼이 집과 차고 사이에 대각선으로 매달아 놓은 빨랫줄에 낮 동안 (일반적으로 민망하게 여겨지는) 빨래 몇 점을 널어놓곤 했다. 겨울이라도 낮이라 온기가 있어 빨래가 얼어붙지 않으니 남들 눈을 피해 뒷마당에 널어놓은 것이다. 평소 옥외통로를 통해 차고로 지나다니던 바튼이 보기에는 11월 말에 첫눈이 내린 후 지금껏 아무도 밟지 않은 뒷마당의 눈이 새삼 경이롭게 느껴졌다. 보아하니 개조차도 이곳을 밟고 지나가지 않은 듯했다.

문득 저 눈밭 한가운데로 걸어가고 싶은 미친 듯한 충동이 일었다. 여름이면 숯불 화로를 놓아두고 겨울이면 드러누워 눈 천사(눈 위에 누워서 팔다리를 위아래로 휘저으면 눈 위에 생기는 천사 형태의 자국—옮긴이)를 만들던 자리였다.

쿠션을 오른쪽 겨드랑이 위쪽에 붙이고 잠시 턱을 가져다 댄 후 웨더비의 개머리판을 그 자리에 대고 눌렀다. 왼쪽 눈을 감고 조준기를 쏘아보면서 가만히 기억을 떠올렸다. 늦은 밤에 텔레비전에서 틀어주는 전쟁 영화를 보면, 해병대원들이 해변에 발을 딛기 직전에 서로에게 늘 해주는 충고가 있었다. 보통은 리처드 위드마크(1914~2008년. 미국의 영화배우—옮긴이) 같은 노련한 군인이 마틴 밀너(1931~2015년. 미국의 영화배우—옮긴이) 같은 파릇파릇한 이등병에게 건네는, 이를테면 '방아쇠를 확 당기지 말고 꾹 쥐어.' 같은 충고였다.

좋아, 프레디. 이 총으로 차고를 한 번 쏴보자.

방아쇠를 꾹 쥐었다.

라이플은 요란한 총성을 내지 않았다. 터지기는 했다. 처음에는 총이 손 안에서 터진 줄 알았다. 반동으로 주방 덧문까지 밀려나 부딪친 바람에 아직 죽지 않고 살아 있음을 알았다. 제트기 배기음 같은 괴상한 소리가 사방으로 퍼져나갔고 쿠션은 눈밭에 떨어졌다. 어깨가 욱신거렸다.

"맙소사, 프레디!"

숨을 몰아쉬며 차고를 바라보았다. 믿기지가 않았다. 차고 측벽에 찻잔 하나가 지나갈 만한 크기의 구멍이 뚫려 있었다.

총을 주방 덧문에 기대어 세워놓고 눈밭을 가로질러 갔다. 단화를 신은 채였지만 아랑곳하지 않았다. 차고 벽에 난 구멍을 살펴보았다. 부서진 지저깨비를 검지로 뜯어내다가, 옆으로 돌아가 차고 안으로 들어갔다.

총알이 뚫고 나간 안쪽 구멍은 더 컸다. 차고 안에 세워둔 스테이션 왜건을 살펴보았다. 운전석 문짝에 총구멍이 뚫렸고 그 부분의 페인트가 그을렸으며 오목한 구멍 주변에 안쪽의 금속이 드러났다. 구멍의 크기는 손가락 두 개의 끄트머리를 집어넣을 수 있을 정도였다. 운전석 문을 열고 그 너머로 조수석 문을 살폈다. 총알은 조수석 문짝도 뚫었다. 문손잡이 바로 아래쪽으로.

조수석 쪽으로 걸어가 총알이 빠져나간 부분을 들여다보았다. 그 부분에도 커다란 구멍이 뚫렸고 금속판이 날카롭게 튀어나와 있었다. 뒤로 돌아 그쪽의 차고 벽을 바라보았다. 총알이 그 벽도 통과한 상태였다. 어쩌면 총알은 지금도 계속 날아가고 있을지 몰랐다.

총포점 주인 해리가 했던 말을 떠올렸다. '사촌이 총 쏘는 걸 즐긴다면서요…… 이 총으로 쏘면 사냥감의 내장이 6미터 넘게 펼쳐질 겁니다.' 짐승에게 그 정도라면 사람에게는 어떨까? 아마 비슷한 효과를 낼 것이다. 생각만으로도 속이 울렁거렸다.

주방 문 쪽으로 돌아가 쿠션을 집어 든 뒤 집으로 향했다. 매리의 주방에 눈에 젖은 발자국을 남기지 않으려고 안으로 들어가기 전에 습관처럼 바닥에 발을 굴렀다. 거실로 들어가 셔츠를 벗었다. 쿠션을 대고 쐈는데도 어깨에 라이플 개머리판 모양으로 벌겋게 부은 자국이 났다.

셔츠를 벗은 채로 주방으로 들어가 커피 물을 올리고 냉동식품을 데웠다. 식사를 마친 뒤 거실로 들어가 소파에 드러누웠다. 눈물이 났다. 작은 울음은 날카롭게 찢어지는 히스테리가 되었다. 그 소리를 듣고 있자니 두려움이 엄습했지만 자제가 되지 않았다. 마침내 울음이 잦아들자 그는 거칠게 숨을 몰아쉬며 노곤한 잠에 빠져들었다. 꿈속에서 늙어버린 그는 뺨에 돋은 수염이 희끗희끗했다.

1974년 1월 20일

너무 늦게 일어났다는 생각에 가책을 느낀 그는 움찔하며 눈을 떴다. 오래된 커피처럼 눅눅하고 시커먼 잠, 깨고 나면 멍청이가 된 것 같고 얼이 빠진 것 같은 잠이었다. 시계를 보니 오후 2시 15분이었다. 라이플은 그가 놓아둔 안락의자에 무심히 기대어 있었고, 매그넘은 작은 테이블 위에 놓여 있었다.

일어나서 주방으로 가 얼굴에 찬물을 끼얹었다. 위층으로 올라가 새 셔츠로 갈아입고 셔츠 밑단을 바지 속으로 쑤셔 넣으며 계단을 내려갔다. 아래층 문을 전부 잠갔다. 면밀히 알아보고 싶지는 않은 어떤 이유 때문에, 문을 하나씩 잠글 때마다 심장이 조금씩 가벼워지는 기분이었다. 슈퍼마켓에서 바로 앞에 서 있던 어떤 재수 없는 여자가 쓰러진 이후 처음으로, 자기 자신을 되찾은 느낌이었다. 웨더비 라이플을 거실 전망창 옆의 바닥에 내려놓고 그 옆에 탄약통을 쌓아두었다. 탄약통 뚜껑은 전부 열어두었다. 안락의자를 끌고 와 그 옆에 뒤집어 놓았다.

주방으로 가 창문을 잠갔다. 식당 의자를 하나 끌어다가 주방 문 손잡이 밑에 끼워두었다. 차가운 커피를 한 컵 따라서 멍하니 한 모금 마시다가 인상을 쓰며 싱크대에 쏟았다. 안 되겠다 싶어 술을 한 잔 만들었다.

거실로 돌아가 자동차용 배터리를 꺼내서, 뒤집어 놓은 안락의자 밑에 가져다 둔 뒤 점퍼 케이블을 둘둘 말아서 배터리 옆에 두었다.

말글리나이트 상자를 들고 끙끙대고 숨을 몰아쉬면서 위층으로 가지고 올라갔다. 층계참에 쿵 소리가 나게 내려놓고 숨을 길게 내쉬었다. 이렇게 힘쓰는 일을 하기엔 너무 늙었다. 무게가 400파운드에 달하는 다림질 된 시트들을 파트너와 함께 배송 트럭에 옮기던 시절에 썼던 근육들이 상당 부분 그대로 있긴 했지만. 근육이 있든 없든, 남자 나이 마흔이면 잘못 힘을 썼다가 탈이 날 수 있었다. 그것도 크게.

위층의 이 방 저 방을 돌아다니며 전등을 죄다 켰다. 손님방과 손님방의 욕실, 안방, 한때 찰리의 방이었던 서재. 안방 벽장의 천장 문 밑에 의자를 놓고 다락으로 올라가 먼지 낀 알전구도 켜주었다. 주방으로 내려와서는 절연 테이프와 가위, 날카로운 스테이크 칼 (칼날이 톱처럼 생겼으며, 고기 요리를 먹을 때 쓰는 식탁용 칼─옮긴이)을 챙겼다.

나무 상자에서 말글리나이트 2개(손으로 꾹 누르면 지문이 남을 정도로 부드러웠다.)를 꺼내 다락으로 가지고 올라갔다. 도화선 두 줄을 자르고, 구리선의 하얀 피복 뒷면을 스테이크 칼로 벗겨냈다. 피복을 벗긴 선을 말글리나이트에 하나씩 연결했다. 그리고 아래로 내려와 안방 벽장 안의 천장 문 밑에 서서 나머지 도화선 끄트머리의 피복을 벗긴 뒤 말글리나이트 두 개와 연결했다. 피복을 벗긴 선이 떨어져 나가지 않도록 단단히 붙이기 위해 신중을 기했다.

조그맣게 노래를 흥얼거리며 다락에서 도화선 몇 가닥을 끌어다가 안방으로 가지고 들어간 뒤, 1인용 침대 두 개에 말글리나이트를 하나씩 내려놓았다. 도화선 몇 가닥을 추가로 복도로 끌고 나가 손님방 욕실에 말글리나이트 하나, 손님방에 두 개를 배치했다. 손님방을 나서면서 전등을 껐다. 찰리가 썼던 방으로 들어가 절연 테이프로 묶은 말글리나이트 네 개를 놓아두었다. 문밖으로 도화선을 끌고 나가 계단 난간 너머로 도화선 더미를 던진 뒤 아래층으로 내려갔다.

주방 카운터의 서던 컴포트 병 옆에 말글리나이트 4개를 배치했다. 거실에도 4개, 식당에 4개, 현관 복도에 4개를 두었다.

도화선을 거실로 가지고 들어가는데 계단을 오르락내리락해서인지 숨이 살짝 찼다. 그래도 한 번 더 올라갔다 와야 했다. 위층으로 올라가 나무 상자를 집어 들었다. 아까보다는 꽤 가벼워졌다. 상자 안에 남은 말글리나이트는 열한 개뿐이었다. 그 상자는 원래 오렌지를 담는 용도였는지 측면에 흐릿한 글씨로 이렇게 적혀 있었다.

'포모나'

그 글씨 옆에는 줄기에 잎사귀 하나가 붙어 있는 오렌지 그림이 있었다.

나무 상자를 들고 옥외 통로를 지나 차고로 향했다. 차고로 들어가 차 뒷좌석에 상자를 올려두었다. 남은 말글리나이트 열한 개에 짧은 도화선을 하나씩 연결하고 절연 테이프로 길게 이은 뒤, 기다란 도화선을 집 안으로 끌고 들어갔다. 옥외 통로로 연결되는 옆문 밑의 틈새에 도화선을 잘 집어넣고 문을 다시 잠갔다.

거실로 들어가 집 안의 주요 도화선에 차고에서 가져온 도화선을 연결했다. 조그맣게 노래를 흥얼거리며 차분하게 작업을 해나갔다. 도화선을 하나 더 자른 뒤 다른 도화선 두 개와 절연 테이프로 이어주었다. 이렇게 만든 마지막 도화선을 차량용 배터리 위에 얹은 뒤 끄트머리의 피복을 스테이크 칼로 벗겼다.

구리선을 두 가닥으로 분리하고 따로 꼬았다. 점퍼 케이블을 가져다가, 꼬아놓은 구리선 가닥 하나에 검은색 악어입 클립을, 또 다른 구리선 가닥에는 붉은색 악어입 클립을 붙였다. 차량용 배터리 앞으로 가서 또 다른 검은색 악어입 클립을 'POS'라고 표시된 단자에 연결했다.

붉은 클립은 걸지 않고 'NEG'라고 표시된 곳 옆에 두었다.

스테레오를 켜고 롤링 스톤스의 노래에 귀를 기울였다. 어느새 오후 4시 5분이었다. 주방으로 가서 술을 또 한 잔 만들어 손에 들고 거실로 돌아왔다. 별안간 한가해진 기분이었다. 소파 앞 탁자에 《굿 하우스키핑(Good Housekeeping)》 잡지가 놓여 있었다. 케네디 가문과 그 일원들의 문제에 대해 쓴 기사가 있었다. 그 기사를 읽고 나서 여자 의사가 쓴 '여성과 유방암'이라는 제목의 기사도 읽었다.

5블록 떨어진 곳에 있는 회중파교회가 기도 시간을 알리는 종을 울렸다. 회중파교회 신자들이 그런 기도를 정확히 뭐라고 부르는지는 모르겠지만 어쨌든 종이 울리고 얼마 후, 그러니까 밤 10시가 조금 넘었을 때 그들이 집 앞에 도착했다.

초록색 세단 한 대와 검은색과 흰색으로 된 경찰차 한 대였다. 그들은 연석 옆에 차를 세웠다. 곧 초록색 세단에서 남자 셋이 내렸다. 그중 하나가 페너였고 나머지 둘은 모르는 얼굴이었다. 그들 셋은 죄다 손에 서류 가방을 들었다.

검은색과 흰색 경찰차에서 내린 경찰 두 명이 차에 기대어 섰다. 경찰들의 태도로 볼 때 여기서 말썽이 날 거라고는 예상하지 않는 듯했다. 그들은 경찰차 보닛에 기대어 서서 자기네끼리 떠들고 있었다. 그들의 입에서 말이 나올 때마다 하얀 입김이 퍼져나갔다.

그리고 시간이 멈췄다.

정지 시간
1974년 1월 20일

그래, 프레디. 바로 이거야. 내가 시간을 묵히거나 잠그거나 한 거겠지. 아, 어떤 의미에서는 시간을 잠가 봤자 이미 늦었는지도 몰라. 생일 장식처럼 온 집안에 폭발물을 설치해뒀거든. 끝장나는 존 딜린저(미국 대공황 시대를 대표하는 갱스터. 은행을 털고 경찰서를 습격해 당

432

시 미국인들 사이에서 의적으로 이름을 떨쳤음—옮긴이)처럼 손에도 총을 들었고, 허리띠 안쪽에도 총을 한 자루 끼워뒀어. 이건 손수 고른 나무를 타고 오르는 것처럼 빼도 박도 못하는 결정이야. 한 번 정하면 그대로 가는 거야.

(집 밖에 얼어붙은 듯이 서 있는 남자들이 보여. 초록색 정장을 입고 보도에 선 페너는 키가 45센티미터 정도로 조그맣게 보이네. 요즘 유행하는 굽 낮은 고무 밑창 신발을 신고 이쪽으로 걸어오고 있어. 텔레비전 쇼 도입부에 등장하는 변호사처럼 초록색 외투를 펄럭이면서 고개를 약간 뒤로 젖혔네. 뒤에서 걸어오는 남자가 무어라 말을 했는지 페너는 그리로 고개를 기울이고 있어. 조금 전 말을 한 남자의 입에서 하얀 김이 뿜어 나와. 그 남자는 파란색 블레이저에 진갈색 바지를 입었고 외투를 열어젖혔어. 시간이 멈춰서 외투도 펄럭이다가 그대로 굳은 상태야. 세 번째 남자는 막 차에서 돌아섰어. 검은색과 흰색 경찰차에 기대어 선 경찰들은 서로를 쳐다보면서 노닥거리고 있어. 결혼이나 힘든 사건, 개같이 고생한 이야기, 고환 상태에 대한 얘길 하고 있겠지. 구름 사이로 태양이 지나가면서 경찰이 갖고 있는 장비가 반짝거려. 그 경찰의 허리띠에 붙은 작은 가죽 고리들 중 하나에 끼워진 장비야. 또 다른 경찰은 선글라스를 착용했어. 햇빛이 오른쪽 렌즈에 반사되고 그의 두툼한 입술에 미소가 깃들면서 섹시한 느낌을 뿜어내고 있어. 꼭 사진 같아.)

이제 앞으로 나아가야겠어, 프레디. 이 상서로운 순간에 해주고 싶은 말이라도 있니? 지금 이 순간에 말이야. 그래 말해 봐, 프레디. 기자라도 부르든지. 그래요, 조지. 모든 말들과 장면들, 뉴스 화면, 파괴 장면을 모두 담을 수 있게 해야겠죠. 이게 다 얼마나 눈에 잘 띄느냐의 문제일 테니까. 이 도시와 세상 사람들은 그저 먹고 싸고

섹스하고 습진을 긁으며 하루하루를 살아갈 뿐이야. 그걸 아는 게
얼마나 외로운 일인지 생각해봤어, 프레디? 사람들은 그런 일상을
책으로 써서 내지만, 우린 외로이 이 일을 하는 거야. 그래요. 생각
해봤어요, 조지. 기억할지 모르겠지만 나도 그것에 관해 말하려고
했어요. 이 말이 위로가 될지 모르겠지만 이렇게 하는 게 옳은 일
같아요. 당신은 여길 떠날 수 없으니 저들에게 대가를 치르게 해야
겠죠. 하지만 부디, 누군가의 목숨을 빼앗지는 마세요. 일부러 누굴
죽일 일은 없어, 프레디. 하지만 너도 내 입장 알잖아. 그래요, 알아
요. 이해해요 조지. 하지만 무서워요. 너무 무서워요. 아니야, 무서
워하지 마. 내가 잘 해낼게. 난 나 자신을 완벽하게 제어하고 있어.
　이제 시작이야.

1974년 1월 20일

"시작."
　그는 소리 내어 말했다. 그 말과 함께 모든 것이 시작되었다.
　라이플을 어깨에 붙이고 경찰차의 앞바퀴를 조준한 뒤 방아쇠를
당겼다.
　라이플은 어깨를 부술 듯 세차게 반동했고 총알을 발사한 총구
는 덜컥 앞으로 밀려갔다. 커다란 거실 전망창이 바깥으로 부서지
면서, 몰딩에 붙은 유리 파편들이 바깥을 향해 화살표처럼 들쭉날
쭉하게 뻗었다. 경찰차의 앞바퀴는 바람이 빠진 정도가 아니라 펑

소리를 내며 터졌고, 차 전체가 마치 자다가 걷어 채인 개처럼 용수철 위에서 덜덜 떨었다. 차에서 빠진 휠캡은 서부지역 크레스탈린가의 얼어붙은 표면 위에 아무렇게나 떨어져 덜그럭거렸다.

우뚝 멈춰선 페너는 믿기지 않는다는 표정으로 바튼의 집을 바라보았다. 충격으로 핏기가 가신 얼굴이었다. 파란 블레이저를 입은 남자는 서류 가방을 떨어뜨렸다. 세 번째 남자는 반사 신경이 좋은 건지 자기 보호 본능이 발달한 건지, 재빨리 돌아서서 초록색 세단 뒤로 달려가 자세를 낮추며 시야에서 사라졌다.

경찰들은 각각 오른쪽과 왼쪽으로 흩어져 경찰차 뒤로 몸을 피했다. 잠시 후 선글라스를 낀 경찰이 보닛 뒤에서 고개를 내밀고 두 손으로 쥔 권총을 세 번 쏘았다. 웨더비가 워낙 거대한 총성을 내고 난 뒤라 권총의 총성은 톡 톡 톡 정도로밖에 들리지 않았다. 의자 뒤에 몸을 숨긴 바튼은 총알이 머리 위로 날아오는 소리를 들었다. 진심으로 그 소리가 들렸다. 허공을 가르며 날아온 총알은 치이이이! 소리를 내더니 소파 위의 회반죽 벽에 박혔다. 체육관에서 주먹으로 샌드백을 칠 때 나는 소리를 연상케 했다. 총알이 몸에 박히면 저런 소리가 나겠구나, 싶었다.

선글라스를 낀 경찰이 페너와 파란 블레이저를 입은 남자에게 소리쳤다. "몸을 숙여요! 제기랄, 숙이라고요! 저 집 아저씨가 곡사포를 갖고 있어요!"

바튼은 바깥 상황을 살피려 고개를 살짝 들었다. 그 순간 선글라스 경찰이 그에게 권총을 두 발 더 쏘았다. 총알들은 여지없이 소파 뒤의 벽으로 날아가 박혔는데 그 충격에 벽에 걸려 있던 액자가 떨어져 소파에 부딪쳤다가 바닥으로 떨어졌다. 매리가 좋아하는 윈슬로 호머의 「바닷가재잡이 어부들(*Lobstermen*)」이라는 그림이 담긴 액자인데, 전면의 유리가 박살이 났다.

바튼은 어떻게 된 상황인지 확인하려 다시 고개를 들었다. (장난감 잠망경이라도 갖춰놓을걸.) 저들이 측면으로 공격을 해올 것인지 알아야 했다. 최근 영화에서 리처드 위드마크와 마틴 밀너는 일본군의 사격 진지를 그런 식으로 쳤다. 만약 저들이 그 방법을 쓰려고 한다면 바튼은 저 중 한 명을 쏴서 쓰러뜨려야만 승산이 있었다. 하지만 경찰들은 여전히 경찰차 뒤에 숨어 있었고 페너와 파란색 블레이저를 입은 남자는 허둥지둥 초록색 세단 뒤로 도망치는 중이었다. 파란색 블레이저를 입은 남자가 들고 있던 서류 가방은 죽어 자빠진 작은 동물처럼 보도에 떨어져 있었다. 바튼은 그 서류 가방을 조준했다. 커다란 라이플의 반동을 생각하면 총을 쏘기 전부터 몸이 움츠러들었다.

타아아아앙! 총성과 함께 터져 두 조각이 난 서류 가방이 허공으로 날아올랐다. 가방 안에 담겨 있던 종이들은 마치 보이지 않는 손가락이 헤집어놓은 듯 바람을 타고 퍼덕이며 쏟아져 내렸다.

바튼은 한 방 더 쏘았다. 이번에는 초록색 세단의 오른쪽 앞바퀴였다. 타이어가 터져나갔다. 그 차 뒤에 숨어 있던 남자 하나가 겁에 질려 높은 소리로 비명을 내질렀다.

경찰차 쪽을 돌아보았다. 운전석 문이 열려 있었다. 선글라스를 쓴 경찰이 운전석에 반쯤 누워 무전기를 만지작거리고 있었다. 곧 지원 인력이 도착할 듯했다. 그럼 저들은 바튼을 지원 인력에게 넘겨버릴 것이다. 알아서 맡아 정리하라고. 그렇게 되면 더 이상 개인적인 싸움이 아닌 것이다. 바튼은 알로에만큼이나 씁쓸한 안도감을 느꼈다. 그를 이렇게까지 몰아붙인 게 어떤 감정이든, 얼마나 애절한 아픔이든, 이제 그는 혼자가 아니었다. 더는 남몰래 숨죽여 울 일이 아니었다. 그는 밀실에서 나와 광기의 큰 흐름에 합류했다. 곧 저들은 그를 대상으로 이런 표제를 뽑을 것이다.

크레스탈린가에서 불안정한 휴전 상태 지속

라이플을 내려놓고 네발로 기어서 재빨리 거실 바닥을 가로질렀다. 박살 난 액자 유리에 살이 베이지 않도록 조심해야 했다. 쿠션을 집어 들고 아까 있던 자리로 서둘러 돌아갔다. 경찰차 안에 있던 경찰은 보이지 않았다.

매그넘 권총을 집어 들고 경찰차를 향해 두 발을 날렸다. 매그넘이 손안에서 묵직하게 흔들렸지만 견딜만한 반동이었다. 다만 어깨는 썩은 이처럼 계속 욱신거렸다.

선글라스를 끼지 않은 경찰 한 명이 경찰차 트렁크 뒤쪽에서 고개를 들고 총을 쏘았다. 바튼이 경찰차 뒷유리에 권총을 두 발 쏘자 유리가 안쪽으로 휘면서 금이 갔다. 경찰은 대응 사격 없이 몸을 숙였다.

"멈춰요! 내가 가서 얘기해보겠습니다."

페너가 소리치자 경찰 한 명이 말했다.

"그러든가요."

"도스 씨!"

페너는 거친 목소리로 고함을 질렀다. 지미 캐그니(1899~1986년. 미국의 영화배우—옮긴이) 영화의 마지막 장면에 나오는 탐정처럼. (경찰차의 스포트라이트가 총질로 엉망이 된 공동 주택 앞쪽을 무자비하게 밝은 빛으로 비추었다. '미친 개' 도스가 연기를 피우는 45구경 자동 권총을 손에 쥐고 숨어 있는 집이었다. 가죽 끈이 달린 티셔츠를 입은 '미친 개'는 뒤집어놓은 안락의자 뒤에 웅크리고 앉아 으르렁댔다.)

"도스 씨, 내 말 들리죠!"

(이마가 땀에 절고 표정은 반감으로 일그러진 '미친 개'가 소리쳤다.)

"와서 잡아 봐, 이 더러운 새끼들아!"

안락의자 위로 상체를 드러낸 바튼은 초록색 세단을 향해 매그넘의 탄환을 비워냈다. 세단에 들쭉날쭉한 구멍들이 뻥 뻥 뚫렸다.

누군가 소리쳤다.

"맙소사! 저 아저씨가 미쳤나 보네!"

"도스 씨!"

페너가 다시 그를 불렀다.

"네놈들은 나를 산 채로 잡지 못해!" 바튼은 기쁨으로 벅차올라 정신이 혼미해졌다. "내 동생에게 총질을 한 더러운 쥐새끼들!(배우 지미 캐그니가 영화 「택시」에서 했던 대사가 와전된 것—옮긴이) 너희한테 잡히기 전에 지옥으로 같이 끌고 가 주마!"

그는 떨리는 손가락으로 매그넘에 재장전을 하고 웨더비의 탄창에 넣을 카트리지도 잔뜩 준비해두었다.

페너가 다시 소리쳤다.

"도스 씨! 우리 거래를 합시다!"

"뜨거운 총알 맛이나 봐! 개새끼야!"

바튼은 페너에게 소리치면서 눈으로는 경찰차를 살폈다. 선글라스를 쓴 경찰이 보닛 위로 머리를 살짝 내밀자 바튼은 곧장 총 두발을 쏴주었다. 그중 한 발은 길 건너 퀸 씨네 집 거실 전망창을 뚫고 들어갔다.

페너가 또다시 엄숙하게 소리쳤다.

"도스 씨!"

그러자 경찰이 말렸다.

"아, 입 좀 닥쳐요. 오히려 부추기고 있구만."

그러자 겸연쩍은 정적이 흘렀다. 멀리서 들려오는 사이렌 소리가 점점 커지고 있었다. 바튼은 매그넘을 내려놓고 라이플을 들었다. 즐거워서 어쩔 줄 몰랐던 기분이 가라앉으면서 피로와 통증이 밀려왔고 똥도 마려웠다.

텔레비전 방송국 놈들이 어서 와야 될 텐데. 촬영 카메라를 들고 빨리들 좀 와라.

첫 번째 경찰차가 마치 영화 「프렌치 커넥션(The French Connection)」의 한 장면처럼, 날카로운 사이렌 소리와 함께 잘 계산된 드리프트로 경주하듯 모퉁이를 돌아 나왔다. 바튼은 준비가 돼 있었다. 저들이 지금 자리에서 꼼짝 못 하도록 주차된 경찰차 너머로 곡사포탄 같은 총알 두 발을 쏘고, 이쪽으로 다가오는 경찰차의 그릴을 향해 신중하게 총구를 겨눈 뒤 영화 속 노련한 군인 리처드 위드마크처럼 방아쇠를 당겼다. 그릴 전체가 폭발하면서 보닛이 날아갔다. 경찰차는 포효하며 연석을 27미터쯤 넘어가 나무에 부딪혔다. 문짝이 날아가고 그 안에서 얼빠진 모습의 경찰 네 명이 총을 빼든 채 우르르 쏟아졌다. 그중 두 명은 우왕좌왕하다가 서로에게 부딪쳤다. 주차된 경찰차 뒤에 숨은 경찰들(바튼은 나름 예의를 갖춰 그들을 '나의 경찰들'로 여겼다.)이 공격을 시작했다. 경찰들이 쏜 총알이 안락의자 뒤에 웅크린 바튼의 머리 위로 쌩쌩 지나갔다. 11시 17분. 저들이 측면 공격을 해올 때가 됐다.

상황을 살피려 고개를 치켜든 순간 총알 하나가 그의 오른쪽 귀 옆을 우웅 소리를 내며 지나갔다. 다른 방향에서 경찰차 두 대가 요란한 사이렌을 울리고 시퍼런 불빛을 번쩍이며 크레스탈린가로 오고 있었다. 박살 난 경찰차에 탔던 경찰 두 명이 보도와 업슬링어 네 집 뒷마당 사이에 있는 말뚝 울타리를 타 넘고 있었다. 바튼은 그쪽으로 라이플을 세 발 날렸다. 굳이 명중하겠다거나 빗맞히려는 의도 없이, 그들을 원래 자리로 돌려보내기 위해 쏜 것이었다. 그들은 바튼의 의도대로 박살 난 경찰차 뒤로 되돌아갔다. (봄과 여름이면 담쟁이덩굴이 타고 오르던) 윌버 업슬링어의 울타리가 터져나가고 그중 일부가 눈 더미로 떨어졌다.

새로 합류한 경찰차 두 대는 차량 통행을 막기 위해 잭 호버트의 집 앞에 V자형으로 차를 세웠다. 그 차에서 내린 경찰들은 그 뒤에 웅크리고 앉았고, 그중 한 명은 박살 난 경찰차의 경찰에게 무전기로 무어라 말을 전했다. 그들이 세차게 엄호 사격을 퍼붓기 시작하자 바튼은 안락의자 뒤로 다시 몸을 숨겼다. 총알들이 현관문과 집

정면, 전망창 주변으로 날아와 박혔다. 현관 복도의 거울이 박살 나 다이아몬드처럼 부서져 내렸다. 총알 하나가 제니스 TV장을 덮어 놓은 누비이불을 뚫고 지나가자 누비이불이 짧게 춤을 추었다.

엎드려 거실 바닥을 기어가 텔레비전 뒤의 작은 창문 옆에서 몸을 일으켰다. 그곳에서는 업슬링어 네 뒷마당이 내다보였다. 경찰 두 명이 측방 이동을 시도하고 있었는데 그중 한 명은 코피를 흘리고 있었다.

프레디, 저들을 멈추게 하려면 한 명을 죽여야 할지도 몰라.

그러지 말아요, 조지. 제발. 그러지 마요.

바튼은 매그넘의 개머리판으로 창문을 부쉈다. 그 와중에 손을 베이고 말았다. 유리 깨지는 소리에 고개를 돌린 경찰들은 바튼을 보더니 총을 쏘기 시작했다. 바튼이 응사하면서 쏜 총알 두 개가 윌버의 새 알루미늄 벽널에 구멍을 내고 말았다. (시 당국이 윌버에게 저 벽널에 대해서도 보상을 해줬을까?) 그의 집 창문 바로 밑을 뚫고 들어온 총알들이 맞은편으로 날아가는 소리가 들렸다. 총알 하나가 창틀을 스치면서 지저깨비가 얼굴로 날아왔다. 언제라도 총알이 바튼의 정수리를 뜯어내 버릴 수 있는 상황이었다. 이 교전을 언제까지 할 수 있을까. 갑자기 경찰 하나가 제 팔뚝을 부여잡고 악을 썼다. 그 경찰은 바보 같은 놀이를 하다 진력 난 어린애처럼 권총을 떨어뜨리더니 제자리에서 맴을 돌았다. 파트너가 비명을 지르는 경찰을 붙잡았고 둘이 함께 박살 난 경찰차 뒤로 달음박질쳤다. 멀쩡한 경찰은 부상 당한 경찰의 허리를 감싸 부축했다.

바닥에 엎드린 바튼은 뒤집어 놓은 안락의자 뒤로 기어가 고개를 약간 내밀고 바깥의 동정을 살폈다. 거리에 경찰차 두 대가 더 들어왔다. 양쪽에서 한 대씩 온 것이었다. 그 경찰차들은 퀸 씨네 집 쪽에 면한 길가에 차를 댔고 경찰 여덟 명이 차에서 내렸다. 그들은 타이어가 터진 경찰차와 초록색 세단 뒤로 달려갔다.

바튼은 고개를 숙이고 현관 복도로 기어갔다. 집이 집중포화를 맞고 있었다. 라이플을 들고 위층으로 올라가면 저들을 좀 더 잘 내려다볼 수 있을 것이다. 위층에서 총을 내려 갈기면 저들은 차를 버리고 길 건넛집으로 피신할 수밖에 없다. 하지만 1층에 깔아둔 주요 도화선과 배터리를 두고 위층으로 올라갈 수는 없었다. 게다가 얼마 안 있으면 텔레비전 방송국 기자들이 이곳에 당도할 것이다.

현관문에 총구멍이 잔뜩 났다. 현관문의 진갈색 광택재가 쪼개지면서 안쪽의 목재가 드러났다. 바튼은 기어서 주방으로 향했다. 주방 창문도 죄다 박살이 났고 깨진 유리 파편이 리놀륨 바닥에 흩어졌다. 밖에서 날아온 총알이 가스레인지 위의 커피포트를 어쩌다 명중시켰는지, 커피포트가 뒤집히면서 갈색의 찐득한 액체가 바닥에 웅덩이처럼 고였다. 바튼은 잠시 창문 밑에 쭈그리고 앉았다가 벌떡 일어나 V자 형태로 서 있는 경찰차들을 향해 탄창이 빌 때까지 매그넘을 쏘았다. 경찰들은 주방을 향해 집중적으로 대응 사격을 했다. 하얀색 에나멜 냉장고에 총구멍 두 개가 났고 또 다른 총알이 카운터에 놓인 서던 컴포트 병에 명중했다. 유리 파편과 함께, 남부 지역 사람들의 접대의 상징인 서던 컴포트 술이 사방에 튀었다.

기어서 거실로 돌아온 바튼은 오른쪽 허벅지, 그러니까 엉덩이 바로 아랫부분에 벌침을 맞은 것 같은 통증을 느꼈다. 그 부분에 손을 댔다가 떼자 손가락에 피가 묻어 나왔다.

의자 뒤에 누운 채로 매그넘과 웨더비를 차례로 재장전했다. 고개를 살짝 드는 순간 총알 세례가 쏟아지자 움찔하며 다시 움츠렸다. 총알들은 소파와 벽, 텔레비전으로 날아왔고 누비이불이 총알에 맞아 마구 흔들렸다. 다시 고개를 들고 길 건너에 서 있는 경찰차들을 향해 총알을 날렸다. 창문 하나가 박살 난 순간—

길 저 끝에서 오고 있는 흰색 스테이션 왜건과 흰색 포드 밴이 그의 시야에 들어왔다. 두 차의 측면에는 파란색 글씨로 이렇게 적혀 있었다.

WHLM 뉴스 팀

채널 9

바튼은 숨을 헐떡이며 업슬링어네 집 옆 뜰이 내다보이는 창문 쪽으로 돌아갔다. 뉴스 취재차량들이 크레스탈린가를 향해 주저하며 천천히 다가오고 있었다. 갑자기 새로운 경찰차 한 대가 빠르게 취재차량들 앞으로 달려가서는 급정거하며 그들을 가로막았다. 타이어가 아스팔트에 끌리면서 연기가 피어올랐다. 파란 제복을 입은 경찰의 팔 하나가 경찰차 뒷좌석 창문 밖으로 나와서는 취재차량들에게 뒤로 물러나라고 손짓했다.

그때 총알 하나가 창틀에 맞으면서 거실로 비스듬히 튀어 들어왔다.

바튼은 피 묻은 오른손으로 매그넘을 쥐고 바닥을 기어 안락의자 뒤로 되돌아가 밖에 대고 소리쳤다.

"페너!"

총격이 약간 줄어들었다.

바튼이 다시 소리쳤다.

"페너!"

페너도 소리쳤다.

"총격을 멈춰요! 멈춰! 잠깐 멈추라고요!"

총성이 몇 발 더 들리다가 곧 멎었다.

페너가 물었다.

"원하는 게 뭡니까?"

"뉴스 팀원들! 길 건너편에 있는 저 차들 뒤에 있잖아! 그 사람들과 얘기를 해야겠어!"

한참 생각을 하는지 조용하다가 페너가 답했다.

"그건 안 됩니다!"

"그 사람들과 얘기할 수 있으면 총격을 그만둘게!"

지금 이 말은 사실이야, 라고 바튼은 배터리를 바라보며 속으로 말했다.

페너가 다시 목소리를 높였다.

"안 됩니다!"

개새끼. 바튼은 무력감을 느꼈다. 취재팀을 막는 게 너희한테는 그렇게 중요하냐? 너와 오드너, 시 당국의 공무원 새끼들한테는?

다시 총격이 시작됐다. 처음에는 몇 발만 쏘더니 점점 강도가 높아졌다. 그때 놀랍게도, 격자무늬 셔츠에 청바지를 입은 남자 하나가 한 손에 소형 카메라를 들고 보도를 달려왔다.

그 남자가 외쳤다.

"다 들었습니다! 전부 다요! 당신 이름이 뭡니까? 저 집 남자가 총격을 멈추겠다고 제안했는데 당신은—"

경찰 하나가 나서서 격자무늬 셔츠 남자의 허리를 들이받았다. 격자무늬 셔츠 남자는 보도에 쓰러졌고, 그 남자가 들고 있던 촬영 카메라는 배수로로 떨어졌다. 이내 쏟아진 총알 세 발이 카메라를 박살냈다. 미노광 필름의 클록 스프링이 카메라에서 풀려나왔다. 그러자 총성이 다시 사그라졌다.

바튼이 악을 썼다.

"페너, 저 사람들이 촬영 준비를 하게 해!"

몸의 나머지 부분과 마찬가지로 목을 함부로 쓴 탓에 팍 쉬어버렸다. 손이 아팠다. 허벅지에서 깊게 욱신거리는 통증이 느껴지기 시작했다.

페너가 대답했다.

"일단 밖으로 나와요! 하고 싶은 얘기를 할 수 있게 해드리겠습니다!"

페너가 내뱉은 거짓말에 바튼은 시뻘건 분노가 치밀었다.

"빌어먹을, 내가 가진 큰 총으로 가스탱크를 쏴서 당신들을 바비큐로 만들어버릴 거야!"

그 말에 충격을 받았는지 순간 정적이 흘렀다.

잠시 후 조심스럽게 페너가 물었다.

"원하는 게 뭡니까?"

"경찰이 자빠뜨린 그 남자를 여기로 보내! 그리고 카메라 팀이 촬영 장비를 준비하게 해!"

"절대로 안 됩니다! 이 남자를 그리로 보냈다간 당신이 인질로 붙잡고 종일 우리랑 밀고 당기기를 할 거잖아요!"

경찰 한 명이 기우뚱하게 내려앉은 초록색 세단 쪽으로 달려가 그 뒤에서 몸을 낮췄다. 자기네끼리 의논을 하는 모양이었다.

새로운 목소리가 외쳤다.

"당신 집 뒤에 경찰 서른 명이 있다! 그들은 산탄총을 갖고 있다! 나오지 않으면 그들을 집으로 들여보내겠다!"

어쩔 수 없이 으뜸패를 내보여야 할 시간이 왔다.

"안 그러는 게 좋을걸! 이 집 전체에 폭발물이 설치돼 있어. 이걸 봐!"

바튼은 빨간색 악어입 클립을 창문 쪽으로 들어 올리며 말했다.

"보이지?"

하지만 상대방은 자신만만하게 받아쳤다.

"허세 떨고 있네!"

"지금 내 옆 바닥에 있는 자동차 배터리에 이걸 연결하면 다 터지는 거야!"

정적이 흐르고, 그들은 다시 논의를 했다.

누군가 소리쳤다.

"어이! 그 남자 들여보내!"

바튼이 고개를 들고 보니 격자무늬 셔츠에 청바지를 입은 남자가 직업의식 때문인지 정신이 나가서인지 몰라도, 아무런 보호 장비 없이 곧장 이쪽으로 걸어오고 있었다. 검은 머리카락은 목깃까지 내려왔고, 검은색의 얇은 콧수염을 기른 남자였다.

경찰 두 명이 V자형으로 서 있는 경찰차 앞으로 나서려다가 바튼이 그들 머리 위로 총을 쏘자 도로 물러갔다.

누군가 넌더리를 내며 소리쳤다.

"젠장, 개판이네!"

격자무늬 셔츠 남자는 눈 더미를 밟으며 바튼의 집 잔디밭으로 들어섰다. 귓가에 위잉 소리와 함께 총성이 들려왔다. 바튼의 시선은 여전히 안락의자 너머에 가 있었다. 현관문을 두드리는 소리가 들렸다. 격자무늬 셔츠 남자가 현관문을 세차게 두드리고 있었다.

바튼은 벽에서 떨어져 나온 돌과 회반죽 덩어리가 널려 있는 바닥을 재빨리 가로질렀다. 왼쪽 다리가 더럽게 아팠다. 바지를 내려다보니 허벅지에서 무릎까지가 온통 피에 젖어 있었다. 총에 맞아 너덜너덜해진 현관문의 걸쇠를 돌리고 빗장도 열었다.

"됐어!"

바튼의 말에 격자무늬 셔츠 남자는 곧장 안으로 들어왔다.

가까이서 보니 격자무늬 셔츠 남자는 숨을 몰아쉬고 있긴 해도 겁에 질린 것 같지는 않았다. 아까 경찰에게 떠밀리면서 생긴 뺨의 찰과상, 셔츠 왼팔 부분의 찢긴 자국이 눈에 띄었다. 격자무늬 셔츠 남자를 집 안으로 들인 바튼은 서둘러 거실로 돌아가 라이플을 집어 들고 안락의자 너머로 무작정 두 발을 쏘았다. 그리고 다시 옆으로 고개를 돌렸다. 격자무늬 셔츠 남자는 믿기지 않을 정도로 침착한 표정으로 문간에 서 있었다. 뒷주머니에서 커다란 수첩도 하나 꺼내 들었다.

"좋습니다. 이게 다 무슨 난리죠?"

"당신 이름은 뭐지?"

"데이브 앨버트라고 합니다."

"저 흰색 밴에 촬영 장비가 더 들어 있나?"

"그렇습니다."

"창문 쪽으로 가서 경찰한테 말해. 촬영팀더러 퀸 씨네 집 잔디밭에 촬영 장비를 설치하게 하라고. 바로 길 건너에 있는 집이야. 5분 내에 하라는 대로 하지 않으면 당신이 곤란해질 거라고 전해."

"정말 제가 곤란해집니까?"

"당연하지."

앨버트는 웃었다.

"시간 낭비를 좋아하지 않는 분인가 보네요."

"어서 말해."

앨버트는 박살 난 거실 전망창 앞으로 걸어갔다. 지금 이 순간을 만끽하는 듯 잠시 그 자리에 서 있다가 입을 열었다.

"우리 촬영팀한테 길 건너에다가 촬영 장비를 설치하게 하랍니다! 요구대로 하지 않으면 날 죽이겠대요!"

페너가 분통을 터뜨리며 소리쳤다.

"안 돼! 안 돼, 안 돼, 안—"

누군가 페너의 입을 틀어막았는지 잠시 침묵이 흘렀다.

"좋아!" 아까 바튼더러 허세 떨고 있다고 몰아붙였던 목소리였다. "대신 경찰 두 명이 가서 촬영팀을 데려오게 해도 되겠나?"

바튼은 그 질문에 대해 잠시 생각하다가 앨버트라는 이름의 기자에게 고개를 끄덕였다.

앨버트가 밖에 대고 외쳤다.

"그렇게 하랍니다!"

잠시 정적이 흐르다가 제복 입은 경찰관 두 명이 시선을 의식하면서 뉴스 밴 쪽으로 서둘러 걸어갔다. 뉴스 밴은 의기양양하게 공회전하며 대기 중이었다. 그동안 경찰차 두 대가 더 도착했다. 몸을 오른쪽으로 바짝 기울여서 내다보니 서부지역 크레스탈린가의 내리막 끄트머리 지점이 노란색 차단벽으로 막혀 있었다. 차단벽 너머에는 사람들이 떼로 몰려 서 있었다.

앨버트가 의자에 앉으며 입을 열었다.

"자, 그럼 잠깐 얘기를 나눠볼까요. 원하는 게 뭡니까? 비행기?"

"비행기?"

바튼은 멍하니 그의 말을 되풀이했다.

앨버트는 수첩을 손에 쥔 채로 두 팔을 퍼덕여 보였다.

"멀리 날아가는 것 말입니다. 머어어어얼리."

"아." 바튼은 알아들었다는 뜻으로 고개를 끄덕였다. "아니, 비행기는 필요 없어."

"그럼 뭘 원하는 거죠?"

바튼은 신중하게 말을 이었다.

"다시 이런저런 결정을 내릴 수 있도록 스무 살로 돌아가고 싶지." 그는 앨버트의 눈빛을 보고 덧붙였다. "불가능하다는 건 알아.

그 정도로 미치지는 않았어."

"총에 맞았네요."

"어."

"아까 한 얘기가 사실입니까?"

앨버트는 주요 도화선과 배터리를 가리켰다.

"사실이야. 주요 도화선은 이 집의 모든 방에 연결돼 있어. 차고까지 싹 다."

"폭발물은 어디서 났어요?"

앨버트의 목소리는 서글서글했지만 눈빛에는 빈틈이 없었다.

"크리스마스 양말 속에서 찾았지."

앨버트는 소리 내어 웃었다.

"뭐, 나쁘지 않은 얘기네요. 제 기사에서 그 표현을 쓰겠습니다."

"그러든지. 밖으로 나가면 경찰들한테 멀찌감치 물러나 있으라고 전해."

"자폭할 생각인가요?"

앨버트가 물었다. 오직 흥미로워할 뿐, 다른 감정은 담겨 있지 않은 표정이었다.

"생각 중이야."

"저기요. 영화를 너무 많이 보셨네요."

"요즘은 영화를 자주 보러 가지도 않았어. 「엑소시스트」는 봤지만. 그것도 괜히 봤다 싶어. 촬영팀은 설치를 잘하고 있나?"

앨버트는 창밖을 내다보았다.

"잘하고 있네요. 아직 시간이 있으니 얘기나 더 하시죠. 성이 도스인가요?"

"저들한테 들었나?"

앨버트는 경멸하듯 웃었다.

"제가 암에 걸렸다고 호소하면서 제발 알려달라고 사정해도 저들은 절대 안 알려 줄걸요. 이 집 초인종에 적혀 있던데요. 그런데 대체 왜 이런 일을 벌인 겁니까?"

"내가 벌인 일이 아니야. 도로 공사 때문이지."

"확장 공사요?"

앨버트는 눈을 번뜩이더니 수첩에 무어라 적었다.

"음, 맞아."

"시 당국이 선생님의 집을 탈취했습니까?"

"그러려고 했지. 난 되찾으려는 거고."

그 말을 받아 적은 앨버트는 수첩을 탁 소리가 나게 닫고 뒷주머니에 집어넣었다.

"어리석은 생각이네요, 도스 씨. 제가 한마디 해도 되겠습니까? 그냥 저랑 같이 여기서 나가는 게 어떨까요?"

바튼은 지친 목소리로 말했다.

"당신은 지금 독점 인터뷰를 하고 있는 거야. 퓰리처상 같은 걸 받고 싶을 거 아냐?"

"준다면야 받죠." 앨버트는 환한 미소를 지으며 냉철하게 말을 이었다. "그만 나갑시다, 도스 씨. 어서요. 도스 씨 입장은 충분히 들었고—"

"내 입장 같은 건 없어."

앨버트는 미간을 찌푸렸다.

"그게 무슨 말인지?"

"그런 건 없다고. 그래서 내가 이러고 있는 거야." 바튼은 안락의자 너머를 흘끗 내다보았다. 퀸스네 잔디밭의 눈 더미에 촬영팀이 꽂아둔 삼각대에 망원렌즈가 설치돼 있었다. "그만 나가 봐. 나가서 저 사람들한테 뒤로 물러나라고 말해."

"정말 이대로 밀어붙일 겁니까?"

"잘 모르겠어."

앨버트는 거실문 쪽으로 걸어가다가 뒤돌아보며 물었다.

"우리 어디서 본 적이 있나요? 왜 아는 얼굴 같다는 기분이 들죠?"

바튼은 고개를 저었다. 앨버트와는 초면인 것 같았다.

그는 문밖으로 나간 앨버트가 잔디밭을 가로질러 걸어가는 모습을 바라보았다. 앨버트는 길 건너 카메라가 자신의 모습을 멋지게 담을 수 있도록 몸의 각도를 살짝 튼 채로 걷고 있었다. 문득 지금 이 순간 올리비아는 무엇을 하고 있을지 궁금해졌다.

15분을 기다렸다. 저들의 총알 세례는 더 거세졌지만 집 뒤쪽으로 돌격해 들어오는 이는 없었다. 저들이 총을 쏴대는 주된 이유는 길 건넛집으로 피신하는 동안 엄호하기 위해서인 듯했다. 카메라 촬영팀은 무표정하게 촬영을 해나갔다. 퀸 씨네 집 옆 뜰 잔디밭으로 흰색 이코노라인 밴이 다가가자, 카메라 뒤에 있던 남자는 삼각대를 접어 밴 뒤로 가져갔다가 잠시 후 다시 촬영을 시작했다.

튜브 모양의 시커먼 물체가 위잉 소리를 내며 날아와 바튼의 집 잔디밭에 떨어져 가스를 뿜어냈다. 바튼의 집과 보도 사이 중간쯤이었다. 바람에 날려 너덜너덜해진 가스 덩어리가 길에 퍼져나갔다. 잠시 후 지붕에서 쿵 소리가 났다. 두 번째 튜브가 좀 더 가까이에 떨어진 모양이었다.

두 번째 튜브는 매리의 베고니아들을 뒤덮은 눈 더미로 떨어졌고 이윽고 바튼의 코에 냄새가 전해져 왔다. 눈물이 쏙 빠질 만큼 코와 눈이 매워졌다.

아까 앨버트라는 기자에게 심하게 왜곡될 소지가 있는 말을 하지는 않았기를 바라며, 바튼은 엎드린 자세로 거실을 가로질렀다. 이 세상에 그가 편하게 설 자리는 어디에도 없었다. 무의미한 교차로 충돌 사고로 죽은 조니 워커를 보더라도 그랬다. 조니는 무엇을 위해 목숨을 바쳤을까? 시트를 무사히 배송하기 위해서? 슈퍼마켓에서 죽은 그 여자는 또 어떤가. 목숨까지 바쳐가며 얻어야 할 만큼 가치 있는 것은 세상에 없었다.

스테레오를 켰다. 스테레오는 아직 작동했다. 롤링 스톤스의 앨범도 여전히 턴테이블 위에 놓여 있었다. 앨범의 마지막 곡을 틀려고 하는데, 총알이 제니스 TV장을 덮은 누비이불을 뚫는 바람에 리듬을 놓치고 말았다.

턴테이블 바늘을 제 위치에 놓자 「몽키 맨(*Monkey Man*)」의 끝자락이 흘러나오다가 희미하게 잦아들었다. 안락의자 쪽으로 되돌아간 바튼은 창밖으로 라이플을 던졌다. 매그넘 권총도 집어 들어 창문 밖으로 내던졌다. 잘 가라, 닉 애덤스.

앨범의 마지막 곡인 「원하는 걸 항상 가질 수는 없어(*You Can't Always Get What You Want*)」가 스테레오에서 흘러나왔다. 이 곡의 제목이 여지없는 진실임을 바튼은 잘 알고 있었다. 그럼에도 불구하고 살면서 무언가를 원하지 않을 수 없었다. 최루가스 통이 호를 그리며 창 안으로 날아 들어와 소파 위쪽의 벽에 부딪쳐 터지면서 하얀 연기를 뿜어냈다.

"그래도 노력한다면 가끔은
당신한테 필요한 걸 갖게 될 거예요."

두고 봐, 프레디. 바튼은 빨간색 악어입 클립을 손에 꼭 쥐었다. 내가 원하는 걸 갖게 될지 어디 두고 봐.

"좋아."

바튼은 배터리의 음극에 빨간색 클립을 꽂았다.

눈을 감았다. 마지막으로 든 생각은 세상이 그의 주변에서 폭발한 게 아니라 그의 안에서 폭발했다는 것이었다. 엄청난 폭발이었지만 그에겐 흔하디흔한 호두만 한 크기였다.

이윽고 눈앞이 하얘졌다.

에필로그

WHLM 뉴스 팀은 '도스의 마지막 저항'이라는 제목으로 저녁 뉴스 시간에 내보낸 보도 내용, 그리고 3주 후에 내보낸 30분짜리 다큐멘터리로 퓰리처상을 받았다. 다큐멘터리의 제목은 「도로 공사 (Roadwork)」였고, 784번 고속도로 확장 공사가 필요한 이유 아니, 필요하지 않은 이유를 밝혔다. 다큐멘터리는 그 도로 공사를 진행하는 이유가 지역 교통 여건이나 통근자의 편의성 같은 실용적인 이유와는 무관하다는 사실을 지적했다. 매년 수 킬로미터에 달하는 도로 공사를 진행하지 않으면 주간 고속도로 건설과 관련해 연방 정부가 배정하는 예산을 잃게 되므로 시 당국은 굳이 필요하지도 않은 공사를 진행한다는 것이었다. 또한 다큐멘터리는 시 당국이 바튼 조지 도스 씨의 유가족인 부인을 상대로 최대한의 손해 배상을 청구하는 소송을 은밀히 제기했음을 밝혔다. 대중의 격렬한 항의에 시 당국은 마지못해 그 소송을 취하했다.

AP 통신을 비롯해 이 나라의 무수한 신문들이 폭발 현장에 관한 사진들을 지면에 실었다. 라스베이거스에서는 최근에 경영 대학원에 등록한 한 젊은 여성이 점심시간에 신문에 실린 그 사진을 보고 실신하기도 했다.

사건에 관한 사진과 기사가 쏟아졌음에도 불구하고 고속도로 확장 공사는 계속되었고, 8개월 후 일정보다 빨리 완공됐다. 완공 무렵에는 그 도시의 시민들 대부분이 '도로 공사' 다큐멘터리에 관해 잊었다. 퓰리처상을 수상한 데이비드 앨버트 기자를 비롯한 뉴스 팀도 다른 사건들을 취재하느라 바빴다. 하지만 저녁 뉴스로 그 사건에 관한 뉴스 영상을 접했던 사람들은 시간이 지나면서 자세한 사실 관계는 잊었지만 그 사건 자체에 대해서는 잊지 않았다.

뉴스 영상에는 희고 평범한 교외 주택이 등장했다. 차 한 대가 들어가는 차고가 있고 아스팔트 진입로가 오른쪽으로 뻗어가 그 차고와 이어지는, 랜치 하우스(폭은 별로 넓은데 옆으로 길쭉하고 지붕의 물매가 뜬 단층집─옮긴이) 스타일의 집이었다. 언뜻 평범하고 괜찮아 보이는 집이었다. 일요일에 드라이브를 나왔다가 보게 되더라도 굳이 고개를 돌려 자세히 볼 것 같지는 않은 집이었다. 그런데 뉴스 영상 속에서 그 집의 거실 전망창은 박살이 나 있었다. 라이플 총과 권총이 집 밖으로 날아와 눈 더미에 떨어졌다. 짧은 순간이지만 총 두 자루를 내던진 손이 영상 속에 보였는데 마치 물에 빠져 죽어가는 사람의 손처럼 손가락에 힘이 없었다. 집 주변에는 최루 가스인 것으로 추정되는 허연 연기가 피어올랐다. 얼마 후 거대한 오렌지색 불꽃과 함께 집의 벽들이 만화 영화에서처럼 불룩해지더니 거대한 폭발음이 들리고 카메라가 겁에 질린 듯 덜덜 떨었다. 시청자는 그 집 옆의 차고도 함께 폭발했음을 알 수 있었다. 짧은 순간 (느린 동작으로 다시 보기를 한 결과, 찰나의 순간에 눈으로 본 것이 맞았음을 알 수 있었다.) 그 집 지붕이 새턴 로켓(미국에서 인간을 달세계에 착륙시키려는 아폴로 계획을 위해 개발된 로켓—옮긴이)처럼 처마에서 분리되어 날아가는 모습이 보였다. 이어서 집 전체가 바깥으로, 위로 터져나가면서 지붕널과 목재 조각들이 공중으로 솟구쳤다가 지상으로 떨어졌다. 누비이불처럼 보이는 어떤 물체가 마법 카펫처럼 공중에서 펄럭이다가 대위법(독립성이 강한 둘 이상의 멜로디를 동시에 결합하는 작곡기법—옮긴이)에 따른 드럼 소리처럼 쿵 하고 바닥으로 떨어졌다.

적막이 흘렀다.

다음 순간, 충격을 받고 눈물범벅이 된 매리 도스의 얼굴이 화면을 가득 채웠다. 겁에 질려 어쩔 줄 몰라 하는 그녀의 얼굴로 숲 같은 마이크들이 밀어닥쳤다. 우리는 다시금 인간이란 존재에 대해 생각해보는 시간을 갖게 되었다.

〈끝〉

459

옮긴이 | 공보경

고려대 영어영문학과를 졸업하고 현재 소설, 에세이, 인문 번역가로 활동하고 있다. 옮긴 책으로 파울로 코엘료의 『아크라 문서』, 애거서 크리스티의 『커튼』, 매튜 매서의 『사이버 스톰』, 칼렙 카의 『셜록 홈즈 이탈리아인 비서관』, 캐서린 M. 밸런트의 『페어리랜드』 시리즈, 나오미 노빅의 『테메레르』시리즈, 피츠 제럴드의 『벤자민 버튼의 시간은 거꾸로 간다』, 찰리 어셔의 『찰리와 리즈의 서울 지하철 여행기』, 레이 얼의 『마이 매드 팻 다이어리』, 크리스토퍼 무어의 『우울한 코브 마을의 모두 괜찮은 결말』, 아이라 레빈의 『로즈메리의 아기』, 켄 그림우드의 『다시 한 번 리플레이』, 앤 캐서린 에머리히의 『패션 오브 크라이스트』, 데이브 배리와 리들리 피어슨의 『피터팬과 런던의 비밀』, 『피터팬과 그림자도둑』, 『피터팬과 마법의 별』, 제임스 발라드의 『하이라이즈』, 『물에 잠긴 세계』 외 다수가 있다.

로드워크

1판 1쇄 찍음 2021년 3월 26일
1판 1쇄 펴냄 2021년 4월 2일

지은이 | 스티븐 킹
옮긴이 | 공보경
발행인 | 박근섭
편집인 | 김준혁
펴낸곳 | 황금가지

출판등록 | 2009. 10. 8 (제2009-000273호)
주소 | 135-887 서울 강남구 신사동 506 강남출판문화센터 5층
전화 | 영업부 515-2000 편집부 3446-8774 팩시밀리 515-2007
홈페이지 | www.goldenbough.co.kr

도서 파본 등의 이유로 반송이 필요할 경우에는 구매처에서 교환하시고
출판사 교환이 필요할 경우에는 아래 주소로 반송 사유를 적어 도서와 함께 보내주세요.
135-887 서울 강남구 신사동 506 강남출판문화센터 6층 민음인 마케팅부

한국어판 © ㈜민음인, 2021. Printed in Seoul, Korea

ISBN 979-11-5888-878-7 03840

㈜민음인은 민음사 출판 그룹의 자회사입니다.
황금가지는 ㈜민음인의 픽션 전문 출간 브랜드입니다.